부처와
예수의
한국 기행

이준석 장편소설

부처와
예수의
한국 기행

세상 웃을 일이 많다면 얼마나 좋을까?

겨우 백 년 안팎인 세상이다.

멀고 긴 우주 역사에서 겨우 먼지 하나 크기에도 미치지 못할 의미를 사는 게 인생이다.

우주 역사에서 인생이란 무엇일까?

허블 상수가 틀렸다는 것이 밝혀진 현재 가장 신뢰할 만한 우주 역사는 최대 180억 년이다.

하루는 8만6천 400초다. 인간이 사는 백 년을 우주 역사와 비교하면 하루 중 일 초에도 미치지 못한다. 인간은 겨우 일 초의 만 분의 1 정도를 살다 가는 것이다.

번갯불이 순간 번뜩이는 시간인 밀리 초천 분의 1초의 10분의 1에 그치는 셈이다.

번갯불이 번쩍이는 시간보다 더 짧은 순간을 살다가는 인생!

허! 그렇다면 그 후세 인간 그 누구도 그대의 삶을 기억하지 못할 것이다.

그대가 우주에 있었던 흔적조차 남지 않는다.

자, 이제 어찌 살아야 할까?

아! 선택은 온전히 그대의 몫이다.

비난도, 부러움도, 그름도 심지어는 옳음조차도 부질없다.

그렇다, 참으로 그렇다. 부질없고 또 부질없다.

몸뚱이란 원소들의 이합집산체! 육신이야 모이든 흩어지든 그저 그렇다.

한데 아쉽다. 너무도 아쉽다. 이 잘난 존재, 그저 찰나를 살고 소멸하고 영영 잊혀진다니!

그래! 그렇다면 영영 소멸하는 인생, 그 찰나 간이라도 웃고 싶지 않은가?

찰나의 시간, 악업보다 선업으로! 어둠보다 빛으로! 함께한 인생들과 행복해야지 않겠나!

찰나의 육신보다 영속하는 영성으로 더 길게 웃는 잔상殘像을 남기고 싶지 않은가!

보통사람 부처 오고 예수도 왔다.

찰나를 살면서 아웅다웅 서로 상처 주는 세상에, 기다렸던 현신이고 간절했던 재림이다.

미움도, 욕심도, 허세도, 그리고 아픔까지 대속代贖은 오히려 기쁨이었다.

그들, 정작 왔지만 아는 이 없고, 온 흔적 없으니 그들 가는 곳 또한 알 리 없다.

아픈 한반도, 아쉬운 한반도! 다 아름다운 한반도를 위함이다.

저마다 부처, 예수인 한반도! 다 깨침을 위한 과정이다.

찰나를 영원처럼 웃어 영속할 영성을 위해 부처付處와 예수隷首는 한반도를 아프고도 아름답게 기행奇行 한다.

목차

들어가는 말　　004

부처^{付處}, 석굴암에서 예수^{隸首}를 만나다　　010

나무아미 타아불? 나무 아미타불?　　021

길 떠나는 부처와 예수　　032

직녀^{織女} '베가', 첫째 제자를 얻다　　059

집요한 운명, 그리고 살풀이!　　070

집값 폭등! 흠, 그쯤은 내 손 안에 있소이다　　085

아직도 끝나지 않은 대결, 남과 북　　105

춥기는 시베리아, 덥기는 아프리카! 지하로 지하로　　125

한반도의 운명을 담은 충청도! 그리고 영세중립국　　147

아! 아시아문화 중심도시 광주　　189

법률가여? 아님, 법술가여?　　207

2등 전략! 그것은 무전략　　255

좌표 없는 정부, 희망 없는 청년들　　269

혼돈의 세계! 슬픈 부처와 예수　　298

부처와 예수, 그들의 생태계는?　　323

글을 마치며　　331

부처와
예수의
한국 기행

부처付處, 석굴암에서
예수隸首를 만나다

"흐~으미 뭔 놈의 날씨가 이리고 허벌나게 춥다냐! 삼천리 방방곡곡이 온통 '금수강산'에다가 동해에서 떠오르는 햇살에 눈이 멀 정도로 황홀한 '조용한 아침의 나라'라고 허드만 춥기는 꼭 남극맹키로 오살나게 춥네 그랴! 소름이 돋다 못해 인자는 온 몸뚱이에 비느럭지비늘꺼정 돋아불구만!"

눈만 빼고 입 주변과 머리까지 온 얼굴을 넝마 같은 천으로 꽁꽁 싸매 남자인지 여자인지 모를 인물이 한파에 몸서리를 쳤다. 그는 경주 토함산자락을 오르고 있었다. 그의 입은 쉴 새 없이 투덜거리고 있었다. 동해에서 몰아치는 뼈 시린 샛바람을 맞으며 산굽이를 이리 돌고 저리 꺾어지곤 했다. 벌써 두 시간째였다. 그는 오른손으로 가슴 한 켠을 부여잡고 있었다. '헉, 헉' 가쁜 숨을 몰아쉴 때마다 들이키는 한기 때문이었다. 찬 공기가 마치 폐를 찌르는 듯 아려오는 모양이었다. 동해 파도의 포말이 극한의 추위 속에 미세한 얼음 입자로 공기 중을 떠다니다 거친 숨결을 파고든 후 곧장 폐 세포로 꽂히기 때문일 것이었다.

'그려, 그때완 달라. 달라도 확실히 다르당께. 암 그럼, 그렇구말고. 그때는 시방부터 약 천삼백 년 전잉께 말이시!'

그의 입에선 알 수 없는 중얼거림도 흘러나왔다. 그의 힘겨운 발걸음이 산 정상으로 이어지기를 십 여분, 갑자기 넝마 같은 싸개의 헝겊쪼가리들을 뚫고 그의 눈에서 신비로운 광채 두 줄기가 쏘아져 나왔다가 순식간에 사라졌다. 석굴암 입구임을 알리는 안내문이 그의 눈에 들어왔다.

'워따매 차말로 많이 변해부렀구만!'

그의 입에서 또다시 중얼거림이 터져 나왔다. 이곳이 변했다는 것은 그가 전에 이곳에 온 적이 있다는 뜻일 것이었다. 그는 토함산 정상께를 휘휘 한번 훑어봤다. 그의 안광에 낯선 건물이 감지됐다. 그는 석굴암 입구의 안내소 건물을 잔뜩 찌푸린 표정으로 노려봤다. 한참 후 그는 거침없이 '석굴암 입구'라 써진 기와 건물로 들어섰다. 약간의 훈기가 밀려왔다. 그는 입고 있던 두툼한 롱패딩과 얼굴을 감싼 천 쪼가리들을 차례로 벗어들었다. 의외로 청수한 얼굴의 남자였다. 그는 두 손을 가지런히 모은 채 경건한 마음으로 조심조심 본존불 쪽을 향했다.

"어서 오시지요!"

석굴, 그 성스런 공간에서 천상의 신비가 서린 목소리가 흘러나왔다. 토함산처럼 육중하게, 해님처럼 자애롭게 자리했던 부처님이 불쑥 웅대한 법신法身을 일으키며 한 말이었다. 반쯤 열린 신비로운 눈, 공간 미학과 심미안 그 자체일 법한 수려한 눈썹, 미간에 경이롭게 서려 있는 우주의 지혜! 그 부처님은 본존부처가 분명했다. 인자하면서도 위풍당당한 본존부처의 키는 3m 50cm 정도쯤 돼 보였다. 너비가 약 3.5칸에, 약 2칸 길이인 석굴암 전실을 꽉 채울 정도로 웅혼한 모습이었다. 하지만 본존부처가 몸을 일으키자 석굴암의 크기가 순식간에 온 우주를 가득 채울 정도로 커졌다. 덩달아 가볍게 합장한 본존부처의 몸도 은하계를 다 뒤덮을 정도로 커져갔다. 신비로운 일이었다. 본존불 바로 뒤에 서 있던 십일면관음보살도 합장하며 반겼다. 십일면관음보살은 얼굴이 무려 열한 개나 됐다. 중생들의, 착하고 악하며, 업을 행하는 면면에 따라 때로는 분노하고 때로는 부드러운 모습이었다. 하지만 결국 그 끝은 자비로움이었다. 우주 삼라만상 그 모든 것을 포용하는 미소 속에 중생을 보듬으려는 대자대비의 원력이 각각의 얼굴에 넘쳐났다. 그의 몸도 순식간에 온 우주를 휘감을 듯 커져갔다. 본존불을 향해 각각 하늘의 왕인 오른쪽 제석천帝釋天과 왼쪽 대범천大梵天도 합장으로 그를 반겼다. 오른손에 범어로 쓴 경전인 범협梵夾을 들고 있던 문수보살과 오른손에 생명과 법통을 상징하는 보발寶鉢을 들고 있는 보현보살도 역시 자애로운 표정으로 합장 자세를 취했다. 하지만 그 둘은 오른손에 각각 범협과 보발을 들고 있던 탓에 왼손 한쪽으로만 합장의 자세를 취했다.

불가에서 두 손이 아닌 한 손으로만 합장 자세를 취하는 것은 흔히 소림사 승려들이 나오는 무술영화에서나 볼 수 있다. 이는 9년간 면벽 수행을 통해 깨달음을 얻은 중국 선종의 시조 달마대사의 고사로부터 유래된 것이라고 한다. 때는 중국 양나라 무제, 득도한 달마대사가 있는 소림사에는 날마다 제자들이 구름 같이 몰려들어 가르침을 구했다. 하지만 달마는 아무도 제자로 받아들이지 않았다. 그런데 어느 날 신광神光이란 사람이 달마를 찾아왔다. 그는 밤새도록 눈을 맞고 버티면서 제자로 받아달라 졸랐다. 그러자 달마는 "하늘에서 붉은 눈이 내린다면 너를 제자로 삼겠다"고 말했다. 그를 내치려 한 것이다. 그러자 신광은 주저 없이 칼을 들어 자신의 왼쪽 팔을 잘랐다. 피로 주변의 눈들이 온통 붉게 물들었다. 그러자 신광은 "지금 하늘에서 붉은 눈이 내려 주변이 다 붉어졌습니다"라고 답했다 한다. 신광의 용기와 불심에 탄복한 달마는 그를 제자로 받아들였다. 그리곤 혜가라는 이름을 주었다. 그후 혜가는 소림사의 2대 방장이 되었다. 이후 소림사 승려들은 왼쪽 팔을 잃은 혜가를 기리기 위해 합장을 할 때 오른쪽 한 손으로만 합장했다고 한다.

'단비구법 입설인斷臂求法 立雪人!'

그는 한 손으로 합장 자세를 취하는 문수보살과 보현보살을 그윽하게 바라봤다. 까마득한 후학의, 팔을 끊어 법을 구하려던, 용맹정진이 새삼 떠올라 그의 가슴은 뭉클했다.

"각기 3천 대천세계를 관장허시는 존귀한 존재들께서, 가벼운 산행에도 요로코럼 숨을 깔딱대는, 중생헌티 뭘라고 과분한 환대를 허신다요?"

그가 황망한 듯 합장을 하며 뭇 부처들에게 깊게 고개를 숙였다. 불가에서는 하나의 우주, 즉 1개의 3천 대천세계를 각기 1명의 부처가 교화하는 영역으로 본다고 한다.

"우리야 그저 시방세계 여기저기를 굴러다니는 돌덩이 아닙니까? 무릇 비빌 곳 없는 중생들의 가여운 원력들이 모여 부처란 허상을 들씌워놨을 뿐이랍니다. 그들의 비원悲願을 알기에 우린 그저 꼼짝없이 그 안에 갇혀 일없이 앉아있을 뿐이지요. 허허허!"

본존부처가 웃을락 말락 미소를 띠며 말했다. 그는 그 미소를 어디선가 본 적이 있다는 생각이 들었다.

"어이구 궁께로 시방 마조도일 선사 시대 때 단하천연丹霞天然의 고사를 말씀헐라고 그라요? 법당 안에 앉혀놓은 부처님을 도끼로 쪼개서 군불을 지폈다는 단하소불丹霞燒佛 이야기 말이어라."

온 우주를 가득 채운 부처들이 이리저리 서로를 돌아보며 미소를 지었다.

"그렇죠. 무릇 신상神像이란 게 원체는 허구헌 날 사람들 발길에 개똥처럼 채이면서 굴러다니던 바위나 나무 그루터기, 그리고 흙덩이 아닙니까? 사람들은 어느 날 갑자기 그것들을 주어다가 깎는다, 다듬는다, 혹은 빚어서 굽는다, 요란을 떨죠. 그러다 어느 날 갑자기 부처니 혹은 무슨 무슨 신이니 하면서 우리 이름을 허락도 없이 그것들에게 떡하니 갖다 붙이는 거예요. 그러더니 갑자기 또 정신없이 우리 이름을 부르면서 굽신굽신 마구 절을 해대니까 우리 모두 얼떨떨하지 않겠습니까? 우리 의지완 상관없이 우리의 정신이 조각상 안에 갇히는 듯싶더이다. 우리의 감옥이자 지옥이죠. 허허허!"

본존부처가 특유의 자애롭고도 신비로운 표정으로 그윽하게 말했다.

"거룩허신 부처께서 뭔 실없는 농을 허신다요? 3천 대천세계의 운행을 단 한 숨결로 조정하시고 그 기상이 대우주에 넘치도록 꽉 차 계신 분이 티끌만도 못한 석불상이며 목불상, 흙 불상 안에 갇힌다믄 그거시 말이요, 방구요, 잉? 안 그라요, 대자대비허신 부처님덜?"

그가 알 수 없는 미소를 지으며 객쩍게 물었다. 허름한 옷차림의 그와 석굴암에 강림한 부처들 사이에 알 듯 말 듯 한 선문답들처럼 잠시 더 오갔다. 하지만 석굴암을 찾은 관광객 그 누구도 천지간을 진동하며 온 우주에 울려 퍼지는 그들의 장엄한 대화를 알아채지 못할 것이었다. 그는 생각했다.

'그려, 관광객들의 눈에 본존부처는 그저 신비스런 미소와 졸린 듯한 눈으로 연화보좌 위에 가부좌를 틀고 게으른 듯 앉아만 있을 뿐이것제…. 그도 그럴 것이 인간을 비롯한 생명체란 원래 자신의 격에 맞는 것만 보고, 듣고, 이해할 뿐이기 때문이랑께…. 우주처럼 너무 광활하면 그 끝을 헤아리지 못하고 세균처럼 너무 작으면 눈으론 결코 볼 수가 없는 것이여…. 생각을 해 보드라고, 인간은 이 지구에 살고 있는디도 지구가 내는 엄청난 굉음이나 진동을 전혀 느끼지 못 허잖여! 지구의 공전 속도가 월매나 빠르냐믄 음속의 두 배, 즉 마하 2인 최첨단 전투기보다 무려 44배나 더 빠른 속도여. 시속 10만7천km로 태양 주변을 공전헌당께. 거기서 월매나 엄청난 소음과 진동이 발생허느냐 말이여. 근디도 인간의 귀는 엄청난 소음을 듣지 못허고 인간의 몸도 지구의 엄청난 공전 진동을 느끼지 못허는 것을 보랑께! 뭣이냐, 또 지구의 공전 속도에다가 하루 시속 1천7백km 정도의 지구 자전 속도까지 곱해지고 있다는 것을 생각혀 보드라고! 그란디도 인간의 감각은 가청주파수 대에만 겨우 반응 헌시로 지구의, 아니 우주의 엄청난 생명활동을 전혀 감지허지 못 허는 거제. 그만큼 인간이란 나약하고 미약헌 존재인 거시여!'

그는 새삼 인간의 미미함과 반대로 신 그리고 우주의 위대함에 가볍게 몸서리를 쳤다. 그는 몸서리를 치다 불현듯 한 가지 사실이 머릿속에 떠올랐다.

'아! 라 조콘다! 그려, 본존부처의 미소는 레오나르도다빈치가 그린 피렌체의 부호 델 조콘다의 부인인, 리사! 그려 리사를 닮았구만. 그랑께 모나리자의 미소와 똑 닮았구먼!'

그는 본존부처의 미소를 다시 한 번 찬찬히 살폈다. 그리곤 본존부처와 모나리자의 미소가 똑 닮은 것을 확인했는지 확신에 차 고개를 끄덕였다.

'역시 극과 극은 통하는 거시여. 극한의 아름다움과 극적인 신비로움은 도道의 궁극窮極에 계신 부처님의 미소에 자연스럽게 녹아있고 거장 레오나르도다빈치도 자연스럽게 미의 극치를 구현해 내는 것이제. 역시 극과 극은 통한당께. 서로를 자연스럽게 이끌고 또 아는 거시여!'

그는 이런 생각을 하며 스스로 자연의 섭리에 탄복했다. 본존부처 등을 모신 석굴암이 세워진 것은 신라 경덕왕 때인 서기 751년도 어간이었다. 그런데 레오나르도다빈치가 모나리자를 그린 것도 그로부터 정확히 751년 후였다. 석굴암 본존부처의 신비로운 미소를 자아낸 신라의 천재 명장 김대성 장인이 레오나르도다빈치로 환생해 751년 후에 이탈리아에서 모나리자의 미소를 재탄생 시켰는지도 모를 일이었다. 그는 하늘님의 조화는 정말 오묘하고 신묘하다고 다시 한 번 생각했다. 그러던 그가 불현듯 고개를 들었다.

"인자 올 때가 된 것 가튼디, 나의 그노시스, 즉 영지靈知, 다시 말허믄 나의 신비로운 직관이 다른 영적 존재와 나와의 운명적 만남을 예고하는 만큼 인자 올 때가 됐을 텐디…."

그는 나지막이 중얼거렸다. 그는 본존불을 향했던 몸을 석굴암 입구쪽으로 돌려세웠다. 그 순간이었다.

"끌배이거지같은 까꼬막언덕길이 와 이래 많노? 그라고 날은 와 이래 춥노, 옷 단디단단히 입었는데도 디게 춥데이. 짜달시리별로 볼 것도 없는 것 같은데 만다꼬뭐 한다고 아침부터 쌔가 빠지게 설쳐댔나 모르겠데이."

갑자기 걸쭉한 경상도 사투리가 적막이 흐르는 석굴암 전실에 쩌렁쩌렁 울려 퍼졌다. 본존부처 등등과 심심상인心心相印, 즉 무언의 대화를 하면서 평소 정갈했던 마음을 더욱 고요하게 다스려놓았던 그는 미간을 살짝 찌푸리며 소리의 주인을 향해 고개를 들었다.

"와, 뭘 보는데? 우얄 낀데어쩔 건데!"

호리호리한 모습에 곱슬머리가 치렁치렁한 인물이 전실로 들어오다 그를 노려보며 눈을 치켜뜨고 있었다. 강추위에도 불구하고 트렌치코트 같은 외투를 멋스럽게 차려입고 있었다. 늘씬한 몸매나 고운 머리칼, 그리고 맑은 피부를 보면 여자 같았다. 하지만 도전적인 태도나 걸쭉한 입담을 보면 뒷골목에서 여러 해 굴러먹은 거친 사내 같기도 했다. 놀란 그는 황급히 눈을 내리깔고 고개를 돌려버렸다. 그러자 뭔지 정확히 알 순 없지만 무언가 더 험한 말이 그의 뒤통수에 쏟아졌다.

"인마 보래이, 내가 끌배이거지로 보이나? 다리다른 사람는 안 그라는데 와 니는 나를 째려보노 말이다. 잉, 내 말이 말 같지 않나? 자슥 확 한 귀티귀퉁이 쌔리삘라때려 버릴라!"

속수무책으로 당하던 그는 본존부처나 천왕들 그리고 여러 보살 보기가 너무도 민망했다.

석굴암을 찾아온 관광객들도 곱슬머리 인물의 갑작스러운 험악한 말투에 당황했다. 대체 웬일인가 싶었는지 곱슬머리 인물을 쳐다봤다가 그를 쳐다봤다 하면서 웅성거렸다.

'옴마, 암만 봐도 놈인지, 아니면 년인지 모를 상껏이 요로코롬 험한 주둥이를 가졌다냐! 근디 나는 또 여러 부처님 앞에서 뭔 망신이여 시방! 나가 오늘은 갑자기 재수가 없는 모양이시, 이런 잡껏을 또 만나고 말이시…. 근디 저 잡껏헌티 사과를 안 허믄 여그서 더 큰 봉변을 당헐지도 몰른께로 얼른 사과허고 끝내부러야 것구만. 원 이것 참 남사스러

워서 ^{부끄러워서}….'

그는 기가 막히고 코가 다 막혔다. 인간 세상을 막장이라고 흔히 말한다고 들어왔었다. 헌데 그저 한번 쳐다봤다는 이유로 자신이 자기보다 어리고 여려 보이는 존재에게 이처럼 험한 말을 들을 줄은 상상도 못 했다.

"아따 미안허당께. 나가 딴 맴을 묵고 쳐다본 거시 아니라 그냥 누가 여기로 들어옹께로 그저 아무 생각 없이 봤을 뿐이당께요. 그렁께 선상님이 이해혀 주시오. 미안허구만이라."

그가 고개를 숙이며 공손히 사과했다.

"머라캔노_{뭐라고했니}? 선상님! 선상님이라 캔나? 나가 와 니 선상님이고? 그라고 나를 그저 아무 생각 없이 쳐다봤따꼬? 니한테는 내가 심심풀이 땅꽁인갑제, 잉? 퍼뜩 말하라카이! 니 내 보골챌라꼬 그라나_{화를 내도록 놀리려고 하나}?"

그는 그 인물의 말을 반은 알아듣지만, 나머지 반은 도무지 무슨 말인지 알 수가 없다는 표정이었다. 하지만 목소리가 커지고 말끝이 올라가는 것으로 봐서 상대방이 더욱더 시비조로 나온다는 것만 알아차릴 수 있는 듯 보였다. 얼른 상황을 마무리해야 했다.

'흐으미 오살놈! 아니 년인가? 나가 말이시 웬 양아치 같은 건달헌티 잘못 걸려 드르븐 모양이구마! 존귀허신 부처님들 앞에서 솔찬히 껄쩍찌근 허지만 그래도 남사시러운께 빨리 사과허고 매듭지어야 쓰겄구만!'

그가 다시 한 번 분한 마음을 다잡고 그 인물에게 더욱 정중한 사과를 하려는 그 순간이었다.

"어서 오시지요!"

여전히 미소를 띤 채 둘의 대화를 지켜보던 본존부처가 갑자기 몸을 일으키더니 그 인물을 향해 합장 배례했다. 그러자 그 인물은 잠시 당황한 듯 보였다. 무언가 예측하지 못한 상황이라도 벌어진 듯 천방지방 天方地方크게 허둥거렸다.

"옴마야! 부처님들이 다 여기 계셨네예, 몽창실이 식겁했심니더끔찍하게 놀랐습니다. 인사드리겠심더. 지가 떠들어서 시끄러우셨지예? 일마가이놈이 갑자기 지를 쳐다보는데 갑자기 지가 식겁했다놀랐다 아입니꺼! 무언가 지를 압도할라는 기운이 느껴지데예. 처음엔 그 기운이 좋은 기운인지 나쁜 기운인지 분간이 서지 않아서 일단 지도 기선을 제압할라꼬 일부러 그런 겁니데이. 근데 지금 보니까네 일마가 저맹키로 여러 부처님들하고 같이 요개여기서 마음속으로 대화 중인 갑네예? 그런 상황을 몰라 뵈서 죄송합니데이. 부처님들 용서하이소."

그 인물은 부처님들과의 대화를 통해 이윽고 안정을 찾아가는 듯했다. 그 인물은 갑자기 씨익 웃으며 자신의 오른손을 그에게 내밀었다. 화해의 악수를 청하는가 싶었다.

'이건 또 뭔 꿍꿍이속이다냐? 금방꺼정 성난 낯바닥으로 욕지거리를 나불대다가 갑자기 악수허자는 속셈은 뭐셔, 워따메, 요즘 것들은 증말로 속 맴을 알 수가 없당께. 근디 악수를 안 허믄 또 뭔 지랄 발광을 헐지 모릉께 얼른 악수허는 시늉이라도 혀야 쓰것구만! 근디 이 잡것 허고는 증말로 악수허고 잡지 않는디 우짜쓴다냐!'

그는 그 인물을 향해 머뭇머뭇 손을 내밀었다. 그 인물은 거침없이 그의 손을 맞잡아왔다.

'파파팟!'

그 순간이었다. 초신성이 폭발하듯 갑자기 석굴암을 중심으로 엄청난 정백精白의 광휘가 터져 올랐다. 그 광채는 석굴암의 내·외벽을 일거에 관통해 하늘로 솟구치고 땅으로 꺼지는가 하면 사방팔방으로 폭발하듯 쏟아지며 우주 사방을 환히 밝혔다. 두 사람의 손이 맞닿은 순간 두 사람의 몸에선 두 개의 초초고압선에서 불꽃이 일 듯 상상할 수 없을 만큼 순백의 빛이 터져 나왔다. 일순간 두 사람은 서로의 존재를 알아보고 놀랐다. 하지만 관광객들은 달랐다. 한겨울, 마른하늘에서 갑자기 번뜩이는 초대형 번개와 뒤를 이은 엄청난 벼락처럼 광채와 진동이 토함산 정상을 온통 뒤흔들어 놓았지만, 그들은 어떤 낌새도 알아채지 못하는 모습이었다. 둘은 서로를 마주 보며 하늘과 땅이 마치 억겁의 인연을 관통해 영원인 듯 깊게 알아왔던 것처럼 반가워했다.

"오메, 니 예수구마!"

"맞다, 엉가언니는 부처 맞제?"

두 사람은 놀라는 표정을 지으며 서로의 얼굴을 찬찬히 바라봤다. 꼭 잡은 두 사람의 손에 한층 더 힘이 들어갔다. 두 사람은 3천 대천세계보다 더 큰 우주정신을 미립자보다 더 작을 석굴암 공간에조차 넉넉하게 담아두고 앉은 본존부처의 입꼬리가 조금 더 위로 치켜 올라가고 있음을 대번에 간파했다.

나무아미 타아불?
나무 아미타불?

"엉가, 참으로 미안타!"

그에게 예수라 불린 그 인물이 부처라 불린 그에게 사과의 말을 했다. 부처는 예수의 갑작스러운 사과가 떨떠름했지만, 그 사과를 받지 않을 순 없었다. 오늘 이곳에서 '평생의 도반을 만날 것'이란 하늘의 계시가 있었기 때문이었을 것이었다. 악수 순간 천지간을 밝히고 우주를 울리는 대격동이 있었던 만큼 예수는 자신의 '평생 도반'이 틀림없을 것이기 때문이었다. 부처가 비로소 찌푸렸던 미간을 편 뒤 예수를 향해 활짝 웃었다.

"그려 알았구만, 근디 '엉가'란 말이 뭔 뜻이여? 전에 많이 들어본 것도 가튼디 말이시."

부처가 물었다.

"엉가는 언니란 말이데이, 모르나? 엉가가 나보다 나이가 더 많이 들어 보여서 받들어 모실라꼬 그런 기라! 엉가가 싫나? 그라믄 그냥 할배라 하까?"

예수의 말에 부처는 어이가 없었다. 하지만 나이가 들어 보이는 할배보다는 찜찜해도 엉가가 더 나을 듯도 싶었다. 그런데 예수가 하필이면

형이 아니라 언니라 하는지 아리송했다.

'뭐셔, 나가 여자처럼 보이는 것이여 시방? 아니믄 쨔가 여자인 겨? 근디 자세히 봉께로 쨔가 여자인 것 같기도 허구만. 근디 왜 전에도 이런 생각이 들었던 것 같다는 느낌이 드는지 당최 몰것네!'

부처는 잠시 혼잣말을 했다.

"알았구만. 암튼 나가 태어난 게 이녁보다 560년은 더 됐다는 것은 인정허것구만. 근디 불가에서는 원래 그저 나이만 많다고 윗사람 대접을 받는 것이 아니란 말이시. 물론 좌차座次라고 혀서 누가 웃사람 자리에 앉을 것인가 허는 순서는 있제. 근디 말이시 기본적으로다가 받들어 모시는 스승의 자리는 말이여 불법의 진리인 '법'과 도덕률인 '율'을 갖춘 분만 올라서시는 게 가능한 겨. 긍께로 나헌티는 엉가니 할배니 뭐시라 부르지 말고 그냥 '부처'라고 불르랑께. 성불한 부처가 절대 아니라, '부처付處' 그러니께 이곳 지구에서 형벌을 받는 사람이란 뜻인 거여. 그라고 자네허고 나허곤 인자 계시를 받은 대로 '평생의 도반'이니께 그저 나를 부처라고 불러부러, 그래야 내 맴이 편하것구만."

부처의 말을 듣고 나서 예수가 말했다.

"엉가가 방금 말했다 아이가, '좌차座次'라는 제도가 있따꼬. 좌차가 뭐꼬? 신분이 높든 낮든 먼저 출가한 사람이 승려의 나이, 즉 승랍僧臘에 의해 자리가 정해지는 것 아이가? 그라믄 엉가가 나보다 속세의 나이도 많고 또 불가의 나이도 많은데 함부로 이름을 부르면 되긋나?"

예수가 경우를 따졌다. 그때 부처가 짓궂은 미소를 지으면서 물었다.

"승가의 서열인 좌차를 따른다고 했제? 그라믄 예수는 시방 나를 따라서 불가에 귀의한다는 말이여?"

두 볼이 붉어진 예수가 부처를 바라보며 눈을 흘겼다. 좀 전 마치 천둥벌거숭이나 불량배 같았던 예수는 어디 가고 새침 땐 예수의 고우면서도 범접하기 힘든 자태가 불현듯 드러나 보였다.

"아녀, 아녀, 농담이시. 오해는 허덜 말라고. 그라고 말여 우리가 서로에게 '평생의 도반'이 될 거라는 계시를 각자 똑같이 받았잖여? 인자부터는 바로 그 점에만 주목허자고. 긍께로 나를 형이라 부르던 언니라 부르던 상관없어부러. 부처라고 불러도 좋고 할배나 할매도 좋당께!"

부처가 웃음 띤 얼굴로 손사래를 치며 말했다. 예수도 화난 표정을 풀고 웃는 낯으로 돌아갔다.

"알았다. 인자부터 그냥 부처라고 부르께. 니는 내한테 그냥 예수隸首라 케라! 예수란 말은 그저 세상을 받들어 섬기는 종의 우두머리란 뜻이라카이, 알긋나?"

부처도 고개를 끄덕였다.

"인자 뭐할 낀데?"

예수가 물었다.

"여기 기신 부처님들께서 대자대비하신 은혜로 우리를 서로 만나고 알아보게 해 주셨응께 인자 이곳에서의 볼일은 끝난 거시여. 우리 서서히 우리가 있어야 할 세상으로 가야제. 안 그라요 부처님덜?"

부처가 본존부처를 비롯한 문수보살과 보현보살 등 석굴암에 자리한 여러 부처님을 둘러보며 물었다. 그의 물음에 화답하듯 본존부처의 이마에 자리한 백호가 번쩍 빛을 발하더니 그 광명을 무량 세계에 영롱하고 신비롭게 비추었다.

"나무아미 타아불!"

예수가 부처님들을 향해 합장한 뒤 나지막이 불호를 외웠다.

"히힛!"

예수가 고개를 들어보니 부처가 자신이 합장한 모습을 내려다보며 웃고 있었다.

"야! 뭐꼬?"

온화했던 예수가 다시 좀 전의 험상궂은 모습으로 돌아가 부처를 쏘아봤다.

"아녀, 아녀, 그냥 갑자기 뭔 생각이 나서 그랬구만 이녁을 비웃을라고 그란 것이 아니시!"

"자슥, 뭔데?"

실없는 소리를 했다간 가만두지 않겠다는 듯 예수가 갑자기 험상궂은 얼굴로 부처를 채근했다.

"이녁이 금방 '나무아미 타—아—불'이라고 불호佛號, 그러니까 아미타부처님을 부르는 육자명호六字名號를 외웠잖여! 근디 말이시 이 '나무아미타불'이란 말이 뭔 뜻인지 알것능가? 원래 나무아미타불은 산스크리트어로 '아미타부처님께 귀의합니다'란 뜻이랑께. '나무'는 산스크리트어 'namas'로 귀의歸依나 귀명歸命 같은 뜻이거덩. 그라고 나무 뒤에 나오는 '아미타불'은 우리 종교에서 말하는 서방 극락세계의 부처님을 말혀, 다른 이름으로 무량수불無量壽佛, 혹은 무량광불無量光佛이라고도 헌당께. 그러니께 나무아미타불이란 육자명호를 헐라 치믄 귀의한다는 뜻의 '나무'와 아미타부처님을 가리키는 '아미타불'을 합쳐서 '나무—아미타불'이라고 허거나 그냥 낱말을 죽 이어서 '나무아미타불'이라고 혀야제 '나무아미 타—아—불'이라고 허는 것은 '아버지— 가방에— 들어가셨다'라고 허는 것과 같은 것이여. 그래서 나가 쬐가 웃겨서 웃음이 터져 나온 것이구만. 맬갑시이유 없이 놀릴라고 헌 것이 아니시. 미안혀, 이해혀 주더라고…"

부처가 예수의 심기를 건드리지 않으려는 듯 조심스레 말했다. 예수의 상기됐던 얼굴에 다시금 평온한 빛이 감돌기 시작했다.

"은지예괜찮아요! 내사 엉가가 내를 놀리는 줄 알았다. 미안타. 아무튼, 한 개 배웠다 아이가. 그라니까네 '관세음보살께 귀의합니다'라고 할라믄 '나무— 관세음보살'이라고 하거나 그냥 죽 말을 이어서 '나무관세음보살'이라꼬 하모 되는 갑다, 그쟈?"

"그려, 근디 아무튼 이녁이 불호인, 육자명호를 아무런 거리낌 없이 외워줘서 고맙구먼. 이녁의 품 넓은 사랑과 관용의 정신이 참으로 존경스럽다 이 말이여."

"와? 예수는 부처를 찾아가 예불에 참여하면 안 되는 기가? 마찬가지로 부처는 예수상 앞에서 무릎 꿇고 하늘님의 크신 사랑을 칭송하믄 안되나 말이다."

"암만, 맞제. 하늘님이 우주를 내시고 세상을 내심에 있어, 뭇 생물들이 서로 시기허고 질투험시로 자기만 맞는 것맹키로 싸우라고 허셨것어? 하늘의 뜻은 만물의 상생과 공존, 그리고 평화라는 생각이 들지 않냐고! 물론 그려. 삶의 과정에서 앙칼진 싸움닭들맹키로 자기의 성정이 키워져 왔다거나 독한 벌레처럼 자신의 품성이 표독스럽게 왜곡돼 온 경우라면 다르것제."

"그런 자들이 하늘의 뜻인 포용과 상생, 공존 그리고 평화를 항상 깨려고 한다는 말이가?"

"나도 뭘러, 근디 항상 자기만 옳다, 자기들만 최고다 허는 부류들의 특징이 뭐 같은디?"

"그거야 뭐 상생보다는 상극相剋 아이겠나? 공존보다는 독존獨存일 끼고 평화보다는 전쟁이것제."

예수가 깊은 한숨을 내쉬며 말했다.

"그려, 하늘의 뜻을 모르거나 왜곡하려는 자들은 항상 자기들만의 생각, 자신만의 믿음이 최고라는 허접한 망상에 사로잡혀 있제. 그래서 자신들의 종교나 자신들의 생각이 최고라고 혐시로 다른 종교나 생각은 아예 말살해야 할 대상이라고 선동질허는 거시여. 자신들의 패거리가 아니믄 상생 자체를 부정혀! 그라고 다른 모든 존귀한 존재들마저 상극이라고 가르치는 거랑께. 공존보다는 '패권霸權적 독존獨存'이란 망상에 젖어 악기惡氣와 독기毒氣를 내뿜는 거시여. 그람시로 항상 평화를 깨뜨리고 갈등과 충돌이라는 전쟁상황으로 몰아가는 거제."

"맞다. 그런 어리석은 생각과 어두운 사술邪術에 속은 수많은 사람들이 성전聖戰이라는 미망迷妄 아래 미친 듯이 전쟁터로 내달았제. 그러면서 악마적인 살육 행각으로 피의 죄과를 켜켜이 뒤집어썼던 일이 역사적으로 월매나 많았노? 그 말 많은 '종교전쟁'들 말이다. 또 인종청소라는 형태를 띠었지만 결국은 종교적 광신에서 빚어진 비인간적인 대학살들도 많았다 카데."

예수가 괴로운 표정으로 인간의 치욕스런 과거 역사를 끄집어냈다.

"그려, 그런 추악한 살육전쟁들은 결코 하늘에 대한 믿음의 문제 때문이 아니었제. 그것들은 하늘에 대한 신앙을 빙자憑藉했지만 속내는 상업화되고 세속화된 권력집단, 즉 종교라는 타락한 조직이 권력과 결탁

해 꾸며낸 악마적 광기의 발현이었제!"

부처도 괴로운 듯 말끝이 떨려오다가 이내 아득히 흐려졌다.

"하늘에 대한 선한 인간들의 맑고도 푸른 신앙을 어두운 세력들이 종교라는 세속의 틀 속에 가둬놓기 시작하면서 착한 인간들의 선한 믿음이 타락하기 시작한 것이제. 정치적 목적 혹은 권력 장악을 위한 수단으로 신앙을 악용하려는 자들이 신앙을 종교라는 틀로 묶어 지배의 효율성을 높이려 한 것이란 말이시."

"상업적 목적, 그라니까네 돈을 벌기 위한 방편으로 신앙과 종교를 교묘하게 혼동시켜 어리석은 신도들에게 삥 뜯어 온 사이비 종교인들도 넘쳐나는 것 아잉교?"

예수가 맞장구를 쳐왔다.

"그려, 하늘의 참다움을 굳게 믿고 내면의 울림을 올바른 가르침으로 지키면서 경건하게 따르는 것, 이것을 우리는 신앙이라 허지 않것는가! 그렇게만 헌다믄 하늘의 참다움에 무슨 시기와 질투와 갈등과 분노 그리고 대결이 있것냐 말이시!"

고개를 끄덕이던 예수가 다시 입을 열었다.

"성서에 보믄 요한계시록이 있다 아이가, 그런데 이 요한계시록 22장 13절에 보믄 예수가 '나는 알파이며 오메가이고, 처음이며 마지막이고, 시작이며 마침이다'라꼬 말했다 칸다. 알파요 오메가며 처음이며 마지막, 또 시작이자 마침! 이것은 무슨 말이고? 이것은 하늘의 뜻은 부분이 아니고 전체라는 뜻 아니겠나, 이것저것 패를 나눠서 갈등하고 대립하는 것이 아닌 그 모든 것을 품고 하나 되는 무한 사랑의 존재란 말인 기라. 이 말 하나에 그 모든 것이 담겨 있다는 생각 안 드나? 그런데도 일부 어두운 세력들은 정치적, 혹은 상업적 목적에서 이 말씀조차 이리저리 헛갈리게 설명하고 여러 궤변 같은 해석들을 내놓을라꼬 한다. 하나 된 세상, 한없는 사랑의 우주라는 진리의 틀을 깨뜨리지 않으모 그들의 무서운 권력욕이나 탐욕스런 돈 욕심을 채울 수 없기 때문인 기라."

"글제, 불가에서도 부처님을 대자대비大慈大悲허다고 헌당께. 그러니께 부처님은 너무도 크신 존재다 봉께 뭇 중생들과 모든 생명에 대해 평등하게 대하시고 그들을 이해하고 돌보신다 그런 말이시. 그랑께로 예수님이나 부처님 둘 다 세상 모든 존재를 똑같이 사랑허고 아끼고 돌보시는 분이라는 뜻 아니것능가? 그란디도 사이비 잡것들은 그런 훌륭한 분들의 고결한 정신을 항상 비틀라고 허제. 지 똥대가리 속의 개똥철학을 집어넣고 우수마발牛溲馬勃로 꽉 찬 논리를 비빔짬뽕 시킨당께. 그래가꼬 무슨 깨우침을 얻었담시로 부처나 예수가 오신 근본 믿음을 왜곡시킬라 헌당께. 정통 믿음을 부정함시로 외파니 쪽파니 무슨 무슨 각종 파를 만들어 싸대는 거여. 그란 뒤에는 니는 이단異端이고 나는 삼단이니 뭐니 험시로 부처나 예수의 이름을 팔아서 피 튀기는 파벌 싸움도 서슴지 않는 거제. 그 이유가 다 뭐겄어?"

예수가 고개를 끄덕이며 맞장구쳤다.

"진실한 믿음 즉 신앙 자체는 결코 돈벌이가 되지 않기 때문에 그래 한다꼬 말할라 카는 거제? 그라고 정통 신앙이 추구하는, 하늘에 대한 순수한 외경은 세속적 권력 획득이나 유지에 전혀 보탬이 되지 않는다, 그래서 권력욕에 눈먼 사이비 교주나 종교 지도자들이 정통 신앙이나 진실한 믿음을 변질시키려는 술수나 음모를 꾸준히 부리고 있다는 뜻, 맞제?"

부처가 괴롭게 한숨을 쉬며 예수의 말에 수긍한다는 듯 고개를 끄덕였다.

"그란당께, 심지어 하늘님의 말씀을 가르친다는 어떤 작자는 신자들이 보는 앞에서 하늘에 주먹을 들이밀어 삿대질을 험시로 '하늘님 까불면 나헌티 뒤지게 터져!' 라고 혔다드만. 워뎌? 오메 살 떨린 거! 차말로 이녁이 나서야 헐 때가 임박했다는 생각 안 들어? 진짜로 세상 말세가 안됐냐고, 잉? 하늘님도 참으로 불쌍혀, 아 생각혀봐, 맨날 자신을 창조주님이니 뭐니라고 오매불망 울며불며 이름을 불러댐시로 숭배헌다고 하던 언 놈이, 어느 날 갑자기 자기헌티 시꺼먼 주먹을 쥐고 내휘두르는 거여! 그람시로 '니 까불면 나헌티 뒤지게 터져!' 그래 보랑께! 오메! 도시당췌 이것이 뭔 사태여, 응? 아무리 생각혀봐도 이것에 비하믄 1·4후퇴는 난리도 아녀. 차말로 시상에 눈앞이 컴컴허고 혼백魂魄 꺼정 다 달아나는 것 같지 않것냐고? 지뿐만 아니라 지가 믿는다는 종교의 존재 자체를 부정허는 것 아녀? 또 지가 하늘님보다 더 높다는 뜻이제…. 그란디 하늘님은 암시랑토 않은 갑더라고! 한두 번 당해보신 거시 아닌 갑드랑께! 허기사 하늘님이 저 높은 곳에 계시면서 보시믄 그야말로 바이러스보다 더 작은 놈이께 그냥 무시허시는 거겠제. 시방 시상에는 이러코럼 돈에 돌아버리고 권력에 영혼이 흐려져서 헤까닥 해버린 아그들이 넘쳐난께 하는 말이여. 정확히 말허믄 시방 세계만이 아니제, 오늘날이나 옛날이나 마찬가지였을 거구만! 쯧쯧. 근디 뭔 놈의 인간 시상이 그란당가!"

부처의 한탄인지 넋두리인지 모를 말을 듣고 있던 예수가 무거운 마음으로 입을 열었다.

"그런데 더 문제는 그렇게 헤까닥 해 버린 녀석을 지들의 종교 지도자라고 믿고 떠받드는 어리석은 신도들인기라. 신도들이 정말로 불쌍타. 현명한 신도, 아니 최소한 상식적인 신도가 단 한 명만 있으모 그렇게 헤까닥 하는 종교 지도자가 나올 수 없는 것 아이겠나 말이다. 어찌보믄 그렇게 헤까닥 해버린 자칭타칭 지도자라는 자나, 그런 헤까닥 한 자를 따르는 신도나 모두 그렇고 그러다 보니까 그런 상황이 빚어지는 것 아이겠나? 모두가 똥인지 오줌인지 콜라인지 간장인지 분간 못 하고 헤까닥한 그런 상황 말이다."

예수의 말을 괴롭게 듣고 있던 부처가 나섰다.

"그려, 물론 불가에서도 법당 안에 앉혀놓은 불상을 유명한 스님이 도끼로 쪼개 장작으로 써버렸다는 고사가 있당께. '단하소불丹霞燒佛'이란 야그로 중국의 마조도일 선사 때 단하천연丹霞天然이라는, 훗날 유명해진 스님의 고사古事란 말이시. 근디 그것은 알다시피 부처의 대자대비한 정신을 숭상하는 것이 아니라 그저 나무로 깎아놓은 불상만을 그저 우상처럼 숭배허는 일부 어리석은 불자들에게 깨우침을 주려는 고육지책苦肉之策이었을 뿐이랑께. 정말로 숭고한 부처의 정신을 깨닫고 배우라는 뜻이제, 부처님을 모욕허라는 짓이 아니었당께. 하늘님헌티 주먹으로 감자를 멕임시로 하늘 정신을 모욕허는, 하루살이만도 못한 미치광이, 자칭 종교 지도자란 자의 막장 패악질허곤 차원이 달라도 너무 다른 것이제."

부처가 괴롭게 말했다.

"맞다 아이가! 순박한 인간들의 내적 믿음들이 모여 절대자에 대한 신앙이 된 것까진 좋았다. 헌데 신앙을 상업적이고 정치적 목적으로 종교화하는 과정에서 진짜 신앙은 거의 사라져 버린 기라. 신자들은 사이비 교주를 위해 돈을 벌어오는 앵벌이들이 됐다, 그쟈? 교주들은 자신들의 더 공고한 신분보장을 위해 신자들의 머릿수를 내세워 가꼬 정치상인들 그라니까네 정상배들과 거래를 하는 것 아이겠나. 혼탁한 정치사회와 타락한 종교사회는 각별한 공존공생의 관계를 가지는 경우가 많다카데. 거기다 국가의 리더쉽까지 혼용무도昏庸無道하다카믄 그야말로 혼란과 혼돈의 끝판왕 아이겠나? 라그나로크Ragnarøkkr, 그러니까네 북유럽신화에서 이미 말하고 있는 '신들의 황혼' 말이다. 아이고마 이런 것들 보니까네 마, 세상의 종말이 진짜로 펼쳐지는 갑다는 생각이 든다. 성경 요한묵시록이라는 책에서도 아마게돈Armagedōn이라는, 세상의 선善과 악惡이 맞붙는 최후의 전쟁터를 예언했다카데. 우야노! 말세가 되니까네 이런 묘한 상황들이 펼쳐진다꼬 자꾸 생각이 드는 기라. 아이고야 나무아미타불!"

몸서리친 예수가 말을 마치더니 갑자기 옷을 여민 후 합장을 하며 염불을 했다. 부처는 그런 예수를 보며 웃음이 피식 나오는 것을 가까스로 참았다. 만약 괄괄한 예수가 자신이 웃는 것을 본다면 또 '왜 비웃냐'며 시비를 걸지 몰랐기 때문이었다. 하기야 부처가 생각해봐도 시방 세상이 돌아가는 꼴을 보면 십자가든 불상 앞이든 가릴 겨를이 없을 것만 같았다. 부처는 십자가 앞에 넙죽 꿇어앉아 자꾸만 아멘을 외치며 세상 좋아지기를 빌고 또 빌고 싶었다. 진정한 신앙의 지도자가 아닌 사기꾼 종교 지도자들에게 속아 돈 버리고 몸 버리며 급기야 영혼까지 갈취당하는 어리석은 사람들이 더 이상 나오지 않기를 기도하고 싶었다.

길 떠나는
부처와 예수

"가 끼가?"

안타까운 상념에 사로잡혀있던 부처에게 예수가 밑도 끝도 없는 말을 툭 던졌다.

"가세!"

침울한 분위기였던 예수가 예의 괄괄한 모습으로 돌아와 호기롭게 말했다. 둘은 석굴암에 자리한 본존불을 비롯해 여러 보살에게 합장을 한 채 고개를 숙였다. 처음 이들을 맞이할 때 벌떡 일어섰던 본존불과 문수, 보현보살 등 부처님들은 이번에는 자리에서 일어서지는 않았다. 대신 신비로운 미소를 지은 채 가볍게 고개만 끄덕였다. 그분들은 깊은 인연의 끈에 이끌려 함께 기행에 나서려는 둘의 모습에서 이미 그 결과까지 내다보고 있었는지도 몰랐다. 둘은 지체없이 돌아섰다. 둘은 올라온 길을 되짚어 내려가기 시작했다

"아따 춥다야, 근디 인자 산길을 내려가는 건께로 올라올 때 보다는 쪼까 편하기는 허것써야."

"하이고마! 며쌀이나 무따꼬 먹었다고 가자가꼬 까탈스럽게 모독잔타 움직이기 힘들다 그러는기가? 이게 무신 몬당 높은 언덕 도 아이고 그저 알라들 어린애

들 까꼬막_{언덕} 이고로_{이구만}!"

부처가 걸음을 멈추고 예수를 쏘아봤다.

"니가 째래보마 우짤낀데?"

예수가 즉시 톡 쏘아붙이고 나왔다. 부처가 움찔했다.

"아니여야! 나는 긍께로 뭐시냐, 니도 내 나이가 돼 보믄 안당께. 부처님은 예수님보다 6백 살 가까이 더 많잖여? 니도 내 나이가 되믄 이런 산행만 혀도 물팍이며 삭신 이짝저짝이 막 쑤신당께."

부처가 황급히 꼬리를 내리며 치켜뜬 예수의 눈길을 피했다.

'뭔 놈의 느자구없는 가시내가 요로코롬 디게 사납디야! 뭔 말만 헐라믄 말꼬리잡고 늘어지는디 증말로 무서버서 말을 허겄냐 말이여. 나가 말을 말아야 혀, 말을!'

부처가 혼잣말하면서 혀를 찼다. 그저 되도록 말을 섞지 말고 운명지어진 길이나 가는 게 현명할 듯싶었다. 혼자 길을 재촉해 부리나케 내려가는 부처의 뒷모습을 한동안 꼬나보던 예수가 퉤 하고 침을 한번 뱉었다.

'야마리 까진 자슥!'

예수가 부처의 뒤를 졸졸 따랐다.

"바라!"

산을 다 내려왔을 때쯤이었다. 예수가 소리쳤다. 부처의 가슴이 또 덜컥했다.

'오살헐 가시나, 또 뭔 패악질을 부릴라고 근다냐…'

부처가 마땅찮은 표정으로 고개를 돌려 뒤미쳐오는 예수를 바라봤다.

"니 혹시, 여서 개죽은 시장 어딩가 아나?"

순간 부처의 가슴이 철렁했다.

'오메 이놈의 가시나가 인자 개고기가 먹고 자픈가베! 근디 뭔 놈의 느작없는 가시나가 불자들은 고기를 꺼린다는 사실을 다 알 텐디도 새삼 나헌티 개죽은 시장을 묻고 자빠졌당가, 시방 이거슨 나를 놀리는 거시여, 분명! 글제 잉?'

부처는 속으로 기분이 매우 상했다. 한마디 안 할 수가 없었다.

"어이 예수, 우리가 어쩔 수 없이 당분간 함께 한국기행을 해야 할 운명의 끈으로 이어져 있다 해도 서로 지킬 것은 지켜야허지 않것능가? 살생을 금허는 계와 그에 따른 율을 보듬고 살아야허는 우리헌티 개죽은 시장이 어디냐고 묻는 것은 뭔 경우여? 나가 말이여 아무리 내적 성찰이 부족혀서 어설퍼 보여도 명색이 불자란 말이시."

부처의 절절하면서도 애잔한 것 같은 질타가 터져 나왔다.

"풋!"

예수가 갑자기 폭소를 터트렸다. 부처의 얼굴이 빨갛게 상기됐다. 부처는 예수의 행동이 도를 넘었다고 판단했다. 부처의 얼굴에 단호한 결의가 어리기 시작했다. 무언가 결단을 해야만 했다. 그 순간 예수가 먼저 입을 열었다.

"엉가언니! '개죽은 시장' 때문에 그라나? 내 갈차주꾸마가르쳐줄게. 개죽은 시장이란 말은 갱상도 말로 '가까운 시장'이란 뜻이다. 엉가는 배 안고프나? 내사 배가 고파가고파서 시장에서 국시국수라도 한 그륵그릇 끼리무까끓여먹을까 해서 그런기라. 긴데 혼자 무신노므 씨알데없는 상상을 한기고한 거야? 어이?"

예수가 한심하다는 듯 표정으로 부처를 흘겨봤다. 부처의 표정이 급속도로 편안해졌다.

"증말이데? 그랬구만! 나는 차말로 몰렀당께. 그럼 그라제, 예수 자네가 그렇게 막 나갈리는 없제. 휴! 아따 인자 쬐까 멱통이 트이는 것 같당께. 나는 말이시 이녁이, 불가의 다섯 가지 계율 중에서 으뜸인 살생계를 범할라고 허는 줄 알고 그야말로 심장이 쫄깃해 졌었당께. 암튼 인자 맴이 놓이네 그랴. 암만."

부처가 정말로 안도의 한숨을 쉬었다. 그런 부처를 보며 혀를 끌끌 차던 예수가 불현듯 물었다.

"엉가가 불가의 다섯 가지 계율을 말하니까네 내사 몇 가지 물어보고 싶은 게 있꾸마. 근데 시방 배가 고프니까네 우리 먼저 뭣 좀 묵자. 보니까네 저기 기티귀퉁이에 콩나물국밥집 보인다 아이가. 엉가 우리 일단 저리로 드리가자."

이번엔 예수가 앞장서고 부처가 뒤를 따랐다.

"아이구 오늘은 무슨 좋은 일이 있을라나! 한 쌍의 원앙 같기도 하고 탐스러운 연꽃 송이 같기도 한 분들이 오셨네유, 그래. 근데 콩나물국밥 하나씩 드릴까유? 혹시 모주는 어떠셔유?"

둘이 난로가 가까운 탁자에 자리를 잡고 앉자마자 상당히 큰 키에 몸매가 다부져 보이는 주인 여자가 마치 용수철에 튕겨져 나오듯 주방에서 신속히 튀어나오며 호들갑을 떨었다. 큰 몸매에 비해 매우 유연한 몸놀림이었다. 목에는 5백 원짜리 크기의 주황색 호박 같은 다소 큰 보석이 달린 목걸리를 했는데 유난히도 눈길을 사로잡았다. 아주머니의 호들갑에 예수는 약간 기분이 상한 듯 내뱉었다.

"아지매요, 우린 한 쌍의 원앙 아이시더. 그라고 일마_{이 녀석이}가 어델 봐서 여자로 보이능교?"

예수는 부처를 쳐다봤다. 그러나 주인 여자는 부처가 아닌 예수의 행색을 꼼꼼히 살펴보며 고개를 갸웃거렸다.

"그, 그럼 콩나물국밥 두 개 말아 드릴게유."

당황한 여자가 예수의 눈을 마주치지 못하고 황급히 주방으로 사라져 버렸다. 부처는 예수를 쳐다보며 도무지 알 수 없다는 표정으로 고개를 갸웃거렸다.

"와?"

퉁명스러운 예수의 시비조 말투가 상념의 바닷속을 막 헤엄치려는 부처의 의식 속으로 천둥 치는 울림과 함께 짓쳐들어왔다.

"아, 아니시, 근디 콩나물국밥에다가 모주 한 잔 허믄 딱인디!"

부처가 말을 돌렸다.

"발까 주차뿔라_{발로 차버릴까보다}!"

예수가 부처를 흘겨보며 말했다. 하지만 예수는 이내 못 이기는 척 모주 두 잔을 주문했다.

"여기 국밥하고 모주 나왔슈. 맛있게 드세유."

주인 여자가 냉큼 김이 모락모락 나는 뜨끈한 콩나물국밥 두 개와 모주 두 사발을 내왔다. 여자는 이상하다는 듯 예수와 부처를 한 번 흘깃 쳐다본 뒤 뒤도 돌아보지 않고 주방으로 쏜살같이 사라져 버렸다.

"계란 무도_{먹어도} 되나?"

국밥 위 하얀 테두리 안에 샛노란 빛으로 안착한 달걀을 본 예수가 부처에게 물었다. 생명을 죽이지 말라는 살생계_{殺生戒}가 불자들이 가장 먼저 지켜야 할 법이나 도덕 같은 것이라고 했던 좀 전 부처의 말이 생각났던 모양이었다.

"깔어! 깔어!"

부처가 씨익 미소를 지으며 이상한 말을 하더니 숟가락으로 콩나물국밥 위에 있던 계란을 밑으로 넣어 흰 쌀밥으로 덮어 버렸다.

"야마리 까진 자슥! 알았다 잘 쳐 무라!"

예수가 눈을 흘겼다. 부처는 숟가락으로 허겁지겁 뜨거운 국밥을 잘도 퍼먹기 시작했다. 그런 부처를 예수는 가만히 쳐다보고 있었다.

"왜 그런다냐? 나가 뭐 파계승처럼 보여서 그런갑네. 맞는감?"

예수가 혀를 끌끌 차더니 말했다.

"맞다, 뭔 놈의 부처가 고기를 숨겨놓고 먹는 기가? 불가에서 불자가 해서는 안 되는 다섯 가지 계 중에서 첫 번째가 '살생하지 말라'라 카지 않았드냐?"

우적우적 국밥을 입에 쳐넣고 씹어대던 부처가 한 참 만에 입을 열었다.

"나가 직접 살생헌 것이 아니잖여!"

그러더니 부처는 다시 국밥 한 숟갈을 수북이 퍼서 입안으로 날랐다. 밥그릇 밑에 깔렸던 계란은 노른자가 터졌는지 이미 국물 속으로 배어든 지 오래였다. 부처는 더 이상 아무런 말도 없이 국밥을 먹는 데만 집중했다. 예수도 비로소 국밥 한 숟갈을 퍼 들었다.

"예수, 국밥 위뎌?"

국밥을 다 먹은 부처가 입가를 훔치며 예수에게 물었다.

"칼끼없다."

부처가 어리둥절했다.

"칼끼없다가 뭐여?"

부처의 물음에 예수가 이번에는 선선히 답했다.

"칼끼없다란 말은 갱상도 말로 '더 이상 말할 필요 없이 좋다'란 뜻이다. 이래 추운 날 뜨끈한 국밥 한 그릇이면 최고 아이가?"

부처가 고개를 끄덕였다.

"예수, 아까 이녁이 살생계를 말했잖여. 근디 경계한다는 뜻의 계戒란 불자들이 지켜야 할 도덕 같은 것이여. 불교의 종파마다 여러 가지로 나뉘는데 보통 소승불교에서는 살생과 도둑질, 음행, 거짓말, 그리고 술을 마시지 말라는 오계五戒를 강조허제. 역서 더 나아가서 꽃이나 향기로 치장하지 말라거나 풍류를 즐기지 말라, 높고 아늑한 자리에 올라앉지 말라, 아무 때나 먹지 말라, 보물을 갖지 말라, 같은 팔계나 십계도 있당께. 이런 것들이 다 뭐것어? 속세에 대한 미련을 가장 강력하게 갖게 하는 것들이제. 이런 계율을 지키지 못한다는 것은 몸은 절집에 있어도 마음은 콩밭에 있다는 것이구만!"

부처가 자못 진중한 표정으로 말했다.

"그것을 알믄서도 계란을 국밥 밑바닥에 깔라고 한 기가? 또 니도 삼정육三淨肉 우짜고 저짜고 하믄서 도살 장면을 보지 않았거나 도살의 소리를 듣지 않은 고기, 또 나를 위해 도살되지 않은 고기 같은, 세 가지 깨끗한 고기는 불자들이 먹어도 된다는 헛소리를 씨부릴라카나?"

시답지 않다는 표정의 예수가 다시 힐난조의 말투로 물었다.

"알제, 알구만. 삼정육三淨肉이란 말도 분명 〈열반경涅槃經〉에 나온당께. 가섭迦葉께서 부처님께 삼정육에 대해 질문하는 장면으로 나오제.

가섭이 부처님께 '어찌하여 처음에는 세 종류의 깨끗한 고기를 먹을 수 있다고 허락하셨습니까?'라고 물은께 부처님은 '이는 상황에 따라 점진적으로 통제하기 위한 것이었는데, 이제는 모든 육식을 끊을 줄 알아야 한다'라고 분명히 말씀허셨다고 돼 있다는구만. 또 능가경楞伽經이라는 책에서도 고기를 먹으며 석가모니의 말씀을 왜곡하는 자를 경계하고 있는디, '미래에 어리석은 자들이 계율을 망령되이 언급하며, 정법正法을 어지럽히고 부처인 나를 비방하면서, 내가 육식을 허락했다고 말하며 자신도 먹을 것이다'라고 허셨다는 거여. 부처께서는 이때부터 이미 고기 맛을 잊지 못허는 일부 잘못된 불자들이 삼정육 어쩌고저쩌고 험시로 말도 안 되는 방편법문方便法門을 주장헐 줄 이미 아셨던 거제."

부처가 진지한 표정으로 열반경과 능가경의 사례를 이야기했다. 예수도 이젠 무척 진지한 표정으로 부처의 다음 말을 기다렸다.

"또 〈수능엄경首楞嚴經〉에도 '고기를 먹는 자는 깨달음을 절대 얻지 못할 것이며, 고기를 먹으며 진리를 얻는다는 자는 거짓된 귀신무리들'이라고 말씀헌다는 거여. 자의적인 상태에서 알고도 고기를 먹는 불자들은 계를 어긴 거짓 무리요 귀신무리라고 본 것이제."

예수가 고개를 끄덕이며 말했다.

"무신 무신 핑계를 대더라도 고기를 먹는 것은 즉 살생계와 연계되는 것인만큼 불자들에게는 큰 죄가 되는 것이네, 맞제?"

"그려. 계율 중에는 승려 자격을 잃고 승단에서 쫓겨나는, 이른바 바라이죄波羅夷罪라는 것이 있당께. 거기에는 음란한 행위를 허거나, 도둑질을 허는 것, 살생을 허는 것, 그리고 마지막으로다가 깨우치지 못 했음시로 깨우쳤다고 거짓말하는 것이 있어부러. 그랑께 고기를 먹는 죄는 살생을 조장하거나 방조한 것이니만큼 독실한 불자로서는 해서는 안 되는 행위가 되는 것이제. 정식 승려는 승단에서 쫓겨나야 허는 것이고 말이시."

부처가 자못 진중한 표정으로 말했다. 예수도 할 말이 많은 모양이었다.

"맞다, 엉가가 말한 대로 승단에서 쫓겨나야 할 바라이죄 그러니까 네 가이나들 있는 술집에서 질펀하게 술을 쳐묵꼬 태연하게 2차까지 가는 승려들은 이유 여하를 막론하고 승적을 박탈당해야 하는 거제? 또 시줏돈을 빼돌려 노름하거나 고기를 예사롭게 처먹는 승려들도 마찬가지고 말이다!"

부처가 근엄하게 고개를 끄덕였다.

"또 승잔죄僧殘罪라는 것도 있는디, 승잔죄는 말 그대로 승려인 자신과 동료 승려들의 수행과 정신상태를 해치는 죄를 말혀. 승단에서 쫓겨나지는 않지만, 일시적으로 승려 자격을 정지시키는 정도의 큰 계율위반죄이기도 헌다는구만. 승잔죄의 유형으로는 음탕한 생각으로 여인을 만진다거나 말을 거는 것, 자신만을 위한 큰 집을 짓는 것 등등이제. 그런디 승잔죄에는 말여, 승려가 중매를 서는 것도 들어있다는 거여. 불가에서는 인연을 중시허기 때문에 승려가 나서서 억지 인연을 만들어서는 안 된다는 것이제. 세간에서는 흔히 어떤 승려가 중매를 서서 인연을 만들었네 마네 허는 소리가 상당히 들리는데 말여, 이런 것들이 사실이라믄 이것은 불가에서 금하는 만큼 일단 승려의 죄인 셈이제. 불가의 계를 어긴 것이란 말이시. 참으로 오묘허지 않는가, 잉!"

예수가 고개를 끄덕였다.

"승려가 중매를 서는 것을 불가에서는 못하게 하고 이것이 승잔죄僧

殘罪에 해당한다는 것, 내사 인자 알았다. 그란데 말이다 5계 중에 술을 묵지 말라카는 항목도 있다는데 니 모주 마셔도 괘안나?"

예수의 안쓰러운 질문에 부처는 씨익 웃었다.

"계란을 그릇 밑에 깐 것 맹키로 모주는 술잔이 아니라 물컵에 따라 마시믄 되제. 그라믄 곡주가 아니라 곡차가 된당께."

예수가 다시 부처를 흘겨보며 탄식했다.

"하이고, 야마리 까진 자슥! 니 같은 자슥들이 가이나 데불고 질펀하게 술 쳐묵따가 심심찮게 언론에 사진이 딱 찍히가 빼도 박도 못하믄서 전체 불자들 망신을 주는 것 아이가! 술 쳐묵따 걸린 어떤 지체 높은 불자라는 작자가 그랬다카데, 자기는 룸싸롱 가기는 했어도 구경만 해따꼬! 증말 미친놈 아이가? 지가 데불고 간 동료 불자들이 바라이죄를 범하고 승잔죄를 저지르는 것을 빤히 보면서 즐겼다는 것 아이가! 이기 무신 노므 망발이고, 으이? 근데, 와 너희 쪽에서는 그래 술 쳐묵꼬, 괴기 쳐묵고, 가스나 밝히고 그라믄서 도를 닦는다고 씨부리는, 뻔뻔한 건지 아님 멘탈이 강한 건지 암튼 그런 놈들이 그래 많노?"

예수의 말에 부처가 크게 당황한 표정이었다.

"아따, 너무 글지 말랑께. 어떤 조직이나 단체에도 대부분은 안 그라는디 꼭 물을 흐리는 사람들이 있잖여. 그런 맥락으로 생각혀야제. 아 한 가지만 보고 전부가 그란갑다 그라고 생각하믄 그런 것이 확증편향이 아니고 뭐겠어? 그런 자들은 극히 일부랑께, 일부!"

"뭐? 극히 일부! 쯔쯧…. 나판떼기얼굴 하고는! 니 시방 니들 치부를 개룰라꼬가리려고 그라나? 니 메이로너처럼 조직이나 단체의 잘못이나 악행을 자꾸 개룰라카믄 안되는기라. 그라믄 악행이 독버섯처럼 계속 커진다카이. 그라니까네 바라이죄를 범한 야마리 까진 자슥들은 그 신상을 낱낱이 공개해서 어데로 가든 그 집단에는 있지 못하도록 쪼까내야 한데이. 세금을 내는 국민들에겐 알 권리가 있다 아이가. 또 국민의 세금이 허투루 쓰이지 못하게 하기 위해서도 지원금 등 세금 사용 내역과 그자들의 신상 공개는 필수적인기라."

"그려 근디말여, 취지는 알것는디 아무리 큰 죄를 지었다혀도 그냥 쫓아만 내야제 신상을 공개해불믄 그것은 너무 가혹하잖여. 그라고 그들은 나라의 녹을 먹는 사람들이나 관련법으로 보호를 받는 국가 유공자들도 아닌디 워째서 신상에 대한 국민의 알 권리니, 국민 세금 사용 내역 어짜고 저짜고 헌당가?"

부처의 항변 아닌 항변에 예수가 더욱 한심하다는 듯 부처를 꼬나봤다.

"종교인들이 받는 정부나 지방자치단체 지원금이 월매나 되는지 아나? 그라고 각종 종교단체가 소유한 땅이 월매나 되는지 짐작이나 가나? 그란데 그들은 그런 엄청난 토지를 보유하거나 거래하는 과정에서도 보유세나 취득세 같은 각종 토지 관련 세금 감면 혜택을 받아온 기라. 또 특정 종교인들이 오랜 기간 소득에 대해 비과세 혜택도 받았었다는 것 니도 잘 알제. 그람 그기 뭐꼬, 종교는 사실상 국가, 그라니까네 국민의 세금으로 각종 혜택을 받고 예우를 받았었다는 뜻인 기라. 그랬다믄, 만약 종교인으로서 도리를 어겼거나 품격을 위반할 경우, 국민은 누가 그랬는지 당연히 신상을 알아야 할 권리가 있고 또 그에 따른 처벌을 요구할 권리도 있는 기라. 근데 도대체 뭐가 무서버서 신상 공개를 몬하겠다 하는 기가? 자기들의 과거 비리나 불편한 진실 같은 뭔가 감춰야 할 것들이 답다 많은가 보제! 어찌 보믄 국가와 국민은 선제적으로 어떤 사람들이 전업 종교인인지 그리고 신자들은 누구인지 자료를 제출하라고 할 권리도 있는 거 아이겠나? 국민 자신들이 내는 세금이 누구에게 어떻게 쓰이는지 알 권리 차원에서 말이다. 그라고 세금 포탈 가능성 혹은 종교사기를 막기 위해서라도 말이다."

부처는 예수의 말이 다소 격하다고 생각했다. 하지만 부처는 괴팍한 예수의 신경을 크게 거슬리고 싶지는 않아 조심스럽게 반론을 펼쳤다.

"아따 그래도 종교인들이 받는 어려움도 있잖여! 종교시설 가운데 거의 대부분이 문화재보호구역으로 지정된 어떤 종교는 오히려 재산권 행사에 많은 제약을 받아온 것도 사실이랑께. 그라고 어떤 종교는 전업 종사자들이 그동안 쭉 소득세도 내 왔당께. 그라고 우리 같은 영적 삶을 강조허는 사람들이 국가사회의 질서 유지나 통합 그리고 사회안전망확보 같은 순기능을 헌 게 월메나 많은디! 물론 종교를 빙자혀서 어리석은 자들을 꼬드김시로 신자들의 앞길을 망치고 가정까지 파괴허는 사기꾼들이 있제. 그람시로 결국 국가사회까지 좀먹는 사이비 종교들도 많다는 것은 인정혀. 그렇지만 종교의 폐해를 너무 일반화험시로 종교인들의 신상을 모두 공개허라는 것은 종교의 자유를 침해한다는 오해를 받을 수 있는 것이랑께. 최상위법인 헌법에 위배될 소지가 크다 이 말이시. 그라고 우리끼리 얘긴디 자녀의 이름이 뭐여? 예수 아녀! 나 이름은 뭐여? 부처여! 우리가 종교를 적폐라고 다 까불믄 그것은 자가당착이자 자기모순, 그라고 자기부정이여. 그랑께 우리는 모른 척해야 쓰는구만! 봐도 못 본 척, 알고도 모른 척, 듣고도 못 들은 척! 말이여. 흐흐흐…."

그 순간이었다. '덜컹' 국밥집 현관 유리창이 심하게 흔들렸다. 동해 백두대간을 올라타고 부는 겨울바람은 그 기세가 매서워 어떤 때는 폭풍을 능가했다. 강원도 쪽 동해안에서는 메마른 겨울철 산불들이 매서운 바람을 타고 속수무책으로 커질 만큼 동해의 겨울바람은 만만치가 않았다. 현관문이 덜컹거리자 부처와 예수가 깜짝 놀랐다. 둘은 서로의 얼굴을 쳐다보며 거의 사색이 됐다. 식당 안 다른 사람들과 달리 둘의 반응은 유달라 보였다. 둘은 마치 무언가에 쫓기기라도 하는 듯 민감했다. 안절부절못하던 부처가 벌떡 일어났다. 그러더니 마치 첩보영화의 스파이가 미행자나 감시자가 없는지 살피듯 유리창 곁으로 살금살금 다가섰다. 그러더니 벽 쪽에 바짝 붙어 밖의 동정을 살피기 시작했다. 예수도 안절부절못하는 모습이었다.

그들의 모습을 수상쩍게 살펴보던 식당 아주머니도 밖에 무엇이라도 있는 것인지 궁금해 창밖을 꼼꼼히 살폈다. 창밖엔 겨울 맹추위를 견디기 위해 잔뜩 웅크린 채로 종종걸음치는 행인들만 간간이 보일 뿐이었다. 유리창에 바짝 붙어 거리를 살피던 부처가 '휴' 한숨을 내쉬었다. 그는 안도하는 눈치였다. 그 표정을 살피던 예수도 덩달아 안도의 한숨을 내쉬었다. 부처가 날카로운 눈빛을 한 채 식당 안을 휘 둘러봤다. 부처를 주시하던 식당 주인 여자는 부처와 눈이 마주치지 않으려 고개를 획 돌렸다. 부처는 헛기침하며 좌석으로 돌아왔다. 예수는 밖의 상황을 부처에게 물었다. 부처는 예수에게 자세한 상황을 설명해줬다. 머리를 맞대고 뭔가를 숙의하는 그 둘의 모습을 다시 훔쳐보며 식당 아주머니는 무언가 아주 수상쩍다는 표정을 지었다.

"긴급 속보를 전해드리겠습니다."

바람 소리로 어수선해진 식당 안 TV에서 정규프로그램이 중단되고 느닷없이 뉴스 속보 안내방송이 흘러나왔다. 부처와 예수는 물론 식당 아지매도 뉴스 화면에 눈길을 모았다.

"한·중·일 3국이 해저터널을 통한 22세기형 새로운 세계 교통망 건설과 동북아 평화 구상에 합의했습니다. 한·중·일 3국의 대통령과 주석 그리고 총리는 오늘 제주도에서 회동을 갖고 이 같은 내용에 대해 전격 합의했습니다. 한·중·일 3국을 잇는 해저터널의 중심축은 제주도가 되며 해저터널은 한·중·일 3개국을 상징화해서 3개 층 형태로 건설됩니다. 해저터널 3개 층 가운데 하층은 자기 진공튜브열차 전용 노선으로, 중층은 일반열차, 그리고 상층엔 자동차 전용도로가 각각 왕복 노선 형태로 건설될 예정입니다. 3개국은 오는 2035년까지 해저터널을 완성한다는 기본구상 아래 관련 추진 기구를 구성해 노선의 정확한 건설구간과 운영주체 그리고 기술의 통일성과 수익성 실현방안 등 세부사항을 확정하기로 했습니다. 한·중·일 3국은 21세기에 들어서면서 4차 산업혁명의 주도권과 동북아 정세 등을 놓고 한층 치열한 대결과 반목 그리고 갈등을 빚어 왔습니다. 하지만 자국의 이해관계에 대해서는 누구보다도 강경 보수라는 평가를 받아온 이들 3개국의 통치자들은 외교와 경제의 철저한 분리라는 21세기형 발전전략 아래 전격적으로 3국을 관통하는 해저터널 건설에 합의했습니다. 세계는 향후 미국과 유럽 중심의 세계질서에 커다란 변화가 불가피할 것으로 보고 그 파장을 예의 주시하고 있습니다. 다시 한 번 말씀드립니다. 한·중·일 3국이 해저터널을…."

TV 화면에는 '한·중·일 정상, 3국 연결 해저터널 건설 전격 합의!', '동아시아 세계의 중심으로 부상할 듯', '제주도 중심, 2035년까지 3층 해저터널 건설!','미·유럽 중심 세계질서에 대격변 예고!', '동북아 정세 급변, 세계의 반응 주목!' 등등의 자막들이 깜빡거리며 연달아 바뀌고 있었다.

"80년! 깨달음을 얻는데 거의 한평생이 걸렸다 아이가!"

긴급 속보 자막에 뭔 일인가 싶어 TV에 눈을 고정시켰던 예수가 알 수 없는 말을 내뱉었다. 팔짱을 낀 채 지그시 눈 감고 앉아있던 부처가 천천히 고개를 끄덕였다.

"각성이 쉽다면 인간 세상이 아닌 거제!"

주방에서 날카로운 눈으로 이들을 수상쩍게 바라보던 식당 아지매는 역시 자신의 예감이 틀리지 않았다고 확신했다. 아지매가 목에 매달고 있는 주황색 호박 보석이 반짝 빛났다.

'서로를 부처니 예수라고 부르는 것을 보니께 미친년·놈들이 분명혀! 그리고 뭐 인간 세상 어쩌고저쩌고하는 것도 년·놈들이 또라이라는 것을 가리키는 것 아니것슈. 동지섣달 이 추운 날에 돌아도 한참 돈 것들이…. 쯧쯧.'

혀를 차면서도 식당 주인은 둘의 대화를 더 들어보기로 했다.

"인간의 지성과 영성은 원래 천상의 별, 우주의 기운처럼 충만했던기라. 하늘님이 사람을 세상에 내실 때 원래 지성과 영성 모두를 완벽하게 갖춘 상태로 보내셨다카이! 참말이다. 한 번 들어보거래이. 부처 니는 가장 최고의 인간 지성이 뭐라 생각카나? 그것은 바로 선과 악의 구분 능력 아이겠나? 인간이 에덴동산에서 선과 악을 통찰할 수 있는 선

악과를 따 먹으면서 인간은 그 벌로 원죄를 얻어따카지 안트나? 인간의 후손들이 누구나 예외 없이 원죄를 얻어 태어난다카는 것은 인간 후손들이 모두 다 선과 악을 구분하는 지혜도 함께 갖고 태어난다는 당연한 논리가 성립하는기라. 안그라나?"

예수의 추궁 같은 물음에 부처는 고개를 깊게 끄덕이며 공감을 표시했다. 부처는 예수의 괄괄한 성미를 자극하고 싶지 않았다.

"인간의 후손들 모두가 가장 최고의 지성이자 지혜인, 선과 악을 판단해 내는 능력을 지니고 태어났지만 지금 사람 사는 세상에서 인간들이 최고의 지성적인 행동을 하고 있따꼬 보나? 니도 안 그랄 끼다. 그 이유가 뭔지 아나?"

예수의 물음에 부처가 모르겠다는 듯 고개를 좌우로 흔들었다. 같은 시간 주방 안에서 둘의 대화를 엿듣고 있던 식당 아주머니도 몰래 고개를 가로젓고 있었다.

"내사 갈촤 주까내가 가르쳐 줄까?"

부처가 고개를 끄덕였다. 주방 아지매도 고개를 연신 끄덕였다. 부처를 쳐다보던 예수가 괴롭게 입을 열었다.

"인간 세상의 삶이란 게 결국 인간의 본성을 잃어가도록 만들기 때문인기라!"

'인간 세상의 삶이란 게 결국 인간의 본성을 잃어가도록 만들기 때문?'

부처가 예수의 말을 되뇌어 봤다. 아지매도 예수라는 자의 말을 마음속으로 읊조리고 있었다.

"맞다카이. 영성靈性과 지성知性이 충만한 상태로 태어난 알라들은 원래 그 영지靈知, 그라니까네 서양에서는 GNOSIS 혹은

GNOSTICISM이라꼬 하는데, 이 '신비적 직관'인 영지를 바탕으로 정신과 영혼이 맑고 밝으며 그 영지가 또 면역체계를 튼튼하게 해줘서 질병에도 강한 존재인기라. 마, 정신력이 강하믄 체력이 약해도 다 이겨낸다는 말 몬 들어봤나!"

예수의 계속된 설명을 듣던 부처가 고개를 끄덕이는가 싶더니 다시 고개를 갸웃했다. 여자도 부처의 의문에 당연히 공감이 간다는 듯 고개를 좌우로 갸웃거렸다.

"영지靈知, 그라니까네 지성과 영성이라는 비물질적인 측면이 어떻게 물질인 육체에 영향을 줘서 질병에 대한 면역체계를 강화 혹은 약화시킬 수 있따꼬카는 과학적 근거를 묻고 싶은 것인 기가?"

부처와 여자가 동시에 고개를 끄덕였다.

"내사 갈촤주꾸마. 가장 쉽게 '염력'이란 말 알제. 염력念力은 과거에는 허구이거나 영화 속 상상 정도로만 이해돼 왔다카데. 하지만 지금은 국어사전에도 그 정의가 나와 있다. '오력五力의 하나. 한 가지에 전념하여 그로써 장애를 극복하는 힘'이라고 돼 있다. 또 '초능력의 하나. 정신을 집중함으로써 물체에 손을 대지 아니하고 그 물체의 위치를 옮기는 힘 따위'라고도 돼 있따카데. 그라고 염력念力은 영어단어로도 의미가 규정돼 있는데 싸이코키네시스psychokinesis, 혹은 텔레키네시스telekinesis라꼬도 칸다. 그것은 원래 그리스어로 영혼psyche과 운동kinein을 뜻하는 단어를 합성한 단어라 카더라. 그라고 싸이코키네시스psychokinesis라는 용어는 근래 초심리학超心理學에서도 공식 사용하는 단어라 카드라."

부처는 예수의 장황한 설명에 인상을 찌푸렸다. 예수는 부처의 표정을 봤지만, 영지에 대한 이해를 위해서는 어쩔 수 없다는 결연함으로 말을 이어갔다.

"지난 2019년에 〈가디언〉지는 샌프란시스코 캘리포니아대학 연구팀의 연구성과를 보도했거든. 그 내용은 표현이 불가능한 중환자의 뇌파를 해독해 환자의 의도가 무엇인지 그 내용을 자연스러운 문장으로 전환하는 데 성공했다는 기라. 연구팀은 'ECoG피질전도' 그러니까네 뇌 피질 위에 전극을 놓고 사람이 생명활동을 할 때나 특히 생각할 때 강하게 발생하는 뇌파를 측정하는 방식을 썼다 카더라. 아무 말도 못 하고 몸도 움직일 수 없는 중환자의 생각, 즉 정신작용을 모니터 상에 글자나 문장이라는 물질 형태로 구현해 냈다 카는데 이것은 증말로 엄청난 사건인 기라."

예수의 말에 부처가 크게 놀라는 표정이었다.

"그렇께로 생각의 힘, 즉 염력念力이 물질, 즉 에너지 형태로 바뀌었다는 말인갑네, 긍가?"

"맞다. 이런 맥락으로 보믄 이 염력이라는 말은 열역학 제1 법칙으로도 설명되는 기라. 열역학 1 법칙에 따르면, 어떤 계와 그 주변의 에너지는 항상 일정하다 안 카나? 특정 계는 주변의 에너지를 흡수할 수도 있고, 주변으로 에너지를 방출할 수도 있다는 기라. 다시 말해서 염력이란 것은 '정신력과 체력을 통일시켜서 집중하면 외부에 물리적 힘으로 보여 줄 수 있다' 카는 거제. 염력은 허구가 아닌 과학인 기라. 다시 말한다믄 염력念力은 영력靈力이라고도 할 수 있지 않겠나?"

예수가 부처의 눈치를 살폈다. 부처가 알 듯 말 듯하다는 표정으로 고개를 끄덕였지만, 예수는 부처가 전체를 이해했는지 확신이 서지 않았다.

"워따메, 아이구 답답해! 열역학인가, 열녀학인가 하는 그런 요상한 법칙 같은 거 말구요, 염력에 대해 실제로 정부나 공식기관이 인정한 사례들은 업슈? 그런 사례만 이야기해준다면 쉽게 믿을 수 있을 거구만유!"

갑자기 주방 쪽에서 여자의 큰 고함이 느릿느릿 터져 나왔다. 예수는 물론 부처도 깜짝 놀라 주방 쪽을 쳐다봤다. 주방 쪽에서 당당한 체구의 식당 아지매가 둘을 향해 재빠르게 걸어 나오더니 말했다.

"두 분 말씀을 엿들어서 미안혀유. 식당 안이 워낙 조용혀서 어쩔 수 없었슈. 그란디유, 영지靈知에 대해서 설명하실라믄서 염력을 말씀허시는 이유는 알것는디유. 염력의 실제 사례를 한두 개만 이야기혀 주시면 지는 그냥 쉽게 믿겠슈?"

식탁 바로 옆에 선 여자는 이제 대놓고 그들의 대화에 끼어들겠단 의사를 분명히 밝혔다. 아지매의 목에 대롱대롱 매달린 호박 보석에 두 사람의 눈길이 동시에 모였다. 부처는 느닷없는 훼방꾼에 기분이 약간 상한 듯했다. 여자에게 무슨 말을 하려는 순간 예수가 하지 말라며 눈짓을 했다. 예수가 나섰다.

"아지매요, 염력을 쓴 사람은 세상에 부지기수로 많은데 국가 차원의 공식 검증이 이뤄진 사례만 말하믄 되겠심니꺼?"

여자가 고개를 끄덕였다. 예수가 묘한 표정을 지으며 여자를 훑어본 뒤 입을 열었다.

"러시아의 평범한 가정주부인 니나 쿨라기나라는 사람의 사례인 기라요. 그 주부는 1925년에 태어나 1990년에 죽었다는데 그녀는 그냥 눈으로 보는 것만으로도 성냥갑이나 담뱃갑을 여러 방향으로 이동시키는 장면이 촬영돼 공개됐었다 캅니데이. 또 쿨라기나는 예사롭게 물체를 공중으로 부양시키는가 하모 개구리에서 떼어낸 심장의 박동을 조절하는 능력도 선보였다 카데예. 또 1968년, 그 사실을 안 미국 FBI 는 소련의 KGB가 그녀를 미국의 중요 정보자산을 감춰둔 위치를 염력 으로 파악하는 데 이용할까 두려워 대응팀을 구성했다 캅니데이. 이는 이미 알려진 사실이라예. 또 그보다 백 년 전인 1833년 영국 태생의 다니엘 던글라스 흄이라는 사람은 공중부양levitation의 명수였다 캅니 다. 흄은 1868년 런던에서 사람들이 지켜보는 가운데 자신의 몸을 수 평으로 띄운 채 창문 밖으로 나가서 다른 방 안으로 들어가는 능력도 보였다 캅니다. 그칸다믄 예수님이 물 위를 걸었다는 것도 결코 헛소문 이 아닌 기라요."

예수가 힐끗힐끗 아지매의 표정을 살피며 자못 근엄한 표정으로 말 을 마쳤다. 여자는 물론 부처도 예수의 설명에 뭔가 공감하는 바가 큰 것 같았다. 하지만 사실 예수가 예로 든 러시아의 니나 쿨라기나의 사 례 등은 속임수였거나 정확한 근거가 부족하다는 논란을 불러오기도 했었다. 아무튼, 예수의 말을 듣고 그들의 대화에 본격 끼어든 여자가 다시 예수에게 물었다.

"아까 신부님이, 아니 그쪽에서 한·중·일 3국이 해저터널을 건설 하기로 합의했다는 뉴스 속보를 보시다가 '80년! 깨달음을 얻는데 거 의 한평생이 걸렸다 아이가!'라고 말씀 하셨잖아유? 그 말뜻이 뭐데유? 한·중·일 3국의 해저터널 건설과 80년 만의 깨달음이 워떠케 연결되는 거예유?"

예수는 여자의 날카로운 질문에 다소 놀랐다. 아지매는 예수 쪽으로 목을 쓱 뺀 채 자리를 고쳐 앉았다. 그 바람에 여자의 목에선 목걸이의 호박 보석이 유난히 대롱거렸다. 예수는 여자의 호박 보석이 머리가 아찔하도록 현란하게 반짝거린다는 생각도 들었다.

'관광지 초입 허름한 국밥집 아지매가 별걸 다 묻는데이. 하지만도 질문의 각도가 예리하데이.

그라고 보니까네 잘만하모 마, 나를 따르는 훌륭한 성도가 될 수도 있어 보인다카이…. 그란데 쫌 전에 이 아지매가 내를 보고 신부님이라 캤나? 그러다가 당황하믄서 내를 보고 다시 그쪽이라 캤는데, 내가 가톨릭 신부로 보이는갑다! 아닌가 그기 아닌긴가?'

예수의 머릿속은 순간 복잡해졌다. 예수는 예리한 눈으로 아지매를 머리끝부터 발끝까지 훑어 내리려고 안간힘을 쓰고 있었다. 예수가 자세히 관찰한바 국밥집 아지매는 언뜻 50대로 보였던 것과 달리 고작 3십 대 후반 아니면 4십 대 초반으로 보였다. 한겨울이라 두꺼운 옷을 여러 겹 껴입었기 때문인지 설핏 보면 몹시 둔해 보였지만 실제 행동은 재빨랐던 것도 같았다. 꼼꼼하게 아지매를 살피던 예수는 도무지 아지매의 정체를 알 수 없다는 듯 고개를 가로저었다.

"저어기…. 안 가르쳐 주실 거예유?"

보기에는 영락없는 여자지만 자신이 여자가 아니라고 극구 부인하는 예수를 보면서 식당 주인 여자는 예수를 뭐라 불러야 할지 난감했다. 자기가 보기에 예수라는 사람은 호리호리한 모습에 곱슬머리가 치렁치렁하고 늘씬한 몸매에 맑은 피부를 갖고 있어 아무리 봐도 여자였다. 혹한에도 외투로 트렌치코트를 입고 있는 것만 봐도 추위보다는 매무새를 중시하는 영락없는 아가씨거나 갓 결혼한 신부의 모습이었다. 이곳 관광지를 찾아오는 신혼부부들에게 국밥을 팔아오면서 길러온 자신의 촉이 이미 그런 결론을 내리고 있었다. 헌데 이 둘이 처음 식당에 들어와서 자신이 주문을 받을 때 예수라는 여자가 이상한 말을 했었다. 이 둘이 신혼부부처럼 보여서 한 쌍의 원앙 같다고 했을 때 예수라는 여자는 부처라는 사나이를 가리키며 '이 녀석이 왜 여자로 보이냐'고 쏘아붙였기 때문이다. 그 말은 자신은 당연히 남자이며 부처라는 사람도 남자라는 뜻이었기 때문이다. 30대 초반이거나 끽해야 30대 후반으로 보이지만 이상한 행동과 어투로 남다른 차원의 이야기를 하는 참으로 이상한 사람들이었다.

"아, 예…. 한·중·일 3국의 해저터널 건설 합의가 80년 만의 깨달음이라 카는 것 맞죠? 그기는요 실사구시實事求是라는 현실 철학에 바탕을 둔 실용주의實用主義적 생존전략을 이제사 깨달았다 카는 뜻인 기라예. 그동안 한·중·일 3개국이 2차 세계대전이라 카는 현대사의 불행한 과거에서 헤어나오지 못하고 서로 갈등과 반목, 그리고 대결만 해오던 구도를 깨뜨렸다는 뜻에서 그리 말한 기라예. 그동안 동양의 리더격인 한·중·일 삼국은 서구가 주도하는 지구 문명 발전에 있어 균형자로서 역할을 하지 않았거나 혹은 하지 못하도록 하는 구도 속에 휘말린 측면이 있었다 아임니꺼. 그것은 다 불행한 과거사에서 헤어나오지 못하도록 서로 반목시키는 서구의 책략에 놀아난 측면이 있었던 기라요. 물론 그동안 평화에 대한 세계관이 없는 사람들이 한·중·일 삼국의 국가권력을 잡으면서 그저 국내의 권력다툼에만 함몰돼 결국 현대 지구 문명에서 동양의 역할을 포기한 것도 한 이유일 낍니더."

아지매의 재촉에 예수가 근엄하게 대답했다. 아지매가 뭔지 알 것 같다는 듯 고개를 끄덕였다.

"그러니까 그런 대결과 반목, 그리고 갈등의 구도를 깨뜨리는 것이 바로 지성과 영성 발전의 결과물이다 이건가유?"

눈을 끔뻑이던 아지매가 다시 물었다.

"암만, 암만! 갈등과 대립, 그에 따른 투쟁! 뭐 이런 것들도 지식과 기술의 발달을 가져올 수는 있제. 허지만 지성과 영성의 발전으로 연결되는 것은 결코 아니시! 인류의 지성과 영성이란 것은 착함을 기반으로 한 발전과 번영이랑께. 그라고 지구 전체를 위한 평화와 공존을 추구하려는 인간들의 지적작용과 영적인 본성을 말허는 것이랑께! 그것이 바로 하늘님의 가르치심이고 관세음보살님의 대자대비大慈大悲, 그러께 지극히 크고 끝이 없는 자비로움의 발현인 거시여. 아멘… 나무아미타불, 나무 관세음보살!"

아지매의 물음에 말없이 앉아있던 부처가 끼어들었다. 예수가 다시 한마디 거들었다.

"한·중·일 3개국이 해저터널을 건설한다는 것은 동서양 문명, 선의의 대결 측면에서뿐만 아이라 인류의 과학기술발전 그리고 미래 생존의 가능성 향상에도 엄청난 시사점이 있는 기라. 잘 알다시피 미국에서는 일론머스크가 시속 천KM가 넘는 하이퍼루프, 그러니까네 자기부상형태의 진공튜브열차 운행 시스템을 건설 중이다카이. 이것은 사실상 성공 단계인데 이것이 완전 성공하든 알래스카를 통해서 미국과 러시아를 잇는 해저에 하이퍼루프를 건설하는 사업이 추진될 것은 뻔하데이. 그야말로 비행기보다 더 빠르고, 정시성이 높고 또 대량인, 교통과 물류수송 수단이 생기는 셈인기라. 알래스카 해저를 통한 미국과 러시아의 교통 연결은 이제 호주만 빼고 전 세계가 하나의 대륙으로 연결된다는 것을 뜻하는 기라. 그라고 나중에는 호주도 그런 교통망으로 연결될 것은 뻔한 기라. 그런 인류 최고의 기술력을 통한 하나의 대륙시대 건설을 동양에서는 그저 넋 놓고 바라보고만 있어야 하는 기가? 동양에서도 그런 교통망 건설은 물론 하이퍼 자기부상열차를 만드는 기술을 신속히 갖춰서 서양과의 문명 대결에서 최소한 뒤처지지 않고 더 나아가 앞질러야 하지 않겠나!"

식당 아지매가 그런 것은 처음 들어본다는 듯 신기해했다. 부처가 말을 이어갔다.

"터키 보스포로스 해저터널 완공에서 봤듯이 이미 한국의 해저터널 건설 기술은 세계가 인정하고 있고 자기부상열차 기술도 최고 수준에 달해있다 카데. 지난 2006~7년경 우리 한국도 이런 첨단 기술력들에 대한 기반 기술을 이미 갖춰 놓고 있었단 기라. 하지만도 전남에서 제주 간 해저터널 건설 건이나 자기부상열차의 본격 상용화를 위한 기술개발들이 중요 순간마다 정치적인 이해관계에 휘둘린 기라. 정치권의 이해관계나 식견 부족 때문에 국가발전의 성장 동력 산업으로 채택되는 데 항상 제동이 걸려삣따 카이. 그라믄서 우리나라의 관련 기술들은 한때 거의 비슷한 성장세를 보였던 중국 그리고 일본보다 훨씬 뒤처져버렸다 카더라. 이런 점들에 대해서는 중요 순간마다 정책적 판단 미스를 범한 정치세력들이 책임을 져야 하는데 그들이 과연 그럴 배짱이나 용기, 그리고 염치가 있는지 내는 모르것다. 암튼 한·중·일 삼국이 해저터널 건설에 합의하믄서 이제 이런 기술력들을 본격적으로 실용화하고 개발을 가속화해서 서구와 대등하게 경쟁할 수 있는 돌파구가 생긴 기라. 참으로 감격스럽데이."

"맞어, 참으로 맞당께! 암튼 늦었지만, 이제부터라도 동양 3국이 과거의 갈등과 음모, 술수를 배척하고 진정한 화해와 교류·협력 그리고 그에 따른 상생과 평화 구상으로 나서서 서구 주도의 문명에 동등허게 어깨를 나란히 혔으면 헌당께!"

부처가 추임새를 넣었다. 예수는 더 아무 말도 않고 아지매만 뚫어져라 바라보고 있었다. 아지매는 처음 미친년·놈처럼 보였던 자칭 부처와 예수라는 작자들이 예사로운 사람이 아니라는 쪽으로 생각이 급속히 바뀌기 시작했다. 그런 아지매를 예수는 물론 부처도 꼼꼼히 훑어보고 있었다. 예수에게 한쪽 눈을 찡긋한 부처가 불쑥 말했다.

"초년 운세가 매우 좋지 못했구만! 에이 그러고 보니까 이별 수에다 거시기 에 또, 뭐냐…. 응 그래, 하는 일마다 마가 끼었고 애매한 송사도 겪을 팔자구만!"

부처가 식탁 앞에 선 여자의 위아래로 훑어보더니 마치 점쟁이처럼 혼잣말을 지껄여댔다. 그리곤 아지매 몰래 눈치를 살폈다. 그러나 혼잣말이어도 텅 비다시피한 식당 안에서 그의 말은 주방 깊숙한 곳에서도 충분히 들릴 정도로 컸다. 당연히 자신들 식탁에 들러 앉은 아주머니에겐 신통방통한 술사가 오묘한 운명학을 신들린 듯 풀어내는 것처럼 들렸다. 여자는 심장이 벌떡거렸다. 이처럼 자신의 운명을 족집게처럼 짚어낼 사람은 없을 것 같았다. 자신도 모르게 두 손이 공손하게 모아졌다.

"아이고 도사님! 어쩌면 이렇게 용하시대유? 지가 지금꺼정 한 번도 점사를 듣고 본 적이 없었는데 오늘 제가 귀인을 만났나 봐유. 제 과거를 마치 영화를 보듯이 그대로 들춰 내시는구먼유. 이런 일도 다 있네유. 그란디 앞으로 제 운명은 어쩔까유? 맞추신 김에 한 번 제 운명을 본격적으로 봐 주세유. 복채는 밥값으로 대신하구유."

부처는 부리나케 자신의 입을 두 손으로 감싸 쥐었다. 입에서 하마터면 '앗싸!'라는 말이 튀어나올 뻔했기 때문이었다. 속세에 입신한 지 얼마 안 돼 주머니가 거의 빈 만큼 지금 이 밥값도 어찌해야 할지 내심 고민이었기 때문이었다. 여자가 부처를 바라보는 품이 예사롭지 않았다. 여자는 비로소 부처의 이름과 존재를 인정하는 모습이었다. 물론 예수라는 이름도 함께였다.

"아이고 내 정신 좀 봐유, 잠시만 기달리셔유 지가 뭐 좀 더 내 올께유."

여자는 둘의 대답도 듣지 않고 주방으로 휙 내달렸다. 말투는 다소 느린 것 같은데 몸은 날렵했다. 끝말은 이미 주방에서 들려오고 있을 정도였다.

"우예된 기가? 엉가, 니 역학도 아나?"

예수가 놀랐다는 듯 부처에게 바짝 다가들어 낮은 목소리로 물었다.

"아, 점치는 것 그것 말이여! 그것은 기본 아니여? 쪼깨만 기달려 봐 이녁도 원했던 결과가 나올 듯싶으니께 말여!"

부처가 소곤댔다. 예수는 여전히 무척 신기하다는 반응이었다. 예수는 부처에게서 눈을 떼지 못했다.

"아, 그렇게 보덜 말어. 이 식당에 손님이 거의 없는 거나 저 여자 꼬라지를 보믄 답이 턱 나오지 않냐고? 점쟁이가 아주 애매하고 모호한 말을 해도 사람들은 다 자신의 상황과 꼭 일치한다고 믿는다는, 심리학자 버트럼 포러Bertram Forer의 바넘 효과를 굳이 들먹이지는 않을 것구만. 암튼 자네나 나나 적어도 우리 같은 존재들은 속세의 인간들이나 신도들에게 강한 믿음과 확신을 주어야 한당께. 그럴라믄 우리

자신부터 스스로 굳게 믿어야 써. 그라고 그런 믿음을 바탕으로 더욱 경건하고 근엄한 모습을 보여줘야 한당께! 속세에서 절대적 믿음을 얻을라믄 말이시.”

부처가 예수의 귀에 바짝 다가가 소곤댔다.

“알았다카이. 내는 니가 무신 점쟁이나 마술사맹키로 주술을 쓰는 줄 알고 놀랐다카이. 성경 신명기에 보믄 ‘점을 치는 자, 주술을 행하는 자, 징조를 구하는 자, 영매나 점술가에게 조언을 구하는 자는 혐오스럽다’고 돼 있다 카데. 그래가 우리는 점치는 데는 관심도 없고 아예 파인 기라. 암튼 대단테이!”

예수가 속살거리며 부처에게 슬며시 엄지손가락을 치켜들어 보였다. 그런 예수에게 부처가 눈짓했다. 여자가 주방에서 나오고 있었다. 여자의 행동은 역시 재빨랐다. 왼손에는 커다란 파전과 계란프라이들이 담긴 쟁반을 그리고 오른손으론 자신들이 두 손으로 들어도 버거울 만큼 큰 항아리를 척 움켜쥐고 아무렇지도 않은 듯 나타나 탁자 위에 ‘쿵’하고 내려놨다. 그런 후 그녀는 묻지도 않고 부처의 옆자리를 떡 하니 차지했다.

“오래 기다리셨쥬? 날이 추울 때는 이것만 한 먹거리도 또 없시유.”

김이 모락모락 나는 파전 그리고 아직도 지글거리는 계란프라이들, 게다가 물동이만한 항아리에 가득 차 달콤한 향기로 유혹하는 모주! 이미 콩나물국밥 한 그릇을 싹싹 비웠지만, 부처의 입안에는 침이 고이기 시작했다. 뱃속도 다시 요동치면서 정신마저 아득해짐을 느끼고 있었다.

직녀織女, '베가',
첫째 제자를 얻다

"먼저 한 잔 주욱 들이키세유."

여자가 항아리에서 푼주로 모주를 퍼 올려 두 사람 앞에 놓인 양은 잔에 한 잔씩 따라 올렸다. 그리고 묻지도 않은 채 자신의 대접에도 모주를 따른 뒤 대접을 들어 올렸다. 건배를 제의하는 것이었다. 부처의 입이 헤벌려졌다. 그런 부처를 예수가 잠시 쏘아보더니 이내 체념한 듯 양은 모주 잔을 들어 올렸다. 눈치를 보던 부처도 잔을 들어 재빨리 다른 잔들과 마주쳤다.

"위하여!"

셋은 단숨에 모주를 비워냈다.

"파전 좀 드셔보셔유, 뜨셔유."

여자는 젓가락으로 파전을 갈기갈기 찢어놨다. 모락모락 피어나는 김, 그리고 구수한 기름 냄새, 부처는 회가 동해 와구와구 파전을 입속으로 쳐넣었다. 여자는 눈짓으로 예수를 재촉했다. 예수도 파전 한 조각을 집어 들고 한 귀퉁이를 떼어 물었다. 여자는 왼손 엄지와 집게손가락으로 파전을 척 집어 들어 입속으로 가져갔다. 그리곤 오른손으로는 아예 모주 항아리 입구를 움켜쥔 채 두 사람과 자신의 잔에 모주를 차례로 따랐다. 좀 전에도 느꼈지만, 여자는 엄청난 괴력의 소유자였다. 예수는 물론 부처도 입이 떡 벌어졌다. 부처가 여자의 손을 찬찬히 쳐다봤다. 웬만한 남자 손보다 더 길쭉하고 살집도 두툼했다. 굵은 손마디들이 여자의 현재 삶을 말해주고 있었다. 여자는 부처가 자신의 손을 보고 있다는 사실을 눈치챘는지 슬며시 앞치마 뒤로 감췄다.

"지가유, 원체 통뼈구만유. 지가 어렸을 때부터…."

여자가 이야기보따리를 풀어놓으려한 순간 부처가 갑자기 큰 목소리로 여자의 말을 끊었다.

"이마가 뾰족하고 아래로 내려오면서 턱부위가 발달한 모양을 보니 성격은 대범하고 융통성도 있겠는디…. 게다가 말주변도 좋제. 사상체질로 보면 기골이 장대한 태음인인데 묘하게도 살집은 거의 없당께. 보기엔 통통해 보여도 말이여. 그건 말이시. 몸을 많이 놀려서 그럴 꺼여! 또 그럴 운명이고!"

여자의 입이 떡 벌어졌다. 여자의 눈은 놀라움으로 커졌다.

"어머머, 워떠케 아신데유? 지가 쫌 호탕한 성격이구만유. 지가 여기서 국밥을 팔고 있지만유 이래 봬도 지가 심리과학을 전공했슈."

이번엔 부처와 예수의 눈이 커다래졌다. 부처는 일반화시켜 내뱉은 자신의 점사가 틀린 것은 아닐까 순간 당황했다.

"S대에서 택견 동아리 활동도 했다니깐유"

"뭐! S, S대에서?"

부처와 예수는 입까지 떡 벌어졌다. 여자가 모주 한 잔을 또 주욱 들이켰다. 그리고 재빨리 항아리를 낚아챈 뒤 또 한 잔을 자신의 잔에 따랐다.

"근디 다 뭐하것슈, 여자 팔자 오뉴월 개 팔자라고 사내 하나 잘못 만나서 지금 이 모양 이 꼴이 됐슈!"

여자는 한숨과 함께 한탄 섞인 말을 내뱉더니 다시금 모주 잔을 입 안에 턱 털어 넣었다.

"그나저나 도사님들 지의 앞으로 운명은 워찌될 것 같아유?"

여자가 한 손으로 항아리 주둥이를 덥석 움켜쥔 채 자신의 대접에 모주를 또 따르면서 물었다.

여자의 화려한 이력과 슬픈 경력에 놀라 잠시 정신줄을 놓았던 부처 가 제정신을 차렸다.

"으음, 어디 보자! 그렇군. 겉은 매우 강해 보이지만 그 속은 부드러움 이 잠재된 전형적인 외강내유 형일세그려. 몸은 그야말로 건강하고 정신 도 건강하니 언뜻 보면 직업은 전공을 살려 스포츠 계통이 좋을 것처럼 보이는디 실은 그것이 아녀. 아니랑께! 그라고말여 앞으로는 고생 끝이여! 앞으로는 말이시 영적으로 귀인을 만나서 좋은 일만 가득할 꺼구만!"

부처가 여자의 눈을 지긋이 응시하며 말했다. 여자는 부처의 다음 말이 궁금해 부처 쪽으로 바짝 다가앉았다. 부처의 코끝으로 싸구려 화장품의 내음이 알싸하게 밀려들었다. 취기가 올랐는지 여자가 자신의 큰 손으로 부처의 손을 덥석 잡았다. 부처의 가슴이 갑자기 쿵쾅거리기 시작했다.

"어허! 아지매요, 시방 출가한 불자에게 뭐허는 깁니꺼?"

예수가 갑자기 소리쳤다. 여자도 부처도 깜짝 놀랐다.

"아니 갑자기 와 그란디야? 와 그려 예수? 뭐, 나나 이 아지매가 바라 이죄波羅夷罪라도 지지른 것맹키로 악다구를 바락바락 쳐지르고 그랴!"

부처의 힐난에 예수도 지지 않았다.

"엉가, 니 시방 뭐라카노! 비구니가 승단에서 쫓겨나는 죄인 바라이죄波羅夷罪에 '정욕을 품은 남자에게 자신의 몸을 만지게 해서 쾌락을 얻는', '마촉摩觸'의 죄를 범하지 말라 캤제? 그라고 니들맹키로 딱 달라붙어 이야기하는 것이 마촉이 아니라 캐도 '정욕을 품은 남자 곁에 앉아 이야기를 나누거나 손이나 옷을 만지게 하고, 함께 길을 가는 것 등 8가지 금지사항, 즉 팔사성중八事成重을 범하는 것으로 승적을 박탈당하는 큰 죄인 기라."

예수가 불가의 계를 내세워 따지자 부처와 여자는 슬며시 서로에게서 조금 떨어져 앉았다.

"아따, 예수 동상! 이 아지매는 그냥 나헌티 뭐 쪼까 물어볼라고 그란 것인디 너무 과잉 반응을 허믄 안되는 것이여. 물론 불가의 계戒는 중요허제. 근디 말이시 모든 일에서 계나 율 같은 것은 사람을 옥죄기 위해서만 있는 것이 아닐 것이여. 글귀나 자구에만 함몰된 채 융통성을 발휘허지 못 한다믄 그것은 화석화된 율법이고 미이라처럼 돼 버린 계율 아니것능가! 법이나 율에는 항상 융통성과 상황에 적응하는 가변성이란 것이 있어야 헌당께. 현실을 살피지 못 허는 법은 죽은 법인거시여! 그라고 왜 자꾸 자네는 나헌티 비구니여성 승려 보득끼헌가보는 것처럼 하는가?"

부처가 능글맞은 목소리로 변명했다. 가만있을 예수가 아니었다.

"뭐라캤나? 융통성? 그라고 뭐 또 가변성? 칵 치기삘라, 야마리 까진싸가지 없는 자슥! 내사 보믄 항상 조직의 규율을 무시하고 탈법이나 불법을 예사롭게 저지르는 못된 자슥들이 내세우는 어쭙잖은 논리가 바로 융통성 그리고 가변성 같은 상황 논리 아이겠나. 그라믄서 내로남불

하는 거제. 안그라나? 그라고 니 비구니승比丘尼僧 아이가? 하늘헌티, 그라고 땅헌티 물어봐라, 어딜 봐서 니가 비구승比丘僧이고?"

"뭐라고야! 융통성이, 탈법이나 불법을 저지르는 못된 자식들이 내세우는 어쭙잖은 논리라고야! 아나, 니 코다! 그라고 또 뭐시라고야, 내로남불! 나가 아미타불, 무량수불, 무량광불은 들어봤어도 살다 살다 내로남불이란 부처는 처음 들어봐야. 그것이 말이여 방구여! 절로 터진 입이라고 함부로 말허는 것이 아닌 것이여!"

예수와 부처의 갑작스러운 설전에 여자는 잠시 어리둥절한 표정이었다. 자신이 무슨 말을 해도 항상 물러설 뿐 별다른 반론을 하지 않던 부처가 이토록 강하게 반발하자 예수도 머쓱한 표정이었다.

"그만혀유! 두 분 도사님들, 그만들 허셔유. 모든 것 다 지 때문이구만유. 이놈의 술 때문이지라. 홀로 지샌 세월이 너무 길고 또 외롭다가 오늘 귀인이신 두 도사님을 만나 뵈니까 지도 모르게 그만 경솔한 행동을 해 버렸지 뭐예유, 제 죄를 용서해 주세유!"

여자가 예수를 보고 그 큰 두 손을 모아 싹싹 빌었다. 예수와 부처가 여자 모르게 서로를 쳐다보더니 눈을 찡긋했다. 부처가 예수를 보더니 슬며시 고개를 끄덕였다. 예수가 입을 열었다.

"음탕한 행동을 한 바라이죄는 증말로 큰 죄인기라. 그 죄를 씻고 용서받을라 카믄 그에 상응한 고행과 속죄의 행위가 있어야 카는데 감당할 수 있겠능교?"

부처도 가느다랗게 눈을 뜬 채 여자의 다음 행동을 지켜보고 있었다. 여자는 그런 부처를 한번 흘깃 보더니 입을 열었다.

"무슨 일이던지 시키시면 따르겠어유. 봐라쥔가 바라봐 쥔가만 용서

되고 속죄 된다믄 뭐든지 허겠다는 말이에유."

여자가 여전히 두 손을 싹싹 빌고 있었다. 예수가 여자를 슬며시 훔쳐봤다.

"그라믄 말인데예. 음, 헛! 그라니께 우리의 제자가 돼서 우리를 따르겠능교? 우리의 믿음에 귀의해서 매 순간 하늘의 말씀, 천녀의 노래를 듣겠느냐 말입니더! 또 과거의 잘못을 속죄하면서 새 세상이 기다리는 신인류로 거듭나는 신령스런 사명에 조건 없이 동참하겠다는 약속을 해 줄 수 이쓰요?"

좌불안석이던 여자가 예수의 말이 끝나자마자 입을 열었다.

"알것슈. 내 이곳에 그 어떤 미련도 없으니께유, 기꺼이 두 도사님을 따르것어유! 지를 받아 주셔유!"

여자가 너무도 쉽게 제자가 되겠다고 약속했다. 부처와 예수는 오히려 얼떨떨했다. 부처와 예수는 서로의 얼굴을 쳐다봤다. 의미심장한 미소를 교환한 뒤 부처가 근엄한 표정으로 말했다.

"세상의 도는 결국 하나랑께. 하늘의 도는 단 하나뿐인디 온갖 잡것들이 다 지들만의 아둔한 머리와 흐린 눈으로 도를 해석하다 봉께 도란 것을 이것이네, 아니믄 저것이네라고 헛소리들을 지껄여 대싸는 구만. 그라고 원래부터 하나인 하늘의 도는 제대로 된 스승으로부터 제대로 된 제자에게만 전해지는 거시여. 앞으로 우리가 아지매! 아니 니헌티, 니?"

제자가 되겠다는 여자에게 한마디 일장연설을 하려던 부처가 무언가 이름 부르기가 껄끄러운지 고개를 갸웃거렸다.

"아따 안되것써야. 제자헌티 이름이 없응께로 부르기가 상당히 거시기 해부러야. 어이 예수! 제자 이름 때문에 솔찬히 옹삭한디 뭐 좋은 이름 없것어?"

예수는, 물론 공동제자이기는 해도, 자신의 제자가 생겼다는 것이 무척이나 좋았다. 예수는 한참 동안 머리를 쥐어짰다.

'옳거니! 베가Vega라 하자, 베가는 직녀성織女星으로 거문고자리 가운데 가장 밝은 별을 뜻한다카이. 그리고 천녀天女인 직녀는 칠월칠석 날에 은하수 넘어 오작교에서 운명적으로 견우를 만나지 않트나? 오늘 베가가 운명적으로 우리를 만난 것도 다 인연 아이겠나!'

예수는 베가보다 더 좋은 이름은 없다고 생각했다. 예수가 근엄한 표정으로 입을 열었다.

"나와 부처의 공동제자인 그대에게 베가VEGA라는 이름을 줄라 칸다 아이가! 베가는 영어로 직녀성을 뜻하는데 직녀성은 거문고자리 가운데 가장 밝은 별을 가리키는 것 알제? 열심히 베를 짜듯이 하늘의 말씀을 씨실과 날실 삼아서 그대의 지성을 쌓아나가고 또 영성을 가다듬으라는 뜻이 있는 기라. 어떤노?"

예수의 말이 떨어지기가 무섭게 부처가 반론을 내놨다.

"베가? 듣기는 좋은디 말이시, 이 이름이 우리의 신앙과는 어떤 연계성을 갖는지 혹시 설명해 줄 수 있것는감. 아무리 이름이 예쁘다고 메리나 좀, 같은 이름으로 정할 수는 없는 것 아니여?"

부처의 말에 예수가 눈에 쌍심지를 켰다.

"뭐? 메리! 좀! 이 야마리 까진 짜슥! 니 한 대 쳐 맞고 싶나? 내가 아무렴 우리들의 제자한테 개 이름이나 붙이것나, 으이? 무식한 놈! 들어나 보그래이. 부처님의 10대 제자 가운데 첫 번째 제자 이름이 뭔지 아나? 바로 마하가섭이데이. 작은 것에 만족하고 몸과 마음 수행에 으뜸이어서 두타제일 이라꼬도 했는데 마하가섭에서 '가'란 글자를 땄다 카이. 또 예수님의 열두 제자 가운데 최초로 부름 받고 세계를 두루 여행한 첫 번째 제자의 이름이 시몬 베드로인 기라 여기서 '베' 자를 따서 '베갸'라 한기라. 직녀성 베가! 거문고자리 으뜸별 베가! 하늘의 강 은하수에서 운명적으로 견우성牽牛星과 만나는 직녀성 베가! 그리고 부처와 예수의 으뜸 제자 베드로와 가섭! 와, 좋지 않드나?"

듣고 보니 베가란 이름은 그야말로 딱 맞았다. 부처의 입가에 비로소 웃음이 번졌다. 부처는 예수의 작명 능력에 감탄했다. 여자도 이름이 좋다고 호들갑을 떨었다.

"좋아유. 아주 좋아유. 이제 베가라는 이름도 생겼으니 정식으로 두 분 도사님께 인사를 올릴께유."

여자는 부처와 예수에게 제자의 예를 갖추겠다며 자리에서 벌떡 일어나 큰절을 했다. 부처와 예수는 매우 흡족했다. 부처가 입을 열었다.

"그래 좋구면, 근디 스승과 제자의 도는 임금과 신하, 혹은 부모와 자식 간의 도리처럼 엄중허고 무거운 거시여. 세속오계에 나오는 말인디 잘 알꺼구먼. 그랑께 앞으로 우리 말을 잘 들어야 쓰것구만. 그라고 우리는 자네, 그러니까 베가 그대의 영적인 스승이여. 그란디 우리보고 도사님이라고 헝께로 쪼까 거시기 허구만. 꼭 사기꾼을 부르는 것맹키로 들리기도 허당께. 긍께로 앞으로는 도사님이라고 허질 말고 스승님이라고 불르랑께 알것능가?"

부처의 진중하면서도 자애로운 말에 베가는 연신 싱글벙글했다.

"그란데 베가, 니 속세 때 성과 이름이 뭐꼬?"

예수가 베가에게 물었다. 베가가 답했다.

"조금 듣기가 이상하실 수도 있는데유, '나말례'였슈!"

"뭐? 나 말례? 나를 말리라고! 긍께 제자 허기를 그만두겠다는 거시여?"

근엄한 표정을 짓고 있던 부처가 폭소를 터트리며 웃었다. 영락없는 아재 개그였다. 부처의 실없는 소리에 피식거릴 뻔하다가 애써 웃음을 참던 예수가 부처를 쏘아봤다. 예수는 제자의 속세 때의 성姓과 신자로서 받은 성스런 이름을 합쳐 입속에서 불러봤다.

"속세의 성은 나 씨, 새로 받은 이름은 베가니까 두 이름을 더하면 '나베가'가 되네. 나베가, 나베가! 그런데 나베는 일본말로 냄비 아이가? '나베가'라 그라믄 갱상도 말로 '너 냄비니?' 가 되는 것 아이가? 하이고야 뭔 놈의 이름이 '니 냄비냐'고…. 차말로 우습따 카이!"

예수가 참지 못하고 돌연 웃음을 터트렸다. 부처와 베가는 예수의 돌발 행동에 어리둥절해 했다.

"안 되긋다. 성은 빼고 앞으로는 베가라고만 하자 알긋나?"

예수가 이름 정리를 했다.

"알것시유. 그란디 실례일지 모르지만유, 혹시나 스승님들의 향년 나이가 워찌되나유? 궁금해서유."

부처의 얼굴에 올 것이 왔다는 표정이 서렸다. 하지만 부처는 주저 없이 입을 열었다.

"어허, 불가에 적을 두는 순간 속세의 나이는 모두 잊고 법랍法臘 혹은 좌랍坐臘이나 계랍戒臘, 하랍夏臘, 법세法歲라고 혀서 신앙인으로서의 나이를 따로 세는 것이거늘…. 그라고 말여 하안거夏安居, 동안거冬安居를 얼마나 했느냐, 그러니께 수행을 얼마나 했느냐를 따져서 나이를 따진다 말이시. 믿음, 그라고 도의 길로 접어드는 순간부터는 믿음의 강도와 도력의 수준에 따라 영적인 나이가 매겨지는 것이랑께. 그란디 베가, 니는 시방 말여, 혹시나 속세의 천박한 나이로 스승들을 문대 불라고 그라는 거시여?"

부처가 짐짓 엄숙한 표정으로 베가를 쏘아봤다. 베가는 크게 당황한 표정을 지었다.

"아니, 그것이 아, 아니구유. 지는 그저 궁금해서 여쭤본 것이랑께요. 지가 감히 스승님들의 나이를 갖고 문제를 삼는 것이 아니구만유, 앞으로는유 절대로 나이를 묻지 않겠구만유, 암유!"

베가가 극구 부인하며 연신 고개를 숙였다. 예수의 입가에 희미하게 만족스러운 미소가 떠올랐다 사라졌다.

"오늘은 날도 몹시 춥고 또 이왕지사 곡차도 여러 잔을 했으니까네 너무 무리하게 고행길에 나서지 말았으면 하는데 어떻겠노?"

예수가 베가 들으라는 듯 슬며시 부처에게 눈짓했다.

"암만 암만, 우리 모두 사제의 연을 맺었응께로 충분치는 않더라도 오늘 하루는 이를 기념하는 날로 맹글믄 어떨까 싶은디!"

이번에는 부처가 제자인 베가의 눈치를 살피며 쭈뼛쭈뼛 말했다.

"당연하지유. 오늘은 날이 추워서 식당을 찾는 손님도 없구유, 또 인연 중에 엄중하다는 사제간의 연을 맺은 날이니까유 맘껏 기념을 해야쥬. 아참, 내 정신 좀 봐! 잠시만 기달리셔유, 지가 두 분 스승님을 대접할 것 뭐 좀 더 내오겠시유!"

베가가 다시 주방으로 쏜살같이 사라졌다. 정말 몸놀림이 신묘할 정도로 빨랐다. 부처와 예수는 베가가 도나 철학, 그리고 신앙이 아닌 무슨 무술이나 차력술을 배운다면 단시간 안에 대성할 자질을 가졌다는 생각이 들었다. 하지만 어쩌랴, 베가가 자신들과 사제의 연을 맺게 된 것은 베가의 운명이요 사주팔자란 생각도 들었다. 부처와 예수는 연민 따윈 접기로 눈빛을 교환했다.

집요한 운명,
그리고 살풀이!

부처는 이제 남 부러울 것이 없었다. 쬐끄막하지만 식당을 하는 제자가 생긴 만큼 밥을 빌어먹기 위해 엄동설한에 탁발托鉢 비슷한 것을 위해 나설 필요가 없을 것이었다. 염치廉恥란 녀석을 잠시 억눌러 놓으면 제자의 집에서 며칠 정도는 거저 묵어도 될 것 같았다. 부처는 두터운 롱패딩을 벗어 바로 옆 테이블 의자에 걸쳐놓았다. 예수도 비슷한 생각을 했는지 느긋한 행동으로 잔뜩 멋 부린 머플러와 트렌치코트를 벗어 의자에 걸었다.

테이블 옆 연탄난로 위에 내민 손을 비비면서 예수는 잠시 생각에 잠겼다. 물질을 바탕으로 한 과학 문명이 발달하면서 인간들이 더욱 계산적이며 간사해져 가는 것 같았다. 진정한 신앙이 인간 세상에 설 자리는 더 이상 없다고 사람들은 말하곤 했다. 그런데도 보면 매일매일 주변에 늘어가는 것은 교회 간판이었고 각종 사찰이나 기도처들도 여전히 건재했다. 늘어나는 종교 지도자들의 수를 놓고 본다면 이 세상은 이미 수십 번도 더 완벽하게 교화되고 정화되어야 했다. 천국天國이요 지복至福의 세상이 이미 인간계에 온전하게 구현돼 있어야만 했다. 그런데도 갈수록 세상이 각박해진다고 하니 도대체 이것이 무슨 도깨비장

난인지 모를 일이었다. 참으로 이상한 세상이었다.

그러나 한편으로 생각해보니 어렴풋이 알 것도 같았다. 오늘 저 순박한 여인 베가는 단지 몇 마디 말에 감화받아 자신들의 성도聖徒가 될 것을 흔쾌히 다짐했었다. 물론 자신들은 사이비 교주가 아닌 원조? 예수요 부처인 만큼 일반인들을 상대로 한 영적 능력과 감화력이 비교할 수 없이 클 것이었다. 하지만 산상수훈山上垂訓이나 정각보리正覺菩提에 대한 간단한 설파說破나 각성覺性의 과정조차 없이 영적 스승이 되고 또 제자가 된다는 것은 아무래도 어설펐다. 그것은 이 시대를 사는 사람들의 영혼이 그만큼 아프고 또 치유를 위한 영 능력자를 너무도 절박하고 간절하게 기다린다는 뜻일 수도 있었다. 그런 나머지 아픈 영혼, 상처받은 사람들이 옥석을 구별하지 못하고 사기꾼 종교 지도자들에게 속아 결국 영혼의 밑바닥까지 탈탈 털리는 일들이 계속 되풀이되는 것이었다. 신의 이름을 함부로 팔아먹고 하늘의 정신까지 멋대로 풀어 먹는 참으로 어긋난 세상, 그곳에서 사이비 종교들은 이미 사기꾼들과 어리석은 신도 사이에 먹고 먹히는 생태계로 완벽하게 구축돼 있었다. 그리고 어리석은 먹잇감들이 포식자들의 소굴로 끊임없이 찾아오는 한 그런 생태계는 대를 이어 굳건히 유지될 것이었다.

부처와 예수는 그런 어처구니없는 상황 속에서 오히려 자신들의 내면에선 왠지 모를 안도감이 스멀스멀 피어오르는 것도 같아 짐짓 슬펐다. 어쨌든 베가처럼 든든한 제자이자 성도를 거느리게 된다는 것은 자신들에게는 참으로 복되고도 복된 일이었다. 예수는 부처를 바라보며 씨익 웃었다. 부처도 덩달아 갑자기 찾아든 이 복된 순간을 영원처럼 누려야겠다고 생각했다.

"스승님들, 오래 기다리셨어유. 여기 삶은 돼지 머리 고기하고 아예 찹쌀 동동주를 더 내 왔슈. 살얼음이 쫙 깔렸지만 원래 동동주는 엄동설한에 마시는 게 더 별미래유. 뭐, 이한치한이래나 뭐래나!"

베가가 또 잽싸게 한 상을 떡하니 차려왔다. 왼손으론 커다란 머리 고기 접시를 들었고 오른손으론 어른 한아름이나 되는 동동주 항아리의 주둥이를 움켜쥐었는데 마치 작은 꿀단지를 들 듯 너무도 가볍게 들고 나왔다. 부처와 예수의 입이 또 떡하니 벌어졌다. 베가의 괴력에 놀라고 푸짐한 먹거리에 놀랐기 때문이었다.

베가가 두 스승 옆에 붙어 앉아 새로 내온 커다란 대접에 동동주를 따랐다. 조금 전까진 뜨끈뜨끈한 모주였는데 이번에는 살얼음이 낀 차가운 동동주였다. 동동동 소리를 내며 양은대접 안으로 쏟아져 내리는 동동주는 이미 그 영롱한 소리만으로도 술이 고픈 인생들의 영혼들을 쏙 빼놨다. 대접 안을 이리저리 부딪치며 둥둥 떠다니는 찹쌀 밥알들을 내려다볼라치면 사바세계에서 아등바등 발버둥 치는 구슬픈 군상들의 모습이 둥둥 떠올랐다. 우윳빛 순백색이다가 탁한 연노랑으로 점차 퇴색되는 모습으로, 동동주는 결국 변하고야 마는 인간 세태를 비웃고 있었다. 구수한 향기에 시큼한 내음, 달콤한 첫맛에 텁텁한 뒤끝, 동동주 한 대접에는 생로병사의 인간사, 염량세태의 세상사, 천지창조의 우주사까지 오만가지 얘기들이 넘실거리며 달통한 취객들의 혀끝을 끝없이 간질였다.

"에헤라, 달려! 마구 달려!"

셋은 거듭해서 잔을 높이 들었다. 정월부터 섣달까지의 풍물에다 남녀의 정을 담아 13절로 노래한 고려가요, 동동動動을 닮은 동동주든, 사모思慕의 정에서부터 고향 그리는 정까지, 온갖 그리움이란 그리움은 다 그러모은 단어, 동동憧憧을 닮은 동동주이든 상관없었다. 살얼음이 낀 동동주는 온갖 오묘한 조화를 다 부리며 필사적으로 계영戒盈의 미덕을 잊게 만들었다. 마시고 또 마시다가 느닷없이 부처가 혀 꼬부라진 소리로 베가에게 물었다.

"니, 생태계는 뭐시여?"

"네?"

느닷없이 생태계를 묻는 질문에 베가는 어리둥절 했다. 예수도 마찬가지였다.

"워따메! 니 먹이활동이 이뤄지는 곳이 워다냐니께? 니는 워떤 부류냐고? 그라고 뭣을 험시로 생을 사느냐 이 말이여! 보믄 말이여, 워떤 사람은 정치판에서 유권자 등쳐먹고 살고, 워떤 사람은 유흥가에서 호갱들 등쳐먹고 살잖여! 그냥 샐러리맨으로 사는 사람들도 있고…. 그렁가허믄 맨날 사기꾼들헌티 속으믄서 사는 순박한 어린양 같은 사람들도 있지 않는가베! 그중에서 베가 니는 워떻게 살았냐는 거시여. 그 말이 그라고 어렵냐, 잉?"

부처가 혀 꼬부라진 소리로 목소리를 높였다. 그러자 비로소 알겠다는 듯 베가가 배시시 웃었다.

"지가 지금까지는 국밥을 말아 팔면서 밑바닥에서 험하게 살아왔는데유 이렇게 훌륭한 스승님들을 만났으니께 이제부터는 지 생태계도 스승님들 수준으로 업그레이드 되겠쥬. 안 그래유?"

어찌 보면 온통 순박한 것 같다가 어찌 보면 빈틈없는 말재주를 지닌 것을 보면 베가는 역시 보통 여인이 아닌 것 같았다.

"국밥을 파는 게 무슨 밑바닥 인생이고? 사부대중四部大衆들이 부처님께 정성껏 공양供養을 올리고 헐벗은 백성들에게 힘써 보시布施하는 것과 가장 닮은 것 아이가? 신심을 담아서 밥을 짓고 양심껏 가격을 매겨 판다믄 그기 다 공덕功德을 쌓아 복을 짓는 행위라 말할 수 있을기라. 그라믄 니 생태계도 쓸만한 곳 아이었겠나, 그쟈?"

예수가 점차 말려가는 혓바닥으로 베가를 위로하느라 힘들어했다.

'나의 생태계도 쓸만한 곳이라고! 과연 그럴까?'

베가는 자신도 모르게 처지를 되돌아보다가 이내 부처와 예수 모르게 고개를 흔들었다.

"자! 우리 모두의 멋진 생태계를 위해서 건배!"

예수가 양은대접을 높이 들었다. 대접들이 부딪치고 동동주가 베가의 넉넉한 인정처럼 출렁거렸다. 그 사이 베가의 목에 걸린 목걸이의 호박 보석 펜던트도 눈부시게 대롱거렸다. 베가가 두 사람이 보란 듯이 호박 보석의 알을 만지작거리더니 갑자기 하품했다. 하품은 흔히, 전염이 된다지만 전염의 강도가 매우 강렬했다. 부처와 예수는 연신 두 번씩 하품해댔다. 둘은 느닷없이 감기려는 눈꺼풀과 힘겨운 싸움을 벌여야 할 지경이었다.

"근데 스승님들, 지가 한가지 여쭤봐도 될까유?"

덩치와는 달리 조신한 듯하면서도 동동주를 마시는 내내 호탕함을 언뜻언뜻 내비치던 베가가 다시 얌전한 목소리로 말을 꺼냈다. 둘은 취기 때문인지 격렬하게 감기려는 두 눈을 겨우 껌뻑이며 베가를 주시했다.

"워떠케하면 스승님들처럼 젊은 나이에 도에 이를 수 있을까유?"

부처가 혀 꼬부라진 소리로 나섰다.

"보이는 것이 다가 아닌 거시여. 세간에서는 우리가 어려 보일지 몰라도 우린 오랜 시간 세상을 쎄 빠지게 경험힘시로 간절하게 깨달음을 구해 온 것이랑께."

"맞다. 우리도 니가 세상의 험한 물결 속을 댕기덧기다니듯이 많은 경륜을 쌓았고 진실되게 도를 추구한 결과, 이래 부처와 예수란 이름을 얻게 된기라. 니도 충분히 가능하데이. 그란디 진정한 도에 이르는 길을 물을라 카믄 맨입으로는 안되는 기라. 뭐 꼭 우리가 대가를 바란다기보다는 거 왜 있지 않나! '모든 일에는 대가가 따른다' 뭐 그런 말만 명심하믄 된다 아이가!"

예수는 그렇게 말하면서 오른손의 엄지와 검지를 둥글게 말아 베가에게 슬며시 보여주었다. 예수가 부처의 대표적인 손가락 모양, 즉 전법륜인轉法輪印 수인手印을 만들어 보이자 베가는 처음엔 무슨 의민가 하는 표정이었다. 그러다 이내 예수의 말이 지당하다는 듯 자신도 엄지와 검지를 둥그렇게 말아 자신의 오른 눈에 댄 뒤 눈을 찡긋했다. 불가에서 부처의 손 모양. 즉 손의 위치나 손가락 모양은 수인手印이라고 해서 큰 의미를 갖는다. 수인은 부처나 보살의 공덕을 나타내는 의미로 석가모니 부처의 생애를 그린 불전도佛傳圖에 나오는 석가의 손 모양에서 유래했다. 석가모니 부처는 기본적으로 선정인과, 항마촉지인, 전법륜인, 시무외인, 여원인의 5가지 수인을 보여주고 있다. 예수는 조만간 베가가 헌금이든 시줏돈이든 다소간의 돈을 내놓을 것으로 기대하니 배와 함께 마음도 한껏 불러오는 것 같았다.

"동그라미 숫자는 많으면 많을수록 좋겠쥬?"

베가가 순진한 눈동자로 물어왔다. 부처의 거의 감긴 눈동자 속으로도 예수의 농간에 빠져드는 순진한 제자의 모습이 참으로 안타깝게 비쳤다. 하지만 어쩌랴, 세상은 원래 그런 곳이었다. 예수 말대로 모든 배움에는 수업료가 따르는 법이었다. 냉엄하고 몰인정한 세상, 오늘 비록 아픔 속에 비싼 수업료를 낸다 해도 내일의 세상에서 그만큼 지혜롭고 손해 보지 않게 살아갈 수만 있다면 그것을 가르치는 것은 제자에 대한 스승의 당연한 도리일 것이었다.

"그렇다카이, 헌금은 즐겁게, 시주는 성스럽게! 그기 우리의 신조인 기라. 헌금에 주저하고 시주에 인색한 신도信徒는 진정한 성도聖徒가 될 수 없는 기라. 성불成佛은 택도 없단 말이다!"

예수가 또다시 전법륜인 수인을 만들어 베가에게 재차 다짐을 받듯 보여준 뒤 말했다. 예수의 눈도 반쯤 감겨 있었다.

"일단 도가지술 항아리 좀 이리도줘!"

예수는 자신들을 높이 추앙하는 듯한 베가를 보며 어깨가 우쭐했다. 역시 세상에 나오는 일은 힘들었다. 하지만 낮은 곳으로 임하니까 이런 훌륭한 제자를 만날 수 있었던 것 같기도 했다.

예수는 오늘 아침 강추위에 덜덜 떨며 휘적휘적 모독잖은올라가기 쉬지 않은 해발 745m의 토함산으로 본존 부처를 비롯한 보살님들을 찾아뵜던 일을 떠올렸다. 거기서 운명적으로 부처도 만났었다. 성인의 행보에는 다 이유가 있고 인연이 개재돼 있다는 말이 전혀 틀리지 않은 것 같았다. 운명적 해후邂逅 끝에 예수는 부처와 함께 도반이 돼 함께 하산 길에 나섰었다. 높이 745m의 토함산! 물이 높은 곳에서 낮은 곳으로 흐르듯 허위허위 낮은 곳으로 낮은 곳으로 물 내리듯 그들의 성스러운 육신들이 하산 길에 나선 지 두 시간여! 이제 그들은 또 한 번 운명적으로 첫 번째 제자인 베가를 만난 것이다. 물론 베가가 자신들의 수제자가 될지 아닐지는 아직 알 수 없는 일이었다. 더 훌륭한 제자를 만날 인연이 그들에게 주어졌다면 그들은 다른 제자를 또 만나게 될 것이었다.

'동 동 동 동…'.

베가가 예수의 대접에 동동주를 철철 넘치도록 따랐다. 예수는 동동주 떨어지는 소리가 왜 이렇게 맑고 청아한지 전에는 미처 몰랐던 것 같았다. 베가는 다음으로 부처의 대접에도 술을 채우려다 아직 반쯤 남은 것을 봤다. 베가는 조용히 부처에게 잔을 비울 것을 권하는 눈빛을 보냈다. 부처는 그저 입을 헤 벌린 채 남은 술을 비우고 재빨리 대접을 내밀었다. 부처는 입가를 흐르는 동동주를 혀를 내밀어 핥아먹었다. 베가는 자신의 빈 대접에도 또 한 잔 가득 동동주를 따랐다. 그리고 대접을 높이 쳐들었다. 부처와 예수는 스승 앞에서 술잔을 자꾸 치켜들고 건배를 제의하는 베가가 약간 거슬렸다. 하지만 이제 자신들의 충실한 봉이자 물주가 될 베가에게 그 정도의 특권은 허락하고자 졸음에 겨운 눈빛을 교환하려 했다. 하지만 의식은 가물거리나마 아직 남아있는 것 같은데 두 사람의 눈은 이미 감겨 눈빛 교환은 불가능했다.

"스승님들, 그런데 스승님들께서 세상을 살아가면서 깨달은 가장 의미 있는 숫자는 뭐예유?"

참으로 이상한 여인이었다. 도를 깨우친 스승에게 묻는다면 도통한 지금 세상과 우주를 보는 관점이 얼마나 변했는지 물어야 했다. 적어도 구도求道의 과정에서 가장 의미 있었던 에피소드를 말해달라 청해야 했다. 이것만 봐도 베가는 아직 구도자의 자세라곤 전혀 갖춰지지 않은 것 같았다. 구도자는 항상 맑은 정신과 올바른 판단력을 유지할 수 있어야 하는데 제자가 되자마자 엄청난 주량을 과시하며 왁자지껄하게 술판을 주도하는 것을 보니 그 근기根器도 매우 부실해 보였다. 분명 S대를 나왔다 했는데 액면 그대로 믿기엔 뭔가 걸쩍지근했다. 하지만 어쩌랴! 암튼 이 불쌍한 여인에게 도에 이르는 길은 매우 길고도 험난할 것 같았다.

"의미 있는 숫자라고 혔나? 있제. 암, 있고말고!"

부처가 흐리멍덩해진 눈을 뜨려 안간힘을 쓰며 되물었다. 부처의 머릿속에는 가장 의미 있으면서도 중요한 숫자들이 이미 동동주의 취기와 섞여 둥둥 떠다니고 있었다.

"그게 뭐예유?"

"와 그런 기를 묻노?"

이번엔 예수가 거의 인사불성 상태에서 물었다. 고개를 꺾은 채 그렇게 묻는 예수의 머릿속에도 이미 자신에게 의미 있는 숫자들이 머릿속을 너무도 편안한 포즈로 마치 우주 공간을 유영하듯 떠다니고 있음은 마찬가지였다. 베가가 양은대접을 놓고 잠시 숨을 고르더니 말했다.

"지가 듣자니까유 숫자에는 세상을 해석하고 미래를 예견하는 비밀이 숨겨져 있다고 하드라구유!"

"뭐라꼬? 숫자에 세상을 해석하고 미래를 예견하는 비밀이 담겨가 있따꼬?"

예수가 가물가물해 져버린 정신 줄 저편에서 혼신의 힘으로 물었다.

"네, 두 분 도통한 스승님들께서는 이미 이런 내용을 몸으로 혹은 정신으로 자연스럽게 체화시켜서 활용하고 계시기 때문에 굳이 꼭 설명해

드릴 필요가 없겠지만유. 자연의 이치에서 얻어낸 법칙, 즉 자연수는 자연의 질서 속에 숨겨진 형상形象을 나타낸다고 하더라구유. 그것을 형상을 나타내는 수, 즉 상수象數라고 하는데유 이 상수를 천지의 기본수인 일一에서 십十까지의 수로 체계화한 것이 바로 하도河圖였데유."

"긍께로, 옛날 중국 복희씨伏羲氏 때 황하강에서 용마가 지고 나왔다는 쉰다섯 점의 그림, 그 하도河圖를 시방 말하는 것이여? 우임금 때 신령스런 거북의 등에 쓰여 있었다는 낙서洛書와 함께 주역周易이 궁구하는 이치의 기본이 된 그림 말이시!"

눈을 감고 자고 있던 부처가 갑자기 눈을 뜨고 아는 체를 한 다음 곧바로 고개를 떨궜다.

"그런다나봐유. 근데유. 그런 상수의 원리를 주역으로 해석해 보면유 1이라는 수는 태극을 말허구유, 2는 음양, 3은 천·지·인 삼재三才, 4는 태양·소음·소양·태음의 사상四象, 5는 수·화·목·금·토 오행五行, 6은 상하·좌우·전후를 뜻하는 육합六合, 7은 칠요七曜로서 일요·월요·화요·수요·목요·금요·토요를 말허구유, 8은 팔괘, 9는 구궁九宮, 10은 천간天干, 12는 지지地支를 뜻한대유."

마취상태처럼 몽롱해 보이는 예수가 자신의 감긴 눈꺼풀을 손가락으로 들어 올리더니 감탄한 눈으로 베가를 쳐다보며 횡설수설하듯 말했다.

"임마, 차말로 S대 나왔나 보데이! 그래서 우얐는데?"

둘을 지긋이 바라보던 베가는 순진한 표정으로 말을 이어갔다.

"그라니께유, 인간을 태극으로 비유하면, 머리·몸통·다리는 천지인 삼재이구유, 두 팔과 두 다리는 사상四象이 되는구만유. 또 팔의 뼈를 보면유, 팔이음뼈, 팔뼈, 손목뼈, 손허리뼈, 손가락뼈처럼 5개로 나눌 수 있고, 팔이음뼈는 2개, 팔뼈는 3개, 손목뼈는 8개, 손허리뼈는 5개, 손가락뼈는 14개가 있으니께 한 팔뼈 수는 모두 32개가 되고, 두 팔뼈 수는 모두 64개가 된데유. 이처럼 인간의 몸에는 태극, 음양, 삼재, 사상, 오행, 팔괘, 그리고 64괘가 모두 들어있는 것으로 볼 수 있어유. 인간의 몸에는 우주 운행의 원리인 모든 상수象數들이 다 들어있어서 인간의 몸을 소우주小宇宙라고 한다는구만유."

이젠 모로 쓰러져 가는 부처도 감은 눈을 흐릿하게 한 번 뜨더니 엄지손가락을 척 쳐들었다. 그러더니 손가락으로 베가 쪽을 가리키며 감탄사를 연발했다.

"맞땀마시, 야, S대 나온 것 틀림없당께! 오메 기특한 거!"

둘을 번갈아 바라보며 설명을 이어가던 베가가 갑자기 눈빛을 빛내며 말했다.

"그처럼 숫자는 인간의 운세는 물론 우주의 운행 원리까지 담고 있어서유, 사람들이 좋아하는 숫자를 보믄 그 사람의 운세를 알 수가 있다고 허드라구유. 그래서 지가 오늘 스승님들과 사제의 인연을 맺은 것을 기념해서 심심풀이로 운세를 봐 드릴라고 평소 중요하게 생각하면서 간직한 의미 있는 숫자가 뭔지를 여쭤본 것이구만유!"

참으로 기특하고, 총명하고, 효성스러운 제자였다.

"대단테이, 알긋다. 그라믄 내가 숫자를 말할테니까네 내 운세를 봐 줄끼고?"

"알았시유, 그라믄 순서대로 가슴속에 묻어둔 의미 있는 숫자를 처음에는 네 개, 다음엔 여섯 개만 불러 보셔유."

이미 감긴 눈꺼풀을 초인적인 힘으로 다시 밀어 올리며 둘은 경쟁적으로 베가에게 숫자를 불러줬다. 베가는 음식 주문판에 편철된 주문서를 죽 찢어 둘이 부르는 숫자를 하나씩 적어 나갔다. 그리고 둘에게 자꾸 반복적으로 숫자를 물어댔다. 부처와 예수는 이제 코를 골기까지 했다. 베가는 두 스승이 너무도 취했다고 생각했는지 주방으로 가서 뭔가를 들고 나왔다.

"스승님들 지가 숙취 해소 약을 가져 왔어유. 이것 좀 드세유."

베가가 약을 가져왔다는 말을 하자 순간 부처와 예수는 다시 정신이 번쩍 드는 모양이었다. 금방까지만 해도 쓰러져 코를 골던 둘은 갑자기 눈에 힘을 뽑아내더니 자세를 벌떡 일으켜 앉았다. 참으로 이상했다. 지독한 정신력이었다. 고개를 갸웃거리던 베가는 드링크제와 알약 하나씩을 둘에게 조심스럽게 권했다.

"숙취약은 보통 술 먹은 다음 날 먹는디 벌써 숙취약을 맥이믄 지금껏 먹은 술이 아깝잖여?"

부처가 끔뻑거리는 눈으로 약을 보더니 기겁을 하며 한사코 먹지 않으려는 듯 고개를 저어댔다. 입술을 꼭 다문 채였다. 마치 아기가 먹기 싫은 밥을 먹지 않으려 하는 행동과 똑같았다. 예수도 똑같은 반응을 보였다.

"아따 제자의 성의를 봐서라도 한 알씩만 드셔유. 금방 좋아질 거구만유. 자, 저를 보세유. 이것은 두 분의 건강을 위한 숙취 해소 약이에유."

베가가 부처와 예수의 눈을 번갈아 쳐다보며 말했다. 거듭된 베가의 권유에 마뜩잖은 표정이었던 둘은 마치 최면에라도 걸린 듯 순순히 알약을 한 알씩 받아 들었다. 그리고 드링크제와 함께 삼키기 시작했다.

"와, 숫자 풀이 안해주노?"

약은 다 삼켰는지 곧장 예수가 잔뜩 말린 혀로 베가에게 물었다. 부처도 묻고 싶은 말이었다. 그런데 너무도 취했기 때문인지 아니면 극도의 졸음 때문인지 예수의 말투가 이상했다. 혀가 완전히 꼬부라졌거나 아니면 혀 밑에 뭔가 있는 듯한 말투였다. 예수가 다시 몽롱해진 눈을 힘겹게 껌뻑거렸다. 베가는 대답 없이 두 스승의 상태를 주시했다. 그러더니 벌떡 일어나 잠시 화장실에 다녀오겠다고 했다. 10여 분 뒤 베가가 다시 술자리에 나타났다. 부처와 예수는 이제 본격적으로 탁자에 머리를 박고 코를 골고 있었다. 베가는 '휴!'하고 깊은 한숨을 내 쉬었다. 진절머리가 난다는 듯 고개를 설레설레 흔들기도 했다. 그러다 가벼운 미소를 지은 채 식당 출입문 쪽으로 갔다. 그리고 출입문에 영업종료 간판을 내건 뒤 식당 안쪽의 불도 모두 껐다. 커튼으로 안쪽 창문도 모두 가렸다. 그런 다음 세상 모르게 코를 골고 있는 둘에게 조심스레 다가갔다.

"숫자 풀이 언제 해줄텨?"

탁자에 코를 박고 자고 있던 부처가 갑자기 몸을 불쑥 일으키더니 어둠 속에서 베가의 옷소매를 잡았다.

"엄마야!"

베가가 깜짝 놀라 소리쳤다. 부처가 깊은 잠에 곯아떨어진 줄 알았기 때문이었다. 부처는 흐리멍덩한 눈으로 베가를 바라보면서 앉아있었다. 그러더니 엎드려 잠을 자는 예수를 멍하니 내려다보다가 갑자기 한쪽 뺨을 철썩 때렸다. 예수가 고개를 번쩍 쳐들었다.

"와 그라는데?"

잔뜩 헝클어진 머리의 예수가 몽롱한 눈을 떠 부처를 노려봤다. 베가는 또 한 번 놀랐다.

'아니 한 알만 먹으면 천하장사도 곧장 곯아떨어지는데! 대체 이 작자들은 뭐여? 최면도 그리 효과가 없고! 그리고 그 정도의 술만 먹고서라도 보통사람들은 나자빠질 만한 양인데!'

순간 베가는 자기 생각과는 달리 부처와 예수가 정말로 도통한 사람일지도 모른다는 생각이 순간 들었다. 가슴이 덜컥했다.

'이거 웬일이야? 어떡하면 좋지?'

베가가 혼란에 빠지려던 순간

"숫자 풀이 언제 해줄끼고?"

웅얼거리는 듯 다소 신경질적인 예수의 목소리가 들려왔다. 베가는 가슴을 진정하고 예수에게 말했다.

"아, 알았슈. 스승님들이 잔뜩 취하셨는데 말씀드려도 될지 모르것지만서두 하명 하시니께유 말씀 드릴께유. 먼저 부처 스승님은 유, 음력 6월 생이시잖아유, 그라믄 4나 5 그리고 9와 0이 좋은 숫자구유, 2와 7은 조금 피해야 할 숫자로 나오구만유. 그 이유는 유…."

"쿵!"

그 순간이었다. 베가로부터 숫자 풀이 설명을 듣는 줄 알았던 부처가 다시 탁자 위로 코를 박고 쓰러져 버렸다. 베가는 깜짝 놀라 쓰러진 부처와 비실거리며 여전히 앉아있는 예수를 번갈아 쳐다봤다. 예수가 베가를 보더니 씨익 웃었다. 베가의 등줄기엔 식은땀이 흘러내렸다. 처음 겪어보는 상황이었다. 예수가 자꾸만 탁자를 향해 떨어지려는 고개를 크게 두어 번 안간힘을 쓰며 들어 올렸다. 그러더니 이내 그대로 탁자에 한쪽 뺨을 박았다. 예수도 다시 코를 골기 시작했다. 둘은 이제 마치

박자를 맞추듯 본격적으로 돌아가며 떠들썩하게 코를 골았다.

'그럼 그렇지!'

베가는 비로소 안도의 한숨을 쉬었다. 정말 힘든 승부였다. 베가는 알딸딸한 취기를 떨치기 위해 잠시 고개를 흔들었다. 자리에서 일어나 쓰러져 자고 있는 두 사람을 물끄러미 내려다봤다. 보기 드물게 힘든 상대들이었다. 둘을 물끄러미 바라보던 베가는 어둠 속에서도 이상한 것을 발견했다. 쓰러져 자는 두 사람의 입가에는 자신이 먹였던 알약 수면제가 내뱉어져 있었다. 분명 삼키는 것을 봤는데 알약은 거의 녹지 않은 상태였다. 베가의 등줄기에선 다시 또 한 번의 식은땀이 흘렀다.

'뭐, 뭐야! 어떻게 이런 일이! 설마, 이 둘이 정말 도통한 사람들인가? 무협지에서나 나오는 그 어떤 독극물도 몸에 해를 끼치지 못한다는, 만독불침萬毒不侵!'

베가의 몸이 두려움에 떨렸다. 취해서 쓰러져 자고 있는 것처럼 보이는 두 사람이 금세라도 벌떡 일어나 자신의 멱살을 움켜쥘 것만 같았다. 베가는 정신을 다잡고 부들부들 떨리는 큰 손으로 둘이 벗어놓은 외투를 집어 들었다. 그리고 식당 한 켠에 자리 잡은 안방 쪽을 향해 재빨리 사라졌다. 이 둘이 보통사람들이 아닌 것으로 보이는 만큼 계획했던 일을 더 신속히 처리해야 했기 때문이었다.

집값 폭등!
흠, 그쯤은 내 손 안에 있소이다

"아이구 대그빡이야! 그라고 속은 왜 이라고 쓰려분다냐? 오메 죽것 능거!"

짙은 어둠이 깔린 식당 안, 탁자에 쓰러져 자던 부처가 지독한 숙취에 머리를 쥐어뜯으며 몸을 일으켰다.

"웜마, 여그는 어디여? 그라고 나가 왜 여그 이라고 자빠졌당가?"

부처는 어둠 속에서 두리번거리며 자기가 왜 여기에 이런 모습으로 있는 것인지 기억을 더듬으려 애를 썼다. 자신 바로 앞에 누군가 엎어져 코를 골고 있는데 누군지 도무지 알 수가 없었다.

"아! 그려. 예수허고 토함산 석굴암에서 부처님들 만나 뵙고 내려왔었제. 그라고 시장통꺼정 와서… 맞어! 국밥집으로 들어왔고… 그다음 엔… 맞어, 맞당께. 베가! 그려 베가가 있었제. 그란디 시방 여그는 왜 이라고 어둡다냐. 또 오메 추운거! 왜 이렇게 춘 거시여! 혹시 여그 나 앞에서 코 골고 자빠져 있는 것이 예수 아녀? 그라믄 베가는 어디로 간 겨? 시방 스승들이 여그서 이라고 추워서 덜덜 떨고 있는디 이대로 냅 두고 어디 간 겨?"

부처는 이리저리 더듬거리면서 엎어져 자고 있는 예수의 얼굴을 두

드렸다.

"누꼬, 시방 내 얼굴 건드리는 놈 말이다. 어잉!"

예수의 신경질적인 목소리가 코앞에서 들려왔다. 예수의 목소리는 부처에게 항상 짜증스러움을 불러일으켰었다. 하지만 부처에게 지금 이 순간만큼 예수의 목소리가 반가운 적은 없었다.

"이기 뭐꼬? 와 이래 어둡노? 그리고 또 와 이래 추워?"

선잠을 깬 예수가 투덜거리는 소리가 들려왔다. 부처의 눈에는 서서히 어둠이 익기 시작했다. 예수의 얼굴 윤곽을 알아볼 정도가 됐다. 그리고 창문의 커튼 사이로 스며든 희미한 불빛에 식당의 내부 모습도 어느 정도 눈에 들어왔다. 하지만 예수의 눈에는 아직도 깜깜한 밤인 모양이었다.

"니 누꼬? 그리고 나는 또 누꼬? 그리고 입안은 와 이래 쓰노! 스르개쓸개 물이 올라오는갑다."

예수가 어둠 속에서 부처를 가리키며 횡설수설했다. 부처는 자리에서 일어나 탁자 사이를 더듬어 가며 식당 벽 한 켠에 자리한 전등 스위치를 찾아 불을 켰다. 밝은 빛살들이 예리하게 두 사람의 동공을 파고들었다. 부처가 눈살을 찌푸렸다. 예수도 오만상을 찌푸리며 팔을 들어 자신의 눈을 가렸다. 잠시 뒤 불빛에 익숙해진 예수가 두리번거리더니 아무 말도 없이 화장실 쪽으로 비틀비틀 걸어갔다. 부처는 식당 안 물통을 찾아 벌컥벌컥 여러 잔의 물을 따라 마셨다. 그런 다음 예수가 걸어간 방향으로 화장실을 찾아 나섰다. 화장실에서는 웩웩거리는 소리가 들려왔다. 예수가 변기에 걸쭉한 무언가를 오래도록 반납하고 있었다. 부처는 그런 예수를 옆에서 물끄러미 바라보고 있었다. 그러다 갑자기 자신도 볼일이 매우 급하다는 것을 깨달았다. 오한에 몸을 떨며 볼일을 보다가 부처는 베가의 행방이 궁금했다.

'베가. 야는 어디간 겨? 우리만 한데다 내뿔어불고 지만 방 안에서 따뜻하게 자는 겨? 야가 스승님들헌티 그라믄 안되제. 그라고 스승들이 일어났으믄 금세 기척을 알아채고 꿀물이며 해장국이며 챙겨와야 허는 것 아녀! 요즘 것들은 도시당최가 글러 먹었당께. 어른들이 쪼까 예뻐해주믄 그냥 기어올라 불라고 헌당께! 에이 오살 것!'

부처는 볼일을 마치고 예수 쪽을 바라봤다. 예수는 거의 넋을 잃은 채 변기를 올라타고 앉아있었다.

"괜찮혀?"

"베가는 어댔노?"

부처의 물음에 답도 없이 예수는 베가부터 찾았다.

"몰것어. 어디 자빠져 자는갑제."

부처가 퉁명스럽게 대답했다.

"우에 된기고?"

예수의 물음에 부처는 고개만 살래살래 저으며 화장실을 나섰다. 예수도 비척거리며 부처를 따라나섰다.

"베가 어딧노, 어데갔노 말이다?"

예수가 베가를 불러댔다. 아무런 대답이 없었다. 부처가 식당 안쪽에 자리한 안방 문을 열었다. 베가는 없었다. 대신 자신들이 입고 왔던 롱패딩과 트렌치코트가 방안에 나뒹굴고 있었다. 두 옷의 주머니는 모두 뒤집혀 있었다. 또 옆에는 두 개의 지갑이 내팽개쳐져 있었다. 휴대폰도 꺼진 채 바닥에 굴러다니고 있었다. 사색이 된 부처와 예수는 방안으로 뛰어들어가 각자의 지갑 속을 살폈다. 얼마간의 현금과 카드가 사라지고 없었다. 신분증도 보이지 않았다.

"하이고마! 베가 그 도둑년!"

예수가 방바닥에 털썩 주저앉았다. 부처도 다리 힘이 풀린 듯 바닥에 앉았다.

"오메 이것이 뭐다냐? 그 순진한 것 같던 베가 워떻게 스승들헌티 이런 짓을 헐 수가 있당가?"

부처와 예수는 눈앞이 캄캄했다. 세상에 믿을 연놈 없다는 말이 머릿속을 전율처럼 스치고 지나갔다. 하지만 한편으로 생각해보니 모든 게 조금 이상했다. 베가가 자신의 식당을 놔두고 손님이자 스승인 자신들의 지갑을 훔쳐 도망을 갈 리가 없었다. 무언가 오해가 생긴 것일 수도 있었다. 혹시나 당장 현금이 없는 베가가 스승들을 봉양할 찬거리나 먹을거리를 사러 나가면서 우선 스승들의 지갑을 활용할 수도 있겠다는 생각도 들었다. 둘은 모든 것을 일단 좋은 쪽으로 생각하고 싶었다. 방안의 시계를 보니 새벽 5시가 돼가고 있었다.

"쪼깨만 기다려 보드라고 베가가 우리를 봉양헐라고 뭣을 사러 갔을지도 모릉께 말이시. 그라고 이 식당이 베가 껄 텐디 지가 가믄 어디로 가겠능가? 그랑께 우리는 역서 그냥 기다리믄 되는 것이구만. 암만!"

부처가 불안해하는 예수를 애써 달랬다. 하지만 자신의 마음도 초조함으로 타들어 갔다. 그러는 사이 갑자기 밖이 소란스러워 지더니 누군가 문을 열고 들어오는 소리가 들렸다.

"그람 그라제! 베가가 돌아온 모양이시. 어이, 인자 걱정허덜 말더라고 잉! 우리 나가보세."

부처와 예수의 얼굴에 비로소 화색이 돌았다.

"다, 당신들… 누, 누구요!"

날씨가 몹시 추운지 온몸을 방한복으로 꽁꽁 싸맨 노부부가 방안에서 식당 쪽으로 나오는 부처와 예수를 보고 깜짝 놀라 덜덜 떨며 물었다. 부처와 예수도 두 사람의 등장에 놀라긴 마찬가지였다.

"우리는 베가의 스승들인디 두 분은 뉘시당가요?"

부처가 예를 갖춰 노인들에게 물었다.

"베, 베가가 누군데요? 그리고 두 분은 왜 우리 집 안방에서 나오는 거예요. 네?"

노인 부부는 여전히 떨면서 물었다.

"아, 알긋다. 베가, 그러니까네 이 식당을 운영하는 나말례의 부모님이신 갑네예? 우리는요 베가, 아니 말례의 스승들인기라요."

예수가 공손히 인사를 했다. 하지만 노인 부부는 여전히 두려움에 떨면서 도무지 무슨 말인지 모른다는 표정을 지었다.

"나말례의 부모요? 저흰 그런 사람 모르는데요. 저희는 그동안 집사람이 병원에 입원해 있느라 이 가게를 오랫동안 비웠답니다. 그러다가 집사람이 퇴원한 뒤 다시 영업할까 해서 한 서너 달 만에 영업 준비를 하러 이렇게 새벽에 나왔는데요."

노인은 여전히 두려운 표정으로 눈을 끔벅거리며 이들이 어제 하루 동안 먹고 마시며 어질러 놓은 식탁이며 주방을 휘휘 둘러봤다.

"오메, 오살 것! 이, 징한 것!"

부처가 바닥에 다시 주저앉으며 누군가를 향해 욕설을 퍼부었다. 예수도 다시 한 번 땅바닥으로 무너져 내렸다.

"누군지는 몰라도 어서 나가요. 가진 것 없는 두 늙은이가 가게를 비운 사이에 주인 행세를 하면서 이게 무슨 짓이에요. 썩 안 나가면 경찰에 신고하겠어요!"

노인은 부들부들 떠는 부인을 감싸 안으며 떨리는 목소리로 말했다. 부처와 예수는 상황을 알아차렸다. 두 노인이 오랫동안 비워 놓은 국밥집 가게에서 '베가' 아니 '나말례'가 주인 행세를 하며 사기 행각을 벌였던 모양이었다.

"가세. 이 사람들이 경찰에 신고허기 전에 얼른 토끼세!"

부처가 예수의 귀에 대고 나지막이 속삭였다. 예수도 어쩔 수 없었다. 사기를 당해서 아픈 마음과 인사불성이 되도록 마신 술 때문에 쓰린 속을 부여안고 두 사람은 허둥지둥 식당 문을 나섰다.

"헛!"

쫓겨나듯 부처가 식당 문을 나서면서 얼어붙은 겨울 하늘을 올려다보며 헛웃음을 지었다.

"엉가는 시방 웃음이 나오나? 추버서 얼어죽겠고로!"

트렌치코트를 꽁꽁 싸매던 예수의 불평불만이 또 터져 나왔다.

"나베가가 아니라 코베가였구만! 으흐흐흐!"

터벅터벅 발길을 옮기는 부처에게서 웃음인지 울음인지 모를 신음성이 음산하게 흘러나왔다.

"이보시요! 이보시요!"

둘이 계속 옷깃을 여미면서 발길을 재촉하는데 저 멀리 뒤쪽 식당 부근에서 갑자기 누군가 부르는 소리가 났다. 부처와 예수는 갑자기 겁이 더럭 났다. 주인 내외가 마음이 변해 경찰에 신고하려는 모양이었다.

"튀어!"

둘은 식당 반대편으로 냅다 뛰기 시작했다. 뒤에서는 누군가 쫓아오는 소리가 들렸다. 겁에 질린 둘은 더욱 필사적으로 뛰었지만 워낙 술에 만취했다 아직 덜 깬 상태인 만큼 발이 말을 듣지 않았다. 둘은 건물 모퉁이를 미처 다 돌지 못한 채 건물 기둥을 붙들어 안고 가쁜 숨을 몰아쉬었다. 경찰에 잡히든 말든 이젠 거의 자포자기 상태였다. 그런데 두 사람을 쫓아오던 사람도 한 2십여 m 거리를 두고 더는 다가오질 못했다. 부처가 가쁜 숨을 몰아쉬며 보아하니 뒤쫓아오던 사람도 걸음을 멈춘 상태였다. 그러더니 갑자기 가슴을 부여잡고 길바닥으로 쓰러지는 모습이 보였다. 다행이었다. 잠시 숨을 돌린 부처와 예수는 다시 도망을 치려 했다. 그런데 가만히 보니 뒤쫓아오다 쓰러진 사람이 가쁜 숨을 몰아쉬며 크게 '컥컥'거리는 소리가 들렸다. 어두워서 자세히 보이지는 않지만, 경찰관 같지는 않았다. 그냥 모른 척 도망치려던 부처와 예수는 어쩔 수 없이 쭈뼛쭈뼛 발길을 돌려 쓰러진 사람에게 향했다. 쓰러진 사람은 좀 전에 식당에서 봤던 영감이었다. 부처는 얼른 노인을 땅에서 일으켜 안았다. 예수도 노인의 가슴과 등을 문지르고 두드려주며 숨을 고르도록 해줬다.

"이것, 헉헉헉!"

두 사람을 쫓아 오느라 가쁜 숨을 몰아쉬던 노인이 자신의 오른손을 내밀었다. 부처가 자세히 보니 그 손에는 지폐 몇 장이 쥐어져 있었다. 부처와 예수는 무슨 영문인지 몰라 돈과 노인을 번갈아 쳐다만 봤다. 잠시 뒤 노인이 점차 숨을 고르게 쉬기 시작했다.

"얼마 안 되지만 받아요. 갈 곳이 마땅치 않은 분들 같은데 엄동설한

에 내쫓아서 정말 미안해요. 두 분의 사정이 딱해 보이지만 우리도 가
게를 열어야 먹고 살 수 있다우. 그리고 속이 몹시 쓰린 모양인데 괜찮
다면 해장국이라도 한 그릇씩 먹고 가요. 병치레가 잦지만 할망의 손이
잽싸고 맵거든. 그리고 음식 솜씨도 좋다우."

영감은 이제 두 사람의 손길 없이도 자리에서 일어나 설 수 있었다.
두 사람은 감동했다. 물론 속아서였지만 주인 없는 빈 가게에서 마구
음식들을 해먹고 또 온통 어질러 논 자신들에게 인정을 베푸는 노인들
의 따스함에 눈물이 흘렀다. 마음은 결코 아니었지만 두 사람의 몸은
노인이 이끄는 대로 식당으로 향하고 있었다.

"어서 와요!"

조금 전까지만 해도 남편의 품속에서 벌벌 떨고 있던 할머니가 두 사
람이 어질러놓은 탁자를 치우다가 두 사람을 반갑게 맞았다. 부처와 예
수는 할머니를 볼 낯이 없었다. 하지만 엄동설한의 새벽, 돈이며 카드까
지 가진 것을 다 잃어버린 채 정처 없이 길을 떠나는 것보다는 잠시 염
치란 녀석을 모른 체하는 것이 현명하다고 내면의 소리가 말하고 있었
다. 두 사람은 할머니에게 감사의 고개를 숙인 뒤 할머니를 도와 탁자
를 치우기 시작했다. 그런 두 사람을 할머니는 마치 친자식이나 친손자
들을 보듯 흐뭇한 표정으로 바라봤다.

"됐어요. 이제 충분히 도와주었으니 두 분은 잠시 안방에서 쉬든지
아니면 해장국이 나올 때까지 저기 탁자에서 기다려요."

영감이 가리킨 자리에 두 사람은 다소곳이 앉았다. 반대편에 영감
이 자리했다. 두 사람은 한겨울 새벽바람에 한바탕 추격전을 펼친 덕분
인지 정신이 말짱해진 것 같았다. 둘은 번갈아 가며 저간의 상황을 설

명했다. 되도록 자세히 설명하는 것이 이 착한 노인네들에 대한 예의일 것 같았다. 할머니는 주방에서 바쁘게 손을 놀리면서도 이들의 얘기를 다 듣고 있었다. 두 노인은 참으로 황당하다는 표정을 지었다.

"두 분은 함자衡字부터가 심상치 않군요. 저희도 나름대로 믿음을 갖는 삶을 살려고 노력은 하고 있습니다만 쉽지가 않더군요. 남들 보란 듯한 집 한 채 없이 살아왔습니다만 그래도 저희는 이곳 식당 한 칸과 식당에 딸린 쪽방 한 칸에 만족한답니다. 그런데 그 누가 우리 부부가 언제 병원에 입원하고 얼마 동안 가게를 쉬는지 등등의 사정을 손바닥 꿰듯 훤히 보고 그런 짓을 한 모양입니다. 지금 생각해보니 두 분이 그런 사기 행각에 휘말린 데는 우리의 허물도 있습니다. 부디 용서해 주시길 바랍니다."

영감이 두 사람에게 허연 머리를 숙였다.

'세상에 이렇게 순수한 사람들이 있다니! 추함과 악함으로 뒤범벅된 세상의 권세와 명예를 가지지는 못했지만, 마음만은 온 세상의 선함을 다 가진 사람들!'

순간 부처와 예수는 눈물이 날 뻔했다.

'그러나 인간 세상에 희망을 던지는 이런 사람들은 앞으로도 또 속고, 또 이용당하고, 그리고 가끔은 더욱 모진 사람들의 마수魔手에 걸려 피눈물도 흘리겠지. 위선에 가득 찬 무리에게 오히려 손가락질을 당하고 헛된 명성에 취한 허수아비들의 권력놀음 때 비웃음을 당하기도 할 거야. 입만 열면 사랑과 자비를 떠벌리는 위선자들은 이분들의 말 없는 실천의 모습에 크게 심기를 거슬리겠지. 그렇다면 이분들이 치러야 할 대가는 상상할 수도 없을 거야. 지성의 범주, 영성의 영역에서 하늘까지 믿지 않아 그 흔적조차 떠나보내 버린 자들! 그래서 결국 하늘을 철저히 놓아 버린 자들! 그들의 독기 품은 숨결은 항상 꽃향기를 위장해 숨어있거든. 그들의 암흑 같은 망상은 온화한 미소 형태로 감춰져 있어! 그래서 향기로운 꽃을 좋아한다면, 그리고 온화한 미소에 쉽게 마음을 연다면, 선善한 분들은 그들의 암수에 걸려 돌이킬 수 없는 대가를 치러야 할 경우도 있는 거지…!'

부처와 예수는 늙은 노부부의 순박淳朴함 그리고 정백精白함에 오히려 가슴이 시렸다.

"집 한 채 없다고 하셨는데예, 자녀에게 주셨는가예? 아니믄 프리미엄을 얹어가 파셨는가예?"

예수가 뜬금없는 소리를 했다. 부처가 예수를 흘겨봤다.

"와? 분위기가 너무 쳐져가, 웃자고 한 소리데이."

예수가 부처를 보며 멋쩍게 뒤통수를 긁었다.

"허허허!"

영감이 늦가을, 흐릿한 햇살조차 바짝 말라버린 잿빛 하늘처럼 허허롭게 웃었다.

"애초에 줄 집도 없었지만, 만약 여유가 있었다 해도 이젠 주고 싶은 자식마저도 하늘나라로 떠났답니다. 천안문함저자 의도적 표현 사건 아시죠? 그 사건으로 오십 줄에 뒤늦게 얻어 군 복무 중이던 아들마저 하늘로 떠나 보내고 말았죠."

영감이 목이 메는지 더는 말을 잇지 못했다. 부처와 예수는 당황해서 서로의 얼굴을 쳐다보며 안절부절못했다. 갑자기 주방 쪽에서도 흐느끼는 소리가 났다.

"생때같은 자식을 보낸 것도 억울한데 더 억울한 것이 무언지 아세요? 그것은 그 아들이 패잔병이란 오명을 썼답니다. 패잔병이라니요? 그 천안문함 사건이 공식 전투 명령을 하달받고 적과의 실제 전투 임무 수행 중에 일어난 게 아니잖아요! 우리 영해에서 평화로운 초계임무 중에 발생한 사건으로 순직했는데 정전停戰상황이라는 점을 내세우며 패잔병이라고 몰아붙이는 것은 너무도 억울해요. 만약 그것을 전쟁 혹은 전투상황으로 봐서 패잔병이라 말하려면 몇 가지 전제가 있어야죠. 후방의 영해에서 초계 중인 함정이 그런 상황에 처하도록 전방 경계체제와 보고체제 그리고 즉각 대응체제와 사후처리 체제를 제대로 가동시키지 못한 군 통수권자부터 모든 지휘라인이 함께 패전의 책임을 져야 하죠. 그리고 또 사전 예고 없이 그런 전투상황 도발을 감행한 세력에 대해 국제사회 그리고 전 국민이 하나 돼 궐기해서 책임을 묻도록 하는 일련의 정치적, 외교적, 그리고 행정적 작업이 치열하게 뒤따라야죠. 그러나 실제로는 어땠나요? 그저 정치적 유불리에 따라서 정파의 이익에 부합하는 목소리만 여기서 시끌, 저기서 버끌, 파편적으로 내다가 슬그머니 묻히고 말았었죠. 국가를 보위하고 국민의 생명과 재산을 보호하며 세계 평화를 원한다고 말하려는 위정자가 있다고 한다면 적어도 그런 식의 저열한 행동을 하면 안 되는 거예요. 흑흑!"

공연한 상처를 건드려서 노부부의 마음을 상하게 한 결과가 돼 버렸다. 부처가 입을 앙다물더니 예수에게 꿀밤을 먹이는 시늉을 했다. 당황한 예수가 입을 열었다.

"죄송합니데이. 그저 하늘 높은 줄 모르고 올라가는 집값 대책, 부동산 대책을 말한다는 게 본의 아니게 두 분의 마음을 어지럽게 했습니데이. 용서하이소."

예수가 쩔쩔맸다. 그 모습을 보고 오히려 짠했는지 영감이 물었다.

"집값 등 부동산 대책이 있다고 말 하신 것 같은데 혹시 말씀해 주실 수 있나요?"

영감은 아마도 침울해진 분위기를 돌리고 또 무안해 하는 예수를 배려하기 위해 일부러 말을 꺼낸 것 같았다. 예수도 그런 눈치를 채고 입을 열기 시작했다.

"진리는 항상 가까운 곳에 쉬운 모습으로 있다고 했는데 참으로 맞는 것 같심더. 가격을 결정하는 경제의 기본 원칙은 수요와 공급 아임니꺼? 가격이 올라가믄 공급을 늘리믄 되는 기라예. 그런 기본 원칙을 무시하고 세금이니 규제니 해서 수요만 억쫄라 카믄 그것은 경제의 기본을 모르는 거라예."

"그렇다고 공급을 무한정 늘릴 수 있는 여건이 안된다고 하던데요. 첫 번째로 땅부터 부족해서 말이죠. 그렇다고 그린벨트를 마구 풀어서 난개발할 수는 없잖아요?"

영감이 눈물을 훔치고 물었다. 영감은 이야기에 심취해서 아픈 기억을 잊고 싶은 듯했다. 부처도 영감의 반론에 고개를 끄덕였다. 부처는 제발 예수가 헛소리하지 않기를 바라며 다음 말을 기다렸다.

"정치인들이 유권자를 순간 현혹하는 포퓰리즘을 버리믄 되는기라예."

'정치인들이 유권자를 순간 현혹하는 포퓰리즘을 버리면 된다?'

영감은 물론 할머니와 부처, 모두 예수의 말을 마음속으로 되씹고 있었다.

"땅이 왜 없심니꺼? 지는 요 인구가 집중되는 수도권을 이야기하는 깁니다. 잘 들으소. 수도권에도 난개발을 막으면서 아파트를 지을 땅은 어찌 보면 넘쳐납니데이!"

일동은 숨죽인 채 예수의 얼굴을 쳐다봤다. 부처는 예수가 잘 나가다가 또 샛길로 빠질까 봐 가슴이 조마조마했다.

"현재의 전자문서나 전자결재 등 IT와 AI에 기반한 행정의 변화 추세와 교통발달에 따른 심리적, 지리적 거리 단축을 감안하믄 답은 간단합니데이."

일동은 다시 서로의 얼굴을 쳐다봤다. 식당 안은 갑자기 학구적 분위기가 됐다. 예수는 사람들이 자신의 말에 너무 과하게 몰입된 듯 보이자 약간 긴장이 됐다. 그러자 갑자기 의기소침해지며 약간 꼬리를 내렸다.

"아 너무 심각하게 듣지는 마시데이. 가령 서울만 예로 들겠심더. 서울특별시 안에는 특별시청을 빼고 모두 25개의 자치구청이 있는 기라요. 그란데 각 자치구청들은 기본적으로 시설관리공단과 선거관리위원회를 포함해서 각종 관계기관만 10여 개 이상 갖고 있다 아임니꺼?"

예수의 긴 사설에 부처가 애가 달았다.

"그래서 어쨌는데, 빨리 말 하랑께!"

예수가 부처를 또 쏘아봤다. 부처는 예수가 불같이 화를 낼까 봐 얼른 자신의 입을 막았다. 예수가 부처에게 눈을 한번 부라린 뒤 말을 이어갔다.

"서울시 관내 A 구청의 경우 구청사만 해서 부지면적이 얼마냐믄 1만 3천5백㎡에 총면적이 5만9천㎡나 되는 기라요. 10여 개 관계기관의 청사 부지를 더하면 평수로 3~4만 평은 훌쩍 넘는다카이. 거기다가 교육청이니 소방서, 경찰서, 선관위, 도서관 등등 구청이 있으면 더불어 따라오는 타 기관들의 부지면적을 더하모 기본적으로 십만 평 혹은 몇십만 평은 훌쩍 넘을 기라요."

눈을 동그랗게 뜬 부처가 다른 사람들을 대신해 물었다.

"그려 땅은 엄청나게 넓구만, 근디 워쩐다는겨? 그런 땅들에다가 집을 짓자는 거시여? 그것들을 승그리 때려 뿌셔뿔고?"

"비슷하데이!"

부처가 고개를 갸웃거렸다. 노부부도 궁금하다는 듯 예수의 다음 말을 기다렸다.

"이 A 구청의 연간 공무원 인건비만 천억 원이 넘고 청사관리비나 물품비 같은 물건비를 더하면 일 년에 1천5백억 원 이상의 비용이 발생하는 기라요. 구청의 직접 관련된 기관만 봐도 이런 비용이 발생하는데 구청에 딸리는 교육청이나 경찰서, 소방서, 선관위 같은 등등의 기관들이 구마다 건물을 짓고 인력을 운영하모 추가로 월매나 많은 나라 예산이 또 필요하겠능교?"

이렇게 말한 예수가 좌중을 죽 둘러봤다. 이 정도까지 말하면 무언가 떠오르지 않느냐는 표정이었다. 부처는 조금 전 예수가 서두에서 말한 내용을 떠올렸다.

'현재의 전자문서나 전자결재 등 IT와 AI에 기반한 행정의 변화 추세와 교통발달에 따른 심리적 지리적 거리 단축을 감안하믄 답은 간단합니데이.'

부처는 순간 머릿속에 하얀 빛줄기가 영감이 폭발하듯 터져 오르는 것을 느꼈다. 그런 부처를 보더니 예수가 씨익 미소를 지었다. 그것이 바로 '도道란 말이 아니라 마음에서 마음으로 전한다'는 불교의 가르침, 불립문자不立文字와 무척 닮아 있었다.

"옳거니! 행정구역 통폐합을 말하는 거구만! 그렇께 서울시 관내 인근 지역 자치구들의 행정구역을 몇 개씩 묶어 통폐합 하믄 자연스럽게 택지 문제가 해결된다는 것이구만! 서울지역 25개 자치구를 두 개씩만 묶어 통폐합해도 열두~세 개 자치구가 없어지니께, 어디 보자…. 적어도 서울 안에서만 최소한 몇십만 평에서 많게는 백만 평 이상의 청사 부지가 새로운 택지로 아주 쉽게 확보되는 거구만!"

마치 새로운 깨달음을 얻은 것 같은 부처의 표정에 예수도 덩달아 신나 했다.

"그런다카이. 그린벨트를 해제하네, 재개발 규제를 완화하네, 뭐 이런 것들도 필요는 하지만 굳이 이런 어려운 길을 가지 않더라도 쉽게 해결할 수 있는 묘안이 바로 이것인 기라. 택지가 공공 차원에서 쉽게 확보되고 그럼으로써 또 값싼 주택도 대량으로 쉽게 공급될 수 있다는 믿음만 주어도 청년들이 너도나도 영끌 하면서 폭증하는 주택 수요를 잠재울 수 있는기라! 그리고 만약 청사를 때려뿌샤뿔고 새로 짓는 비용이 많고 시간도 오래 걸린다믄 그런 청사들을 주거용으로 리모델링 하믄 된다카이. 관공서 청사들은 대부분 좋은 위치에 좋은 자재로 지어진 만큼 리모델링도 쉬울 거고 또 청년들의 선호도도 매우 높을 기라! 그에 따른 관련법 개정은 쉬울 기라. 현재의 주택난이라 카는 것은 거의 국가적 비상사태가 돼버린 만큼 정치권에서 비상조치를 반대할 사람이 누가 있겠노?"

예수의 말을 부처가 다시 맞받았다.

"그려. 그리고 또 그에 따른 예산 확보도 누워서 떡 먹기제. 청사 통폐합은 인력꺼정 통폐합하는 것이니께 한 개 자치구 당 천오백억 원을 곱하믄 그려, 적어도 연간 2조 원 가까운 예산도 절감된다는 계산이 나와 불구만. 게다가 구청 외에 추가로 운영되는 교육청, 경찰서 등등 각급 기관들까지 통폐합해 운영하믄 그 예산절감 효과라는 것은! 오메, 이것 와판디! 그라고 전국의 자치단체 250여 개를 적정 수준에서 통폐합 헌다믄 그 예산절감 효과는 월매고 또 주택난 해결을 위해 확보되는 공공택지용 부지는 월매여? 신규 주택건설이나 리모델링에 따른 국가 예산도 자연스럽게 확보되는 것이고 말이시. 와따메!"

부처가 무릎을 탁 치며 감탄했다.

"그렇군요, 저의 고향인 경기도에도 31개 시군구가 있어요. 두 개씩 통폐합해서 열댓 개로 만든다면 거기서도 최소 백만 평 이상의 청사부지가 택지용으로 공급될 수 있고 인건비 등도 3조 원 정도 절감된다는 뜻이군요. 그밖에 관계기관들의 예산절감 효과까지 더해지면 몇조 원이 추가되겠죠. 그런데 행정구역 통폐합으로 공무원들의 인력이 줄어들게 되고 시·군·구 등의 기초의회의원 감소도 필수적인데 이런 정책 추진이 가능할까요?"

영감이 조심스럽게 물었다. 표 계산에 능숙한 정치인들이 정원축소에 따른 공무원들의 반발에 주저할 것이란 의미였다. 표만 챙길 수 있다면 확장 재정이든 퍼주기 정책이든 미래 세대들의 부담은 아랑곳하지 않는 그들이 통폐합 정책을 애써 추진할 것 같냐는 힐난도 섞인 듯했다. 지방의회 의원 수의 축소가 곧바로 자신들의 정치적 영향력 감소로 이어진다고 보는 시각도 문제일 것이었다. 여야를 막론하고 유력 정치인들이 제 살을 깎아 먹는 정책을 원하지 않을 것이란 나름대로 분석도 담겼을 터였다. 영감은 이런 생각을 하다가 예수란 사람이 서두에 의미심장한 말을 했던 것을 떠올렸다.

'정치인들이 유권자를 순간 현혹하는 포퓰리즘을 버리믄 되는기라예.'

영감은 유권자를 현혹하는 포퓰리즘을 버리면 된다고 했던 예수의 말을 몇 차례 되씹어봤다. 오로지 정치적 입지만을 노리는 정상배政商輩들의 포퓰리즘이 아니라 나라의 미래와 청년들의 희망을 위해 헌신하려는 진정한 정치가가 정상배들과 건곤일척乾坤一擲의 승부수를 띄울 법한 시점이라는 의미도 담겼을 것이었다. 깊은 생각에 잠겼다가 고개를 끄덕이는 영감을 보며 예수는 또 씨익 웃었다. 염화시중拈花示衆! 부처가 조용히 연꽃만 들어 보였을 뿐인데도 수제자 가섭은 스승이 뜻하는 바를 알아채고 미소를 지었다고 했다. 그런 예수를 바라보며 부처는 중얼거렸다.

'예수! 니가 부처여, 뭐여? 왜 니가 부처맹키로 불립문자질을 허고 염화시중질을 허냐고, 잉?'

부처는 속으로 투덜거렸다. 그러면서도 부처는 예수의 부동산 문제에 대한 진단과 대안이 정확하다고 느꼈다.

"맞어, 맞구만. 요즘 시상은 서울서 부산꺼정 자가용으로 3~4시간이면 도착하는 시대여. 그라고 앞으로 진공튜브열차나 하늘을 나는 자동차 시대가 열리면 시간은 한 시간 이내로 줄어들 거구만. 그란디 지금의 행정구역은 옛날 말을 타는 파발로 쉬지 않고 달려도 사나흘이 걸리거나 걷는 보발로 보름에서 한 달이나 걸리는 시대에 만든 행정체제를 거의 그대로 쓰는 구면. 그것은 도포 입고 갓을 씀시로 비행기를 타고 댕기는 꼴이라 이거여. 그라고 아까 말한득끼 시방은 전자문서, 전자결재 시스템으로 전국의 행정기관들이 거의 동 시간에 모두 모여 머리를 맞댄 채 화상회의를 허고 문서행정을 할 수 있는 시대여. 그라고 각종 민원서류 발급도 집에서 컴퓨터로 발급받을 수 있는 시대란 말이시. 손바닥만 한 우리나라에서 250여 개나 되는 자치단체들이 난립할 필요가 없다는 거여. 타성에 젖어서 수백 년 전의 행정체제를 그대로 답습할 필요가 없단 말이시. 그려, 그랗게 행정구역들은 시대의 흐름에 맞게 광역적으루다가 통폐합돼야 하는 것이여. 그것이 시대의 흐름이고 효율과 집중을 통한 경쟁이라는, 시대 정신의 반영이기도 허제. 거기서 아낀 행정력으로 청년 일자리 문제에서부터 무주택자 주택보급문제, 청년들의 결혼 포기문제 그리고 저출산 문제 대비가 일목요연하게 되는 것이제. 하나의 해법이 나라의 고질병 네댓 개를 일거에 해소하는 것이랑께. 그럼시로 AI니 자율주행 이동수단이니, 사물인터넷이니, 첨단 바이오니 하는 미래 국가경쟁력 창출도 자연스럽게 도모되는 것이고!"

부처와 예수는 신이나 서로 맞장구를 쳐가며 얘기에 열을 올렸다.

'그래 모든 것은 때가 있는 것이지! 현재의 시대정신은 과거와 달리 행정구역 통폐합을 가장 절실하게 요구하는 것인지도 몰라! 이들은 보통사람들이 아니다. 임시휴업 중인 식당에 몰래 들어와서 그저 음식이나 훔치는 그런 자잘한 좀도둑들인 줄 알았는데!'

영감은 부처와 예수를 다시 봤다. 얼추 겉모습으로만 보자면 막내 자식뻘쯤 돼 보였다. 영감은 말하는 품이나 아는 것이나 상당히 갖춘 듯한 사람들이 왜 서로 이상한 이름으로 불러대며 또 이런 꼴로 추운 겨울 한복판을 방황하는지 궁금했다.

"오래 기다렸죠? 어여 들어요."

할머니가 김이 무럭무럭 나는 콩나물국밥을 내왔다. 계란을 하나씩 얹고 소포장 된 김도 서너 개씩 부처와 예수 앞에 내놨다. 부처와 예수는 체면을 차릴 여유가 없었다. 소란 통에 숙취는 어느 정도 잊혔지만, 속 쓰림은 강했기 때문이었다.

"감사합니데이."

둘은 숟가락을 정신없이 국밥 속에 퍼 넣었다. 노인 부부가 자신들을 물끄러미 보고 있는 것도 잊고 숟가락질과 젓가락질에 바빴다. 음식도 역시 손맛과 연륜을 무시 못 했다. 할머니가 끓여온 국밥은 어제 그 나베간가 코베간가가 만들어온 국밥과 차원이 달랐다. 재료는 물론 만드는 과정은 다 같아도 정성精誠이라는, 물질을 초월한 그 무언가가 개재介在되는 것만으로도 결과물은 천지 차이였다. 그 정성은 바로 신심信心, 즉 옳다고 믿는 마음 혹은 신앙의 마음일 것이었다. 둘은 순식간에 국밥을 싹싹 비웠다.

"두 분은 이제 어디로 갈 거예요? 혹시나 갈 곳이나 잘 곳이 없다면 밤 10시 이후에 이곳으로 와요. 그때는 식당 문도 닫으니까 어찌어찌 잠자리 두 개 정도는 마련할 수 있을 거예요."

할머니가 두 사람을 보며 연민에 가득 찬 눈길로 말했다.

"아니구만이라! 우리도 낯짝이 있제. 어뜨케 그란다요? 그라고 우리도 갈 데가 있당께요. 그랑께 우리 걱정은 마시쇼. 앞으로 건강하시고 복 많이 받으실 꺼구만요."

둘은 고마운 노인 부부에게 연신 고개를 숙였다. 그리고 노인들의 만류에도 불구하고 자신들이 먹은 밥그릇을 쟁반에 담아 들고 주방 쪽에 있는 설거지통에 직접 갖다 넣은 후 다시 자리로 돌아왔다. 부처는 식당 문을 열 준비 중인 노인 부부를 위해서라도 이제 한시바삐 작별해야 한다는 생각을 했다. 부처는 자신의 외투를 둘러 입고 노인 부부에게 작별인사를 했다. 아직도 주방 쪽에서 서성대던 예수도 서둘러 자리로 와서 코트를 집어 들었다.

"아니 커피라도 한잔하고 가셔야지. 이렇게 서두를 필요가 있나요?"

다시 할머니가 인자한 표정으로 두 사람을 만류했다. 부처가 할머니의 만류에 다시 자리에 앉으려 하자 예수가 당황한 듯 보였다. 예수는 부처의 팔을 잡아끌며 허둥지둥 하직下直 인사를 한 뒤 식당 문을 나섰다. 먼 데서 서서히 동이 터 오는 모양이었다. 칼바람이 계속 귓가에서 웅웅 대며 동장군의 위세를 부리려 했다. 하지만 든든하게 국밥을 먹고 나니 견딜 만했다. 예수는 이상하게 종종걸음을 치며 부처의 발걸음을 재촉했다. 딱히 갈 곳을 정해놓은 것도 아닌데 예수는 식당에서 멀어질 때까지 자꾸만 뒤를 돌아보며 종종걸음을 계속했다.

아직도 끝나지 않은 대결,
남과 북

　어슴푸레한 새벽 내내 귓전을 음산하게 몰아치던 칼바람도 동녘에 해가 솟아오르니 서서히 잦아들었다. 두려움과 희망, 어둠과 밝음, 그랬다. 음과 양은 모두 제 있어야 할 곳에서 우주의 질서에 따른 제 역할만 묵묵히 해내고 있을 뿐이었다. 부처와 예수, 이들은 벌써 두 시간 이상 북서쪽으로 걸음을 계속하고 있었다. 이곳 경주에서 북서 방향으로 계속 가면 언젠가는 서울에 도착할 것이었다. 회자정리會者定離 요, 리자필반離者必返이라 했기 때문이다. 천방지방天方地方 지방천방地方天方, 그들이 천라지망天羅地網을 희롱하듯, 여생을 보내도록 운명 지워졌는지도 모를 서울의 한 외곽 은둔처에서 바삐 몸을 빼돌린 뒤 경주 토함산을 향했던 것이 지금으로부터 일주일 전이었다. 그때는 각자 수중에 얼마간 현금도 있고 한 장의 신용카드도 있어서 이곳저곳의 숙박업소를 전전하며 비교적 평안하게 석굴암의 본존부처를 찾아뵐 수 있었다. 한데 베가인지 코베가인지를 만나 카드와 현금을 도둑맞은 만큼 현재부턴 앞날이 그리 순탄치 않을 것이었다. 다만 마음 착한 식당 노부부가 몇만 원의 현금을 쥐여주고 아침밥도 든든히 먹여줘 당장 끼니 걱정은 없었다. 저녁밥과 잠자리 문제는 저녁이 닥치면 그때 걱정하면 됐다. 부처는 터덕터덕 걷고 있는 예수를 보며 애써 미소를 지었다. 추위와 배고픔 그리고 고난의 여정을 같이하는 도반, 예수가 측은하면서도 진정으로 고맙게 느껴졌기 때문이었다.

"와, 디지게 추운데 뭐가 좋다고 히죽거리노? 야마리 까진 자슥!"

예수가 흘겨보더니 대번에 또 독설을 날렸다. 부처는 다시금 또 속이 뒤틀렸다. 예수, 이놈의 작자는 도대체 그 속내를 알 수가 없었다. 모처럼 알콩달콩 잘나가는가 싶으면 꼭 한 번씩 걸쭉한 욕설로 기분을 잡치게 했다.

'오살 것! 언니라고 힘시로 살살거릴 때는 언제고 그러다가 한 번씩 갑자기 표변豹變해서 남의 속을 확 뒤집어 논당께. 콱 한번 싸대기를 질러 불고 싶은디 그라믄 온 세상이 뒤집어진 것맹키로 소락배기를 지르고 난리를 침시로 나를 패 죽일라고 달라들지도 뭘러. 어이구 속 터져! 근디 속이 터져부러도 착한 나가 그냥 참고 말아야 하는구만… 그란디 대체 요 작것은 남자여 아니믄 여자여? 차말로 구분이 안 된당께. 그란디 지는 나를 부를 때마다 나헌티 언니라고 혀 싸던디. 그 말은 나가 여자로 보인다는 뜻이여 뭐여? 암튼 요 징한 것은 당최 상대를 말아야 혀!'

부처가 예수를 훔쳐보며 속으로 온갖 악담을 퍼부어댔다.

"니, 속으로 나 욕했제?"

예수가 손으로 부처의 옆구리를 찌르며 시비조로 물었다.

"아, 아녀! 언감생심焉敢生心 나가 그러것어? 그냥 나의 도반道伴이 돼줘서 너무 고마워서 감사의 마음으로다가 본 거제."

예수가 그럴 리 없다는 듯 미심쩍은 표정으로 부처의 얼굴을 뚫어져라 쳐다봤다. 조마조마한 부처는 애써 예수의 눈길을 피했다.

"며칠 동안 묵고 잘 곳 걱정 말그라!"

갑자기 예수가 주머니에서 만 원짜리 지폐 수십 장을 꺼내 부처에게 보여주며 불쑥 말했다. 돈을 본 부처의 얼굴에 갑자기 기쁜 기색이 피어올랐다. 세월에 시달리고 피곤에 쩔은 방랑자가 오밤중 깊은 산중에서 민가의 호롱불을 발견해 낸 그 표정이었다.

"오메 이것이 뭐데, 이녁 돈 베가가 다 안 가져가 불었능가?"

부처가 예수의 지폐를 쥔 손을 어루만지며 기뻐 물었다. 당장 눈앞의 한시름을 덜게 돼 부처는 감지덕지했다. 예수는 말 그대로 부처의 구세주였다. 그러다 부처는 오늘 새벽 한밤중에 깨어났을 때를 생각해 냈다. 베가가 모든 돈과 카드를 가져가 버린 것을 알고 예수와 자신, 둘 다 이성을 잃을 정도로 분노했던 상황이었다. 그때 분명 예수도 지갑이 탈탈 털렸다고 말했던 것이 기억났다.

'그라믄 이게 뭐데? 혹시 이 느자구 없는 시키가 그토록 맴 착한 노인 부부의 장사 밑천을 훔친 거시여, 뭐시여? 이 노무 시키가 어쩐지 좀 전에 주방 앞 현금 계산기 쪽에서 미적미적 허는 것 같더만…'

갑자기 부처가 분노에 찬 눈으로 예수를 노려봤다. 예수는 부처를 알아온 이후 부처가 이토록 분노에 찬 모습은 처음 봤다. 예수가 움찔하는 게 느껴졌다. 부처의 머릿속에는 짧은 순간 오만가지 생각이 오갔다. 부처는 한동안 말없이 부들부들 떨기만 했다.

"엉가, 와 그라노? 와 그래 덜덜 떨믄서 무서븐 인상을 짓고 그라노?"

항상 신경질적이던 예수가 다소 기세가 꺾인 목소리로 물었다. 그래도 부처는 아무 말이 없이 부들부들 떨기만 했다. 그렇게 2~3분이 더 지났을까! 부처가 갑자기 씨익 웃었다.

"아따 춥다야. 겁나게 추워서 말도 안 나오고 몸만 덜덜 떨린당께! 오메 춘거. 예수 동상! 어서 가세!"

부처가 앞장서서 북서 방향, 서울로 이어질 것 같은 쪽으로 길을 잡아 나갔다. 저만치 앞서 걷는 부처의 눈가에 이슬이 방울방울 맺혔다. 그 이슬방울들은 금세 서리 같은 얼음 알갱이가 되어 허공 속으로 흩날렸다. 뒤미쳐 따라오는 예수는 꽁꽁 언 두 손을 가슴께에 모았다. 때론 자꾸만 입술에 갖다 대며 호호 불어대고 있었다. 자세히 보니 나지막이 나무아멘관세음보살을 거듭거듭 외우는 것 같기도 했다.

부처와 예수는 저녁 6시쯤 돼 경북 영천에 도착했다. 경주에서 국밥으로 아침을 먹고 길을 나선 지 꼬박 12시간 만이었다. 둘은 고된 강행군에 혼이 다 달아날 지경이었다. 허기와 싸우고 추위와도 맞서면서 우리나라의 강추위를 뼛속 깊이 몸소 체험했다. 경상북도 동남부에 있는 영천시는, 동쪽은 경주와 포항시, 서쪽은 경산시와 대구광역시, 남쪽은 청도군, 그리고 북쪽은 청송군과 군위군에 접하고 있다. 또 태백산맥 줄기에 위치한 보현산을 중심으로 한 산악지대에 둘러싸인 분지 형태였다. 그래서 영천은 겨울과 여름의 기온 차가 심한 곳이다. 역대 최저 기온은 영하 20.5℃를 기록했고 지난 2018년 7월 27일 영천시 신녕면에서 40.4℃를 기록하는 등 연중 최대 61도의 기온 차를 기록하고 있었다.

"워따메, 영천이란 곳이 이러코럼 허벌나게 추운지는 몰랐당께! 근디 조상님덜은 뭘라고 이러코럼 추운 한반도에다 터를 잡아가꼬 우리헌티 이 고생을 시킨디야?"

추위에 극도로 지치고 온몸이 꽁꽁 얼다시피 한 부처가 흘러내린 콧물에 얼어붙은 입술을 겨우 들썩이며 웅얼거리듯 투덜거렸다.

"엉가! 니 그라고 투덜거리는 것을 보니까네 주디는 덜 얼었는갑다, 그쟈?"

추위 속에 아무 말 없이 부처를 따라 터덕터덕 걷기만 하던 예수가 툭 내뱉었다. 부처는 예수를 돌아봤다. 자신은 두꺼운 롱패딩을 입었는데도 추위가 뼛속을 파고든다는 느낌이었지만 겨우 트렌치코트 같은 것만 걸친 예수는 자신보다 덜 추워하는 것 같았다. 그것을 증명하듯 또 독설을 내뱉는 예수의 입은 언 것 같지도 않았고 발음도 정확했다. 예수란 녀석은 참으로 알다가도 모를 요상한 녀석이었다. 부처는 아예 대꾸하지 않을 요량이었다.

"엉가! 니 한반도가 원래는 지구 남반부에 있었다는 것 아나?"

부처는 예수가 또 무슨 헛소리를 하는가 싶어 아무런 대꾸 없이 그저 지친 발걸음만 옮겼다. 부처의 반응과 상관없이 예수가 뒤따라오면서 말을 계속했다.

"한반도는 지금부터 4억5천만 년 전에 현재의 호주 부근에 있었다 카드라. 그러다가 3억 년 전에는 지금의 적도 부근으로 옮겨왔고, 계속 북쪽으로 이동해서 약 1억5천만 년 전에 지금의 북위 38도를 전후로 한 지구 북반구 위도상에 있는 기라."

부처는 대꾸할 기운조차 없었지만, 예수의 말이 흥미로워 귀만 쫑긋한 채 발걸음을 계속했다.

"지금부터 7억5천만 년 전에 하나로 뭉쳐있던 지구의 초超대륙이 몇 개로 갈라졌다가 다시 갈라지면서 이동과 충돌을 거듭하는 과정에서 원래는 따뜻한 남반부에 있던 한반도가 무려 5천 5백km를 북쪽으로 이동해 지금의 한반도에 자리 잡은 기라 말이다. 그러니까네 이런 연구 결과에 따르면 조상들이 한반도에 자리 잡은 것은 어찌 보면 자연의 섭리 때문 아니긋나? 그라고 또 어찌 보마 운명 때문이니까네 쪼께 춥따꼬 조상 탓 하지 말그래이!"

부처는 큰 사고를 쳐놓고도 태연하게 아는 체를 하는 예수의 태도에 기분이 상했다.

"아따 이녁 이름을 내세움시로 하늘님을 믿는다는 어떤 종교는, 우주는 물론 지구가 겨우 6천 년 전에 맹글어졌다고 헌다드만…. 근디 이녁은 왜 7억5천만 년 전에 지구가 하나의 초대륙으로 뭉쳐져 있었다는, 판게아 이론을 말허는 것이당가? 그라믄 6천여 년 전 지구창조설을 내세우는 그 종교는 과학과는 양립할 수 없는 허구요, 망상이자, 미신인 것이여?"

평소 관대하던 부처가 이처럼 자신을 공격하고 나서자 성미 급한 예수가 또 발끈했다. 하지만 예수는 왜 부처가, 꽁꽁 언 입으로 잘 알아듣기도 힘든 말을 하며 이토록 뒤틀린 심사를 내보이는지 알기에 치솟는 화를 잠시 억눌렀다. 씨근덕거리던 예수는 깊은숨을 한번 몰아쉰 뒤 화제를 돌렸다.

"그래 맞다. 불가의 말씀대로 모든 것은 돌고 도는 모양이데이. 인연의 끈은 언젠가 대한민국이 있는 한반도를 다시 남반부의 따뜻한 곳으로 돌려놓을지도 모른데이. 나무아미타불아멘!"

예수가 나지막이 나무아미타불아멘을 외쳤다. 그런 후 예수는 말을 이어갔다.

"여담인데 엉가! 니 혹시 대한민국이 불과 6~70년 전에 지구 남반부로 옮겨갈 뻔했다는 것 아나? 그라고 시방 우리가 도착한 이곳 영천 덕분에 그런 불상사가 생기지 않게 됐다는 사실도 들어봤나?"

예수의 말에 앞서 걷던 부처의 눈이 커졌다가 다시 작아졌다. 부처는 예수가 경주의 식당에서 저지른 사건을 절대 용서할 수는 없지만 불가피한 측면도 있었다는 사실을 결국 인정하기로 마음먹었다. 부처가 걸음을 멈춘 뒤 예수를 돌아보며 말했다.

"뭔디야! 대한민국이 불과 6~70년 전에 지구 남반부로 갈 뻔했다는 말은 뭐고 또 영천시 덕분에 지구 남반부로 옮겨갈 뻔한 불상사가 생기지 않았다는 말은 뭐냥께?"

부처의 반응에 예수의 얼굴엔 약간의 화색이 도는 것처럼 보였다. 몇 걸음 뒤미쳐 걷던 예수가 종종걸음으로 부처 곁에 바짝 다가서서 말했다.

"6·25 민족동란 초기 국군이 낙동강까지 밀렸을 때 말인 기라. 이곳 영천은 낙동강 방어 라인의 최후 저지선에 포함된 지역이었꺼덩. 그때 북한군은 낙동강 방어선을 깨기 위해서 영천에 엄청난 공격력을 집중했다 카더라. 그때 맥아더 사령관과 월튼 워커 중장은 만약 유엔군이 이 전투에서 져서 대한민국이 망하모 이승만 대통령을 비롯한 한국의 주요 인사 62만 명을 미국령인 서사모아로 대피시킨 후에 이곳에 망명정부인 '신한국'을 세울 계획이었다 카데. 이 서사모아 망명정부 계획은 당시 이승만 대통령도 승인했다 카더라. 그란데 국군을 비롯한 유엔군이 이 영천전투에서 승리해서 낙동강 방어선을 지킬 수 있었던 기라. 그때 숨진 국군장병 등 4만여 명 용사들이 이곳 영천시 고경면 국립영천호국원에 안장돼 있다 안 카나. 그 용사들의 희생이 없었다믄 현재의 자유대한민국도 없었을 기라. 남한 사람들은 북한의 체제 속에 살고 있거나 아니믄 맥아더의 결정에 따라 서사모아에서 살고 있을 가능성이 높을기라."

부처가 놀란 표정으로 예수의 말을 따라 했다.

"뭐시라고야, 남한 사람들이 대거 서사모아로 망명한다고야! 그라고 망명 못 한 사람들은 북한의 사회주의체제 속에서 살고 있을 가능성이 높다고야?"

"참말로 그랬던기라. 그리고 지난 7~80년대에 사회주의체제를 찬양했던, 상당수 지식인을 자처했던 사람들은 그때 남한이 북한에 흡수통일 돼야 했다는 말을 공공연히 하기도 했따카데. 남한은 미·제국주의의 식민지라 카믄서 말이다. 북한은 우월한 사회주의체제 아래 자주적이며 주체적으로 인민들 모두가 평등하게 사는 지상낙원이라는 믿음을 갖기도 했었다 카드라!"

부처도 그런 말들을 들어본 적이 있었다.

"그려. 그런 주장들이 난무하믄서 이념 대결이며 사상 논쟁으로 국민이 분열되고 나라가 온통 혼란했던 때가 7~80년대까지 이어졌다 허드랑께. 그란디 그런 논쟁과 대결들 상당 부분은 미래 나라의 발전 방향을 잡아 나가기 위해 의견을 수렴하기 위한 민주적 진통으로만 보이지는 않았다는구만. 그저 못된 일부 정치세력들이 권력 쟁취를 위해 국민을 선동해서 피의 대결장으로 내몰았던 것, 그 이상도 이하도 아니라는 평가도 있더랑께. 피는 순박한 국민끼리 흘리고 과실은 음흉한 정상배들이 따먹었던 거여. 그때 국민 간의 분열과 갈등을 조장하고 나라를 온통 혼란에 빠뜨렸던 어둠의 세력들은 아직도 그때의 과오를 모른 척하고 있다는 말들도 있드랑께. 자신들의 작은 공만 침소봉대 함시로 엄청난 폐해는 절대 인정하지 않는, 멘탈계의 절대 신공?을 발휘한다는 것이여!"

부처의 말에 예수가 맞장구를 쳤다.

"맞다! 사회의 통합과 소통, 그리고 화합보다는 분열과 갈등 그리고 투쟁 선동에 능한 자들은, 보수나 진보를 막론하고 항상 있는 기라. 이런 모리배나 정상배들이 항상 자신들의 과거 과오에 대한 보호막으로 써먹는 논리이자 이제는 명언 반열까지 올라버린 말이 있는데 들어볼 끼가? 엉가 니도 알 텐데, '스무 살 즈음에 사회주의자가 아닌 사람은 심장이 없는 것이고 마흔 살 즈음에 여전히 사회주의자인 사람은 머리가 없는 것이다If a man is not a socialist by the time when he is in 20th, he has no heart. If he is still a socialist by the time when he is in 40th, he has no brain' 이 말은 오스트리아의 철학자 카를 포퍼가 했다고 알려진 말이라카는데 실상 카를 포퍼는 이런 말을 했던 기록이 없다 카드라. 이런 류의 말들은 아주 많은데 사회주의 대신 공화주의를 넣어 만든 말이 가장 오래된 버전으로 1875년 당시 프랑스에 그 기록이 있다 카데. 프랑스의 작가 쥘 클라레티가 '스무 살에 공화주의자가 아닌 사람은 심성과 아량을 의심해봐야 하고 서른이 넘어서도 여전히 공화주의자인 사람은 정신이 멀쩡한지 의심해 봐야 한다'라 캤다 카드라."

예수가 상세하게 그런 말들의 연원에 관해 설명해갔다.

"그랑께로 좌나 우를 막론하고 그런 자들은, 그들이 여론선동을 통해 조장했던 과거의 엄청난 국가적 분열과 갈등 그리고 혼란을 그저 그런 식으로 얼버무리고 또 덮어버린다는 말이제! 청년 때는 정신적으로나 이념적으로 미숙헌께로 그럴 수도 있는디 그걸로 뭘 그러냐 험시로 말이시? 그렇다면 말이여, 청년 시절, 그 질풍노도의 시기에도 극좌나 극우에 치우치지 않고 합리와 이성 그리고 평정을 견지하면서 국가발전을 위한 바람직한 노선을 도출해내고 중용의 정자세를 호소했던 청년 지식인들은 뭐여? 왜 그런 인물들은 국가사회를 위해 봉사하는 위치에 서질 못하는 거여? 대신 갖가지 어쭙잖은 선전, 선동으로 나라를 온통 혼란 속에 몰아넣었던 자들만 정치권을 비롯한 권력 주변에 똥파리떼처럼 항상 어지럽게 날아다니면서 한 몫을 차지허는 거냐고? 그란디 앞으로도 우리 정치사에서는 그런 꼬락서니가 상당 기간 계속될 조짐을 보이드랑께!"

부처가 예수를 보면서 말했다.

"그 조짐이란 게 뭐꼬?"

예수가 물었다.

"아, 알잖여! 요즘 시상에 여론조작을 통한 국민 간의 분열과 갈등과 대결 조장에 가장 유용한 수단이 뭐시여? 그것은 상당수 인터넷 댓글 부대들 아녀? 또 일부 질 낮은 인터넷 방송들 아니냐고! 좌나 우나 상당수 극단적인 세력들이 인터넷에서 온갖 가짜뉴스를 맹글어 대거나 상대진영을 무조건 비방 혐시로 여론조작을 시도허잖여! 국민은 그야말로 이런 자들 때문에 올바른 정치인식과 사회인식을 가질 기회를 박탈당허는 것이제. 덤으로 정치 혐오와 사회 혐오의 구렁텅이로 빠져드는 것 아니것는가? 국가와 국민의 이해와는 무관하게 오로지 정파적 이익 때문에 국가와 국민을 위험에 빠뜨리는 정말 못된 자들이랑께. 과거에는 각종 조직과 단체를 맹글거나 이익 공유를 조건으로 포섭해서 외곽에서 은밀히 돕도록 허는 형태가 횡행했다믄 요즘은 이런 식으로 바뀌었다고 분석허는 전문가들도 있드랑께."

부처의 말에 예수가 고개를 끄덕였다. 깊게 공감한다는 표정이었다.

"근디 이런 자들은 자신들의 과오를 절대 인정허질 않제. 자신들은 상대진영의 여론조작 행위를 막기 위해서라거나 아니면 국민의 진정한 알 권리를 위해 나선 것이라는 망상을 갖고 있는거제. 아니 그저 그렇게 생각허고 자픈 걸꺼여. 그라믄서 자신들을 선봉에 선 자유투사 혹은 민주투사라고 착각하는 환상 속에서 허우적댄다고 봐야제. 온갖 거짓과 모함과 욕설과 국가 혼란과 국민 간 분노 유발의 죄과를 내세에서 어찌 감당헐라고 그런지 몰것어! 근디 정작 더 큰 문제는 이런 자들은 자신의 정파가 권력을 잡으면 자신들의 범죄행위를 공이라고 내세움시로 그에 따른 대가와 지분을 요구헐 거라는 거시여. 심지어 그런 못된 자들을 의도적으로 거느린 정파가 있다믄 만약 권력을 잡았을 때 그런 자들을 투사로 인정허고 낙하산 인사로 각종 공직을 마구 나눠주는 행태를 보일 꺼 아녀? 그렇다믄 그것은 그야말로 막장 사이비, 사기꾼 정당 조직인 거시제. 만약 그런 정당을 유력한 공당으로 가진 나라가 있다믄 그런 나라도 웃기는 짬뽕 같은 나라여, 안 그런가 잉! 사전 범죄모의와 사후 수뢰 혹은 사후 뇌물죄와 뭐가 다르것어! 나라가 온통 사기꾼들의 손아귀에 들어간 것이고 또 사기꾼들이 나라를 좌지우지 허는 것이랑께. 그야말로 누구 말마따나 인자 막가자는 거랑께!"

부처가 의외로 너무도 담담한 어조로 안타까운 후진 정치의 실상을 거론했다.

"우짜겠노, 그것도 알고 보믄 그들의 슬픈 운명 아이겠나? 우리가 말하기엔 쪼매 걸쩍지근하지만도 즉 사주팔자란 말인기라! 인간 세상에 와서 살믄서 인성과 영성의 경지를 높이려는 의지나 노력에는 전혀 관심이 없는 기지. 그저 똥파리처럼 살면서 악취 나는 권력 주변을 끊임없이 맴돌다가 썩은 고깃국물이라도 흐르면 악머구리처럼 달려들어 빨아대려는 그들 내면의 짐승적, 벌레적 속성 때문이라 말이다."

예수가 덩달아 한숨을 쉬며 독설을 내뱉었다. 부처는 예수가 모처럼 진지한 모습이어서 추운 한길에서의 대화였지만 말을 할 맛이 났다. 게다가 예수가 말하는 도중 무언가 머릿속을 번쩍 스쳐 지나간다는 느낌이 들었다.

'그들 내면의 짐승적, 벌레적 속성 때문이라고! 사주팔자 그리고 운명이라!'

부처는 예수를 지긋이 바라보며 입을 열었다.

"이녁이 '그들 내면의 짐승적, 벌레적 속성 때문'에 파렴치한 작자들일수록 권력 주변을 똥파리떼처럼 맴돈다고 말혔제, 잉? 그라고 그들은 인간 세상에 와서 살믄서 인성과 영성의 경지를 높이려는 의지나 노력을 보이지 않는다는 말도 혔고 말이시. 근디 그 말을 들음시로 나는 이녁이 우리 쪽 사상에도 달통達通혔다는 생각이 들더랑께. 그런 것들을 불가에서 이미 규정해 놓은 것이 있어불거든."

예수가 부처를 조용히 쳐다봤다.

"우리가 짐승을 말할 때 흔히 축생도畜生道 혹은 축생畜生이라는 말을 허잖여! 이 축생은 불교의 우주론에서, 욕계와 색계 그리고 무색계의 3계三界 가운데 욕계欲界에 속하거든. 이 욕계에는 지옥취지옥계, 아귀취아귀계, 축생취축생계, 인간취인간계, 그리고 천상취천상계라는 것이 있는디 이것을 오취잡거지五趣雜居地라고 혀. 이 오취잡거지가 바로 인간들이 윤회의 과정을 거치며 사는 지옥계, 아귀계, 축생계, 인간계, 그리고 천상계라고 보믄 되것구만. 그란디말여, 5취잡거지 가운데 인간계에 사는 사람들이 마치 축생계에 사는 똥파리들맹키로 살믄 안되제. 짐승이나 곤충들이 사는 축생계는 말이시, 인과법칙을 전혀 모르는 우치愚癡와 탐욕貪欲 땜시 5역죄五逆罪와 10악十惡을 지은 중생들이 태어나는 곳이거든. 강한 자가 약한 자를 잡아먹듯이 수단과 방법을 안 가림시로 항상 서로 잔인하게 해치는 살생의 악행이 행해지는 세계랑께. 이곳에는 인간적인 도덕이나 양심, 정의, 공정, 뭐 이런 것들은 읍써. 그란디 그보다 더 높은 인간계에 산다는 사람들이 마치 축생계에 사는 짐승들맹키로 염치고 나발이고 없이 지들만 잘 살것다고 똥파리떼처럼 온갖 탐욕을 부리면서 청정한 세계에 질병을 옮겨싸믄 그 죄과를 어찌 감당할 것이여! 증득證得, 그러니께 바른 지혜로 진리를 깨달으려는 노력을 해서 더 높은 경지로 해탈하기는커녕 나쁜 업보만 쌓아서 영혼의 격을 더 떨어뜨리려고만 해서야 원, 쯧쯧!"

부처의 감정이 다소 격해진 느낌이었다. 강추위 속에서도 열변을 토하는 부처의 입에서 하얀 입김이 무럭무럭 솟아났다. 무럭무럭 솟아나는 입김은 마치 그가 느끼는 인간 세상의 정치권이나 권력자 등등에 대한 불신과 반감 그리고 안타까움에 비례하는 듯했다. 하지만 격한 감정의 표출물인 입김은 공기 중에서 산산이 흩어지면서 흔적도 없이 사라져 버렸다. 마치 그의 울분과 한탄은 향후 인간 세상에서도 결코 아무 소용이 없을 것임을 암시하는 듯했다. 그런 부처의 말에 예수는 공감할 부분이 많았다. 하지만 부처가 더 진지해진다면 엄동설한, 이 추운 도로 한복판에서 얼마나 더 오랫동안 설법을 들어야 할지 몰랐다. 예수는 빨갛게 얼어붙은 양쪽 귀를 두 손바닥으로 비비면서 말했다.

"암튼 영천전투 때 남한이 패배해가 그때 서사모아에 대한민국의 망명정부가 들어섰다카믄 오늘맹키로 이렇게 춥지는 않았을 낀데, 어떤노? 아, 물론 그렇다고 서사모아의 뜨거운 야자수 그늘을 마냥 좋다고만 하는 것은 아니지만 말이다. 안 그라나, 그쟈?"

부처는 예수가 잘 나가다가 농담을 하며 다시 샛길로 빠지려 한다는 느낌을 받았다. 그런데 예수가 이번에는 부처의 눈치를 잘 살펴 적정선에서 멈춘 것 같았다. 부처는 말없이 고개를 돌려 찬란한 불빛들이 겨울 밤하늘을 밝히고 있는 영천 시내 쪽으로 걸음을 재촉했다. 동태가 될 뻔했던 예수는 참으로 다행이라는 생각이었다. 부처는 걸음을 옮기면서 생각했다.

'무려 7억5천만 년 전이라고 했제! 지구 남반부인 지금의 호주 부근에 있던 한반도가 대륙이 쪼개지면서 현재의 북반구 위치로 오게 됐다는 것 말이시. 사람이나 짐승처럼 움직이는 물체만이 아닌 거대한 대륙 역시 인연을 찾아 이리저리 헤매는 것! 이것이 바로 운명을 살아내는 모든 피조물의 사명 아니것능가! 서사모아라고 했었제? 현재 한반도에서 무려 8천2백km나 남동 방향으로 떨어져 있는 남태평양의 외로운 섬, 그러나 신기하게도 위도상으로는 태곳적 한반도가 있었던 호주 부근과 비슷한 위치의 섬나라! 그러면서 서쪽으로 호주 퀸즈랜드주 케언즈를 정면으로 바라보고 있는 섬나라! 자칫 6·25 때 한국이 패망했다면 새로운 한국 정부가 들어섰을지도 모를 곳! 알게 모르게 서로를 끌어당기는 하늘의 섭리는 참으로 오묘하고 인연의 끈도 신묘허구만! 나무아멘관세음보살!'

부처의 상념을 깨뜨리지 않으려는 듯 예수는 묵묵히 부처의 뒤만 따랐다. 하지만 북극의 한파를 휘몰아 시베리아를 관통해 불어온 북풍은 태곳적 남태평양의 온기를 즐겼을 한반도의 연원淵源을 시샘하듯 둘의 얼굴에 쉴 새 없이 한기를 뿌려댔다.

한참 뒤 그들은 시내 한복판의 돼지 국밥집에 들어섰다. 거리는 춥고 어두컴컴했지만, 국밥집 유리창으로 비치는 식당 안의 모습은 온기가 가득하고 밝아 보였다. 식당 안에 들어선 순간 부처와 예수는 다리가 풀리면서 거의 쓰러질 뻔했다. 가마솥 안에서 설설 끓는 돼지국밥의 훈기와 사람들의 온기가 물밀 듯 밀려왔기 때문이었다. 꽁꽁 얼었던 얼굴로 밀려든 훈기는 차가운 피부와 맞닿으면서 미세한 물방울들로 변했는지 둘의 얼굴은 미스트를 뿌린 듯 번들거렸다. 둘은 서둘러 빈자리를 잡았다. 태고의 연원을 찾는 지성至聖스런 순례를 운명처럼 받아들여 헌신해온 것은 무엇보다 그들의 다리였다. 천만 겁의 무게를 걸머진 듯 인연을 버텨내느라 힘겨웠던 둘의 다리가 마침내 허름한 돼지 국밥집에서 천국과도 같은 안식처를 찾은 것이었다.

"삶은 거, 뭐시기지?"

동상이라도 입었는지 쓰라리면서도 얼얼해진 얼굴을 두 손바닥으로 연신 마찰을 해대던 부처가 갑자기 물었다.

"삶은 계란이지 뭐꼬! 국밥집 와서 거시기 머시기 부처 왈, 공자 왈, 맹자 왈 할라카지 마라!"

예수가 부처의 설익은 생명존중 철학 설파說破를 미리 차단하려는 듯 공격적으로 방어막을 쳤다. 부처가 어이없다는 듯 입을 떡 벌리고 예수를 쳐다봤다. 코끝에 대롱대롱 고드름이 열린 예수가 부처를 쏘아봤다. 부처가 그 모습을 보고 실소를 터트렸다. 예수가 그것을 보고 발끈했다.

"국밥집에 들어와가 비계든 살코기든 돼지고기를 빼달라 카믄 그거이 미친놈 아이가!"

예수가 쏘아붙였다.

"아니랑께, 나는 돼지국밥 중에서는 돼지 위장 부위가 맛있어서 특히 삶은 위장 좀 듬뿍 넣어달라고 말할라고 했는디!"

부처의 멋쩍은 대답에 이번엔 예수가 당황했다. 하지만 예수는 강한 멘탈을 바탕으로 불리한 상황도 간단하게 정리해 버렸다.

"시끄럽다. 준 대로 처무그라! 사장님 여기 돼지 두 개 주이소!"

부처가 어이없어했다. 하지만 예수의 성격을 익히 봐온 만큼 더 이상 말도 못하고 조용히 찌그러졌다. 어찌 됐든 돈은 예수가 가지고 있었기 때문이었다. 부처가 둘러보니 국밥집 안에는 열 명 정도의 손님들이 맛나게 국밥을 먹거나 국밥을 안주 삼아 소주를 마시고 있었다.

'여그서 밥을 먹거나 술을 마시는 저 사람들 오늘도 행복했을까잉? 오늘도 정의롭고 공정한 세상이라 느끼며 서로를 축복하고 하늘을 찬양했을 꺼냐고? 그라고 이 자리가 끝나면 다들 즐겁게 사랑이 감도는 집을 찾아갈까? 그라믄 나는 여기서 시방 뭣을 허고 있는 거시여? 온갖 허상과 가식, 위선, 그리고 거짓으로 점철돼 한없이 타락해가는 세상을 구헌다고 예수와 의기투합해서 인간 세상에 나온 나가 할 일은 과연 무엇이당가? 세상은 어떤 곳이여? 밝은 곳이여, 아님 어두운 곳이여? 물론 그려 우리의 권능으로 그냥 모든 어둠을 일순간에 바로잡아 버릴 수도 있는구만. 그라믄 말여, 오로지 밝음만이 있는 곳이 아름다운 곳이당가? 그런다믄 사람들에게 선택과 실천에 있어 자유 의지를 부여하신 하늘님의 고결하신 뜻은 워찌 되는 거시여!'

부처는 도통했다는 자신도 하루에 서너 번씩 이런 식의 상념과 회의 속에서 방황하곤 했던 과거의 모습들이 불현듯 생각났다. 그런데 오늘, 고행 같은 여행 끝에 다시 떠오른 과거의 기억들에 잠겨 있느라 자신

앞에 뜨끈한 국밥 한 그릇이 놓이는 것을 미처 알아채지 못했다.

"좋구마!"

예수가 국밥을 한술 떠 입안에 넣은 뒤 더할 나위 없이 행복한 표정을 지었다. 평소 조신한 예수가 국밥 그릇에 거의 코를 박고 있었다. 부처는 쩝쩝거리는 예수를 물끄러미 바라보고 있었다. 상상 이상으로 춥고 배고팠던 모양이었다. 곧 정신이 돌아온 부처도 몇 번의 주저 끝에 뜨거운 국물 한 숟가락을 입안으로 가져갔다. 공양供養에 있어 소신燒身을 했든, 포락炮烙을 당했든, 아니면 팽자烹煮를 원했든, 그 누구 알아주지 않아도 결국 살신성불한 돼지님의 고결한 육보시肉布施의 결과일 것이었다. 꽁꽁 얼었던 몸이 다 녹는 것 같았다. 눈 딱 감고 두 번째 숟가락을 입안에 털어 넣었다. 온갖 불안한 생각과 불편한 구속들이 일순간 달아났다. 본격적인 허기가 밀려들었다. 이제 가릴 것이 없었다. 입속으로 마구마구 퍼 넣었다. 딸려 나온 김치며 깍두기도 우적우적 씹어가며 돼지국밥을 맛나게 먹었다. 작은 종지에 담겨 나온 된장에다가 청양고추를 하나 푹 담가 찍어 먹으니 양심을 아리게 했던 살업보殺業報들이 뭉텅 씻겨 나가는 느낌이었다. 만식당육晩食當肉! 배고플 때는 뭐든지 고기처럼 맛있다는데, 하물며 영천에서 맛보는 돼지국밥은 천하 별미였다. 배고플 때 먹는 한 끼 밥! 부처는 세상사 모든 것이 바로 한 끼 밥 속에 있을 수 있다는 새로운 깨달음을 얻었다. '삶은 계란'이란 말이 맞고 또 맞았다.

'법열法悅인 거시여! 암, 법열이제!'

부처가 고개를 끄덕였다. 그런 부처를 보며 예수가 또 빙그레 웃었다. 부처의 마음이 또 상했다.

'느작없는 것! 또 가섭존자 나셨구마, 지가 무슨 또 염화미소拈花微笑라고 쯧쯧!'

눈치 빠른 예수가 이런 표정을 놓칠 리 없었다.

"니, 와 그라는데? 와 똥 씹은 표정인가 말이다!"

눈에 쌍심지를 켠 예수를 보며 부처는 다시 한없이 작아지는 자신을 느껴야 했다.

"아, 아무것도 아니시, 그란디 이녁 말이여, 이곳 영천과 관련된 고대 설화 하나 아는감? 김유신 장군과도 관련된 설환디 말이여."

부처가 재빨리 상황 탈출을 시도했다. 예수가 부처를 한동안 노려보더니 그냥 넘어가 준다는 표정으로 말했다.

"말해 보그라!"

부처가 안도의 한숨을 쉬었다.

"신라 시대 땐디 말이여. 북쪽의 고구려가 백석이라는 간첩을 신라로 보내서 김춘추와 김유신을 속인 다음 고구려로 데려가고 있었을 때구만. 그때 고구려는 대영웅인 김춘추와 김유신을 회담하자고 속여서 고구려로 데려온 뒤에 그냥 죽여버릴 계획을 세웠다는 거여. 그란디 그때 세 명의 산신이 여인으로 변해서 그들 앞에 나타나 백석의 의도를 알려줘서 두 사람이 목숨을 구하게 됐다는 설화의 장소가 바로 이곳 영천이라는구만. 당시 이곳의 지명은 골화천이었디야! 자, 이 야그를 듣고 뭔가 생각나는 것 없는가? 영천은 말이여 고대 삼국시대 남쪽 신라와 북쪽 고구려의 대결과정에서도 그랬고 근현대 6·25 때 남과 북의 대결과정에서도 결정적으로 중요한 역할을 한 곳이란 말이여. 참으로 오묘한 인연 아니것어?"

부처가 쭈뼛쭈뼛 예수의 눈치를 살피며 말을 얼버무렸다. 예수가 아무 표정이나 말도 없이 한참 동안 부처를 쳐다봤다.

"고마 가자!"

자리를 툭 털고 일어서는 예수를 따라 부처는 주섬주섬 외투를 챙기고 일어섰다. 영하 20도에 육박하는 영천의 겨울밤, 둘은 화려한 도시의 불빛을 뒤로하고 외곽의 싸구려 여인숙을 찾아 고단한 발길을 옮기고 있었다.

춥기는 시베리아, 덥기는 아프리카!
지하로 지하로

다음 날 아침 둘은 느지막한 오전 11시쯤 허름한 모텔을 나서 시외 버스 정류장으로 향했다. 영천에서 북쪽으로 100km 정도 떨어진 경북 봉화로 가기 위해서였다. 그들은 자신들이 왜 봉화로 가는지 혹은 가야 만 하는 것인지 전혀 알지 못했다. 봉화라는 지명은 그날 아침 그들이 자리에서 일어났을 때 경북 관광안내지도에서 가장 먼저 눈에 띈 곳이 었다. 그들은 그저 운명이 이끈다면 순응하기로 했다. 어제 한파 속에 꼬박 하루를 걸으면서 극도로 지치고 꽁꽁 얼었던 심신도 하루 사이에 깨끗이 회복됐다. 한 시간 30여 분을 달려 그들은 봉화군 춘양면에 도 착했다. 춘양면은 국립 백두대간 수목원이 있는 곳이었다.

관광 안내도에 따르면 경상북도에서 가장 북쪽에 있는 봉화군은 북 동쪽은 울진군, 서쪽은 영주시, 남쪽은 안동시·영양군, 북쪽은 강원도 영월군·삼척시·태백시와 접하고 있다. 강원도 태백시와 경계를 맞대고 있는 태백산은 해발 1,568m의 준산峻山으로 정상에는 장군봉이라는 영봉靈峰이 있었다. 또 태백산 장군봉을 원봉原峰으로 태백산맥과 소백 산맥이 펼쳐지는 만큼 봉화군은 해발 1,346m의 구룡산九龍山 등 천 미 터가 넘는 산봉우리들이 10여 개 이상이 될 정도로 산천경개가 수려한 고장이었다.

　부처와 예수는 버스 정류장에서 내려 북서쪽으로 길을 잡았다. 둘은 이상하게도 국립 백두대간 수목원이라는 곳이 자신들을 이끈다고 생각했다. 둘은 그곳에서 수목원 쪽으로 가는 어느 마음씨 좋은 농부의 트럭을 얻어 탔다. 날은 여전히 추웠지만, 햇살이 아주 좋고 고즈넉한 시골풍경도 너무 좋았다. 차를 얻어 탄 지 10여 분, 차는 수목원 입구에 도착했다.

　'백두대간 수목원白頭大幹 樹木園! 한민족의 신령스러운 산 백두산의 큰 줄기에 자리한 수목원!'

　두 사람은 누가 먼저랄 것도 없이 마음속으로 수목원의 간판을 보고 그 뜻을 읊조렸다. 물론 수목원을 찾아가는 길 좌우로 크고 작은 산들이 어느 방향으로든 들어차 있었다. 또 고산준령들엔 하나같이 아름드리나무들이 깃들어 있어 따로 수목원을 만들 필요가 없어 보였다. 봉화군은 곳곳이 대한민국 산림자원의 보물창고인 셈이었다. 매 한걸음 매 한숨 감각기관을 관통해 폐 세포 곳곳에 이르기까지 순도 100%의 산소가 꽉 들어차는 것 같았다. 오히려 순수산소로 머리가 아찔할 지경이었다.

　둘은 수목원 입구에서 관람용 전기차를 탔다. 해발 700m 고지까지 올라가니 씨앗 형태의 건물이 보였다. 시드 볼트Seed Vault, 즉 씨앗 저장고 건물이라고 했다. 이곳에서 엘리베이터를 타고 지하 40m까지 내려가자 말로만 듣던 종자보관소가 있었다. 127m의 터널 형태로 만들어진 종자보관소는 콘크리트 외벽의 두께만 60cm로 진도 7의 지진에도 안전하게 지어졌다고 쓰여 있었다. 시드 볼트Seed Vault는 기후변화나 환경오염 등으로 사라져 가는 식물 종자를 보존하기 위한 종자 영구보존시설로 종자를 보관하다가 필요할 때 발아시키는 씨드 뱅크Seed Bank와는 차이가 있다. 그런데 이 씨드 볼트는 세계적으로 노르웨이 스발바르 제도의 시드 볼트와 이곳 봉화군의 백두대간 시드 볼트 등 2곳밖에 없다. 그중에서도 야생 식물 종자보관소는 이곳 백두대간 시드 볼트가 세계에서 유일하다. 과수나 화훼 작물 117종을 비롯해 양치식물 400종 등이 보존되고 있으며 2천 23년까지 국내는 물론 아시아 등 세계 각국의 씨앗 30만 점을 수집하는 중이라는 설명이 보관소 안내판에 쓰여 있었다.

"오메 생각해 봉께 바로 그것이었구만!"

시드 볼트를 둘러보던 부처가 느닷없이 중얼거렸다. 부처의 중얼거림이 너무 커 놀란 예수가 눈을 크게 떴다.

"뭐라카노?"

"명당 말이시! 개인의 발복을 위한 명당이 아니라 세계 인류와 동·식물을 위한 천하의 명당이 이곳에 있음을 암시하셨던 거란 말이시!"

부처가 도무지 종잡을 수 없는 말을 했다. 성미 급한 예수의 눈빛에 조금씩 분노가 차오르고 있었다. 그 어떤 영감靈感인지는 모르지만 혼자 감격해 하는 부처를 보며 예수의 심사가 조금씩 뒤틀리기 시작한 것이었다. 부처는 여전히 혼자 고개를 끄덕대다가 가끔 무릎을 탁 치기도 하면서 '역시, 역시!'란 말만 반복했다. 이젠 예수의 눈에선 살기마저 번뜩였다. 부처가 가까스로 예수의 급격한 심경변화를 감지했다. 부처는 예수의 살벌한 눈을 보고 기겁했다.

"아따 왜 그려? 그냥 뭔가가 떠올라서 그랬구만. 근디 이녁은 왜 그라고 눈이 빨개 갖고 나를 잡아먹을 듯이 노려본당가, 잉? 아따, 혹시 이녁이 분노조절이 잘 안 되는 거시여 뭐여? 이녁은 성미 좀 죽이랑께. 잠시라도 말이 안 통헌다고 그러코럼 성깔을 부리고 그라믄 안되는 거시여! 나가 원 차말로 무서워가꼬 기가 맥히네 그려. 이녁이 그랄 때마다 심장이 벌렁벌렁 해븐당께!"

진심인지 엄살인지 부처가 두려움에 떠는 듯이 말하자 예수의 태도가 조금은 누그러졌다.

"말해 보그라!"

신소리를 하면 가만두지 않겠다는 듯 예수가 팔짱을 낀 채 노려보며 말했다. 부처는 예수의 그런 태도가 무척 못마땅했다. 하지만 어제오늘 일도 아니고 부처는 그저 눈을 딱 감기로 하고 조용히 설명에 들어갔다.

"니, 혹시 남사고 선생에 대해 들어봤냐, 잉?"

부처의 질문에 예수는 무슨 뚱딴지같은 소리를 하려나 하는 표정으로 흘겨보다가 입을 열었다.

"조선 명종 때 학자로 역학易學과 풍수風水, 천문天文, 복서卜筮, 관상觀相의 비결에도 도통해서 선생의 예언은 꼭 들어마자따 카드라. 특히 풍수학風水學에 조예가 깊어 전국의 명산을 찾아다니며 많은 일화를 남긴 분 아이가? 그의 호인 격암이란 이름으로 조선의 역사서이자 예언서인 격암유록格菴遺錄이란 책을 남겼다고 하는데 학계에서는 인정하지 않는다 카드라. 근데, 와?"

"음마, 와 자네의 해박한 지식에 감탄했네 그려. 맞어! 남사고 선생께서는 조선 중종 4년에 이곳 봉화에서 동쪽으로 40km 정도 떨어진 울진군 근남면 수곡리에서 태어나셨다는구만. 선생은 역학과 천문은 물론이고 당대의 모든 학문에 달통하셨던 학자였다네. 그란디 과거만 봤다허믄 항상 떨어지셨던거여. 이유가 뭔지 알것제? 당시에도 권세와 돈이 없으믄 과거 급제及第는 꿈도 꿀 수 없었기 때문이었다고 허드랑께. 요즘 시상에서도 알게 모르게 입시에서나 채용시험에서 부정 논란이 끊이지 않는 것을 보믄 짐작이 갈 꺼구만. 암튼 그래서 선생도 신세를 한탄함시로 벼슬에 대한 꿈을 접고 천문지리와 복술에 관한 연구에 몰두허신 모양이여. 그란디 선생의 예언이란 게 정말 대단했다고 허드랑께!"

부처가 뜸을 들이며 예수의 눈치를 살폈다.

"콱, 고마! 퍼뜩 말 안하나?"

예수가 오른손을 들어 때리려는 시늉까지 했다. 부처가 화들짝 놀랐다.

"시방 말한당께. 남사고 선생의 예언 중에 유명한 어떤 것은 이수광 선생의 지봉유설이란 책에 등장하는 예언도 있당께. 이 지봉유설에는 '임진년에 백마를 탄 사람이 남쪽에서 조선을 침범하리란 그의 예언대로 임진왜란이 일어나 왜장 가토 기요마사加藤淸正가 백마를 타고 쳐들어왔다'라는 기록이 있다는구만. 또 이긍익 선생이 지은 〈연려실기술〉에도 남사고의 예언이 틀림없이 맞았다는 기록이 있디야! 또 남사고 선생이 소백산을 보고 '많은 사람을 살려줄 산'이라고 칭송을 하셨다는구만. 그런 후 임진왜란 때 소백산 기슭인 풍기와 영주 일대는 왜란의 화를 입지 않았다는겨. 그라고 그에 앞서 1564년明宗 19년에 '내년에는 태산泰山을 봉하게 되리라'고 예언하였는데, 정말로 이듬해에 문정왕후文定王

后가 세상을 떠나 태릉泰陵에 장사를 지냈다는 일화가 있다는구만."

예수가 부처의 말을 듣고 감탄하는 듯 고개를 끄덕이다가 다시 정색하고 물었다.

"그기 이곳 시드 볼트하고 뭔 상관이고?"

부처가 예수의 눈치를 살피더니 재빨리 말을 이어갔다.

"긍께로, 그만치로 예언과 풍수지리 등등 역학과 점술 그리고 풍수에 뛰어난 남사고 선생에게는 한 가지 의문스러운 점이 있었당께로."

애써 무심한 듯 고개를 돌린 채 부처의 말을 듣고 있던 예수가 침을 꼴깍 삼키는 소리가 부처의 귀에도 생생히 들려왔다. 예수는 예의 그 강한 멘탈로 그 소리가 그 누구에게도 들리지 않았을 거라 확신하며 딴전을 피우고 있었다. 부처가 예수의 표정을 보더니 속으로 웃었다.

"한반도의 민족동란과 분단까지 예언하셨다고 알려진 남사고 선생은 당대에 이미 자신의 죽음과 자신의 후손이 없을 것까지 예언하며 모두 맞혔다는디, 이상헌 것은 자신의 아버지 묏자리와 관련한 거구만."

부처가 예수의 눈치를 또 살폈다. 예수는 그 믿음의 특성상 풍수니 예언이니 하는 것을 삿된 것이라며 별로 탐탁지 않아 했기 때문이었다. 고개를 돌린 채 별 관심이 없다는 듯 부처의 얘기를 듣고 있던 예수에게서 또다시 '꼬올깍' 침 삼키는 소리가 났다. 부처는 예수의 하는 양을 보려고 일부러 말을 끊고 뜸을 들였다. 십여 초가 지났을까, 성미 급한 예수가 갑자기 폭발했다.

"이 야마리 빠진 자슥, 내 골리나? 퍼뜩 말 몬하나! 자꾸 그캐싸모 치기삔다. 그래 우에됐는데, 우에됐노 말이다!"

예수는 이제 체면이고 뭐고 없이 큰소리를 치며 부처 옆에 바짝 붙어 섰다. 여차하면 부처를 한 대 갈길 형세였다. 부처가 손사래를 치더니 능글맞게 웃으며 말을 이어갔다.

"아따 알았당께. 지금 얘기헐라고 했당께. 효성이 지극했던 남사고南師古 선생은 욕심 또한 많아서 죽은 아버지를 좋은 곳에 묻기 위해 좋은 터가 보이면 그곳에 아버지를 묻었다가 더 좋아 보이는 곳이 있으면 또 옮겨서 묻고 이러기를 수십 번이나 했다고 알려져 있당께. 그란디 그가 묫자리로 썼던 곳은 당연히 모두가 명당이어서 사람들은 그가 묘를 옮기기만 하믄 즉시 그 자리에다 묘를 썼당께. 그런 뒤에는 모두 다 자손이 번창하고 재물도 늘어 성공했다는 거여. 근디 선생이 마지막에 쓴 묫자리가 문제가 된 것이구만. 선생이 봉화군 상운면 한 마을 뒷산에서 명당터를 찾아서 마지막으로 아버지 묘를 이장했는디, 이 묫자리가 실은 명당이 아닌 흉당이었다는 거여. 보통 명당은 배산임수를 기본으로 허잖여? 근디 선생의 아버지 묘터 앞 멀리 보이는 것을 선생은 강으로 봤는디 실은 이게 강이 아니라 바람결에 나부끼는 메밀밭이었다는 거여. 암튼 그날 선생은 이장을 마치고 산을 내려오다 사고를 당해 현장에서 돌아가셨다는구만. 사람들은 그게 풍수의 대가이자 대 예언가인 남사고 선생이 남긴 미스터리로 생각을 하는 갑드만."

부처가 말을 마치며 슬며시 고개를 들어 예수의 눈치를 살폈다. 부처를 똑바로 보고 있던 예수가 물었다.

"그라믄 남사고 선생은 항간에서 말하는 것맹키로 실수를 하신기가? 아니믄 다른 깊은 뜻이 있는기가?"

"아따 이녁도 이미 짐작험시로 묻는 것이구마! 천하의 풍수 대가가 증말로 실수를 하시것어? 나가 볼 때는 말여. 만약 그런 일이 있었다믄, 그것은 선생이 가여운 백성들을 위해 베푸신 봉사와 헌신일 거시여. 이녁도 알다시피 원래 예언이니 풍수지리니 허는 것들은 천기를 누설허는 행위 아니것어? 선생은 민족의 운명과 관련한 큰 것들은 어쩔 수 없이 천기를 누설허셨지만 개인들의 발복發福을 위해 지관 역할을 허시는 것에 대해서는 차마 내키지 않으셨을 거여. 개인들의 운명은 이미 하늘님이 정해놓으신 만큼 이것을 침범해서는 안 된다는 생각이셨던 것 아닐까 싶단 말이시. 그라믄 가여운 백성들을 위한 대안이 뭐겠어? 자신의 아버지 묏자리를 이리저리 옮김시로 가여운 백성들에게 이곳저곳 명당자리를 넌지시 알려준 것 아니것능가? 묏자리를 이리저리 옮기는, 어찌 보면 큰 불효를 저지름시로 그야말로 일반인은 생각할 수도 없는 크나큰 희생과 봉사의 정신을 백성들에게 발휘하신거제!"

부처가 말을 멈추고 잠시 합장을 하더니 몇 차례 나무아멘관세음보살을 암송했다. 예수도 눈을 감더니 두 손을 모아 나무관세음보살아멘을 읊조렸다.

"그란디 남사고 선생께서 예정하신 것이 또 있당께."

불호를 외치던 부처가 갑자기 말했다.

"예언이 아니라 예정이라꼬?"

예수가 고개를 갸웃거렸다.

"나가 아까 참에 말혔제, 남사고 선생이 소백산을 보고 많은 사람을 살려줄 산이라고 혔다고 말이시. 그래서 임진왜란 때 소백산 기슭인 풍기와 영주는 전화戰禍를 입지 않았다고 말이여. 그란디 이곳 관광 안내도의 지도를 잘 살펴보드라고, 국립 백두대간 수목원의 시드 볼트가 어디에 있는지 말여. 이곳 봉화읍을 중심으로 소백산과 태백산 한가운데가 아닌가벼? 선생이 말씀하신, '많은 사람을 살려줄 산', 그곳에 환경재앙 등으로 세상의 종말이 다가올 때 미래 인류들을 위한 방주方舟가 될 종자보관소가 만들어진 것 말이시. 해발 7백 m의 명당에 지하 40m 깊이로 127m 길이의 시드 볼트가 만들어져 있는 것, 그것은 다 이런 인연들이 알게 모르게 개재介在해 있는 것이랑께. 조선 최고의 풍수사이자 예언자로 소문난 남사고 선생이 이곳 봉화 일대 태백산과 소백산을 중심으로 수십 차례의 명당을 찾아다니고 또 실제 찾아냈다는 것 자체만으로도 하나의 암시를 주신 것이제. 종말의 시기가 온다 해도 이곳에 천하를 보살펴줄 명당이 있으니께 다른 곳 말고 이곳을 시드 볼트로 정하라는 암시를 운명처럼 예정하신 것 아니냐고! 천하제일 명당의 예정, 이것은 예언을 넘어선 차원인 거시제."

'천하제일 명당의 예정! 지구 종말의 날이 왔을 때 살아남은 인류가 마지막 생명과 희망의 싹을 틔울 수 있도록 인류 전체의 발복을 기원한 곳! 전 세계 야생 식물들의 종자를 안전하게 보존하는 세계 유일 시설의 입지로 인류를 위해 운명처럼 예정된 곳!'

예수가 부처의 말을 되뇌고 있었다. 예수는 지금으로부터 5천 년 전 지구의 생명체들을 구했던 노아의 방주가 21세기 전 인류의 생존위기 앞에서 다시 만들어지고 있다는 생각에 스스로 숙연해진 모습이었다. 이런 모습을 본 부처가 예수를 다시 현실 세계로 끄집어냈다.

"근디 말이시 나가 증말로 하고 자픈 말은 따로 있당께."

엄숙해진 눈빛의 예수가 부처를 고요히 쳐다봤다. 부처는 예수의 이런 눈빛이 무척 낯설었다. 거의 대부분 앙칼지고 표독스럽던 예수의 눈빛에 진절머리가 나곤 했지만, 너무도 숙연하고 평온한 예수의 눈빛은 어쩐지 어색했다. 심지어는 부처를 불안하게 했다.

"와, 망설이노! 퍼뜩 말 몬하나?"

그럼 그렇지. 예수의 평온함이 분노로 바뀌는 데는, 겨우 5초를 넘기지 못했다. 헌데 부처에게는 오히려 이런 상황이 더 편안했다. 예수가 가능한 예측의 범위로 들어왔기 때문이었다.

"인류의 미래를 위한 대비, 물론 잘해야것지만 당장 우리헌티 필요한 것은 현재의 삶인 거시여. 여름에는 폭염 그리고 겨울에는 혹한, 뭐 이런 것에 대한 대비가 온실가스 발생 즉 탄소발자국을 최대한 덜 남기는 쪽으로 강구돼야 허지 않것는가 말이시."

예수가 고개를 까딱했다. 계속하라는 신호였다.

"그것은 말여, 폭염과 혹한을 어떻게허든 온실가스 발생을 최소화 허믄서 항온과 항습으로 맞서느냐 허는 것이제."

부처가 예수를 봤다. 예수가 다시 고개만 까딱했다.

"단도직입적으로 말허자믄 지하의 활용 문제인 거시여. 아 지하는 일 년 내내 온도와 습도가 일정허잖여! 긍께로 지하에다가 삶의 터전을 마련허믄 폭염과 혹한 문제를 해결헐 수 있다 이 말이랑께!"

"뭐라 캤노? 인류가 지하에서 산다꼬!"

예수가 부처를 쳐다봤다. 그런데 예수의 표정이 미묘했다. 공박攻駁을 해서 부처에게 무안無顔을 줄지 아니면 공인共認을 해서 부처의 다음 말을 들어볼지 고민하는 모습이었다. 부처의 등에선 식은땀이 한 방울 또로록 흘러내렸다. 예수가 '뭐라 씨부려쌌노!' 라고 말하면 얘기를 지체 없이 중단해야 하고 '말해보그라!' 하면 얘기를 해도 괜찮을 터였기 때문이다. 부처는 예수에게 질질 끌려다니는 자신이 처량했다. 도대체 자신이 왜 예수의 일거수일투족에 일희일비一喜一悲해야 하는지 알 수가 없었다.

"말해보그라!"

마치 천상의 옥음玉音처럼 지상의 윤음綸音처럼 예수의 하명下命이 떨어졌다. 심장이 옥죄는 듯 답답하고 초조焦燥했던 부처의 얼굴에 갑자기 활기가 어리기 시작했다.

"그려. 지하에 살믄 항온과 항습이 돼서 냉방과 난방에 따른 온실가스 배출을 크게 줄일 수 있다는 것 이미 알거구만. 게다가 오존층 파괴에 따른 자외선 피해나 태양의 흑점 폭발 혹은 코로나 질량 방출에 따른 지구의 지자기폭풍 피해도 크게 줄일 수 있다는 거시여. 흔히 태양의 흑점에서 발생하는 태양 플레어solar flare는 태양 대기 중에서 발생허는디, 수소폭탄 수천만 개에 해당하는 격렬한 폭발이라고 허드만. 긴 파장의 라디오 주파수부터 짧은 파장의 감마선에 이르기까지, 모든 파장의 전자기복사를 만들어 낸다는디, 하루에도 몇 번씩이나 이런 현상이 일어난다는 거여. 근디 이런 것들은 엄청난 양의 방사능을 방출해서 사람들에게 암을 유발한다는 것 잘 알려져 있잖여? 물론 지구는 현재 대기층과 자기권이 잘 작동해 지상의 생명체를 보호해 주지만 이런 대기층과 자기권의 균형이 깨지믄 심각한 상황도 올 수 있다는 거여. 실제로 이런 보호 효과를 받을 수 없는 우주비행사는 하늘에서 비행할 때 방사능에 치명적이라는구만. 지난 1989년 10월, 태양 플레어가 고에너지 입자를 방출했는데, 그때 나온 방사선량은 달에서 단지 우주복만을 입은 우주비행사가 이 입자를 정면으로 맞았다면 즉사했을 만한 양이었디야! 만약 이런 상황이라믄 달의 지하에 방공호를 만들어 피신해야 살 수 있었다는 거여. 아무튼, 우주 정거장의 우주비행사는 지금도 지구에서의 2년간 노출되는 양의 방사능에 매일 노출된다는 거여."

부처가 무섭다는 듯 몸서리를 치며 예수를 슬쩍 쳐다봤다. 어려운 용어들을 나열한 만큼 예수가 얼마나 흥미로워하는지 그리고 얼마나 알아들었을지 가늠해보기 위해서였다.

"내도 안다. 태양풍이 가져오는 자기장磁氣場은 지구의 자기권을 뒤흔들어 놓으면서 생물체에 방사선 노출 피해나 육체적 스트레스 같은 생체시스템 교란 피해도 준다고 카드라. 그란데 생명체뿐만 아니라 각종 장치나 설비에도 막대한 피해를 준다카이. 인공위성이나, 레이더, 비행기, 미사일, 잠수함 등등 고주파 무선통신 체계가 망가진다 카드라. GPS 위성항법시스템이 교란되모 자동차 운행에도 문제고 석유수송시스템이나 전력망 등도 피해를 보게 된다 아이가!"

예수가 흥미를 보이며 대답했다. 부처가 보니 예수는 이런 부분을 자신보다 더 잘 알고 있는 듯했다. 부처는 안도의 한숨을 쉬었다.

"그래서 인간이 지하로 가서 사는 방법을 강구해야 할 타당성이 충분히 있당께! 그란디 역서 말허는 지하는 꼭 땅 밑만을 말허는 것이 아녀, 바닷속도 지하라는 개념으로 보믄 된당께."

예수가 부처의 말에 큰 관심을 보였다.

"지하라꼬? 지하에서 사는 방법을 강구해야 한다꼬? 그라고 지하에는 바닷속도 포함된다꼬?"

"그런당께! 머지않아 인류는 선택에 직면헐지도 몰러. 지구 외에 우주의 생존 가능한 별로 찾아 떠날지, 아니믄 지구의 지하인 땅속이나 바닷속으로 들어가 살지 말여. 왜 그런지 알것능가? 그것은 바로 온난화에 따른 지구의 생존 환경이 어느 순간 생존의 임계점critical point이나 뒤집히는 순간tipping point에 이르게 될지도 모르기 때문이시."

예수가 부처의 말 가운데 흥미로운 부분을 되물었다.

"지구의 생존환경이 어느 순간 크리티컬 포인트나, 티핑 포인트에 도달할지도 모른다꼬?"

"그려. 물론 인간 세상에선 상당수 못된 자들이 자신들의 이득만을 위해 지구의 생존환경을 위협허고 인간의 선한 본성까지 황폐화하려는 음험한 짓을 허제. 헌디 착한 인류도 많아서 그 선한 본성들은 항상 지구 생명체들의 지속 가능한 공존을 위해 집단 지성을 발휘해 왔당께. 그리고 그런 집단 지성은 앞으로도 매 위기의 순간에 더욱 찬란허게 발휘될꺼고 말이시. 암튼 본론으로 돌아가자믄, 그 크리티컬 포인트의 위기는 매년 심해지는 폭염과 한파 거기에다 더해서 폭우와 홍수, 그리고 지진 등 자연재해가 심각해지는 것에서 느낄 수 있는 것이여. 지상은 여름은 너무 덥고 또 겨울은 너무 추워서 서민들일수록 살기가 힘들잖여. 그란디 이런 현상은 매년 더 심해져서 지상에서의 인류의 생존은 곧 위협을 받는 순간이 올지도 모른당께.

극심한 추위와 더위, 즉 극심한 한서寒暑는 직접 생명체의 생존에 위협도 되지만 인간이 지구 위에 만든 각종 건축물이나 시설물들의 내구성에도 큰 영향을 줄 가능성이 높다 이 말이여. 각종 건축물들 혹은 인공물들이 예상보다 더 빨리, 쉽게 피로파괴疲勞破壞되거나 붕괴할 가능성이 커지는 것이제. 또 지상에 각종 채소나 곡물 그리고 과일 작물들을 재배하기가 힘들어질 수도 있당께. 또 꽃이나 곡식 그리고 과일나무들의 수정을 담당하는 벌이나 나비도 멸종해서 곡식이나 열매가 맺지 않음시로 갑자기 식량 위기가 닥쳐오는 것이여. 인류가 지상에서의 삶을 버리고 지하로 들어가야 할 필요성이 어느 순간 갑자기 닥쳐와 버릴 가능성이 높다 그 말이시!"

예수는 이제 별다른 토를 달지 않고 부처의 말을 경청했다.

"태양 플레어에 의한 지구자기장 교란이나 오존층 파괴 대비를 위해서 혹은 지구 상 핵전쟁에 대비하기 위해서라도 지하에서의 대피소나 더 나아가 삶의 터전 구축은 이미 필요하지만 말여."

"그래, 그 취지는 알긋다. 그칼라믄 땅을 파고 드가야 하는데 한반도 지형에서 땅을 파기가 쉽나? 땅 파는 비용 문제나 그에 따른 탄소에너지 사용 문제 때문에 그라는기라. 그라고 땅을 파도 지진에 견딜 수 있을라나 모르겠다카이!"

예수가 물었다. 부처가 그런 질문을 당연히 예상했다는 듯 고개를 까닥였다.

"당연한 물음이구만. 맞어 한반도는 좁은 면적에 비해 지질이 다양허고, 지반은 선캄브리아기부터 고생대, 중생대, 신생대 제4기에 이르기까지 오랫동안 형성된 다양한 암석들이 분포하고 있다고 허드만. 이곳 봉화군과 접허고 있는 강원도 태백시 일대의 지질만 봐도 그 좁은 면적 안에 조선 누층군 장산규암층부터, 묘봉층, 풍촌석회암층, 화절층, 동점규암층, 두무동층, 막동석회암층, 평안 누층군 홍점, 사동, 고방산, 동고층, 경상계 신라층군 적각리층, 신생대의 하성층 따위의 지층과 단층, 습곡구조가 마구 뒤섞여 있어 지질 구조가 극히 복잡허다고 허드랑께. 게다가 내부에 다수의 단층이 분포허고 지층을 변위시키는 단층도 확인된다는 거여. 즉 뭔 말이냐믄, 그만큼 지질에 대한 또 지진과 관련된 단층구조에 관한 연구와 분석 작업이 꽤 심도 있게 돼 있다는 거시여. 그랑께 그에 따른 굴착에서부터 건축 기법을 접목시키면 지하에서의 생활 터전 구축은 기술적으로는 일단 문제가 없어 보이는구만. 아, 우리나라의 굴착 기술력은 세계 최고가 아닌가벼? 아시아와 유럽을 잇는 터키 보스포루스 해협의 해저터널 굴착도 우리나라 기술력이 성공시켰잖여! 그라고 북한은 또 워뎌? 지하철을 무려 지하 200m 이하에 건설할 정도로 지하굴착 기술력은 남북한 모두 세계적으로 뛰어나당께. 그라고 북한의 지하터널, 그랑께 땅굴은 말이여 그 총 길이가 월매나 되는지 도무지 알 수가 없을 정도로 길다고 허드랑께. 이미 북한은 지하 도시가 건설돼 있는지도 뭘러. 이런 것들은 우리 대한민국이 이미 뉴노멀화 돼 버린 기상이변 시대를 가장 성공적으로 견뎌내고 살아가면서 또 세계를 선도할 훌륭한 인프라가 될지도 모른단 말이시!"

예수는 부처의 말에 고개를 끄덕이며 극히 공감한다는 제스쳐를 취했다. 하지만 남은 의문은 과연 지구 상의 생존환경 변화가 그렇게 빨리 올지, 그리고 지하 도시 건설에 따른 새로운 환경파괴와 온실가스 발생이라는 문제를 어떻게 해결할 지다. 예수가 부처를 쳐다봤다. 부처는 예수가 굳이 말을 하지 않아도 눈빛만으로 그의 의문점을 정확히 짚어낼 수 있었다.

"거기에 대해서는 끊임없는 관련 기술개발이 이뤄져야 헐 것이여. 그라고 비용 측면과 기술적인 측면 그리고 환경보호라는 측면에서 지하라는 개념을 꼭 지표면 이하로만 볼 것인지 아니면 해수면 아래로도 볼 것인지를 서둘러 연구혀야제. 그란디 그런 것에 대한 세계의 공감대 형성 작업이 좀처럼 이뤄지지 않은 채 좀 전에 말한, 지하에서의 생존의 터 구축 필요성이 느닷없이 닥쳐와 버린다면 인류의 생존은 위험에 처하게 되는 거제. 그 티핑 포인트, 그랑께 임계점이라 헐 수 있는 크리티컬 포인트를 예측하지 못헌다믄 말이시. 물론 지구 상에서 생명체가 살 수 없는 상황이 닥쳤을 때 땅속이나 바닷속이 아니라 우주에 생존 가능한 행성을 찾았다믄 그리로 가믄 되것제. 근디 우주 속 어느 행성으로 인류를 대규모로 이동시킬 수 있는 기술이 그리 쉽사리 개발될지는 아무래도 미지수구만!"

예수는 이미 이런 분야에 대해 나름대로 해박한 지식을 갖고 있었다. 그런 만큼 부처의 설명에 예수는 만족하는 듯한 표정은 짓지 않았다. 대신 예수가 한마디 거들었다.

"'핵융합발전'이 대안이 될끼다. 태양의 원리를 본뜬 핵융합발전은 중수소와 삼중수소를 연료로 쓰는기라. 그래가, 자원고갈이나 온실가스 문제가 전혀 없데이. 조금 어렵긴 한데 핵융합이라카는 것은 중수소와 삼중수소 원자핵을 초고온에서 핵융합을 시켜가 헬륨으로 변화시키는 과정에서 엄청난 에너지를 발생시키는 원리인 기라. 핵연료의 단위 질량당 발생하는 에너지는 핵융합할 때가 핵분열을 할 때보다 10배 정도 더 높다 카데. 쉽게 말하믄 현재의 원자력발전 형태보다 전기를 10배 더 생산하는 기라."

예수의 설명이 어려운지 부처는 잠시 생각을 정리할 시간이 필요한 듯했다.

"오메 쪼까만 기둘려보소. 그랑께 핵융합발전은 핵분열 방식인 지금의 원자력발전보다 효율이 10배나 더 좋다는 거제! 그라고 그 연료가 무진장으로 많고 또 온실가스도 발생시키지 않는다는 거 아녀, 시방?"

예수가 고개를 끄덕였다.

"맞다. 핵융합발전의 연료로는, 현재 핵분열 방식의 원자력발전에서 쓰는, 반감기가 2만4천 년인 플루토늄이나 우라늄 같은 처리가 극히 어려운 방사성 물질을 전혀 쓰지 않는다는 거거든! 그리고 연료의 대부분은 바닷물 속에 거의 무한정으로 들어있는 중수소를 쓰고 일부만 원자로의 핵분열 과정에서 직접 모으거나 혹은 중성자포획으로 나오는 삼중수소를 써서 비용이 극히 적게 든다카이. 그리고 또 안정성 측면에선 어떻노? 삼중수소는 방사성 물질이긴 하지만도 반감기가 겨우 12년 정도에 불과해 반감기가 2만4천 년인 플루토늄과 비교할 때 억수로 처리가 쉬운 기라. 또 운영의 안정성 측면에서도 핵융합발전은 연료 공급만 중단하면 그 즉시 핵융합도 중단되기 때문에 안전성도 뛰어나다 카데. 후쿠시마 원전사고나 체르노빌 원전 사태 같은 불상사는 전혀 일어나지 않는다는 기라."

부처의 눈이 휘둥그레졌다.

"아니 그로코롬 좋은 핵융합발전이 있다믄 시방 세계적으로 그것의 상용화 가능성은 어떻고 또 우리나라의 관련 기술력은 워뗘?"

예수가 모처럼 신이 나서 다음 말을 이어갔다.

"좋은 지적이다카이. 핵융합발전의 관건은 지구 위에서 어떻게 하모 핵융합로 안에다 섭씨 1억 도의 인공태양을 계속 불타오를 수 있게 하는가 인기라. 무슨 말인가 하모, 알다시피 항상 핵융합반응이 일어나는 태양 표면의 온도는 섭씨 5천 도고 그 중심 온도는 무려 1천5백만 도 정도 된다 카드라. 그런데 태양은 질량이 지구의 33만 배나 되기 때문에 중력도 그만큼 커서 1천5백만 도에서도 중수소와 삼중수소의 핵융합반응이 활발하게 일어난다카이. 하지만 지구는 중력이 작아서 핵융합반응이 계속 일어나도록 할라믄 핵융합로 안에서 재가열되는 플라스마의 온도를 1억 도로 유지해야 하는 기라. 또 1억 도 이상인 플라스마의 자기유체학적 불안전성을 극복하기 위해서는 최소 3백 초 이상 플라스마를 유지할 수 있도록 융합로를 완벽하게 설계하고 만들 수 있어야 한다 카데. 그런데 우리나라의 핵융합 연구기술 수준도 세계 최상위권이라 카드라. 2007년 한국 독자기술로 개발이 완료된 한국형 핵융합연구로, 'KSTAR'는 2018년부터 1억도 조건을 맞추기 시작했고, 2019년엔 8초, 2020년 11월엔 20초 동안 그리고 21년 11월엔 30초 동안 1억도의 온도를 유지하는데 세계 최초로 성공했다는 기라. 이래 보믄 핵융합발전이 그리 멀지 않게 된 기라!"

예수가 신나 하자 부처도 덩달아 기분이 좋아졌다. 분노조절 장애를 앓는지 항상 찡찡한 표정의 예수가 물 만난 고기처럼 말문이 봇물 터지듯 하는 경우는 극히 예외적이기 때문이었다.

"그랑께, 탄소를 배출하지 않음시로 비교적 싼 값에 안정적인 에너지를 충분히 생산헐 수 있는 이런 기술만 개발된다믄 방대한 대도시 규모의 지하 도시를 구축한다거나 해저도시를 건설허는 일도 상당히 수월허게 될 것 같구만 잉? 그라고 나중에는 거시기 말여! 그랑께 지구에서 최소한 몇 광년 이상 떨어진, 인간이 살만한 행성을 찾아 몇 년 혹은 몇십 년에 걸쳐 우주여행을 허는 것도 가능해질 것 같구만! 이런 핵융합로를 에너지원으로 쓴다믄 말이시. 이런 기술력들이 우리나라 주도로 현실화 단계에 들어서고 있다는 사실이 너무도 뿌듯 허당께!"

부처의 얼굴에 무언가 인류의 미래에 대한 희망의 빛이 어리자 예수의 얼굴에는 전혀 다른 반응들이 서서히 자리 잡기 시작했다. 함께 즐거워하다가도 뭔가 수가 틀리면 곧바로 분위기가 '싸'해 지는 것이었다. 부처는 예수가 조울증을 앓거나 아니면 분노조절장애를 앓는 것이 아닌가 걱정이 됐다.

"그카믄 워하노, 그런 변화에 대한 대비, 아니다 인자는 변화가 아니고 뉴노멀인기라. 그런 뉴노멀에 대한 혜안을 가진 지도자가 나와가 입법이나 행정 시스템을 정비함으로써 대비할 수 있도록 선제적으로 뒷받침해 줘야지. 그카지 못 하믄 아무짝에도 쓸모없다카이! 그런 비전이 있는 지도자만이 국가 간 경쟁에서도 이길 수 있고 미래 인류의 더 나은 생존환경을 안정적으로 구축하는데도 기여하는 기라. 그란데 그런 혜안이나 비전, 그리고 그에 따른 지식이 없는 자들이 자꾸 지하도시 구축에는 이런저런 한계가 있고 어쩌고저쩌고 하믄서 핑계나 대고 할끼라. 심지어 지하도시는 대도시 주택난도 해소할 수 있을 낀데 말이다."

예수가 주먹을 휘두르며 열변을 토했다. 실제로 그랬다. 이미 현재의 건축 기술력으로도 지하 활용에 따른 방수나 단열 그리고 기밀 유지에 대한 문제는 해결된 상태다. 광케이블을 통해 지하 깊숙한 곳까지 채광도 가능하다. 지하 오·폐수의 지상 배출을 위한 펌프들도 활용되고 있는 상태다. 물론 유사시 홍수로 인해 지하로 유입될 수 있는 초대용량의 빗물을 지상으로 빼내는 배수 장치들도 개발돼 곳곳에서 사용되고 있다. 내진 설계와 건축 기술도 충분한 만큼 지진에 대한 걱정도 지울 수 있다. 그렇다면 단순히 몇몇 개의 지하 건축물 건설 차원이 아닌 거대 지하 도시의 건설이 가능한 시대를 맞았다는 의미다. 예수가 말을 이어갔다.

"대한민국에서도 이미 지난 1967년 서울시청 앞 새서울 지하상가를 건설한 바 있고 그 후 곳곳에서 지하 공간 활용작업이 시작된 기라. 그 뒤 전국 곳곳에 지하철이나 지하도로들이 만들어졌다. 그라고 현재는 지하 10층까지 사무실 등 각종 생활편의 시설을 갖춘 빌딩들도 많다. 이런 것을 보믄 지하는 과밀 혹은 고밀도화된 대도심의 재개발 차원에 서라도 꼭 필요하고 유용한 공간이 된다는 것에 주목해야 하는 기라. 그리고 대심도 지하라는 기 있거든. 대심도 지하라 카는 것은 통상적으로 이용되지 않는 깊이의 지하 공간인데, 보통 땅속 40~50m 이상의 심도를 가리킨다. 이런 땅은 토지소유자들이 거의 사용하지 않기 때문에 이런 곳을 도로나 철도 아니면 하이퍼루프 같은 공공운송수단인 자기부상열차의 운행공간으로 활용할 수 있다카이. 정부가 이런 시설물을 지을 때 쓰게 되는 막대한 보상비를 줄일 수 있단 말이거든. 이 월매나 좋노? 그란데 이런 지하 공간 활용에 대해 이해가 있고 또 비전이 있는 지도자가 과연 월매나 된다꼬 생가카노, 으이?"

침을 튀겨가며 열변을 토하던 예수가 말을 끝마치려는 모양이었다. 부처는 예수의 눈치를 보며 맞장구를 쳐줬다.

"옳거니, 맞당께! 서울 등 수도권 지역에서 주택난이 심각헌디 그런 국가기관이나 공공기관의 지하 부지만 활용혀서 집을 지어도 주택난이 일거에 해소 되겠구만. 주택난만 해소돼도 청년들이 영끌허는 상황은 없을 것 아녀? 주택난만 해소돼도 청년들이 결혼을 안 험시로 출산율도 추락허는, 인구절벽 현상도 자연스럽게 해소될 꺼 아니냐고, 잉? 그랑께로 상당수 지도자란 작자들이 잘만 살피고 연구허믄 현재에 벌어지는 여러 가지 혼란상과 문제점들을 쉽게 해소할 수도 있는디, 당최 그런 생각들은 안 헌단 말이시. 미래 발전과 생존전략의 선도적 제시보다는 그저 여론 선동질과 조작질로 국민들 편 가르기만 허믄 그것이 표를 얻는데 더 쉽다는 생각에 함몰된 거시여, 시방! 그랑께 국회의원을 비롯한 입법 관련자들은 당장 지금부터 땅속 주택에 대한 설계기준 등등을 마련허고 땅속 집을 지으믄 그에 대한 건축허가를 내주도록 법령부터 바꾸고 없으면 맹글어야 헌당께!"

부처는 예수의 눈치를 보며 애써 비위를 맞추려 노력했다. 예수는 다소 기분이 풀린 듯했다. 그러던 예수가 갑자기 부처를 보더니 다시 눈에 쌍심지를 켜면서 물었다.

"니, 내 기분 맞출라꼬 마음에도 없는 소리 하는 거 아이가, 맞제? 퍼뜩 말해봐라!"

부처의 심장이 다시 덜컹했다. 순간순간 기분이 출렁거리는 예수가 조증躁症에서 순식간에 울증鬱症으로 빠져드는 모양이었다.

"아, 아녀. 아니랑께! 나가 왜 그저 기분을 맞추려고 그런당가. 이념의 말이 다 금과옥조처럼 너무도 아름답고 영롱혀서 자연스럽게 감탄사가 나온 것이랑께. 암 그럼!"

부처의 등에서는 또 한 방울의 식은땀이 또르륵 흘러내렸다.

'아, 저누므 느작 없는 시키 눈치는 대개 빨라부러야, 근디 저 오살 것, 나를 맨날 들었다 놨다 들었다 놨다 험시로 지 맴대로 갖고 노는 것 가튼디 증말로 미쳐불 것이여… 저것이 요즘 말허는 가스라이팅인가 뭔가 허는 것인 모양인갑당께! 흐으미 저 작것, 콱 그냥!'

부처는 속으로 예수에 대한 온갖 독설을 다 쏟아냈다. 안 그러면 속이 타 미칠 것만 같았다.

"내 말이 금과옥조처럼 아름답고 영롱하다꼬? 엉가, 니 말 참말이제? 내 니 말 믿을끼다, 근데 이것 참 부끄러운데 우야노?"

예수가 다시 부처를 갖고 놀았다. 부처는 아니 꼬아도 고개를 돌리지도 못하고 그저 예수를 쳐다보면서 미친놈처럼 실실 웃기만 해야 했다.

한반도의 운명을 담은 충청도!
그리고 영세중립국

　다음 날 아침 부처와 예수는 봉화를 떠나 충주에 도착했다. 충청도를 대표하는 도시 충주! 그들은 경부 축을 따라 충청도의 연원을 더듬으며 북상하는 길에 가까운 제천을 놔두고 굳이 충주로 길을 잡았다. 충주忠州는 우리나라 중원中原문화의 중심지로 한반도 중앙부에 위치해 역사적으로나 지리적으로 매우 중요한 지역이다. 고려 시대부터 충주부忠州府와 충주목忠州牧의 위상과 이름을 갖게 되면서 조선 시대를 관통해 현재까지 이름이 변치 않은 역사와 문화의 도시이기도 했다. 말이 느리고 행동도 굼뜨며 도무지 그 속내를 알 수 없다는 평가를 받는 충청도! 반면 이것이 양반의 자존과 품격을 고스란히 대변하는 것이라는 이중적 평가도 유효한 곳이 바로 충청도와 충주일 것이었다.

　부처와 예수는, 충주에서는 왠지 허접한 미사여구로 덧씌워진 실존實存이나, 혹은 퇴물들의 한담세론閑談世論 수준의 자아自我는 설 자리가 없을 것 같다는 생각이 갑자기 들었다. 대신 한순간 삶과 죽음이 갈리는 절대 절멸의 전장戰場에서의 숨 막히고 뼈를 저미는 절존絶存, 혹은 울부짖는 부상병들의 피고름 속 진아眞我를 마치 법열法悅을 최촉催促하는 법고法鼓처럼 대할 수 있을 것 같다는 뼛속 시린 생각도 들었다. 말이 느리고 행동도 여유로운 충청도에 대한 일반인들의 외견상 평가와는 너무도 다른 판단이었다. 누구나 조금만 더 곰곰이 생각해보면 왜 충청인들의 그런 내면에, 꾸며진 실존이나 싸구려 자아가 아닌 극한 속 절존絕存과 피투성이 진아眞我가 독사의 독아毒牙처럼, 혹은 닌자의 비수처럼 수천만 번 벼려져 비장祕藏돼 있는 것인지 누구나 눈치챌 수 있을 터였다. 참으로 오묘한 역설이었다. 부처와 예수는 충주에서는 또 그 누군가 혹은 무엇인가를 만날 것 같다는 막연한 생각도 들었다. 그러나 그 누군가, 혹은 무언가의 실체에 대해서는 아무리 부처이자 예수일망정 전혀 감을 잡을 수조차 없었다.

"워따메 우리가 벌써 여정의 절반을 채우게 됐네! 그려. 벌써 중원中原문화와 역사의 중심지에 들어섰당께!"

부처가 감회가 깊은 듯 중얼거렸다. 비록 혼잣말이었지만 예수도 들릴 만큼 조금 컸던 게 화근이었다.

"뭐라캤노, 중원中原! 여그가 중국 문명의 발상지인 황하黃河강이라도 되나? 니 빨갱이가? 중국이 그리도 좋나? 와 한반도 땅에서 중국 땅 이야기를 하는 긴데!"

예수가 속사포처럼 또 신경질적으로 시비를 걸어왔다. 일정을 재촉하느라 봉화에서 아침도 안 먹고 충주까지 와서 그런지 당이 떨어지면서 속이 쓰린 게 한 이유일 것 같았다.

"동상 왜 그런당가? 나는 그런 뜻으로 말헌 게 아니랑께! 중원이란 말은 물론 중국 황하강 줄기를 따라 펼쳐진 남북 지역을 말허기도 허제. 헌디 넓은 들판의 중심지나 아니믄 정권 다툼의 격전장을 보통명사로 중원이라고 헌다는 것 이녁도 암시로 왜 또 그래싸?"

부처의 말에 예수의 눈꼬리가 심하게 올라갔다.

"뭐라꼬, 보통명사! 니 시방 말대꾸하는 기가? 살아남은 생명의 무극無極한 환희歡喜와 죽어간 분들의 나락奈落마저 관통해버릴 단말마의 아우성, 그리고 그 고통의 숨결이 이토록 생생해서 감히 실오라기 같은 숨결조차 내뱉기 힘든 이곳에서, 뭐라꼬? 보통명사? 니, 진짜 중원인 이곳 충주에서 니캉 내캉 한바탕 해볼끼가, 으이?"

예수가 팔을 걷어붙이는 시늉을 했다. 또 잘못 걸린 것 같았다. 배고픈 예수를 어서 달래야 했다. 부처는 대답 대신 버스터미널 부근을 두리번거렸다. 근처 가까운 곳에 콩나물 국밥집을 하나 발견했다. 부처는 국밥집을 향해서 도망치듯 종종걸음을 쳤다. 말은 안 해도 예수는 부처를 따라올 터였다. 국밥집을 향해 뛰는 부처의 등에서는 또다시 식은땀이 흘러내렸다.

'오메 저 작것, 또 병이 도진 거시여? 뭔 놈의 종자가 툭 하믄 신경질을 내고 지랄 발광을 헌다야! 나가 저 작것허고 이라고 같이 댕겨서는 안 되는 거신디… 나는 뭣 낫다고 저런 느작없는 것허고 이라고 엮여부릿당가. 흐으미 당최 무서버서 원!'

혼자 중얼거리며 종종걸음치던 부처가 국밥집 안으로 쏙 들어갔다. 예수가 부처를 따라 국밥집 안으로 뛰어들다시피 쫓아 들어갔다.

"말하라카이! 니 내캉 해볼 낀가 묻고 있는 것 몬 들었나? 그라고 니 내한테 묻지도 않고 국밥집 들어왔는데 그거 별로 좋은 선택 아닐 수도 있을 낀데!"

부처가 국밥집 한구석 테이블에 미처 자리를 잡고 앉기도 전에 쫓아 들어온 예수가 비릿한 웃음을 지으며 천천히 걸어 들어오면서 부처에게 말했다.

'뭔 소리여 시방, 별로 좋은 선택이 아닐 수도 있다는 그 소리는 말여!'

부처는 얼른 자리에 앉아 맞은 편에서 다가서는 예수의 얼굴을 쳐다봤다. 그러다 문득 부처의 머리에 스쳐 지나는 생각이 있었다. 그렇다면 큰일이었다.

"그, 그것이여?"

얼굴빛이 어두워진 부처가 예수에게 물었다. 예수는 대답 대신 짓궂은 미소를 지었다. 부처가 자리에서 벌떡 일어나 다시 국밥집 문을 향해 종종걸음을 쳤다.

"봐라!"

예수가 부처를 나지막이 불렀다. 순간 부처의 두 다리가 제자리에 마치 얼음처럼 굳었다. 멈춰선 부처가 예수를 찬찬히 돌아봤다. 예수는 자신이 일어났던 탁자의 맞은편 자리에 이미 앉아 있었다. 예수가 부처에게 이리 오라는 듯 검지를 까딱거렸다. 하지만 부처는 예수에게 어서 국밥집을 나가자고 손짓을 했다. 예수는 여전히 자리에 버티고 앉아 부처를 향해 검지만 다시 까딱거렸다. 부처가 마치 자석의 영향권에 휩쓸린 쇳가루처럼 혹은 먹이를 노리는 코브라의 최면에 도취된 먹이인 듯 예수 쪽으로 끌려갔다. 그런 부처를 보고 예수가 히죽 웃었다.

"어쩔라고 그려? 돈도 다 떨어졌담시로!"

"산 입에 거미줄 치긋나!"

부처는 예수의 배짱이 참으로 두둑하다고 생각했다. 국밥집 종업원이 주문을 받으러 오는 모습을 보면서 부처의 심장은 콩닥거리기 시작했다.

"콩나물국밥 얼큰하게 두 개하고…. 마 모주도 두 잔 주이소!"

부처는 다가오는 종업원의 눈을 피해 딴청을 부렸다. 그러자 예수가 느긋하게 주문을 했다.

"어이, 어쩔라고 그러냐니께? 돈이 없으믄 그냥 굶으믄 되는디. 쪼까 굶는다고 안 죽는당께! 일주일간 곡기를 끊고 벽만 봄시로 일부러 면벽수련을 허는 불자들도 많은디! 그라고 말여, 이녁이 믿는 신앙에서도 금식 기도란 걸 허잖여? 또 라마단이란 것도 있고 말이시!"

불안한 부처가 예수를 책망했다.

"야마리 까진 자슥! 내는 배고파 디질 지경이다카이. 니는 훔치지 않고 거짓말도 하지 않았다는기제? 불문佛門을 떠나야 하는 '바라이죄'를 저지르지 않아서 니는 참 조오케따! 내는 일단 때꼴나게 묵고 볼란다. 니는 꼭 각립손하却粒飱霞 하그래이! 곡기를 끊고 그저 저녁노을만 마시란 말이다. 그라믄 곧 니 겨드랑이에 날개가 돋을 끼다. 그라믄 신선이 돼서 퍼뜩 하늘나라도 가고 참 조오케따! 내보다 먼저 가서 기다리그래이!"

예수가 부처에게 이죽거렸다. 예수는 정말로 태평스런 모습이었다. 부처의 눈동자 안저眼底에서부터 불안함과 불편함이 새어 나오는가 싶더니 이제는 두려움이 되어 동공 너머로 쏟아져 내리기 시작했다. 부처 주변의 땅바닥엔 서서히 짙은 불안함과 강한 불편함이 두텁고도 음울하게 결계를 치고 있었다.

"엉가야, 그래 무섭나? 괘안타. 하늘이 무너져도 솟아날 구멍이 있다카는데 이기 무신 큰일이라고 그리 우거지상이고! 걱정 말그래이!"

쩔쩔매는 부처가 안쓰러운지 계속 쌀쌀맞던 예수가 이번엔 부처를 달래며 큰소리를 쳤다. 예수의 말에는 신비한 능력이 있었다. 예수가 걱정하지 말라고 말하자 부처는 자신의 내면 어디엔가 답답하게 드리웠던 불안과 불편함의 그림자들이 조금씩 지워져 가는 것을 느꼈다. 그리고 오히려 여유와 편안함이 밀려든다는 착각 아닌 착각도 들었다. 아니 그것은 착각이 아닌지도 몰랐다.

"그것이 지형과 지세가 가진 기운인 기라! 충청도의 힘이란 말이다."

예수가 부처의 마음 상태를 이미 읽은 듯 말했다. 바로 직전까지만 해도 신경질적이던 예수가 이젠 극히 평온한 듯 부처를 다독였다. 하루에도 수십 번씩 감정의 기복이 널뛰기하는 예수! 그래서 부처를 종잡을 수 없이 불안하게 하는 예수! 하지만 부처는 예수에게 역시 남다른 무언가가 있다고 생각했다.

"15번 테이블 국밥 나왔습니다."

갑자기 주방장이 주방에서 소리를 쳤다. 그런데 홀 안에는 서빙을 하는 사람이 하나도 없었다. 좀 전까지 서빙을 하던 종업원은 이제 주방 안에서 설거지하고 있었다. 그러자 주방장이 다시 소리쳤다.

"배가裵哥야! 배가 아직 안 왔니?"

역시 홀 안에서는 어떤 대답도 없었다.

"에구, 들어온 지 이틀밖에 안 된 여자가 삑 하면 배달을 핑계로 사라져서 코빼기도 안 보이니 어떡해. 어이구 내가 못 살아!"

주방에서 주방장 아주머니가 직접 국밥 두 그릇과 모주 두 잔을 들고 나타나 테이블에 내려놓고 총총히 사라졌다.

"배가裵哥? 베가VEGA?"

주방장이 외친 이름은 부처와 예수 두 사람에게 너무도 익숙한 이름이었다. 하지만 우리의 호칭에 흔히 김 씨는 김가金哥, 박 씨는 박가朴哥라 부르는 만큼 두 사람은 주방장이 찾는 사람은 베가VEGA가 아닌 배

씨 성을 가진 배가裵哥일 거라 생각했다. 두 사람은 허겁지겁 뒤늦은 아침으로 허기진 배를 채웠다. 모주도 한 잔씩 하니 추위도 가시고 기분도 좋아졌다. 특히나 공복혈당 부족인지 신경이 날카로워졌던 예수가 완전히 평온을 되찾아 부처도 마음이 편해졌다.

"이곳 충주시는 말여, 삼한시대에는 마한의 땅이었다가 삼국시대에는 백제의 땅이 되가꼬 낭자곡성, 낭자성, 혹은 미을성이라고 불렸디야. 글다가 5세기 후반 고구려가 남진 험시로 고구려의 남부 거점인 국원성國原城이 됐고 6세기 중엽에는 신라의 영토인 중원경中原京이 됐다는구만. 그라고 신라는 진흥왕 때 이곳에 귀족의 자제나 인척, 그리고 육부의 호민豪民들을 이주시켜 북진 정책의 발판으로 삼기도 혔었다는 거여. 그만큼 충주는 한반도에 신흥강자가 들어설 때마다 그 바뀐 권력 아래 복속되는 아픔을 겪어온 거제."

"맞다. 보니까네 충주는 경기도 여주, 강원도 원주, 경상북도 문경, 그리고 충북 괴산 등 4개 도와 인접하는 지리적 특성을 갖고 있더라. 고구려와 백제 그리고 신라 삼국의 국경과 맞닿은 만큼 전략적으로 그만큼 중요했던 기지. 그라니까네 충주는 그 땅의 지배 세력이 바뀔 때마다 그 어느 지역보다 권력에 충성 서약을 하도록 더 많은 압박을 받았을 것임도 분명한 것 아니긋나! 오죽하모 지명의 앞글자에 충성을 뜻하는 충忠을 넣어 충주라 부르도록 했을 끼고!"

부처와 예수 모두 충주에 대해서 잘 알고 있는 듯했다. 부처가 말을 이었다.

"그런 역사적 배경을 헤아려 본다믄 말이시, 충청도 사람들은 도무지 그 속내를 알 수 없다는 항간의 평에 대해서도 일견 고개가 끄덕여지는 부분이 있지 않것능가? 시시각각 급변하는 정세 속에서 반드시 생존해야 하는 충주, 그라고 충청도 사람들헌티는 처세에 대한 지혜가 고도로 발현된 부분이라고 볼 수도 있기 때문인 거시여."

"맞다! 그런 지정학적 위치 때문에 항상 정복세력들의 각축장이 됐던 충청도는 어찌 보면 한반도의 축소판이 아인가 모르겠다카이. 아다시피 예로부터 경기도와 강원도, 경상북도 그라고 충청도에 둘러싸였던 충주, 즉 충청도는 미국과 중국, 러시아 그리고 일본이라는 세계 최강 4대국의 각축장이었던 한반도와 어찌 보면 비슷한 운명을 풀어내고 있는 것맹키로 보인다카이!"

"그려. 긍께로 충청도를 보믄 곧바로 한반도가 투영돼 보이는 것인지도 모른당께. 그렇다믄 말여, 유구한 역사를 통해 중립과 중도의 지혜를 끌어모아 그 모든 것을 포용하고 중재험시로 평화와 안정이라는 거보巨步를 숙명처럼 내딛는 곳! 그곳이 바로 충청도가 아니것어? 그려, 안 그려!"

예수와 부처는 모처럼 의기투합해 충주 그리고 충청도 사람들의 운명을 말하고 또 그 운명을 개척하기 위한 지혜와 처세 철학에 대해 칭송했다.

"그란데 말이다. 충청도의 지혜를 이야기 하믄서 오늘날 우리가 꼭 배워서 차용借用할 점은 뭐라 생가카노?"

느닷없는 예수의 질문에 부처가 곰곰이 머리를 굴려봤다.

"충청도의 여유? 느긋함?"

정답을 기다리며 부처를 지긋이 바라보던 예수가 조바심을 견디지 못하고 입을 열었다.

"엉가가 좀 전에 '중립과 중도의 지혜를 끌어모아 그 모든 것을 포용하고 중재 혐시로 평화와 안정이라는 거보를 숙명처럼 내딛는 곳이 바로 충청도!'라꼬 안캤나? 바로 그런 자세 아이긋나! 동북아의 평화는 물론이고 동북아의 긴장 완화에서 유발될 세계 평화를 위해서도 말이다."

"중립과 중도? 세계 평화와 안정?"

부처가 정답 근처에서 계속해서 맴돌자 예수가 다시 입을 열었다.

"영세중립국에 대해서 우예 생각하노?"

예수의 느닷없는 질문에 부처는 이제 온통 머릿속이 복잡해지고 있었다.

'영세중립국永世中立國-permanently neutralized state?'

부처는 예수의 말을 되뇌어 봤다.

'긍께로 나라 간 조약條約으로 영구중립을 약속혀서 중립이 보장된 국가! 자위自衛, 그러니께 스스로 보호를 위한 경우를 빼놓고는 영구히 전쟁에 참여하지 않고 중립을 지키며, 또 전쟁에 개입할 우려가 있는 동맹도 체결하지 않을 의무를 지는 국가! 그라고 동시에 그 독립과 영토 보존 및 영구중립적 지위의 침범에 대하여는 조약을 맺은 나라들에 의해 보장받는 국가!'

부처가 영세중립국의 기본 개념을 머릿속에 떠올려봤다. 물론 영세중립국의 영구중립을 조약상 보장하는 국가는 대개 강대국들이다. 강대국들이 조약으로 보장하지 않으면 영구중립이 현실적으로 보장되지 않기 때문이다. 영세중립국으로 과거에 벨기에와 룩셈부르크가 있었고, 현존하는 영세중립국으론 스위스와 오스트리아 그리고 라오스 등 3개국이 있다.

"그란디, 영세중립국이 요즘 시상에 꼭 필요허것어? 세계의 강대국들이 이해관계에 따라 패거리를 지어서 경제적 이득을 얻고 정치적 안정도 보장받는 시대인디 말이시. EU도 그라고 NATO도 그라고 말이여. 그라고 한·미 군사동맹 같은 것도 월매나 든든허게 한반도의 안보를 보장해주고 있는디 말이여!"

현시점에서의 영세중립국은 아무래도 무리라는 판단이 선 부처가 조심스레 부정적인 견해를 밝혔다. 그러곤 부처는 예수의 심기를 살폈다. 심기 예측이 어려운 예수는 부처에게 거의 대부분 무서운 존재였다. 예수가 선선히 고개를 끄덕였다.

"그래, 엉가의 말도 일리가 있다. EMP 같은 전자전 무기나 핵무기 같은 대량 살상 무기의 영향력 반경이 너무도 커서 통제가 쉽지 않은 요즘은 한 나라가 아무리 중립을 지키려고 해도 그 전쟁의 영향권에 휩쓸리기 쉽다카이. 이런 점들도 영세중립국의 실익이 없다는 논거가 될 수도 있을 끼다."

의외로 예수가 부처의 반론을 순순히 받아들였다. 그러자 힘을 얻은 부처가 첨언添言했다.

"그런 실익 측면을 떠나서 현재 상황에서 영세중립국을 주변 강대국들이 인정할 지도 의문이랑께. 특히나 중국과 첨예하게 대립하게 된 미국이 국익과 관련해 어떤 판단을 해서 전체적으로 영세중립국화에 영향을 줄 지가 상당히 가변적이니께 말여."

부처의 지적에 예수는 이번에도 수긍한다는 표정이었다.

"맞다. 미국 트럼프 행정부 때는 근현대 그 어느 시기보다 한반도의 영세중립국화 가능성이 가장 컸었다는 분석도 있었다고 카드라. 주한

미군을 포함한 해외 주둔군들의 주둔비용 분담과 관련해 좌충우돌했던 트럼프는 일단 비용절감 측면에서 미군의 철수도 충분히 가능한 카드로 만지작했다는 정보들이 그의 퇴임 이후 새어 나왔다 안 카나. 그라고 트럼프는 재선을 할라 카믄 반드시 새로운 형태의 한반도 평화와 안정이라는 명제와 그로 인한 노벨평화상도 필요했던 기라. 그래가 북한 김정은을 만나주는 역사적 상황을 연출하기도 했다 아이가. 한반도에서의 종전선언과 평화협정 체결, 그리고 그 전제 조건으로 북핵 폐기! 이것이 트럼프가 생각했던 노벨평화상과 대통령 재선 시나리오였을 기라. 하지만도 핵 보유를 김 씨 정권 존속의 절대조건으로 본 김정은이 쉽게 트럼프의 의도를 맞춰주지 않은 기라. 노회한 트럼프의 장삿속과 변덕을 꿰뚫어 본 김정은이 핵 없는 북한과 그 후 시도될 트럼프의 정권 와해 공작 등을 예상치 못했겠나!"

예수가 잠시 말을 멈추고 부처의 표정을 살폈다. 부처가 과연 수긍하는지를 가늠하는 모습이었다. 부처는 별다른 표정변화가 없었다. 예수가 말을 이어갔다.

"그렇다모 재선을 위한 단기적 성과가 더 필요했던 트럼프에게 가장 구미가 당기는 세기적 이벤트는 뭐였겠노? 그것은 바로 한반도의 영세중립국화라는 생각 안 드나? 트럼프는 이미 대통령 당선 전부터 미국의 장기발전 비전이나 세계의 지속 가능한 공존보다 자신의 재선 그리고 가업의 번영만을 더 추구할 것으로 예상됐던 인물 아이가! 그런 트럼프에게 미국과 중국, 러시아 그리고 일본 4대 초강국들의 각축장이어서 3차 세계대전의 위험도가 가장 높은 화약고인 동북아시아, 그리고 한반도에서의 항구적 평화와 안정 확보라는 타이틀이 월매나 소중했겠노 말이다. 만약 트럼프가 남북간 종전선언에서 시작해 영세중립국까지 그런 제안을 받아들인다카모 중국이나 러시아가 반대할 이유가 있었겠노? 항상 트럼프의 눈치나 보믄서 동아시아에서 미국의 유일한 맹방으로 남고자 했던 일본의 아베 역시 반대할 명분이 없었을 기라. 맹방의 한 축인 한국이 대열에서 사라지면 대 중국 견제의 방어막이 사라진다는 우려 때문에 만약에 일본이 반대할라 캐도 미국이 압력을 넣었을 기라. 다시 말해 그때만큼 한반도에 영세중립국화 가능성이 컸던 때는 없었을 기라! 참으로 아쉽데이! 그란데 대 중국 견제를 본격화하고 있는 미국의 바이든 정부는 인자는 한반도의 영세중립국화에 대해 거부감과 의혹 섞인 시선을 보낼 수밖에 없을 기라. 대중국 포위작전을 펼치는 와중이기 때문에 가장 강력한 동맹국 중 하나가 빠지는 상황은 미국으로서도 부담되지 않겠노?"

예수의 말을 경청하던 부처가 조심스레 반문했다.

"영세중립국이 되는 게 그라고 쉽당가? 국민의 여론도 모으고 정치나 행정적 프로세스도 진행할라믄 월매나 시간이 필요허겄어? 트럼프가 물러난 지금이야 결과론적으로 그런 말들을 이러쿵저러쿵 헐 수도 있지만, 그 당시에는 이런 상황을 워떠케 예측헐 수 있었겄어! 내노라 허는 정세분석가들도 이런 것들만큼은 알 수가 없었을 꺼시구만. 그동안 한국이 미국의 맹방에서 벗어날 수 있다거나 미국이 맹방 이탈을 용인헐 수도 있다는 생각은 워낙에 상상헐 수도 없었응께 말이시. 그란디 결과가 이렇게 된께 인자서야 다 말허기 좋아허는 사람들이 사후확증편향을 갖고 이러쿵저러쿵 허는 거시제!"

부처가 말을 마무리하려는 순간 부처는 예수의 눈빛이 상당히 사나워져 있다는 것을 느꼈다. 자신의 말 가운데 그 어떤 부분이 예수의 심기를 거슬렸음이 분명했다. 그나저나 이번 긴 대화에서 예수는 무던히도 화를 잘 참은 셈이었다. 예수의 씨근덕거리는 숨소리가 부처의 귀에 점점 크게 들려왔다.

"뭐라 캤노. 사후확증편향! 나중에 이러쿵저러쿵! 흐으미 일마를 그냥 콱!"

예수가 참지 못하고 또 화를 냈다. 예수는 주머니에서 휴대폰을 꺼내 무엇인가를 검색하기 시작했다. 그러더니 잠시 후 어떤 글을 하나 찾아 부처의 코앞에 바짝 디밀었다. 부처는 순간 움찔했다. 하지만 이윽고 예수가 내민 휴대폰을 건네받아 글을 읽기 시작했다.

황금개띠해 나는 이런 꿈을 꾸고 싶다

북한 김정은 위원장이 평창 동계올림픽 개막식에 극비리에 참석해 북한과 남한이 통일하기로 합의했음을 전격 선언했다. 그 어느 나라 정보망도 예측하지 못한 가운데 김정은 위원장은 평창 동계올림픽 개막식에 나타나 전 세계에 생중계된 개막선언 직후 긴급 마련된 연설을 통해 이렇게 말했다.

"저는 북조선과 남조선이 하나의 조국 한 핏줄의 동포라는 역사적 진실을 직시하고 현재 한반도를 둘러싼 일촉즉발의 핵전쟁과 민족 멸망의 공포를 해소하는 유일한 해법이 한반도의 평화통일이라는 점에 대해 가슴 깊이 공감하며 남조선과 조건 없이 통일을 추진하기로 문재인 대통령과 합의했음을 전 세계에 선포하는 바입니다."

불과 20여 초지만 엄청난 파급력을 가진 선언으로 올림픽 관계자들은 물론 개막식에 참석한 관객을 비롯한 전 세계인들이 어리둥절해 했다. 문재인 대통령은 김정은 위원장과 뜨겁게 포옹을 한 뒤 마이크를 이어받았다. 문재인 대통령은 말했다.

"우리 민족의 운명은 이제 남과 북 우리 한민족의 자주적인 의지와 노력을 통해 결정해 나갈 것이며 그 외 어떤 외부 세력도 여기에 간섭해서는 안 됩니다. 평화적으로 통일될 우리 한반도는 동북아의 긴장 완화를 통해 세계 평화에 새로운 이정표를 만들 것입니다. 또 남북의 평화통일은 대립과 갈등, 반목 그리고 살육의 악순환을 되풀이하는 오욕의 인류사에도 종지부를 찍고 인류의 집단 지성이 크게 도약하는 획기적인 전기가 될 것입니다."

문재인 대통령은 말을 마치자마자 옆자리에 자리한 김정은 위원장의 손을 잡아 일으켰다. 그리고 둘은 다시 한 번 뜨겁게 포옹을 한 뒤 단상에 마련된 마이크 앞에 각각 섰다. 둘은 각각 품속에서 한 장의 문서를 꺼내 든 뒤 동시에 문서를 읽기 시작했다.

"하나, 북과 남, 남과 북은 앞으로 20년간 현재의 체제를 유엔의 보장 아래 유지하며 20년 후인 2천37년 12월 31일 통일국가와 단일 국호로 유엔에 등록한 뒤 다음날 공식 출범한다.

하나, 통일 한반도는 주변국들의 이해관계와 우려를 고려해 영세중립국임을 선포하며 유엔도 한반도의 평화통일과 영세중립국화가 세계 평화를 위한 최상의 가치임을 인정하고 모든 역량을 동원해 이를 적극 지지·지원한다.

하나, 통일 한반도는 주변국들에 대한 침략 전쟁을 지양하며 극도로 위기감이 높아진 동북아의 정세를 고려해 안정적인 영세중립국화가 가능하다고 추정되는 오는 2천50년까지 기존의 핵과 핵 투발 수단 등을 보유한 뒤 이후 자체적으로 처리한다.

하나, 통일 한반도와 영세중립국화 합의는 남북한은 물론 국제사회에도 불가역적인 것임을 선포하며 남북한은 오늘부터 모든 적대적인 행위를 중단하고 유엔의 관리 감독을 받는다.

하나, 남북한은 그동안의 적대 행위로 인한 상호 피해를 동등한 가치로 상각하며 그에 따른 정치, 군사, 행정, 외교 등 전 분야에서의 국가적 개인적 책임을 일체 면책한다.

하나, 이를 위해 남북한 그리고 주변국은 즉각적인 평화협정을 체결하고 주한미군은 2천37년 안에 한반도에서 철수를 완료한다.”

김정은 위원장과 문재인 대통령은 다시 한 번 열정적인 포옹을 한 뒤 손을 맞잡고 총총히 평창올림픽 개막식장을 빠져나갔다. 등장에서부터 사라지기까지 그야말로 어느 나라 정보기관도 감지하지 못할 정도로 극도의 보안이 유지됐다. 그동안 남북한은 극비리에 공동선언을 준비해 왔고 막바지에는 문재인 대통령이 직접 북한으로 김정은 위원장을 찾아가 선언문에 대한 합의와 남한 방문을 이끌어낸 것으로 보인다.

새해 벽두 한반도에서 터져 나온 충격적인 회견에 핵 공포에 시달려온 한국인들과 미국 시민들은 물론 평화를 외쳐온 전 세계 시민들은 일제히 환호했다.

2018년은 ‘황금 개띠’ 해라는데 이것은 정녕 꿈일 뿐인가?

D000 메일: 보낸사람 ○○○ ho-----001@h00mail.net>
보낸 날짜: 17. 12. 31 18:05

"이, 이것이 워쨌다는 거시여 시방?"

글을 다 읽고 난 부처가 예수의 눈치를 살피며 물었다. 예수가 눈을 부라렸다. 부처는 이번에는 지지 않을 생각이었다.

"아 그랑께. 누군가가 쓴 이 이메일에서는 평창올림픽에 문재인 대통령허고 김정은 위원장이 극비리에 참석해 전격적으로 통일을 선언허고 20년 후에 단일 국호로 유엔에 등록한다. 그라고 영세중립국을 선포허기를 희망한다고 돼있구만. 미군도 2037년에 철수허는 내용도 있고 말이여! 암만, 이것은 항상 바랐던 우리 민족의 염원이 담긴 것이제. 그란디 정작 평창올림픽에는 김정은 위원장이 안 오고 그 동생인 김여정이 왔잖여! 그리고 그때 영세중립국 선포나 통일 어쩌고저쩌고 허는 야그는 없었잖여! 그란디 누가 이런 틀린 글을 써서 누군헌티로 보낸겨?"

부처가 꿋꿋하게 틀린 글 임을 지적하자 예수가 폭발했다.

"야! 니 돌대가리가? 눈깔이 있으모 이메일을 보낸 날짜를 함 보래이. 그라모 뭐 퍼뜩 머릿속에 떠오르는 것 없나?"

부처가 이메일의 날짜를 살펴보니 2017년 12월 31일 저녁으로 돼 있었다. 평창올림픽이 열리기 약 두 달 전이었다.

'아, 아니 이것은!'

부처가 경악했다. 부처가 생각해보니 이 이메일은 문재인 정권 출범 원년인 2017년 한반도에 극도의 긴장감이 조성되던 시기에 쓰인 것이었다. 문 정권은 2017년 5월 출범을 했는데 북한은 문 정권 출범 두 달 후인 2017년 7월 4일 평안북도 구성의 방현비행장 근처에서 김정은이 직접 참관하는 가운데 미국 본토 타격이 가능한 ICBM 화성-14형을 처음 발사했었다. 그리고 나중에 당시 국방부 장관인 매티스의 회고록을 통해 알려진 일이었지만 미국은 그 다음 날 동해안에서 시위와 경고 목적으로 전술미사일을 발사했었다. 그런데 이 미사일은 186마일약 299.33 ㎞을 날아가 동해에 떨어졌는데 미사일의 비행 거리는 김정은이 미사일 발사를 지켜보는 사진이 찍힌 텐트까지의 정확한 거리였던 것으로 드러났다. 미국이 김정은에 대해 직접적인 살해 위협과 경고를 보낸 셈이었다. 그만큼 2017년 하반기 당시 한반도는 어느 때보다 첨예한 긴장과 대결국면이 조성되던 때였다. 그런 만큼 소위 내로라하는 전문가들도 얼마 뒤 북한 최고위급들이 전격적으로 판문점을 넘어 평창올림픽을 참관할 것이란 생각은 꿈도 꾸지 못했었던 시기였다. 그리고 실제로 두 달 뒤인 4월 27일엔 문재인과 김정은이 판문점에서 전격적으로 만나 정상회담을 하기도 했었다.

"인자 알긋나? 동북아, 그리고 한반도에서 정세가 아무리 급변한다 캐도 그에 맞춰 긴장 완화와 평화구축을 위한 거시적인 해결 방안을 강구해내고 그에 따른 절차적 대응과 상황을 만들어가는, 깨어있는 인물들은 항간巷間에 있었던 기라! 능력도 없으면서 자리만 꿰차고 앉아 국록만 축내는 무능한 고관高官들만 대한민국에 있었던 것이 아이라 말이다. 국가 시스템이 그런 것을 예측허지 몬 하고 대응하지 몬 한다는 것은 그것은 나라 안보에 심각한 위기를 초래허는 경우거나 국익에 심각한 손실을 초래하는 기와 같은 기라. 평창올림픽 때 북한 대표단이 갑자기 남으로 온 것이 이메일에서 제시한 방안을 그대로 따른 것인지, 아니모 비밀리에 그런 준비가 이미 있었던 것인지는 내는 모른다. 암튼 그런 시각에서 본다믄 그 이메일에 나와 있는 '영세중립국' 추진! 인자보마 어떻노?"

부처는 놀랐다. 당시는 고도의 긴장과 대결의 국면이었던 만큼, 전문가를 자처하는 그 누구도 상상하지 못한 시점이었다. 그런 엄중한 시기에 남북 간의 비밀접촉과 최고위층의 대화를 주문하고 대책과 방향성을 제시하는가 하면 결국 현실로 만들어내는 그 누군가의 안목이 놀라웠다. 그런 안목을 가진 인물이 제시한 '영세중립국화' 방안 역시, 당시 트럼프의 성향과 대외 정책을 결과론적으로 놓고 분석해 볼 때, 실현가능성이 매우 컸다는 점을 이제야 깨닫게 됐다는 것도 무척이나 안타까웠다.

"어떤 분이시당가, 그런 안목을 가지신 분은 말여! 그라고 그런 분은 쉽게 예측하거나 제시하신 것을 방귀깨나 뀐다는 높으신 관료분들은 왜 사전에 몰랐던 거시여?"

부처가 얼굴이 달아오르며 열을 냈다. 그런 부처를 처음에는 불같이 화를 냈던 예수가 의외로 담담하게 지켜봤다.

"정책이라는 것은 시대의 흐름을 타야 하는 벱이여. 특히나 한반도의 항구적인 평화와 안정을 위한 중대사는 더더욱 말이구만. 근디 너무도 무능한 사람들이 너무도 무기력하게 실기失期를 한 것은 아닌지! 그람시로도 마치 아무 일도 없었던 것맹키로 천연덕스럽게 국가안보, 국가 미래발전전략, 어쩌고저쩌고 험시로 애국자인택끼 하고 있다는 생각이 든께로 차말로 심장이 터져불라 허구만!"

부처가 원통해 하자 이젠 예수가 부처를 달랬다. 그러면서도 예수는 부처의 성급한 말에 대해 어느 정도 사과를 받고 싶은 생각이 있음을 내비쳤다.

"침착하그래이. 그라고 영세중립국 건 말이다. 적어도 이 이메일과 관련된 것이라믄 사후확증편향과는 거리가 멀제, 안그라나?"

그랬다. 트럼프 사후에 여러 분석결과를 토대로 결과론적 주장을 한 것이 아니라 트럼프와 현 정권 초기에 이미 트럼프의 성향과 특성을 고려해 한·미 간 그리고 동북아 국가 간 역학관계를 연계한 영세중립국화 방안을 제시한 점은 뛰어난 안목과 대안으로 평가받아야 했다.

"맞당께. 나가 미처 이런 사실을 몰르고 예단혀서 실수를 해 부렀구만. 미안혀. 근디 인자 바이든 정부가 들어서 부렀당께. 이 정권에서의 영세중립국화 가능성은 워뗘? 그분은 이런 상황을 워찌 보실까, 잉?"

부처가 예수에게 물었다.

"내는 모른다. 그분 생각은 그분만 알기라."

예수가 툭 던지듯 내뱉은 말에 부처의 얼굴에서는 실망하는 빛이 역력했다.

"그라지만도 그분의 다른 책들을 참고해 보믄 답이 나오지 않을까 싶다. 그분은 트럼프 때가 남·북한 사이에 종전선언을 통한 평화협정 체결과 남북통일 보장 그 후 영세중립국 확보라는 일련의 과정이 가장 쉬울 것이라는 견해를 보였거든. 그리고 미국과 중국 간 균형외교를 통한 한국의 영향력 확대에도 큰 기회가 될 거란 견해를 피력했다 아이가. 아무튼, 그분의 여러 책에 한반도 주변을 둘러싼 동북아 정세 속에서의 대응방안뿐만 아니라 국내 상황에 대한 의견들이 슬쩍슬쩍 드러나 있으니까네 그것만 봐도 일정한 지침을 찾을 수 있을 기라."

부처의 얼굴에는 다소간의 희망의 빛이 어렸다.

"그분이 쓴 책들 이름이 뭔데?"

그 순간이었다. 식당 문이 열리고 누군가 들어오자 주방에서 큰소리로 화를 내는 소리가 났다.

"배가裏哥야, 너 어딜 그렇게 쏘다니는 게야? 배달만 나갔다 하면 한나절이니, 그러면 같이 일을 할 수가 있겠니?"

주방 아주머니가 배달 나갔다 온 종업원을 혼내는 소리였다. 그런데 부처와 예수의 귀를 쫑긋하게 하는 것은 배가裏哥라고 부르는 소리였다.

"배가裏哥? 베가VEGA?"

부처와 예수가 대화를 멈추고 금방 들어온 종업원 쪽을 쳐다봤다.

'이, 이럴 수가!'

예수와 부처는 동시에 놀랐다, 분노로 부처의 손이 덜덜 떨렸다. 배가라 불린 여자 종업원은, 그러니까 배가裏哥가 아닌 바로 영천에서 그들의 돈과 카드를 훔쳐 달아난 그들의 제자 베가VEGA였다. 부처가 분기탱천해 벌떡 일어서며 달려가 베가의 멱살을 잡았다. 느닷없는 부처의 행동에 식당 안 사람들이 모두 놀랐다. 예수도 자리에서 일어나 베가의 옆에 섰다.

"어머, 왜 이러세욧!"

베가가 깜짝 놀란 척 소리를 질렀다. 베가를 야단치던 식당 주방장도 놀라 세 사람을 쳐다봤다. 주방장은 자신이 야단 좀 쳤다기로서니 손님들이 뛰어와 자기 종업원의 멱살을 잡아채자 오히려 놀랐다.

"손님들 여기서 이러시면 안 돼요. 제 종업원은 제가 야단칠 테니 그만하시고 식사나 하세요."

주방장 아주머니가 놀라 베가의 멱살을 잡은 부처의 손을 떼어내려 안간힘을 썼다.

"그것이 아니랑께 이, 이년은 바로! 바로!"

베가의 목에는 전에 봤던 호박 보석이 달린 목걸이가 대롱거리고 있었다. 부처가 두 손으로 멱살을 움켜쥐자 목걸이가 튀어나오며 호박 보석이 현란한 빛을 뿌렸다. 그 순간 베가가 크게 하품을 했다. 그러자 영롱한 듯 보이던 보석 펜던트가 갑자기 몽롱해지면서 부처는 정신까지 아롱거린다는 느낌이 들었다. 자신이 지금 누구에게 무엇을 하는지조차 알 수 없었다. 부처는 베가의 멱살을 잡은 손을 스르륵 풀었다. 갑자기 부처가 이상한 행동을 보이자 예수는 이상한 생각이 들어 부처를 쳐다봤다. 부처의 두 눈이 풀려 있었다. 예수는 전에 어디서 많이 봤던 것과 비슷한 모습이라 생각했다. 예수가 겁에 질려 이번엔 베가를 보았다. 그러다 역시 베가의 목걸이를 보았다. 호박 보석 펜던트가 햇빛에 반사돼 현란하게 빛살들을 뿌리고 있었다. 극도의 현기증이 일었다. 베가가 예수를 보며 다시 하품했다. 그러자 예수도 따라서 하품을 하며 베가의 팔을 잡았던 손을 슬며시 풀었다. 부처와 예수는 극히 졸린 눈으로 자신들의 자리로 겨우 돌아가 털썩 앉았다. 식당 주방장 아주머니는 부처와 예수를 별 이상한 사람 다 보겠다는 눈으로 쳐다봤다. 그러다 베가에 대한 야단치기를 계속했다. 그러자 베가는 자신의 목걸이를 슬며시 드러나게 한 뒤 크게 하품을 했다. 호박 보석 펜던트를 본 주방장 아주머니도 하품을 한 번 따라 하더니 야단치기를 멈췄다. 도대체 자신이 뭘 하고 있었던지 잊은 듯 자리에 털썩 주저앉아 잠에 빠져 버렸다. 식당 손님들이 놀랐다. 부처와 예수의 눈에는 베가가 쓰러진 주방장을 품에 안은 채 119를 부르네 마네 하며 난리를 치는 모습이 설핏 눈에 들어왔다.

"여보세요, 여보세요! 괜찮으세요?"

누군가가 부처와 예수의 몸을 끊임없이 흔들어대고 있었다. 부처와 예수가 거의 동시에 정신을 차렸다. 가까스로 눈을 떠 보니 웬 젊은 남자가 자신들의 몸을 번갈아 흔들어대고 있었다.

"니는 누꼬? 니 생태계는 뭐꼬?"

부처가 게슴츠레한 눈으로 보니 예수가 역시 몽롱한 눈빛으로 젊은 남자에게 느닷없이 질문을 던지고 있었다.

"저희는 119에서 출동했습니다. 그리고 생태계라니요? 아 참, 갑자기 쓰러지신 한 분은 이미 병원으로 후송했는데 두 분은 어떠세요? 혹시 어디 불편하신 데는 없으신지!"

부처와 예수는 젊은 남자가 '출동'했다고 말을 하자마자 깜짝 놀라 정신이 번쩍 들었다. 둘은 번개같이 의자에서 일어나 식당 문을 박차고 비칠비칠 도망치기 시작했다.

"저어기, 여 여보세요!"

119구급 요원이 황급히 뒤따라 나오며 그들을 불렀지만, 그들은 뒤도 돌아보지 않고 도망을 계속했다. 모퉁이도 이리저리 돌았다. 한동안 달리기를 계속하다 숨이 턱 밑까지 차오르자 둘은 비로소 뒤를 돌아봤다. 쫓아오는 사람은 없었다. 그래도 부처는 맘이 놓이지 않는지 조심스럽게 모퉁이 끝까지 가서 재빨리 얼굴을 내밀었다가 원위치했다. 그 찰나의 순간이지만 그의 망막에는 그들이 지나온 모퉁이 저편의 상황이 필름처럼 각인돼 있었다.

"봉께로 지나가는 사람이 동쪽으로 가는 남자 세 명, 그라고 서쪽으로 오는 여자 두 명 혀서 모두 다섯 명이여. 그라고 골목 슈퍼 아저씨는 시방 가게 앞길을 비로 쓸고 있고 초등학생처럼 보이는 두 명이 과자 같은 것을 먹음시로 걸어가고 있구만. 길가에 불법 주차한 차 대수는…. 어디 보자, 아! 승합차가 두 대, 승용차가 석 대 그리고 모퉁이서 30m쯤 앞에 1톤 택배차도 한 대 정차해 있었구만."

부처가 숨을 헉헉거리며 예수의 귀에 대고 소곤거렸다. 예수는 부처의 새로운 능력에 또 놀랐다. 부처는 새들처럼 어떤 장소를 사진을 찍듯 기억하는 모양이었다. 그리곤 천천히 기억을 되살리면 모든 장면을 하나하나 모두 재구성하는 능력이 있는 모양이었다. 그러고 보니 부처는 지금껏 항상 자유롭고 여리며 또 길 하나는 똑소리 나게 잘 찾았다. 그렇다면 부처는 전생에 새였는지도 몰랐다. 수만 리를 오가면서도 좀처럼 길을 잃지 않는다는 새는 눈에 있는 '크립토크롬4'라는 단백질이 지구자기장을 시각적으로 감지해 생체 나침반 역할을 한다는데 부처가 그런지도 몰랐다. 역시 부처라 불릴 만했다.

"조금 떨어져 줄래. 니 입 냄새가 향기롭다 생각카나?"

예수가 조용히 말했다. 부처는 놀라 황급히 예수의 귀에서 떨어졌다.

"인자 아침밥은 해결했고 어디로 갈 끼고?"

예수가 히죽 웃으며 물었다. 예수의 말을 듣고 보니 부처는 국밥값이 자연스럽게 해결됐다는 것을 알아챘다. 식당 문을 박차고 도망 나온 덕분이었다. 부처도 쓴웃음을 지었다.

"충주에 왔으믄 당연히 탄금대는 가야제. 우륵 선생의 가야금과 신립 장군의 배수진이 울리는 감동 그리고 아픔은 꼭 공감해봐야 헌당께."

부처가 앞장서고 예수가 따르면서 둘은 탄금대로 길을 잡아 나갔다. 신라 때의 악성樂聖 우륵 선생께서 가야금을 타던 곳이라 하여 불리는 탄금대彈琴臺! 탄금대는 충주에서 서울로 가는 길옆 대문산이라는 작은 산에 있었다. 달천이 남한강에 합류하는 합수머리 안쪽에 솟은 산이다. 하늘 그림자, 산 그림자 그리고 제 그림자에 몸을 감추고 두 강물과 버젓이 살을 맞대면서도 또 깊이 숨고자 하는 탄금대! 그 아름답고도 아픈 곳에서 역사에 이름 높은 두 사람은 세상을 웃어보며 연주했었으리라!

그러나 탄금대가 들었던 둘의 튕김음과 연주의 결은 사뭇 달랐을 것이었다. 우륵 선생은 세상의 희망을 노래했고 신립 장군은 세상에 종말을 고했었다. 우륵 선생은 고아한 가야금 12줄에 생로병사 희로애락 애오욕을 바람처럼 당기고 물결처럼 튕겨내며 세월과 역사조차 그 선율에 취하도록 매혹하고 있었다. 신립 장군은 8천 결사대의 납덩이 같은 심장에 벼린 칼을 예리하게 꽂고 혹은 무디게 그어내 영원히 그치지 않을 피의 노래를 원통하게 부르고 있었다.

"問彈琴仙于或申문탄금선우혹신 聞禪音賢非勒砬문선음현비륵립"

갑자기 부처가 나지막이 한시漢詩 한 수를 읊었다.

'問彈琴仙于或申문탄금선우혹신 탄금대에서 거문고를 타는 귀인께 묻노니 그대는 신선우륵(于勒)인가, 신립 장군인가? 聞禪音賢非勒砬문선음현비륵립 천상의 음을 훔쳐 듣는 현자여 그대 우륵과 신립申砬이 아닌 것은 분명하구나!'란 뜻이었다.

"니 귀에는 아직도 소리가 들리는갑다. 그쟈?"

예수가 부처에게 물었다.

"뭐시라고야! 시방 이녁은 나가 환청이 들린다고 숭보는 거시제, 잉?"

부처가 또 흰소리했다.

"바라바라! 일마 또 삐딱선 탄데이… 니 언제 사람될 끼가?"

예수의 분노 수치가 조금씩 올라가고 있었다. 부처가 상황이 급변하고 있음을 알아채고 상황 반전을 시도했다.

"어이 예수, 혹시 이녁은 가야금 허고 거문고의 차이를 아는감, 나는 도통 모른단 말이시!"

부처의 느닷없는 질문에 예수는 순간 어리둥절했다. 아무래도 부처의 노림수가 있다는 생각이 들었다. 하지만 이지적이고 호승好勝심도 많은 예수의 입에서는 곧장 대답이 튀어나왔다.

"가야금 줄은 12줄의 명주실이고 거문고는 6줄 명주실 아이가? 그라고 가야금은 12개의 기러기 발맹키로 생긴 안족에 12줄을 얹어 났고 거문고는 6줄 중에서 가운데 세 줄은 '괘' 라카는 나뭇조각에 얹고 나머지 세 줄만 세 개의 안족에 얹어 났다. 이런 외형적 특성 때문에 가야금은 오직 손가락만을 이용해 뜯고 튕기지만, 거문고는 오른손에 술대라는 대나무 가지를 쥔 다음에 이걸 이용해 훑고 내리치며 연주하는 기라."

예수는 부처가 자신의 말을 경청하는 것을 보고 기분이 상당히 좋아졌다.

"가야금은 가야국의 가실왕이 맹글었는데 그 외관에는 가야국의 천문관이 반영되어 있다 카드라. 가야금의 위가 둥근 것은 하늘을 상징하는 천원天圓이고 아래가 평평한 것은 땅을 상징하는 지방地方인 기라. 또 가운데가 빈 것은 천지와 사방, 즉 육합六合을 본뜬 것이고 열두 줄은 일 년 열두 달을 상징한다카이. 이런 천문관天文觀은 곧 강력한 왕권을 상징하는데 당시 가야에는 12개 지역 세력들이 불안한 동거를 하고 있었다 아이가. 그래가 지역 통합을 위한 차원에서도 가야금이 탄생했고 또 음악樂으로 백성을 통치하고자 하는 유교적 예악禮樂 관념에서도 탄생 배경이 됐다고 이해하믄 될 기라."

예수가 으쓱하며 말을 마쳤다.

"음마! 역시 예수랑께. 예수 이녁은 걸어 다니는 백과사전이여…"

부처가 예수를 칭찬하며 수치가 오르려 하는 예수의 분노를 따돌렸다. 예수는 언제 그랬냐는 듯 평온한 모습을 완전히 되찾았다. 부처는 예수를 다루는 신묘한 비법 하나를 발견한 것 같아 뛸 듯이 기뻤다. 기분이 좋아진 예수가 한마디를 보탰다.

"그래서 가야금은 음색이 부드러우면서 여성적이고 거문고는 줄이 가야금 줄에 비해 굵고 거기다 술대를 이용해 내리치는 연주법 때문에 좀 더 묵직한 남성적 느낌의 음색을 지닌 기라."

"그려그려. 가야금의 선율은 경쾌하고 활기차지만 어떤 때는 아무래도 구슬픈 느낌이 좀 있제. 그란디 가만 생각해보니께 말이여. 우륵 선생은 아마도 미래를 예언하신 분이셨던 것 같구만!"

"그기 무신 소리고?"

예수가 부처에게 물었다.

"우륵 선생은 원래 가야국의 통합과 번영이라는 가실왕의 원대한 꿈을 함초롬히 안고 초빙된 기대주로 사셨다고 이녁이 말허지 않았는가, 잉?"

"맞다. 그랬다!"

"그란디 그 가야국은 결국 패망했고 우륵 선생은 신라로 망명했지 않은가베. 그라고 우륵 선생이 가야금과 그 12개 연주곡을 신라의 제자들에게 가르칠 때 제자들은 연주곡들이 번잡하고 또 음란허담시로 5

개 곡으로 바꿔부렀다는 거여. 일부 대신들은 가야금이 이미 망한 가야의 악기인 만큼 흉하다고 왕께 진언도 했던 모양이드라고. 망국의 설움도 큰디 음선音仙이자 악성樂聖이 망신을 당허시게 됨시로 망국의 한꺼정 다시 품게 되지 않았겄어? 결국에 우륵 선생은 제자들이 만든 5개곡이 너무 좋다고 평가험시로 눈물까지 흘리셨다는디, 그 눈물이 뭐겄어? 감동보다는 통한과 회한, 그리고 탄식의 피눈물이었겄제!"

"그래. 그란데 그기 미래 예언과는 우찌되는데?"

"선생이 이곳에서 가야금을 타면서 흘렸던 눈물과 탄식 그리고 슬픔이 어찌 탄금대에 한으로 스며있지 않겄냐 말이시. 그 한이 무려 천 년 뒤인 임진왜란 당시에 조선의 용장 신립 장군의 탄금대전투 패배와 자살로 이어진 것 같아서 애달프다는 거여. 근디 말이여. 당시 전투의 이름이 탄금대전투지만 실제 전투는 거의 대부분 충주천 이남 달천 평야에서 벌어졌다는 사실, 알라나 모르것네. 암튼 전투 막바지에 신립 장군이 탄금대에서 최후를 맞이했기 땜시 탄금대전투로 불렸다는 겨. 임진왜란 개전 이래로 최초의 대규모 전투인 탄금대전투의 패배로 이제 임금은 한양을 버리고 몽진蒙塵꺼정 결심하게 됐다는 거시구만."

예수가 부처의 말에 고개를 끄덕였다.

"한恨이란 건 참으로 오묘한 기라. 여자가 한을 품으모 오뉴월에도 서리가 내린다 카는 속담도 있거덩. 한恨이란 게 하늘도 움직인다는 말, 참으로 무시 못 한데이."

둘은 서글픈 전설이 서린 탄금대를 향해 각자 두 손을 모았다. '나무아멘관세음보살!', '나무관세음보살아멘!', 비록 둘이 외는 주문呪文과 진언眞言은 같은 듯 달랐지만 수많은 희생자의 한을 추모하고 또 이들의 해

원을 바라는 마음은 한결같았다. 둘은 탄금대 토성을 빙 둘러보고 강 건너편에 자리한, 이름도 고운 장미산성과 대림산성 그리고 충주산성도 느릿느릿 둘러봤다. 매 걸음걸음 탄금대에서 울리는 가야금 선율과 달천을 흐르는 통한의 눈물이 귀로 혹은 가슴으로 적셔 드는 것 같았다.

"인자 어데로 가노?"

"충주가 말여, 우리나라 전통무예 중에 택견이라고 있잖여? 그 택견의 본고장이라는 거여. 택견전수관 쪽으로 가보세. 대충 봉께로 여그서 한 4km 정도 거리드라고. 싸목싸목 걸어가믄 될 꺼여."

부처는 예수의 대답을 듣기도 전에 택견전수관 방향으로 걸음을 옮겼다. 예수는 모처럼 숙연해진 기분을 택견 같은 활기찬 기운의 무예를 보며 분위기 업시키는 것도 좋다고 생각했다. 예수가 잠자코 따라오자 부처도 기분이 좋았다.

"나가 좀 전에 충주는 우리나라 전통무예, 택견이 전승되는 한국 무술의 원류 지역이라고 했잖여? 그래서 택견의 고장 이곳 충주에서는 충주세계무술축제가 지난 1998년부터 매년 가을마다 열린다고 허드라고. 택견은 탁견托肩 혹은 수박手搏 등으로 불리기도 허거든. 근디 탁견托肩이란 말은 '어깨를 민다'라는 뜻이구만. 또 수박手搏이라는 말은 말 그대로 '손으로 치거나 붙잡는다'란 뜻이여. 몸놀림이 이리저리 능청거리기도 하고, 때로는 우쭐거리기도 험시로, 절대 서두르지 않는 듯 보이는, 여유 자적한 무예가 바로 택견이여. 근디 그라다가도 기회가 생기면 전광석화처럼 발로 차거나 상대의 다리를 걸어서 넘어뜨리기도 하는 고강한 무예가 바로 택견이라 이 말이시. 아마 이녁도 '이크, 에크' 험시로 몸을 앞뒤로 흔들어대는 무예 시범, 아마 한 번은 봤을 거시여. 아, 1983년엔 국가무형문화재로 지정까지 됐다드만!"

부처는 둔한 몸으로 손짓 발짓의 흉내까지 내며 예수에게 택견에 대해 알려주느라 신이 났다.

그러는 사이 둘은 어느덧 택견전수관 앞까지 오게 됐다. 그런데 예수는 탄금대에서 이곳까지 오는 내내 누군가 자신들을 뒤따르고 있다는 느낌을 받았다. 예수는 더럭 겁이나 부처에게 여러 차례 눈짓했지만, 부처는 택견을 설명하느라 신이나 자신의 신호를 알아채지 못했다. 예수가 발을 헛디디는 등 눈에 띄게 걸음이 산만해졌다. 그제야 부처는 뭔가 잘못됐다는 생각이 들었다. 부처가 뒤돌아보지 않은 채 예수에게 낮은 목소리로 물었다.

"뭐, 뭐 때문에 그랴? 호, 혹시!"

부처의 떨리는 말끝에서 두려움이 묻어났다. 부처가 떨자 예수는 더 떨렸다.

"어, 엉가야! 저, 정확하지는 않지만도 탄금대에서부터 누군가 강아지맹키로 쫄래쫄래 우리를 뒤따라오지 싶다."

"호, 혹시… 체, 체포조인감."

"그럴지도 모르겠다카이."

예수가 두려움에 슬며시 뒤를 돌아보려 했다.

"그, 그러지 말랑께. 뒤돌아보믄 안돼야. 그냥 암껏도 모른 척 걷다가 저기 회색 건물 보이제? 그 건물 모퉁이를 돌자마자 냅다 뛰자고!"

"알긋다. 그, 그란데 둘이 뛰다가 서로 헤어지믄 어데서 만나노?"

부처가 잠시 고민에 빠졌다. 하지만 이내 부처는 결정한 듯 말했다.

"저들은 아마 우리의 동선이 경주에서부터 북서쪽으로 이어지고 있다는 것을 알 꺼여. 그라믄 우리는 역으로 여그서 남서 방향으로 틀어불자고. 그랑께 광주로 가자 이 말이시. 전라도 광주 말이여. 광주에 가믄 무등산에 충장사라고 있어. 임진왜란 당시 억울허게 돌아가신 의병장군이신디, 그분을 기리는 충장사에서 만나는 거로 허드라고. 충장사, 꼭 기억혀!"

부처가 나지막이 속삭이자 예수는 알았다고 고개를 가만히 끄덕였다. 둘은 앞만 바라보면서 종종걸음을 쳐 이윽고 건물 모퉁이에 다다랐다. 둘이 눈빛을 교환하며 막 튀려는 순간이었다.

"지여유, 베가구먼유!"

둘의 등 뒤에서 느닷없는 목소리가 들려왔다. 몇 번 들어봐서 익숙한 듯하면서도 왠지 분노와 함께 인간에 대한 두려움도 동시에 불러일으키는 소리였다. 부처와 예수는 서서히 고개를 돌렸다. 그랬다. 베가였다. 자신들의 제자가 된 나베가! 여름밤부터 가을밤에 은하수 서쪽에서 볼 수 있는 거문고자리 별자리 중 가장 밝은 별! 지름은 태양의 3배나 되고, 질량은 태양의 2배, 그리고 밝기는 무려 태양의 약 37배나 됐다. 청백색으로 매우 밝게 빛나 '하늘의 아크등'이라는 별명을 가지고 있는 베가! 은하수 서쪽에 있어 서방정토를 상징하고 동양에서는 직녀성이라 하는 만큼 베를 짜서 인간들을 따뜻하게 보살피는 직녀의 품성을 닮으라는 뜻에서 부처가 심사숙고해 지어준 이름이었다. 그런데 그런 이름의 고아한 품격을 내팽개치고 스승들의 금품까지 훔쳐 달아난 불경스런 제자가 그들 앞에 나타난 것이다. 오늘 아침만 해도 스승을 보고 전혀 모르는 사람 대하듯 했던 패륜悖倫의 제자가 감히 스승이 지어준 성스런 이름을 다시 들먹이며 염치없이 그들 앞에 나타난 것이었다. 하기사 베가라는 이름은 아랍어로 '하강하는 독수리'라는 뜻도 담겨 있었다. 잘 통제되지 못한다면 독수리 특유의 사납고 탐욕적인 본능이 드러나면서 무엇이든 가리지 않고 낚아채는 기질을 발휘할 가능성도 담고 있었다. 부처가 분노에 치를 떨며 베가를 노려봤다. 부처의 손까지 부들부들 떨렸다. 그러나 좀 전까지 누군가 미행하는 것 같다며 두려움에 떨던 예수의 표정은 의외로 담담했다.

"지송해유. 면목이 없구먼유. 지가 사정이 있어서 두 분 스승님께 천인공노할 패륜을 저질렀구만유. 그래서 용서를 비는 뜻에서 식당을 나가실 때부터 따라나섰구먼요. 지를 죽이시든 살리시든 맘대로 허세유."

베가가 땅바닥에 퍽 주저앉더니 눈물까지 쏟아냈다. 그러더니 이젠 소리 내 울기까지 했다. 분기탱천해 있던 부처가 갑자기 당혹스런 표정을 지었다. 예수는 별다른 표정변화가 없었다. 부처가 당황한 표정으로 예수를 쳐다봤다. 예수가 사정이 뭔지 이야기라도 들어보자는 뜻으로 눈짓했다. 마지못한 부처가 앞장서고 예수가 베가를 일으켜 세운 뒤 근처 소나무 잔디밭으로 데리고 들어갔다. 꿇어앉은 베가에게 부처가 손부터 내밀었다. 베가는 말없이 자신의 호주머니를 뒤적이더니 신용카드 두 장과 신분증 두 개를 내밀었다. 그들이 처음 만나 사제의 관계를 맺은 날 베가가 스승들의 소지품에서 훔친 것들이었다. 그러나 베가는 함께 훔쳤던 30만 원 정도의 현금은 내놓지 않았다.

"지송해유. 그 돈은 병석에 계신 어머니 약값으로 이미 써 버렸구만유"

베가가 다시 소리 내어 울기 시작했다.

"뭐라고야, 어머니가 아파서 병석에 계시다고야?"

부처가 갑자기 측은한 생각이 들었는지 베가에게 자초지종을 물었다. 베가는 오랫동안 병석에 계신 어머니의 약값을 벌기 위해 휴가 중인 국밥집에서 장사해 돈을 벌었다고 했다. 그리고 자신들의 카드와 신분증을 훔친 것은 하필 그날 어머니가 위중하시다는 연락을 받고 병원에 급히 입원시켜야 해서 돈이 필요했는데 스승들이 모두 술에 취해 정신이 없는 상황이어서 어쩔 수 없이 소지품을 뒤졌다고 해명했다. 그리고 현금만 쓰고 카드는 전혀 쓰지 않았다고 말했다. 그러면서 베가는 구슬픈 듯 닭똥 같은 눈물을 계속 흘려냈다. 역시 여자의 눈물만큼 강력한 무기는 없었다. 부처의 분노가 어느덧 사라지고 오히려 측은지심이 샘솟았다. 예수는 거의 울고 있는 지경이었다.

"그라믄 그라제, 암만. 나는 베가 니가 결코 사기꾼이나 도둑년은 아닐 꺼라고 이미 알았당께. 사람이 그런 상황에 처하믄 누구나 그란 생각을 헐 수가 있는 거구만. 니가 가져간 카드를 쓰지 않았다는 것만 봐도 니는 도둑이 아니었다는 것을 증명한당께. 부처님도 그리고 예수님도 그란 상황에서 그란 행동을 허는 사람은 다 용서허시는 거여. 아따 그런 일 갖고 누가 돌팔매질을 헌대? 그랑께, 인자 다 잊어부러, 우리도 다 잊어불랑께. 글고 지금 어머니는 좀 어떠셔?"

부처는 이미 자상한 스승으로 돌아와 있었다. 예수도 눈물을 멈추고 충혈된 눈으로 베가를 쳐다봤다.

"고비는 넘겼고 이제 회복 중이세유. 의사 선생님이 경과가 좋으니께 곧 퇴원하실 거라 했구만유."

"그기 참 다행이다. 그란데 니 어무이는 누가 돌보노, 혼자 놔두믄 안될 낀데?"

"제 언니네 부부가 돌보기로 했어유. 이젠 걱정 안 해도 되는구만유."

부처와 예수는 마치 자신들의 어머니 일처럼 걱정을 했다.

"어여 인나! 어여 인나라고, 잉?"

부처가 말을 여러 차례 하는데도 베가는 어리둥절한 표정으로 그대로 풀밭에 꿇어앉아 있었다.

"됐다. 고마 퍼뜩 일어서그래이!"

예수가 베가의 어깻죽지를 잡아 일으켜 세우자 베가는 그제야 뜻을 알아차리고 일어섰다.

"다 인연일 기라. 인생 만사, 우주 역사 다 인연의 틀에서 돌고 도는 것 아이겠나? 그 인연이 이끄는 대로 오늘 우리 셋이 다시 만나게 된 것인지도 모른다카이."

예수의 입에서 인연이란 말이 나오자 부처가 입가에 희미한 미소를 지으며 예수를 흘낏 봤다. 예수는 부처의 그런 행동이 무엇을 의미하는지 즉각 눈치챘다.

"고마해라! 니 신소리 마이 무따 아이가!"

예수가 낮은 목소리로 부처를 흘겨보며 말했다.

"뭔디 그랴? 나는 아무 말도 안 했당께. 혼자 지레짐작으로 그러는 거 아니시!"

정색하며 말을 마친 부처가 속으로 중얼거렸다.

'아따 백여시 같이 눈치는 징하게 빨라부러야! 그란디 지가 마치 부처라도 된드끼 인연 어짜고 저짜고 형께로 허벌나게 우겨불구만, 아나 니가 부처해라, 예수 대신 부처 해부랑께, 잉!'

부처가 웃으면서 속말을 하고 있을 때 예수의 눈빛이 다시 사나워졌다. 마치 부처의 속마음까지 모두 간파하는 듯했다.

"스승님들 이제부터는 지가 제대로 모실께유. 어머니 건도 해결됐으니까유 마음 편하게 모실 수 있겠구만유."

두 사람 간 내면의 신경전을 알아챈 듯 베가가 불쑥 말을 꺼냈다.

"그려. 우리 인자 우리의 인연이 끝날 때꺼정 맘 편하게 천하유람을 허자고. 우리 한반도는 우주의 기운이 내려오는 곳이자 지구의 기운이 하나로 뭉쳐있는 곳이여. 우주 삼라만상이 여그서 펼쳐지고 천지창조의 목적도 여그서 완결돼 풍성한 열매를 맺는 곳이라 이 말이여. 그랑께 한반도를 유람허믄 천하는 물론이고 우주를 유람허는 것과 똑같당께!"

부처의 느닷없는 말에 예수와 베가가 서로의 얼굴을 쳐다봤다. 부처가 그럴 줄 알았다는 듯 설명했다.

"아, 세계 지도를 봐 보드라고! 우리 대한민국이 어디에 어떻게 자리 잡고 있는지 말여! 풍수상으로 보믄 뒤로는 시베리아를 품은 광대한 러시아가 세계 산맥들의 봉우리, 그랑께 조산祖山이 돼서 현무玄武로 떡허니 뒤에 버티고 섰잖여. 그라고 좌로는 세계 초강국 미국이 하늘을 나는 청룡의 기세로 한반도를 옹위허고 있당께. 우백호는 또 워뗘. 중국에서부터 유럽에 이르기까지 그 기세가 미국에 맞먹는 형태로 우백호가 돼서 한반도를 지킨다 이 말이여. 그라믄 한반도 저 멀리 앞에서 방패도 되고 안정감도 주면서 떡 버티고 선 안산案山은 워다냐? 아 지도를 보랑께, 뭐가 보여? 바로 호주 대륙이 아녀? 마치 날개를 펼치려는 대붕大鵬의 모습으로 주작朱雀이 되는 거제. 그란디 단 한 번 도약으로 9만 리를 난다는 이 대붕은 말여, 원래 곤鯤이라는 거대한 물고기가 변해서 된 거라드만. 인도양과 남태평양 사이에 떠 있는 거대 섬 호주! 거대 물고기인 곤이 변해서 된 주작과 딱 맞아 떨어지지 않냐고? 그리고 인도양에서부터 북태평양을 흐르는 거대한 바닷길은 한반도라는 천하대명당天下大明堂에 임한 물길인 셈이제. 좌청룡 우백호에 전 주작 후 현무, 거기다 배산임수! 한반도는 말여 풍수상 보드라도 그 어느 것 하나 어긋남이 없제. 그리고 풍수가 아니더라도 지리학적이나 지정학적으로만 생각혀도 한반도의 위상은 세계를 품고 우주의 기운을 떠안는 형국이라는 것을 누구나 간파헐 수 있당께. 그래서 한반도를 보믄 전 세계가 보이고 또 우주도 보이는 거시여. 그랑께로 또 일찌감치 이런 이치를 깨달은 전 세계의 선각자들이 한반도를 주목하는 것이고 말여! 그리고 그 깨달음이 이끄는 대로 한국기행에 나서는 우리는 바로 그런 인연을 타고난 사람들이제. 바로 우주와 지구에 의해 선택을 받은 사람들이라 이 말이시!"

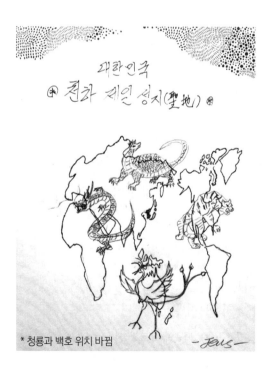

대한민국
⊛ 천하 제일 성지(聖地) ⊛

* 청룡과 백호 위치 바뀜

-Jeus-

예수는 물론 베가도 부처의 설명에 감탄했다. 특히 베가의 눈빛이 많이 떨리고 있다는 것을 예수가 눈치챘다.

'전 세계 선각자들의 깨달음이 이끄는 대로 한국기행에 나서는 우리가 바로 인연을 타고난 사람들! 또 우주와 지구에 의해 선택을 받은 사람들이라고!'

베가가 부처의 마지막 말들을 속으로 곱씹어 보고 있었다. 베가가 무언가 고민에 빠진 듯한 모습이었다.

"자! 인자 가자고. 베가도 다시 우리를 따라나서기로 했다니께, 우리 함께 신나게 한국기행을 해 보드라고."

부처가 다시 길을 잡아 나설 채비를 했다. 갑자기 베가가 일그러진 표정으로 부처의 앞길을 가로막았다. 가뜩이나 큰 덩치에 얼굴이 온통 붉어진 베가가 숨을 씩씩거리더니 어깨까지 들먹거렸다. 부처가 놀랐다. 예수도 대체 웬일인가 궁금해했다. 금방까지만 해도 호기롭던 부처가 무서운 듯 움츠러들었다.

"베, 베가야! 왜, 왜 그라는디?"

부처의 목소리가 떨려 나왔다. 부처가 떨자 예수도 왈칵 무서움이 밀려들었다. 예수가 슬며시 부처의 등 뒤로 물러섰다.

"으앙! 지송해유. 지는 정말 죽일 년이에유!"

느닷없이 베가가 울음을 터트렸다. 울음소리가 어찌나 큰지 좀 전과는 비교가 안 될 지경이었다. 지나가던 사람들이 걸음을 멈추고 셋을 쳐다봤다. 부처와 예수는 울음을 터트리는 베가와 또 그것을 쳐다보는 사람들을 번갈아 쳐다보며 불안해했다.

"베가야 워째 그러냐 잉, 나가 뭘 잘못헌 겨? 울지 말고 말을 혀봐.

말로 허잔께."

부처가 베가를 달랬다. 영문을 모르는 예수도 베가를 달래느라 진땀을 뺐다. 몇몇 사람들은 소나무 숲 속 세 사람 근처까지 와서 대체 뭔일인가 지켜봤다. 부처가 난처한 표정으로 사람들을 돌려세우려 했다.

"아, 아무 일도 아녀. 암시랑토 안헌께 그냥 가시오 잉. 그저 우리끼리 가정사를 이야기허는 거니께 신경들 끄고 가시랑께요."

사람들은 혹여 불량배들이 여자를 괴롭히는 것은 아닌지 지켜봤다. 그러다 베가가 그저 대성통곡만 할 뿐 별다른 반항이나 신고의 기미를 보이지 않자 하나둘 자리를 떴다.

"스승님들 지는 정말 나쁜 년이에유. 지가 조금 전 거짓말을 했슈."

그 말만 하고 베가는 다시 대성통곡을 해댔다. 당황한 부처와 예수는 베가를 좀 더 깊은 숲 속으로 데려갔다. 둘은 대체 무슨 영문인지 거듭 베가에게 물었다 한참을 통곡하던 베가는 드디어 입을 열었다.

하는 말에 따르면 베가는 여기저기 돌아다니며 사기를 치고 살았던 모양이었다. 대학 때 심리과학을 전공한 것을 바탕으로 최면술까지 배워 사람들의 마음을 조종했던 모양이었다. 부처와 예수는 베가의 호박보석 펜던트만 보면 갑자기 졸리고 만사가 귀찮아졌던 이유를 비로소 알게 됐다. 베가는 원래 부처와 예수의 신용카드와 신분증을 훔친 뒤 은행에서 돈을 빼내려 했었다고 털어놨다. 부처와 예수를 만취하도록 만들고 또 자신이 최면을 건 상태에서 둘에게 의미 있는 숫자가 뭐냐고 거듭 물어서 카드 비밀번호를 알아내려 시도했다는 사실도 밝혔다.

그러나 둘이 너무도 취해선지 발음이 부정확해 현금인출기에서 거듭 비밀번호 입력 에러가 났다고 실토했다. 그래서 현금인출 대신 둘의 카드로 금은방에서 현금으로 교환이 쉬운 금목걸이와 팔찌 그리고 반지를 샀다는 사실도 털어놨다. 그랬음에도 시침을 떼고 둘을 다시 따라온 것은 둘이 마치 정신병자인 것처럼 보여서 다시 속이기 쉽겠다는 판단 때문이었다고 말했다. 한 번만 더 속이면 정확한 카드 비밀번호를 알아낼 수 있을 것 같아서였다고도 밝혔다. 그런데 이제 와 이렇게 진실을 밝히는 것은 부처와 예수의 순박한 모습이나 해박한 지식을 보면서 절대적인 감화를 받았기 때문이라 말했다. 두 사람이 절대자에 준하는 깨달음을 얻은 선지자나 도인 임이 분명하다고 판단했다는 것이었다. 그리고 부처와 예수는 자신이 강력 수면제를 먹였음에도 잠들지 않았고 심지어는 곧바로, 먹인 수면제까지 원형대로 토해내는 모습을 보면서 한때는 긴가민가했었지만, 이제는 절대적인 믿음을 갖게 됐다고 고백했다. 잔디밭에 엎드려 부처의 발을 붙잡고 통곡하는 베가의 모습은 이번에는 결코 가식으로 보이지는 않았다.

부처와 예수는 마치 도깨비에 홀린 것 같았다. 세상이 이럴 수는 없다고 생각했다. 아무리 세상이 미쳐 돌아간다지만 부처와 예수의 화신인 자신들에게 결코 이럴 수는 없다고 생각했다. 부처는 다리가 풀려 잔디밭에 풀썩 주저앉았다. 추적자들의 눈을 피하기 위해 휴대폰을 꺼놓고 다녔기 때문에 자신들의 카드사용 내역에 대한 통보 내용도 알 수가 없었다. 수중에 돈 한 푼도 없는 빈털터리 신세인데 나중에 카드값을 어찌 갚아야 할지 난감했다. 그렇다고 카드 도난 신고를 하자니 자신들의 신분이 탄로 나 추적자들에게 붙잡힐 텐데 어찌해 볼 도리가 없었다. 너무도 분하고 원통해서 부처는 베가처럼 울음을 터트렸다. 부처가 울자 예수도 따라 울었다. 부처와 예수가 울자 베가는 더 큰 목소리로 통곡했다. 숲 속 깊은 곳에서 초상이라도 난 듯 괴기스러운 울음소리가 나자 시민들이 신고했던 모양이었다. 부처를 따라 울던 예수가 저 멀리서 경비원이 울음소리의 진원지를 찾는지 숲 속 여기저기를 두리번거리는 모습을 발견했다.

"쉿!"

효과가 컸다. 부처가 크게 놀라 즉시 울음을 멈췄다. 영문을 모르는 베가도 울음소리를 죽였다. 부처는 심지어 베가의 입을 손바닥으로 틀어막기까지 했다. 눈물 콧물이 범벅된 베가는 스승이 이상한 행동을 했지만 저항하지 않고 조용히 있었다. 예수는 여전히 입에 검지를 댄 채 일동에게 정숙을 강요했다. 부처는 혹시나 추적자가 온 것은 아닌지 불안한 눈빛으로 예수를 바라봤다. 예수는 입 모양으로 경비원이라고 여러 차례 말해주었다. 그제야 부처가 한시름 놓는 모습이었다. 돌연 아무 소리도 들리지 않자 경비원은 다시 왔던 길로 사라졌다.

"그라믄 니는 누구여? 어디까지가 진실이고 니 본 모습이여? 그라고 니의 진정한 생태계는 뭐시여?"

냉정함을 찾은 부처가 베가에게 물었다. 베가는 순순히 대답했다. 자신이 심리과학을 전공한 것은 맞지만, 출신 대학은 서울의 S대가 아니라 지방의 한 사립 S대라고 밝혔다. 정확한 출신은 알 수 없으나 이곳 충주에서 태어난 것 같으며 보육원에서 지내기 시작한 초등생 때부터 20년 이상 택견을 연마했고 결혼한 뒤 한때는 행복한 가정생활을 하기도 했다고 말했다. 그러나 무슨 일로 가정이 파탄 난 뒤부터 술에 찌들다가 생계를 위해 사기 등 별별 짓을 다했노라 고백했다. 나이는 서른일곱 살이라고 했다. 세상 나이로 부처와 같았고 예수보다는 한 살 많았다.

"지금 말씀드린 것은 이제 모두가 진실이에유. 이 정도면 제가 사는 생태계가 어떤지 짐작하실 거라 믿어유."

베가가 자기소개를 마쳤다. 부처는 베가가 자신과 동갑이라는 사실에 놀랐다. 세파에 찌들었는지 베가는 자신보다 10년 이상 나이 들어 보였기 때문이다. 그러나 베가의 눈에 비친 부처와 예수도 덥수룩한 수염 때문인지 거의 50대로 보였다. 하지만 베가는 스승들의 카드와 신분증을 훔친 뒤 주민등록번호를 봤기 때문에 스승들의 정확한 나이를 알고 있었다. 하지만 부처와 예수로 환생한 성인에게 세속의 나이는 의미가 없는 만큼 나이를 떠나 부처와 예수를 진정한 스승으로 모셔야겠다고 생각하고 있었다. 하지만 베가의 고백을 듣고 난 부처와 예수는 베가의 나이가 자신들과 엇비슷한 것을 확인하고 당황했다. 그러나 이미 사제간의 연을 맺은 만큼 자신들의 나이를 끝까지 속이기로 눈을 찡긋하면서 약속했다.

"엣험! 그라니까네 베가 니는 인자부터 우리의 믿음을 배신하믄 아이 된다. 니 혹시 군사부일체란 말 들어봤나? 그라고 화랑도의 세속오계는 기억하나?"

예수가 베가에게 물었다.

"분명 들어는 봐서 의미는 얼추 생각나는데 정확히는 모르겠네유!"

"알았다. 잘 들으래이. 군사부일체는 임금과 스승 그리고 부모는 똑같이 존중해야 한다는 뜻이라는 것 잘 알제. 그라믄 세속오계世俗五戒가 뭔가 알아보자카이. 세속오계는 원광법사라는 분이 중국 수隋나라에서 부처의 진리를 깨닫고 귀국한 후, 화랑 귀산貴山과 추항箒項에게 일생을 두고 경계할 금언으로 준 것이라 칸다. 사군이충事君以忠, 그라니까네 '충성으로써 임금을 섬긴다'와 사친이효 事親以孝, 즉 '효도로써 어버이를 섬긴다' 등 5가지인데 여기서 일단 두 개만 보자카이. 충성으로 임금을 섬기고 효도로서 어버이를 섬긴다 카는 말을 군사부일체란 말에다 비촤보믄, 임금이나 부모에게처럼 스승도 충성과 효도로서 섬긴다는 뜻 아이긋나 무슨 말인지 알제?"

베가가 당연하다는 듯 고개를 끄덕였다.

"두 분 스승님을유, 마치 제 부모님을 뵌 듯 충성과 효심으로 모실께유. 믿어주세유!"

베가가 고개를 조아리며 언제 울었냐는 듯 배시시 웃었다. 부처와 예수도 서로를 바라보며 두 눈을 찡긋하며 웃었다.

"알았웅께, 말로만 허지 말고 스승들헌티 효도를 좀 혀봐! 아침부터 심빠지게 싸돌아 다녔드니 배가 좀 허전한디!"

부처가 베가의 눈치를 살피며 말했다. 그 순간 베가가 자신의 왼손 팔목을 들었다. 샛노란 금팔찌가 묵직한 자태를 뽐내고 있었다. 한 닷돈은 나갈 것 같은 커다란 황금 가락지도 베가의 왼손 약지에 끼워져 있었다.

'오메 오살 것! 우리 카드로 산 것들인 모양이구만…'

부처와 예수는 동시에 마음속으로 외쳤다.

"목걸이도 있슈."

베가가 자신의 앞섶을 조금 풀어헤치더니 순금목걸이를 보여줬다. 그것도 한 열 돈은 나가 보였다. 순금목걸이 바로 밑에는 오늘 아침에도 보았던 호박 보석 펜던트가 대롱거리고 있었다.

'음마, 이 작것 훔친 돈이라고 팍팍 쓰고 댕겼구만…'

부처와 예수의 속이 다시 맹렬히 부글거렸다. 하지만 둘은 똥 씹은 표정 외에 달리 어떤 행동도 취할 수가 없었다.

"베가야 근디 호박 보석 목걸이는 왜 보기만 허믄 막 머리가 지끈거리고 정신이 몽롱해진다냐?"

알 듯 말 듯 한 부처의 물음에 베가는 대답 대신 웃기만 했다.

"암튼 유 이것들 다 팔아서라두 스승님들 잘 쉬시고 잘 드시도록 모실테니까유 인자부터 걱정 마세유."

베가의 말에 부처와 예수는 아직도 긴가민가했지만 한 번만 더 베가를 믿어보기로 했다. 설령 베가를 믿지 않아도 별다른 수가 있는 것은 아니었기 때문이었다. 20여 년 이상 택견을 배웠다는 베가는 택견에 대해 해박했다. 택견전수관 이곳저곳을 둘러보는 동안 베가는 스승들에게 이것저것 많은 설명을 해 줬다. 그날 그들은 베가가 전당포를 다녀온 뒤 모처럼 맛난 음식을 먹고 편안한 숙소에서 고단했던 몸을 뉘일 수 있었다.

아!
아시아문화 중심도시 광주

다음 날 점심때쯤 그들 셋은 광주의 아시아문화전당 앞에 서 있었다. '단군 이래 최대의 국책 문화사업'이라던 광주 아시아문화 중심도시 조성사업! 전당 시설물 건립비만 7천억 원을 넘어 8천억 원에 육박했던 그야말로 초 매머드급 사업! 광주를 아시아문화의 보존과 전승 그리고 창조의 문화 허브로 만들어 대한민국의 미래 먹거리를 창출하는 센터로 만든다는 거창한 명제를 안고 시작된 야심 찬 사업!' 온갖 기대와 설렘을 안고 착수한 그 사업이 시작된 지 이제 13년이나 지난 것 같았다. 그런 만큼 부처와 예수 그리고 베가는 나날이 토실토실 밤토실 우렁찬 문화의 열매를 맺고 있을 아시아문화전당 광주의 장엄하고도 견실한 문화사업 성과를 목도하면서 광주와 더불어 행복한 꿈에 젖어들고 싶었다.

아시아문화 중심도시 조성사업은 지난 2007년부터 오는 2026년까지 거의 20년 가까이 특별법에 따라 정부의 특별 예산지원을 받는 사업이었다. 특정 지역의 단일 사업이 이처럼 특별회계를 통해 이렇게 장기간 정부와 국민의 특별한 보호를 받는 경우는 극히 드물었다. 그런 만큼 그 큰 사랑 속에 무럭무럭 성장하면서 아시아의 문화중심 도시로서 이룩해낸 엄청난 위상과 성과를 보면서 그들은 해병대 박수든 그보다 더한 물개 박수라도 손목이 부러져라 쳐 주고 싶었다. 셋은 설레는 마음으로 국립아시아문화전당이라 이정표가 써진 곳에 서서 주위를 두리번거렸다.

"국립아시아문화전당이 어데 있노? 대한민국 사상 최대의 문화 인프라 건축예산이 들어갔다는 아시아문화전당이 어데 있노 말이다!"

오른 손바닥으로 햇빛을 가린 채 게슴츠레 눈을 뜬 예수가 고개를 두리번거렸다.

"그러게유, 도대체 문화전당이 워디 있데유? 이 사업이 시작될 당시 정치권에서는 국립아시아문화전당이 광주가 아시아의 문화중심 도시임을 전 세계에 천명하는 그야말로 명품이자 명물 건축물이 될 거라고 홍보하던 것이 귀에 선한데유!"

베가도 의아하다는 표정을 지었다.

"그토록 많은 예산과 그토록 엄청난 홍보 속에 지어졌다니께 그렇다믄 말이여 혹시나 아시아문화전당은 스텔스 기능이 있는 게 아닌감? 나가 기억을 되살려봉께 그 당시에 문화전당이 구겐하임미술관이나 퐁피두 센터를 능가헐 거란 야그를 했던 사람들도 있었당께! 그랑께, 이녁도 그라고 베가 니도 조심스럽게 걸음을 옮김시로 공간 공간을 잘 더듬어 보랑께. 느닷없이 건물에 박아쳐가꼬 남봉이라도 나블믄 꼴사나우니께 말이여."

셋은 더듬거리며 부근을 헤매기 시작했다. 대낮에 눈을 뜨고 더듬거리는 그들을 보며 일부 시민들이 측은한 눈길을 보냈다. 몇몇은 도움을 주겠다고 팔을 잡아주기도 했다.

"뭐셔? 이거이 뭐당가? 그라믄 시방 우리 눈에 보이는 저것들이 전부여? 그것들이 아시아문화 중심도시인 광주를 대표허고 한류의 문화센터며 아시아지역 문화교류와 문화창조센터를 표방했던 대한민국의 광주 아시아문화 중심도시 인프라들인 거시여?"

부처의 표정이 일그러졌다. 예수는 의외로 담담했다.

"촐싹대기는! 눈에 보이는 것이 다가 아닌 기라. 좀 차분하자 아이가."

평소 성미가 급한 것 같던 예수를 보며 베가도 의외라는 표정을 지었다. 부처가 잠자코 고개를 끄덕였다. 그랬다. 일체유심조一切唯心造였다. 일체유심조는 화엄경華嚴經의 중심 사상으로, 일체의 법諸法은 그것을 인식하는 마음의 나타남이고, 존재의 본체는 오직 마음이 지어내는 것일 뿐이라는 뜻이었다. 모든 것은 결국 마음으로 통찰해야만 보이는 것으로, 마음을 통해 생명의 충만함을 깨달으라는 게 일체유심조의 가르침이었다. 일체유심조와 관련해 자주 이야기되는 것이 해골바가지의 물을 달게 마셨다는 신라의 고승 원효元曉대사와 관련된 일화였다.

'오메, 예수는 말여 이미 화엄경의 경계도 넘어선, 통通한 사람 인갑네. 달達꺼정 혔는지는 모르것는디 통한 것만은 분명허당께! 아, 나무아멘관세음보살!'

부처는 속으로 불호를 외며 예수를 다시 봐야겠다고 생각했다.

"스승님들 일단 안으로 들어가 보시면 어떨까유. 꼭 외형적으로 번드르르한 랜드마크가 아니라 분명 뭔가 세계의 문명사 그리고 철학이나 문화사에 획기적인 이정표가 될 만한 것이 있을지도 모르니께유!"

부처와 예수는 베가의 말이 맞을지도 모른다고 생각했다. 셋은 건축물들이 현대식 도서관 같기도 하고 흔히 보는 공연장 같기도 하다는 생각을 하면서 문명사적으로 혹은 철학이나 문화사적으로 기념비적인 그무언가를 찾아 아시아문화전당 구석구석을 헤맸다. 셋이 건물을 헤매다 느낀 점은 상당히 큰 건물들인데도 불구하고 구청의 작은 도서관들보다 관람객이나 방문객이 적어 한산하다는 점이었다. 비치한 자료나 홍보 인프라에서도 도대체 이 건물이 왜 아시아문화 중심도시를 상징하는 건물인지를 알 수가 없었다. 건축물의 상징성이나 미래비전 차원을 놓고 볼 때도 하드 인프라와 소프트 인프라와의 연계성이 도대체 뭔지 한눈에 들어오지 않았다. 셋은 혹시나 광주가 아시아문화 중심도시임을 일거에 상징하는, 상상할 수 없을 정도로 값진 보물 혹은 위대한 자산이 혹시나 전당 수장고나 지하에 감춰진 것은 아닐까 하는 생각도 해 봤다. 그렇다면 그것을 몰래라도 찾아봐야 했다. 이대로 실망한 채로 돌아서서는 안 되었기 때문이었다. 베가는 그런 쪽은 자신이 있었다. 비록 30대 후반이지만 20년 이상 택견을 배웠고 타고난 강한 근골 덕분에 웬만한 남자 장사壯士들도 자신에게는 상대가 안 됐다. 스승들도 짐작은 하겠지만, 자신의 실제 신체 능력은 보통사람들의 짐작 혹은 상상을 초월했다. 베가가 스승들을 바라봤다. 그러자 부처가 조용히 고개를 저었다.

"됐응께 인자 그냥 가세!"

부처가 뒤도 돌아보지 않고 뚜벅뚜벅 걸어 전당 건물을 나섰다. 예수가 묵묵히 그 뒤를 따랐다. 영문을 모르는 베가도 아쉬운 표정을 지으며 스승들의 뒤를 따랐다. 셋은 한동안 아무 말도 없이 초점 잃은 눈동자와 어지러운 발걸음으로 문화전당 건물을 나섰다. 셋은 문화전당의 메인 건물을 바라볼 수 있는 충장로 입구 거리에서 발걸음을 멈추고

구 전남도청 건물을 한 번 애처롭게 돌아봤다. 그런 뒤 근처에 있는 한 건물의 2층 커피 전문점으로 들어갔다. 그곳에서도 군데군데 흩어진 문화전당의 건물들이 보였다.

"엄청난 돈을 들였다는 건물이 와 저런 형태고, 도대체 뭣 때문에 저런 형태가 됐는지 아나?"

예수가 도무지 이해가 안 된다는 듯 부처에게 물었다.

"그러게유. 버스터미널에서 막 내렸을 때부터 혹시나 아시아문화 중심도시를 상징하는 문화전당 건물이 보이는지 고개를 내밀고 찾아봤는데 도무지 보이지 않았던 이유가 있었네유. 광주 도심의 건물들이 다 잔망잔망한데 그보다도 더 낮게 지어놓으니까 그랬시유."

"만약 마천루 형태의 천편일률적인 랜드마크를 지양허고 자연과 환경친화적인 건물을 모티브로 혔다믄 그에 따른 특징이 있어야 허는디 그것도 당최 보이지 않고! 도대체가 아시아문화전당이라는 타이틀허고 저 건축물허고 무슨 이미지가 연계되는지 도통 몰것당께. 물론 나가 무식혀서 그럴낀디, 나헌티는 어디서나 볼 수 있는 그저 그렇고 그런 현대식 건물일 뿐이구만!"

"인자 보니까네 사람들이 잘 보이지 않았던 데도 다 이유가 있었다는 생각이 든다. 내 생각에는 볼거리가 전혀 없다카이. 아시아문화전당에 가면 무엇을 볼 수 있다거나 무엇을 배울 수 있따카는, 독보적인 문화자산이나 문화현상 혹은 문화 비전이 있어야 한다꼬 생각한데이. 그란데 다른 사람은 우예 생각하는지 모르겠지만도 내는 그 기를 전혀 볼 수 없었고 또 알 수도 없었다카이!"

그것은 예수만의 생각은 아니었던 모양이었다. 셋은 이구동성으로 실망감을 표시했다.

"총 사업 예산이 5조 원을 넘는 단군 이래 최대의 문화사업이고, 또 인프라 건축예산만 해도 사상 최대인 8천억 원에 이르는 막대한 세금이 들어갔다고 들었는데 그게 아인가보다. 이기 무신 8천억 원짜리고? 물론 이기는 우리가 진정한 문화의 가치를 알아보지 못하는 까막눈인 때문도 있을 기라! 아니모 이기에는 분명 무신 말 못 할 사정이 있었던 기라. 혹은 사고가 있었거나 말이다! 차말로 이리 될 수는 없는 기라. 8천억 원이 무신 어린애 이름이고?"

비교적 담담하던 예수가 한탄했다. 베가가 슬며시 핸드폰을 꺼내 무슨 자료인지를 검색하기 시작했다. 그러더니 자료 내용을 혼잣말하듯 읊어대기 시작했다.

"아시아 문화중심 도시조성 특별법 2007년 시행, 2026년 12월 31일까지 그 효력을 가진다. 당초 국내의 한 정부출연 연구기관 자료에 따르면 이 기간에 총 사업 예산은 5조3천억 원 정도. 이 가운데 순수하게 문화전당 건립과 운영 예산은 1조9천3백억 원, 당초 사업 추진에 시한 제한이 없도록 하는 특별법 제정을 추진했다가 일부 지역 국회의원들의 반대로 2026년까지 한시 사업으로 추진됨. 2020년 정부의 당초 예산안에 따르면 아시아문화 중심도시조성 특별회계 예산은 일 년에 1,090억 원 정도, 그 가운데 1,028억 원 정도가 정부 전입금 즉 정부가 준 돈이고 입장료수입이나 잡수입 같은 재화 및 용역 판매수입 내역은 쓰여 있지 않네유. 그러니까 자체적으로 번 돈은 거의 없다는 뜻인가 보쥬. 이 해의 문화체육관광부 일반회계의 재화 및 용역판매수입 118억 원과는 큰 대조를 보이는데유. 참 그란디유 마지막으로 이 특별법이 또 개정되서 특별법에 따른 국비 특별회계의 지원이 2031년까지 연장됐다는구만유.”

베가가 인터넷 어디에서 자료를 검색했는지 아시아문화 중심도시 조성사업에 대한 운영 예산 부분을 짚고 있었다.

“무시기 그리 어렵노! 쉽게 정리해서 다시 말해 보그래이!”

예수가 핏대를 세웠다.

“그러니께 2020년 정부 예산안에 따른다면 아시아문화 중심도시 조성사업 예산으로 해마다 천억 원 안팎의 국민 세금이 지원된다는 뜻인가 봐유. 지난 2015년 개관은 했는디 아직도 문화전당 자체 사업 수입으로는 운영 예산을 충당하지 못하는갑쥬! 그러니께 어쩔 수 없이 국비지원을 당초보다 5년 연장해서 2031년까지 해 준다. 뭐 이런 말인 것 같은디유!”

베가가 예수의 눈치를 보면서 쭈뼛쭈뼛 설명했다.

“대체 뭣이 문제였노? 아까 문화전당 개관 5주년 성과 홍보 영상에 보니까네 개관 이후 5년간 방문객이 천만 명을 넘었다고 하던데 와 이래 전당 주변에 활기가 없고 오히려 썰렁한 것 같노? 물론 이것은 나만의 생각일 수도 있다. 하지만도 아시아는 물론 세계 문화의 교류 센터라고 하모, 그라고 또 현재 한류가 전 세계를 석권하고 있는 것을 보마 이곳이 그야말로 발 디딜 틈이 없이 북적거려야 하는 것 아이가?”

“그러게유. 여수 같은 최남단의 자그마한 도시에도 일 년 관광객이 천만 명을 넘는다는데 우리나라 5대 도시인 광주의 한가운데 있는 아시아문화전당 방문객이 5년간 천만 명이 넘었다고 홍보하는 게 과연 큰 의미가 있는 것인지 궁금허기는 해유. 만약 천만 명이 방문했다면 일단 입장료를 천 원만 받아도 얼추 백억 원, 만 원을 받았다면 천억 원이 넘는 수익이 생겼을 것인데유!"

예수와 베가가 문화전당의 수익성 여부를 놓고 못내 아쉬워하자 부처가 혀를 끌끌 찼다.

"아, 저런 류의 인프라는 말여 자체적으로 수익을 냈느냐 여부를 따지는 것이 아니라고 허드랑께! 문화 창조와 발전 센터의 기능을 월매나 하느냐. 그라고 대한민국을 말여, 세계 문화교류의 중심지로서 자리매김을 시키는데 월매나 공헌을 했느냐 하는 무형의 가치를 따져야 허는 거구만. 눈앞에 보이는 돈은 일단 달콤허겠지만 그 이면에 있는 막대한 문화자산의 가치를 축적허는 작업을 고려혀야 써. 그것을 무시했다간 언제든 문화 빈국 또는 문화 후진국으로 추락허는 것은 시간문제일 것이구만. 그런 맥락에서 문화전당은 연관 산업의 파급효과를 높이는, 소비재가 아닌, 생산재로 봐야 할 꺼구만! 그라고말여 본격 운영된 지는 아직 10년도 안 됐잖여! 그랑께 그런 것도 감안해야 허지 않것는감!"

부처가 애써 안타까운 문화전당의 현실을 변호했다. 그러면서도 부처의 등에서는 그 무언가에 대한 예지감이 발동됐는지 식은땀 한 방울이 또르륵 흘러내렸다.

"또라이 자슥! 야마리 까진 자슥! 니가 여그 홍보맨이가? 그라고 문화 관련 인프라가 여기 광주 아시아문화전당만 있드나? 함 생각해 보그라. 서울 예술의전당을 비롯해 전국의 문화 관련 인프라들이 월매나 많노. 또 그 문화 인프라들이 다 자체 수입 없이 전부 정부지원금으로만 운영되나? 그런 곳들과 비교를 해 보그래이. 높은 수익을 내서 자립도를 높여가는 문화 인프라와 거의 세금에만 의존하는 문화 인프라가 있다면 정부에서나 국회 예산심의 과정에서 어디에다 예산 집중을 할 것 같노? 경영수익도 거의 못 내면서 한류 홍보의 효과도 전혀 내지 못한다고 판단되모 그런 문화 인프라에 대해서 정부나 국회가 밑 빠진 독에 물 붓듯이 예산을 계속 줘야 한다꼬 볼 것 같나! 국민이 그것을 용납하긋나?"

슬픈 예감은 왜 항상 틀리지가 않는지! 예수가 부처의 슬픈 예감을 어김없이 비수처럼 파고들어 예리한 아픔으로 쏘았다. 문화전당을 무작정 옹호하려다 보니 논리의 허점이 생긴 것이다. 부처도 이런 점을 이미 생각하고 있었다. 예산의 효율성 논란이 벌어지다 보면 비효율적인 시설은 자연스럽게 예산 배정을 줄이거나 중단시킬 수밖에 없을 것이었다. 국민 세금 운용의 효율성을 위해 당연한 조치일 것이었다. 또 문화전당의 운영주체를 정부에서 법인이나 지역 자치단체로의 이관할 것을 요구하거나 심지어 강제하는 것도 충분히 예상되는 일이긴 했다. 물론 지역에서는 정부가 운영비를 계속 대는 형태로의 특별법적 지위 존속을 되풀이해서 요구하겠지만 이에 대한 전국민적인 공감대가 얼마나 형성될지는 알 수가 없는 일이었다.

"아따 그런다고 그렇게 험한 말을 해븐가? 나도 실은 말이여. 이런 형태로의 전당 운영은 필연적으로 만성 적자를 유발헐 수밖에 없다는 사실을 전당 건립사업 추진과정에서부터 강조혔었구만! 이렇게 적자 운영구조가 이어지는 한 극단적으로는 전당 폐쇄론도 나올 수 있는 만큼 전당의 외형 설계에서부터 시설물의 형태와 운영 그리고 연계한 문화산업 육성방안 등에 대해서도 충실혀야 헌다고 주장허고 대안도 제시혔던 적이 있었당께!"

부처가 둘의 눈치를 보며 변명을 하려 했다.

"무시기 또 흰소리를 할라 카나, 니가 와, 그리고 언제 그랬는데, 어이?"

예수의 눈에 언젠가부터 돋워진 쌍심지에 서서히 불이 들어오고 있었다. 이번 불은 이상하게도 푸르스름한 냉광이었다. 부처는 예수의 눈에 커진 쌍심지를 보며 묘한 상념에 빠져들었다. 예수는 참으로 재미있으면서도 신비로운 사람인 것 같다는 생각이었다. 상황에 따라서 너무도 쉽게 그리고 너무도 다채로운 쌍심지를 돋워 눈에 불로 켜 낼 수 있는 것도 신이神異 혹은 이적異蹟이라 할 만했다.

"흰소리 할라카이 말문이 안 열리드나?"

예수가 또 공격해 들어왔다.

"아녀! 진짜랑께. 나가 말이시. 지난 2006년 당시 대통령 공약으로 아시아문화전당 사업 논의가 계속될 때 전당 설계의 콘셉트를 518m의 탑 형태로 높게 짓거나 아니믄 아예 깊게 땅을 파서 세계 최초의 지하 문화 인프라로 맹그는 형태로 허자고 주장을 혔었당께."

부처가 하는 다소 뜬금없어 보이는 주장에 예수와 베가는 서로의 얼굴을 쳐다봤다. 그러자 부처는 더욱 힘주어 자신의 견해를 설명하기 시작했다.

"땅, 그리고 지하가 가진 의미가 뭐셔? 예수님도 그라셨다고 허듯이 낮은 대로 임헐라믄 바로 땅 그리고 지하가 아녀? 그리고 땅은 생명력을 뜻허잖여. 아시아를 넘어 세계의 문화를 선도허는 문화 창조의 요람, 아시아문화전당은 적어도 새로 창조된 문화들이 깊게 뿌리 내릴 수 있도록 지하 수십 m 깊이에 만들어졌다는 콘셉트도 가능허제. 대지의 여신이 광주 땅, 지하 깊숙한 곳에서 인류의 미래 문화와 새로운 문명을 잉태하고 탄생시키려는 비밀작업을 신비롭게 시작한다는 개념 말이시. 고요한 은둔의 나라 한국이 은밀하고도 겸허하게 21세기 이후 인류 문명을 주도허게 될 세계의 문화 창조 인큐베이터 역할을 하겠다는 상징성도 부여헐 수가 있었단 말이랑께. 아, 광주의 지하지질은 대부분이 화강암이라고 허든디, 그만큼 안정성이 높것제. 포근허고 아늑한 엄마의 품처럼 말이여. 그런 문화전당 벽면마다 거대한 화강암 부조를 새겨 넣거나 명품 조각상을 만든다믄 말이시, 세계 최초의 지하 부조물, 지하 조각상이라는 타이틀 획득도 가능허지 않것냐고! 미국 러시모어산에 새겨진 큰 바위 얼굴들처럼 세계 문화예술 발전에 공이 큰 인물들의 상을 지하 문화전당 광장이나 건물 내외부 벽면에 하나씩 만들어 간다믄 그 자체로도 영구히 문화전당의 볼거리가 되지 않것냐는 것이제. 그 대상 인물 선정 과정에는 전 세계인들이 인터넷으로 참여헐 수 있도록 허는 것이여. 문화전당의 인지도를 높이고 방문객도 늘려 입장수입을 비롯한 대관 수입 등도 지속적으로 창출해서 엄청나지 않것냐고? 우리도 프랑스 루브르 박물관이나 퐁피두 센터, 오르세미술관, 가우디 성당 같은 세계적 명물 수준의 문화 인프라를 가지믄 안되는 것인감? 나는 이런 것을 원했던 것이여!"

부처의 말에 수긍할지 말지 고민하는 표정이 예수의 얼굴에 슬쩍 나타났다가 사라졌다.

"또 지상 518m의 높이로 전당 건물을 짓는다믄 건물 전체 외벽에다가 LED로 초거대 디스플레이를 만드는 안도 검토허자고 혔었당께. 당시 광주는 광산업, 그라니께 LED 반도체 사업의 중심지 전략도 함께 추구허고 있었구만. 그랑께 5·18을 모티브로 추진되는 아시아문화전당 사업과 광주의 대표적인 미래 먹거리인 광산업을 연계하는 안이었제.

문화전당 외벽에 설치되는 초거대 LED 디스플레이로는 한류스타들의 공연상황뿐만 아니라 전 세계 문화산업의 결실들, 그라니께 의미 있는 영화나 뮤직비디오, 애니메이션 등을 연중무휴로 상영허는 거제. 엄정한 심사를 거쳐서 세계에서 출품한 인디 영화나 실험적 문화예술 작품들을 공연해줘서 청년작가들의 등용문 역할도 헐 수 있어야 헌다는 안도 내놓았던 거여. 그라고 매일 밤 518m 문화전당의 외벽에 불을 밝힐 때는 그 날 문화전당을 방문한 세계 각국의 사람 중에서 가장 의미 있는 사람을 골라 그 사람이 점등 스위치를 켜는 이벤트를 팡파레와 함께 여는 거여. 가장 의미 있는 사람은 나이 어린 젖먹이 꿈나무일 수도 있고 가장 먼 곳에서 온 사람일 수도 있제. 문화예술계 거장 일 수도 있고 말이여.

그 점등 실황은 바로 외벽의 디스플레이를 통해서 인터넷과 동시에 또 실황 중계되는 것이제. 광주는 매일 영화제가 열리는 것이랑께. 아시아문화 중심도시 광주에서는 매일 음악제가 열리는 것이여. 애니메이션 창작제도 열리는 것이고, 518m의 문화전당 외벽에서 공연되는 문화콘텐츠의 내용은 저 멀리 광주 인근 시군들은 물론 아마도 우주에서 우주인들까지 볼 수 있었을지도 모르는구먼. 그것이 아시아문화 중심도시의 위상 아니었겄어? 그때 문화전당을 그런 인프라로 만들었어야제!"

부처가 참으로 애석한 표정으로 말했다.

"그래, 니 말대로 하모 좋제. 그란데 무작정 그렇게 할라믄 결국 돈이 문제 아이가? 그런 시설을 특정 지역에 짓는다고 하모 다른 지역의 반발이 있지 않았겠노? 그라고 또 그런 반발을 의식해야 하는 정치권의 어려움도 있을끼고!"

부처의 말을 잠자코 듣고 있던 예수가 상식선에서 반론을 제기했다.

"이녁 말이 맞어. 근디 당시 아시아문화전당 건립은 이미 대통령의 문화 부분 공약사업으로 확정돼 다른 지역도 이미 양해를 한 상태였당께. 당시에 문화관광부는 문화전당 건립 부지 확보나 운영과 관련한 인프라 구축 예산을 확보하기로 했었는데 이것이 법적으로 이미 보장된 상태였구만. 그것이 아시아문화전당조성 특별법과 특별회계 건이여. 그라고 행정자치부는 별도로 대통령 공약에 따른 5·18 관련 예산 1천억 원을 확보해 주기로 했었단 마시. 그런 만큼 518m 크기의 건축물 건립에 따른 재원 마련 건이나 부지확보 그리고 정부의 운영 예산 지원과 관련한 문제점은 전혀 없었던 상황이여. 알다시피 중국 상해에 보른 동방명주 빌딩이라고 있제? 상해 동방명주는 아시아 최대 높이의 건축물 중 하나로 상해뿐만 아니라 중국의 자랑 거린디 그 높이가 468m여. 지난 2015년 한 해 방문객만 연간 5백만 명을 넘었고 입장료만 일인당 220위안 그러니께 약 4만 원이나 된당께. 광주 아시아문화전당이 518m 높이에 전체 외벽이 LED 디스플레이로 만들어진 명물로 탄생했어 봐! 동방명주보다 50m 더 높은 건축물로 만들어져서 4만 원의 입장료만 받았다믄 연간 입장료수입만 월매여? 연간 2천억 원이여, 연간 2천억 원! 근디 도시당최 뭐가 어떻게 돼서 수익이 거의 없는 현재의 이런 상황이 돼부렀는지 나는 몰겄구만!"

부처가 크게 한탄을 했다. 예수는 부처가 아시아문화전당의 성공을 위한 대안들을 제시한 내용을 들어보고는 속으로 감탄했다. 거의 20년 전 제시된 그런 대안 중 일부는 아직도 문화전당 운영의 활성화 방안으로 제시되기도 한다는 것을 들었기 때문이었다. 하지만 예수는 부처의 말이 사후에 이러쿵저러쿵하는 사람들의 전형적인 허풍이 아닌가 하는 생각도 문득 들었다.

"인자와서 그런 말 누가 몬 하겠노! 그런 시설만 지어 놓으믄 뭐하노 말이다. 지금도 그라지만 그런 시설물이 있다 캐도 한류 스타들이 오지 안으모 무신 소용 있나 말이다."

부처는 예수의 두 눈을 한 번 흘낏 봤다. 예수의 두 눈에 점화됐던 푸르스름한 냉광이 어느덧 사라지고 없었다. 예수의 분노가 풀렸다는 뜻이었다.

"그려 맞당께. 지금 전 세계에서 문화 한류의 혁명을 일으키고 있는 한류 스타들이 오지 않는 한 문화전당은 아무런 의미가 없제. 그래서 그 당시 그런 제안도 했었당께. 518m로 지어지는 아시아문화전당은 수 많은 공간이 있을 텐데. 그 공간들에 한류스타들의 이름을 붙인 방들을 맹글어야 한다. 그 안에선 한류스타의 공연 영상들을 24시간 방송하고 또 소장품과 애장품 그리고 기증품들을 전시하고 굿즈도 판매하는 공간으로 만들어야 한다. 그러면 한류스타들도 팬미팅 차원에서 자연스럽게 문화전당을 자주 찾을 것이고 또 문화전당 안에는 초대형 공연장을 비롯해 여러 규모의 공연장들이 지어지는 만큼 한류스타들의 공연도 수시로 열리게 될 것이라고 제안했제. 그라고 말이여. 한류스타들을 광주에 체류 혹은 자주 오도록 허기 위해서는 그들만의 주거 공간도 마련해야 허것드라고. 그라믄 그 공간이 워디냐? 그 공간으로는 광주의 정신이 응집된 구 전남도청, 그러니께 이곳 광주 아시아문화전당에서부터 광주 정신과 무등산의 기운이 자연스럽게 흘러가는 영산강 주변이드랑께."

"영산강?"

예수가 부처의 얼굴을 똑바로 바라봤다.

"가보믄 알것지만 광주천을 따라서 황룡강물과 영산강물이 자연스럽게 합류하는 승천보 일대의 영산강변은 강폭도 수백 미터가 되고 제방 주변에 광대한 부지가 있어서 대규모 친수 레포츠시설과 주거단지를 짓기가 좋당께. 그곳에서는 무등산도 한눈에 들어오고 공기도 맑단 마시. 정부가 아시아문화전당 운영과 관련해 대규모 한류 주거단지를 조성허것다는 의지만 있다믄 법적 문제는 암시랑토 안 허거든. 그곳에 한류 스타들의 주거단지가 조성되믄 또 한류 팬들이 광주에서 체류허는 계기도 된당께. 그라고 우리나라 스타뿐 아니라 세계적 스타들의 주거단지도 영산강변에 조성될 수도 있었것제. 그라고 또 영산강이 서해로 이어지는 영암 하구언 쪽에는 유람선이 바다에서 드나들도록 뱃길 통문도 이미 만들어져 있당께. 잘만 정비허믄 한류스타들을 보기 위해서 일본과 중국 그리고 대만 쪽에서 오는 크루즈선이 영산강을 통해서 오갈 수도 있는겨. 아시아 문화중심 도시라는 게 거금을 들여 문화전당 딱 하나만 지어놓고 '인자 다됐다!' 헌다고 해서 다 되간디? 영산강 뱃놀이를 험시로도 518m 타워에서 진행되는 공연 실황을 전당 외벽에 설치된 초대형 LED 디스플레이를 통해서 볼 수 있는 그런 인프라를 연계해서 구상헐 수 있어야 했제."

부처의 얼굴에는 아쉬움과 회한이 가득했다. 예수는 부처의 원대한 비전과 참신한 아이디어들이 도대체 어떻게 묻히게 됐는지 궁금할 따름이었다. 그런 예수의 심정을 아는지 모르는지 부처가 말을 이어갔다.

"아, 광주 아시아문화전당이 518m 높이고 또 건물 외벽 전체가 LED

여서 초대형 디스플레이 기능도 혀서 세계적 명물이 된다믄 말이시, 왜 문화전당에서 아카데미 시상식이 안 열린다는 법이 있냐고! 우리나라 유수의 방송국들이나 문화콘텐츠 기업들이 왜 광주로 안 오것냔 말이여! 바로 광주 옆에 붙은 나주에 한국콘텐츠진흥원이나 인터넷진흥원 같은 정부의 문화산업 관련 핵심 인프라인, 공공기관들도 당시에 대거 이전할 계획이었는디 말이시!"

부처의 아쉬움은 너무 지나쳐 이미 괴로움이 돼버린 듯 부처는 옛 기억들을 가슴 아프게 되살리고 있었다.

"그런 대안을 그때 누구헌티 말했었노?"

예수도 안타까운 기색이 역력했다.

"그 당시에 광주의 정책에 가장 영향력 있었던 사람과 그의 인물들이 함께 있는 가운데 말혔었당께! 그라고 그 주변에 기자들도 상당수가 있었제. 근디 아무래도 그동안 뭔가 사정이 있었것제. 문화전당이 쩌라고 돼 버린 이면에는 말이여. 허지만 지금 아무리 생각을 혀봐도 너무도 아쉽기만 허당께! 시방 아무런 감흥을 주지 못 험시로 쩌라고 초라하게 서 있는 아시아문화전당을 봉께 말이시!"

예수는 부처의 주장이 사실인지 아닌지는 알 수가 없었다. 하지만 부처가 지금 주장한 대로 논리가 통했다면 막대한 예산으로 전 세계인이 주목하는, 세계 문화사적으로도 기념비적인 건축물이 광주에 탄생했었을 수도 있었겠다는 아쉬움이 컸다. 아마도 일반인들이 상상하기 힘든 그 무언가 사정이 생기면서 아시아문화전당의 건축물 설계지침이나 공모지침 그리고 운영과 관련한 과업지시에도 많은 변화가 생겼을지도 몰랐다. 그래서 상당수 국민이 기대했던 것과는 뜬금없이 다른 형태의 건축물이 탄생했는지도 몰랐다. 그런 변화된 지침을 내린 관계자 또한 그럴 수밖에 없는 사정이 있었을지도 몰랐다. 예수는 그런 사정, 사정들이 무엇이었을 지가 극히 궁금했다.

'엄청난 국책사업조차 대책 없이 마구 뒤흔들 수 있는 그 어두운 사정, 그리고 혼란스런 그림자는 과연 뭘까? 그리고 이런 상황에 대한 나라의 감사 시스템, 그리고 올바른 시민들과의 거버넌스는 제대로 작동해온 것일까?'

예수는 커피숍 창문 밖에 주저앉은 듯 혹은 엉거주춤한 자세로 우두커니 서 있는 문화전당의 쓸쓸한 모습이 자꾸 애잔하게 느껴졌다.

"어떡하겠시유! 과거의 말 못 할 사정이 무언지는 모르지만 있는 그대로 현재의 상태에서 최선의 효율을 낼 방안을 이제는 강구해야쥬. 그리구유 지한테는 이렇게 붐비지 않고 다소곳한 전당 이미지도 나쁘지는 않다는 생각이구만유! 연인들의 경우 여유로운 상태에서 고즈넉한 데이트를 즐기기에도 안성맞춤인 것 같아유. 문화예술의 도시 광주, 맛과 멋의 고장 전남! 이런 이미지를 현대의 창조적 예술기법이나 AI를 활용한 문화산업으로 접목시키는 노력만 한다면 아시아문화 중심도시 광주라는 명제를 새롭게 완성하는 계기도 될 것 같은디유. 물론 지는 '아시아의 문화 중심도시 광주!'라는 말 자체가 뭔가 패권적霸權的이고 권위적權威的이면서 전근대적前近代的이라는 뉘앙스가 풍겨서 그리 맘에 들지는 않지만유!"

베가가 눈치 없이 끼어들었다. 부처와 예수는 서로의 얼굴만 쳐다봤다. 부처와 예수는 호남의 어머니산인 무등산의 기운을 오롯이 받고있는 아시아문화전당을 향해 두 손을 모았다.

"나무아멘관세음보살! 나무관세음보살아멘!"

두 사람의 입에서 각각 축도祝禱와 기원祈願의 주문이 흘러나왔다. 둘은 문화전당이 전 세계인 누구나 쉽게 찾아가 자유롭고 평화롭게 즐기고 배우는 문화 전승과 창조의 산실이 되기를 기원한 것이다. 그런 모습을 베가 역시 두 손을 모은 채 경건한 표정으로 바라봤다.

법률가여?

아님, 법술가여?

"그란디 이곳 광주는 말여 알다시피 1980년대에 5·18 민주화운동이 일어났던 곳이란 것 알제?"

부처가 일동을 둘러보며 말했다.

"아, 그것 모르는 사람이 어뎃노?"

예수의 반문에 베가도 익히 안다는 듯 고개를 끄덕였다.

"그려 다 알 꺼구만. 이미 법에서도 5·18에 대해서 당시 신군부의 정권 장악 시도에 맞서 진정한 자유와 민주를 부르짖으며 일어난 학생과 시민운동이었고 민중 봉기였다는 의미로 성격을 규정해 놓았제. 그란디 그에 대한 논란이 아직도 계속되고 있어서 가슴이 아프당께. 이념을 달리하는 한쪽 진영 일부에서는 그 당시의 순수성과 진정성을 의심하는 말들이 아직도 흘러나온단 말이시. 그라고 반대 진영 일부에서는 그 어떤 반론도 불순한 것으로 봐서 용납지 않겠다며 물러서지 않는 상황이랑께."

이런 상황을 아는 예수와 베가는 고개를 끄덕였다.

"참 그렇데이. 40년 전에 일어난 현대사의 아픈 상처가 아직도 치유는커녕 겨우 치료의 과정에 있는 것 같아서 마음 아프데이. 인자는 그런 감정적 대립의 단계를 넘어서 양 진영이 논리와 이성 그리고 설명과 이해의 과정으로 갔으믄 한데이. 서로의 비판과 문제 제기를 겸허하고 솔직히 수용하면서 합리적인 논거에 따른 소통과 타협 그리고 결과적으로 이해의 프로세스가 마련될 필요가 있는 기라. 그렇지 않으모 이것은 앞으로도 상당 기간 못된 정치꾼들의 선동 소재로 쓰일 가능성이 높다 아이가!"

부처가 고개를 크게 끄덕였다.

"암만, 암만. 항상 국민 분열과 갈라치기로 정치적 세력규합을 노리는 못된 정상배政商輩들만 아니믄 이런 논란도 폴싸게 없어졌을지도 모른당께. 우리 국민이 워떤 국민이여. 남의 어려움을 보면 발 벗고 나서고 나라의 위기를 보면 떨쳐 일어서는 국민 아닌가베! 착한 심성으로 항상 인정 많고 하늘에 순종하며 살아가는 선한 민족이랑께. 물론 옛날부터 잦은 외침에 시달리고 또 국토를 강점한 외세들의 분열획책 땜새 서로 헐뜯고 시기허는 못된 짓도 혔었다고 허데만 그것이 우리 민족의 본성은 아니시. 우리의 본성을 찾아야제. 아적도 외세들이 들씌워 놓은 망령에 갇혀 허우적거리믄 되것능가? 그 못된 외세들의 농간弄奸을 배워 국민의 분열획책에 써먹는 정상배들의 암수에 걸려 발버둥 치믄 되것냐고, 잉?"

부처가 침을 튀기며 열변을 토했다. 침방울이 이마에 튀자 심기가 불편해진 예수가 또 톡 쏘아붙였다.

"니 침 계속 튀길 끼고? 그라고 또 요점이 뭐꼬?"

부처가 예수를 꼬나봤다. 그러다 이번엔 부처가 발끈했다.

"아, 요점이 뭐꼬가 뭐여? 니가 시방 뭐 꼬꼬라도 되냐? 맨날 말 혈

때마다 뭐꼬, 뭐꼬, 험시로 꼬꼬댁거링께 아따 나가 정신이 다 사나워 부러야!"

의외로 부처의 목소리가 크자 예수는 순간 당황할 뻔했다. 그러다 예수는 자신 특유의 호승지심好勝之心이 발동하기 시작했다. 내면에 본능처럼 자리한 그의 승부욕은 그에게 '여기서 꼬리를 내리면 부처에게 주도권을 빼앗길 수도 있다'고 속삭이는 듯했다.

"앵간이 해라카이! 니 그카다 뒷감당할 수 있것나?"

갑자기 익숙지 않은 예수의 중저음 톤이 들려왔다. 눈에는 쌍심지가 서서히 돋아 오르는 것 같았다. 부처의 등에 또다시 소름이 끼쳤다. 부처가 자신의 이마를 의식하며 슬며시 고개를 예수로부터 돌렸다. 부처는 예수 모르게 두 눈으로 자신의 이마를 올려다봤다. 절대 보이지 않는다는 것을 알지만 올려다보지 않을 수가 없었다. 소름이 돋은 등 한복판에서부터 서늘한 한기가 등골을 타고 오르면서 이마 한가운데서 무언가 냉기들이 송골송골 돋아난다는 느낌 아닌 느낌이 들었기 때문이었다. 그 송골송골한 냉기들은 예수의 쌍심지가 촉발해 부처의 내면, 여린 심연에 만년한빙萬年寒氷으로 잠재해있던 공포감이 격탕擊盪 되면서 부처의 백회혈까지 전광석화처럼 상승했다가 이마 부근 상단전의 뜨거운 열기와 만나면서 몇 방울의 식은땀으로 맺힌 것들이었다.

'나의 공포를 적이 알아챘다면 승리는 이미 정해진 배나 다름없는 것!'

하지만 부처의 간절한 염원에는 아랑곳없이 이마에는 철없는 식은땀방울들이 잇따라 맺히고 있었다. 그렇다면 이젠 그 공포의 잔재물殘滓物을 적에게 들키지 말아야 했다. 예수로부터 고개를 돌리는 데 성공한 부처가 이번엔 슬며시 오른손을 이마로 가져갔다.

'획!'

무언가 검은 물체가 부처의 눈앞에서 번쩍이더니 자신의 이마를 쓱 훔치고 지나쳤다.

"이기, 이기 바라! 이기 뭐꼬? 니 내가 그래 무섭나? 니 혹시 다른 것 신카노코 있는 것 없나?"

예수가 부처의 이마에서 닦아낸 식은땀 방울들이 묻은 자신의 손을 부처의 코 앞에 들이대더니 곧이어 부처의 아랫도리에 눈길을 주며 닦달했다.

"아, 아녀! 아니구만. 그리고 뭐 나가 오줌이라도 쌌을까 봐 그려? 나 뭐 숨기는 것 없당께!"

부처는 그렇게 대답을 하는 순간 또 예수의 농간에 말려들었다는 것을 깨달았다. 자신의 두려움을 스스로 인정해 버린 것이었다.

'아따메 이 오살 것, 능구렁이 같은 작것! 흐으미 요 한 줌도 안 되는 것헌티 나는 왜 맨날 당허고만 산당가 잉? 도시당최 나도 나를 모르것어. 오메 천불난 거!'

부처는 예수를 똑바로 바라보지도 못한 채 마음속으로 예수에게 온갖 저주를 퍼붓고 있었다. 그때였다.

"니 고마해라! 내 안 봐도 척이다."

예수가 갑자기 부처에게 매서운 눈초리를 보냈다.

"아, 아녀, 뭔디그려. 난 아무 생각도 안혔어. 그저 무념무상, 그러니께 잠깐 선정禪定에 들었었당께! 부처님 말씀을 생각험시로 삼매경에 빠졌다 이 말이시. 암만!"

놀란 부처가 손사래를 치며 극구 부인했다.

'아따 저 백녀시 같은 것이 워떠케 내 맴을 다 알아분다냐. 암튼 저 작것허고는 말도 섞지 말아야혀. 눈길도 마주치지 말아야 헌당께!'

"콱 고마!"

또 잠시 몽상 속에 빠진 사이 예수가 부처에게 종주먹을 들이대며 소리쳤다.

"니 그카믄 선정禪定이 아니라 진짜로 열반涅槃에 들게 해주꾸마! 내 욕 고마해라. 마이 무따 아이가!"

예수의 살기 어린 눈초리에 갈수록 주눅의 강도가 커지는 자신을 느끼며 부처가 알았다는 듯 고개를 숙였다. 부처는 제자인 베가 앞에서 자신을 비참하게 만드는 예수가 너무도 야속했다. 베가는 신의 인격을 가진 존재들조차 이처럼 말다툼을 하고 상처를 받고 또 복수심에 이를 간다는 사실에 새삼 놀랐다. 하지만 오딘이나 제우스 같은 그리스나 로마 그리고 북유럽의 신들도 다 싸움도 하고 인간들이나 다른 신에게 복수하는 경우도 묘사되고 있었던 것이 기억났다. 심지어는 그리스 신화에는 네메시스Νέμεσις라는 보복의 여신도 등장했던 것 같았다. 네메시스는 오케아노스 혹은 제우스의 딸이라는 이야기도 있었는데 보복을 한다면 곧잘 싸웠다는 뜻으로 해석될 수도 있을 것 같았다. 물론 보복이라는 게 천벌天罰이나 응보應報 같은 인과因果율에 따른 것일 가능성이 더 클 것이었다. 하지만 신들도 어찌 됐든 치고받고 하는 것으로 이해된다면 자신의 스승들이 보인 지금의 행동도 다 인격人格이 아닌 신격神格의 하나로 이해될 수 있다고 생각했다. 베가는 두 사람의 이런 모습을 보고 이들이 더욱더 신격을 갖고 있다는 믿음을 굳건히 하는 계기가 됐다.

"그건 그라고 5·18의 진실 규명 차원에서 특정 인물에 대한 재판이 오늘 열린다 카든데 그곳으로 가보재이. 이곳에서 얼마 안 된다 카드라. 엉가, 니도 실은 그곳을 가볼라꼬 아까참에 그래 긴 사설을 풀어놨던 것 아이가?"

부처의 등에서는 다시 한 번 소름이 돋고 있었다.

'그려 맞구만. 야는 성불, 아니 도통헌 것이 분명혀. 아니믄 천 년 묵은 백녀시거나 말여. 내 맴 속에 도청장치를 해 놨는지 내 속을 샅샅이 들여다보고 있응께 말이시. 웜마 무서버라!'

예수가 무슨 눈치를 챘는지 부처를 돌아보려는 찰나에 부처가 일어서며 말했다.

"가세, 역써 걸어서 한 2~30분이면 충분혀. 어서 가세!"

부처가 예수의 탐정 같은 눈길을 피해 일어서려는데 베가가 말했다.

"재판 이미 끝났다는데유. 피고인이라는 사람이 피곤하다면서 재판에 제대로 임하지 않아서 심리審理 또한 제대로 이뤄지지 못 했데유."

베가가 그새 인터넷 검색을 해본 모양이었다.

"아따 요즘 것들은 전자기기 사용이 증말로 빨라부러야. 눈 깜빡헐 새에 시상의 모든 정보를 다 보고 듣고 해븐께 말이여!"

부처가 자기와 나이가 같은 베가를 보고 요즘 것이라고 칭해도 베가는 이제 당연히 받아들이는 모습이었다. 부처와 예수는 스승이고 자신은 제자이기 때문에 당연하다는 생각을 하는 듯 보였다.

"세상의 감춰진 진실을 드러냄으로써 법 정의도 구현해야 할 낀데 참으로 큰일이데이."

예수가 혀를 찼다. 그때였다. 갑자기 커피숍의 문이 열리면서 검은 선글라스를 쓴 남자가 고개를 내밀었다. 그러더니 조심스럽게 가게 안으로 들어와 여기저기를 둘러보다 세 사람과 눈이 마주쳤다. 부처와 예수가 갑자기 긴장하더니 고개를 돌리며 그 사나이와 눈을 마주치지 않으려 했다. 가게 주인은 물론 베가도 그런 상황을 이상하게 바라보고 있었다.

"도와드릴까요?"

가게 주인이 사나이에게 조심스럽게 물었다. 사나이는 아무런 대답도 없이 다시 밖으로 나갔다. 부처와 예수가 서로를 바라보더니 두려움에 떨기 시작했다. 둘은 서로를 바라보더니 눈짓으로 여기를 나서자는 신호를 주고받았다. 둘이 자리에서 일어나자 베가도 영문을 모른 채 둘을 따라나섰다. 베가가 계산을 하는 사이 둘은 안절부절못하며 가게 밖 출입문을 내다보거나 유리창 밖 상황을 확인하려 애썼다. 그때 누군가 계단을 올라오는 소리가 났다. 부처와 예수는 재빨리 가게 안 자신들이 앉았던 테이블 쪽으로 몰려가더니 유리 창문을 열려고 안간힘을 썼다.

"왜 그러세유?"

베가가 다가와 물었다. 가게 주인도 이상한 표정으로 그렇게 묻고 있는 것 같았다. 두 사람이 창문 여기저기를 이리 갔다가 저리 갔다 하는 사이 가게 문이 덜컹 열렸다. 두 사람은 이젠 가게 한쪽 구석에 있는 화장실 쪽으로 황급히 몰려갔다. 그때 가게 안으로 조금 전 선글라스를 썼던 사람이 한 노인을 부축해 들어왔다.

"저어기 구석 한적한 자리에 앉아도 되죠?"

노인을 부축해 들어온 사나이가 주인에게 물었다. 그 사나이는 주인의 대답도 기다리지 않고 이미 그쪽으로 걸음을 옮기고 있었다. 그 반대쪽 화장실로 몰려가던 부처와 예수는 걸음을 멈추고 들어온 두 사람의 동정을 살폈다. 그런 부처와 예수를 사나이는 경계하며 지켜봤다. 부처와 예수는 사나이가 자신들을 쫓아온 것은 아니라는 확신이 비로소 들었다. 머쓱한 표정으로 둘은 가게를 나서기 위해 걸음을 옮겼다.

"가카! 저기가 바로 그 건물입니다."

부처와 예수는 자신들의 귀를 의심했다. 커피숍 귀퉁이에 자리 잡은 그들이 건너편에 바라다보이는 한 건물을 가리키며 이야기하고 있었다.

'가카라고! 가카라고 혔제. 그라믄 쩌 사람이 바로 그 사람!'

부처와 예수는 동시에 소리를 칠 뻔했다. 노인 역시 짙은 선글라스를 썼지만 워낙에 특이한 외모기 때문에 금방 누군지 알아볼 수 있었다. 노인은 노쇠한 기운이 풍기긴 했다. 하지만 진실논란이 불거지면서 사실 여부를 가리기 위한 공적 장소에 출두할 때마다 영상매체에서 비췄던 모습만큼 쇠잔한 것 같지는 않았다.

"카푸치노 달게 두 잔 주세요."

한 사내가 카운터로 걸어와 커피 두 잔을 시켰다. 그러자 가게 주인이 싸늘한 시선으로 대답했다.

"당신들에게 팔 커피는 없어요. 대신 물은 공짜로 드릴 테니 물만 마시고 나가주세요!"

가게 여주인이 낮지만 단호한 목소리로 말했다. 경호원으로 보이는 사나이는 무언가 따지려다 노인의 제지를 받고 그냥 자리로 돌아와 노인 앞을 가로막은 채 앉았다.

"역사 앞에 사죄할 생각 없나유? 그날의 진실은 뭐쥬?"

부처와 예수를 따라서 가게를 나가려던 베가가 갑자기 노인을 향해

소리쳤다. 그러자 한 사내가 누군가에게 무전을 날렸고 곧장 가게 밖에서 계단을 뛰어 올라오는 사람들의 구두 소리가 어지럽게 들렸다. 뛰어들어온 사나이들이 소리치는 베가를 에워싸더니 밀쳐내려 했다. 하지만 그것은 실수였다. 베가가 갑자기 어깨춤을 추는가 싶더니 에워싼 세 명의 사내들 팔을 밀치거나 어깨를 당기고 발을 걸면서 모조리 땅에 뉘어버렸던 것이다. 여자라 보고 방심했던 세 명이 어이없어하는 사이 노인의 지근거리에서 경호를 하던 사나이가 다가오면서 품속에다 손을 집어넣으며 말했다.

"우리는 공무 수행 중인 사람들입니다. 이건 명백한 공무집행 방해예요. 물러서세요!"

베가가 물러서지 않고 사나이를 노려봤다 할 테면 해보라는 태도였다. 그러자 구석에 앉아있던 노인이 사나이를 만류했다. 노인은 자리에서 주섬주섬 일어나더니 출입구 쪽으로 걸어 나왔다. 넘어졌던 사나이들이 노인을 에워싸고 가게 문을 나섰다.

"왜 다들 나만 갖고 그래!"

노인이 문을 나서면서 베가를 흘낏 보더니 서운하다는 듯 말했다. 베가가 무슨 말인지 대꾸하려 하자 예수가 눈짓으로 말렸다. 노인 일행은 곧 눈앞에서 사라졌다.

"어이구! 여자분이 무술의 대가셨군요. 앉으세요. 이번에는 제가 한턱낼게요."

가게 주인이 베가의 기개에 감동하고 몸놀림에 감탄했는지 자리에 다시 앉을 것을 권했다. 베가는 사양하려 했지만 두 스승은 눈짓으로 받아들일 것을 지시했다. 부처와 예수는 잘만 하면 또 한 명의 제자를 거둘 수 있겠다는 기대에 부풀었다. 가게 주인이 여자인 베가의 뛰어난 무술 실력에 감탄하고 그 기개에 감동했다면 베가를 통해 또 다른 제자로 만들기는 그야말로 식은 죽 먹기일 듯싶었다.

"엣헴! 제자야, 사양지심은 손해지심이라 했거늘, 손해가! 앗 아, 아닌가? 암튼 베가야 자리에 앉도록 하자꾸나!"

갑자기 부처가 온갖 점잖은 다 빼며 거드름을 피웠다. 주인 여자는 좀 전에 이들의 대화를 어느 정도 자연스럽게 엿들어 이들이 보통사람들이 하는 대화를 하는 것은 아니다는 사실을 알고 있었다. 그런데 갑자기 부처가 거드름을 피우며 제자 어쩌고저쩌고하자 이들이 조금 이상한 사람이 아닐까 하는 생각도 들었다. 그러나저러나 여자의 기개와 신비로운 몸놀림은 가게 주인의 호기심을 끌기엔 충분했다.

"법이란 게 참으로 불공정할 때가 있다는 생각이 들어요."

셋에게 아이스커피를 내온 주인 여자가 셋이 앉은 자리에 함께 앉으며 내뱉듯 말했다.

"원래 법이란 게 물 흐르듯 혹은 공기가 순환하듯 자연스러워야 하는데 절대 그렇지 않고 또 공평무사하지도 않기 때문에…."

부처가 점잔을 빼며 여주인의 말에 대답해 알은체하려 하자 여주인이 갑자기 부처의 말을 끊고 말했다.

"법원 앞의 정의의 여신상이 시대별로 혹은 나라별로 각기 다른 모습을 하고 있다는 말씀을 하려는 거죠? 그리고 그것은 법을 해석하고 집행하는 사람들의 다양한 이해관계에 놀아나는 법의 무기력함을 우회적으로 상징하는 것이다. 뭐 이런 말씀을 하고자 하는 것 아녜요?"

부처는 오늘 또 하나의 강적을 만났음을 깨닫고 다시 또 등골이 서늘

했다. 예수와 베가는 부처와 여주인 사이의 대화가 무슨 뜻인지 몰라 어리둥절해 했다. 여주인이 베가를 향해 온화한 표정으로 말을 이어갔다.

"우리나라 대법원은 물론 동서양의 법원 앞에는 한 손으로 저울을 높이 든 여신상이 세워져 있는데 혹시나 보셨는지 모르겠어요. 그 여신의 이름은 정의의 여신인데 그리스 신화에서는 디케DIKE라 하고 로마신화에선 유스티티아JUSTITIA라 한데요. 정의라고 번역되는 영어단어 저스티스JUSTICE가 여기서 나온 것이죠. 그런데 원래 신화 속 정의의 여신은 저울만 들고 있었데요. 그런데 중세를 거치면서 정의의 여신이 벌도 내린다는 의미에서 왼손에 칼도 들게 되었다네요. 그런데 더 우스운 것은 15세기 들어서면서 검은 천으로 눈을 가린 채 저울과 칼을 든 정의의 여신상이 등장했다는 거예요. 당시 유럽에서 상공업으로 큰돈을 번 부르주아 세력들이 돈과 권력으로 법마저 주물럭거리게 되자 정의의 여신도 눈이 멀었다는 풍자의 뜻에서 검은 천으로 눈을 가린 정의의 여신상이 나타나게 됐다는군요. 물론 정의의 여신상이 눈을 가린 이유로, '정의는 사람의 면면을 봐서가 아니라 진실 그 자체로 평가받아야 한다'는 뜻에서 정의의 여신상이 눈을 가렸다는 해석도 있다고 해요. 어쨌든 어떤가요? 좀 전 이곳에서 있었던 해프닝도 그런 맥락에서 이해되지 않나요?"

베가 뿐만 아니라 부처와 예수 모두 여주인의 핵심을 짚어내는 설명 능력에 감탄했다.

"그럼 우리나라 법원들에도 칼을 든 정의의 여신들 상이 세워져 있나유?"

베가가 탄식하듯 물었다.

"아니요, 우리나라는 칼 대신 왼손에 법전을 든 여신이 의자에 앉아 있는 상이 있어요. 대법원 대법정 홀 법원마크 바로 위 공간에 있는데요, 그런데 혹시나 이 여신상도 눈을 가렸을까요?"

여주인은 질문을 던진 뒤 부처와 예수 그리고 베가를 죽 둘러봤다. 부처는 그 답을 알고 있었다. 하지만 혹시나 말을 꺼냈다가 여주인에게 또 무슨 수모를 당할지 몰라 아예 눈을 마주치지 않고 모른 체했다. 여주인이 부처의 얼굴을 한번 슬쩍 바라본 뒤 부처에게 물었다.

"선생님은 다 아시잖아요?"

부처의 등에서는 여지없이 식은땀이 한 방울 또로록 흘러내렸다. 이마에서도 식은 땀방울들이 송골 거리기 시작한다는 느낌이 들었다. 이마에 식은땀이 맺히려는 경로가 얼마 전 예수의 눈에서 쌍심지가 보일 때와 영락없이 같다는 생각이 잠시 부처의 뇌리를 스쳤다. 그 경로는 이러했다. 먼저 소름이 돋은 등 한복판에서부터 서늘한 한기가 등골을 타고 짜르르 오르기 시작했다. 부처의 내면, 여린 심연에 만년한빙萬年寒氷으로 잠재해있던 공포감이 격탕擊盪 되더니 순식간에 백회혈까지 전광석화처럼 상승한 것이다. 골수를 후벼 파며 솟구친 한기가 이마 부근 상단전의 용광로 같은 열기와 만나면서 핵이 폭발하듯 모공들을 뚫고 솟은 공포의 기운들이 땀방울들로 맺힌 것이었다.

'오메, 이 작것은 또 뭐당가? 예수 하나만 혀도 벅찬디 요것꺼정 합세하믄 나는 차말로 세상 하직 허것구만. 도시당최 나가 뭔 잘못이 있다고 이런 벌을 받는디야!'

예수와 베가 그리고 여주인의 눈길이 모두 부처에게 쏠려 있었다. 부처는 눈을 찔끔 감고 소리쳤다.

"아, '눈을 가리지 않았다고 다 제대로 본다는 뜻은 아닐 것이다', 시 방 이 말을 헐라고 그라지라? 맞어, 맞당께. 진실이라는 것은 꼭 낯짝 에 박혀있는 육안으로만 보는 것이 아닌 것이여.

마음의 눈, 즉 심안으로 볼 수도 있고 지혜의 눈, 즉 혜안으로 볼 수 도 있는 것이여. 하늘의 힘을 빌려 영안으로도 월매든지 볼 수 있는 거 랑께! 옳고 그름이라는 것은 청정허고 고요하며 사심없는 눈으로 보믄 다 보이게 돼 있어부러. 그랑께 심안이랑, 혜안이랑, 그라고 영안이 있 는 판관헌티는 칼이 아닌 천라지망天羅地網이 있는 셈이제. 하늘의 끝과 땅의 끝, 그 어디로 도망질을 쳐도 결코 빠져나갈 수 없는 하늘에서 땅 까지 촘촘히 드리운 인과응보의 그물 말이시."

부처가 선문답 같은 말을 해대자 예수가 또 짜증이 나는 모양이었 다. 예수가 부처를 보고 물었다

"그래 눈가리개를 했노? 안 했노?"

"아, 안 혔당께. 우리나라 법정의 정의의 여신은 눈가리개를 안 혔어. 근디 그게 중허냐고? 사필귀정事必歸正, 파사현정破邪顯正 그리고 쾌도난 마快刀亂麻 이 셋이믄 되제!"

부처가 앙탈하듯 예수의 눈치를 살피며 조심스럽게 말했다.

"그래요. 우리나라 정의의 여신은 눈가리개를 하지 않았어요. 그러면 우리의 법정은 모든 것을 제대로 봐야 할 것이고 제대로 본다는 것은 곧바로 올바른 뇌 작용, 즉 논리적이고 합리적인 판단을 한다는 것인데 과연 그렇게 하는지는 모르겠네요!"

여주인이 담담하게 말했다.

"눈으로 보는 것을 꼭 뇌 작용과의 항등식만으로 연결지을 수 있을

까요? 뇌 작용에는 시각도 있지만, 청각과 후각, 촉각 등 여러 감각기관이 한데 뭉쳐 기능하지 않나유?"

베가가 여주인에게 질문을 던졌다. 여주인이 웃으며 말했다.

"맞아요. 눈하고 뇌하고 연결하는 채널은 모두 47개가 된다고 하더군요. 무슨 말이냐면 뇌는 약 870억 개의 신경세포로 구성돼 있고 특히 눈의 망막과 뇌를 연결하는 신경절 세포는 396개가 있데요. 이 396개의 신경절 세포는 사물의 움직임이나 외곽선 등등 모든 시각 정보를 모아서 뇌로 전달한대요. 뇌는 이런 정보들을 모으고 분석해서 우리가 보는 장면을 이해하는데요. 이 396개의 신경절 세포가 구조에 따라 47개의 채널로 분류되는 거죠. 마치 TV나 영화채널처럼요. 그런데 만약에 두개골의 윗부분을 둥그렇게 절개해서 뇌를 들어 올리면 눈알도 같이 딸려 올라온다고 하네요. 뇌하고 눈이 연결되어있기 때문인데 그래서 눈은 외부로 드러난 우리의 뇌인 셈이죠. 눈을 마음의 창이라고 하거나 눈을 보면 그 사람의 지혜를 안다는 말이 있죠. 또 눈이 착하고 선하면 그 사람의 인품도 선하다고 하는 말이 과학적으로도 매우 근거가 높은 거죠. 아무튼, 눈은 그만큼 정신작용을 하는 뇌하고 많은 연관이 있기 때문에 뇌에 영향을 주는 다른 감각기관이 많이 있음에도 불구하고 눈과 뇌의 연계성을 더 많이 강조하는 모양이에요."

부처와 예수는 물론 베가도 여주인의 해박한 지식에 놀라는 모습이었다.

"이런 데서 커피 장사를 하다 보면 어쩔 수없이 많은 말들을 자연스럽게 듣게 돼요. 이곳에서 가까운 곳에 전남대학교와 조선대학교가 있거든요. 그곳의 의과대 학생들이 우리 커피숍을 자주 찾아와서 하는 이야기를 듣다 보니 의학에 대해서도 어느 정도 풍월을 읊게 되나 봐요. 그런데 제가 읊는 풍월도 제대로 읊는 건지나 모르겠어요."

여주인은 겸양의 덕도 갖춘 것으로 보였다.

"우리나라 법원에 있는 정의의 여신상은 눈가리개를 하지 않았다는 말을 하다가 옆길로 잠시 샜군요. 아무튼, 우리나라 법관들이 눈을 똑바로 뜬 정의의 사도를 닮고자 한다면 우선 제대로 봐야 하겠죠. 그리고 제대로 본 것을 바탕으로 올바른 뇌 작용, 즉 논리적이고 합리적이며 이성적이며 동시에 윤리적인 판단을 한다면 그 어떤 누구도 불만이 없겠죠. 조금 전의 해프닝처럼 권력자들이 법정을 우습게 보면서 각종 핑곗거리로 법정 출두를 회피한다거나 출두를 해도 법정을 모욕하는 행위도 없었을 거라는 얘기예요."

이제는 여주인이 담담하게 법 정의를 이야기했다. 부처와 예수 그리고 베가는 누구 할 것 없이 묘하게도 여주인의 말에 빠져든다는 생각을 했다.

"15세기 들어서 신흥 부르주아들이 많은 부를 축적하고 권력도 획득하면서 법까지를 주무르기 시작했고 그러자 이를 풍자해서 검은 천으로 눈을 가린 정의의 여신상이 등장했다는 것, 참으로 슬프네유. 법이 가진 자 편에 서버린다거나 겉으로는 근엄한 표정을 지으면서도 뒷구멍으로는 가진 자들과 이권 카르텔을 형성해 버린다면 그것은 사회계약설이니 국가론이니 하는 근대사회를 성립하게 하는 모든 명제의 존립 근거를 뒤흔들어 버린 것이잖아유?"

베가가 흥분했는지 크나큰 주먹을 움켜쥐더니 말했다. 그동안 부처는 베가의 손바닥만 큰 줄 알았다. 그런데 이제 보니 주먹도 남자 권투

선수의 주먹을 능가할 정도로 컸다. 부처의 눈이 동그래졌다. 부처는 좀 전에 베가가 전문 경호원들조차 가볍게 제압하는 것을 보고 놀랐었지만 베가의 신체구조를 보니 이해가 갔다. 베가는 자신들과 처음 만났던 날 성인 남자도 두 손으로 겨우 들 만한 술 항아리를 한 손으로 척 들어 올리는 완력으로 부처와 예수를 놀라게 하기도 했었다. 베가는 자신이 20년 이상 택견을 수련했었다고 말한 바도 있었는데 베가는 은둔 중인 무술고수인지도 몰랐다. 그러나 한 가지 이상한 것은 그런 무술고수가 왜 좀도둑질을 하고 사기를 치고 다닌 것인지 베가의 해명에도 불구하고 잘 이해가 가지 않았다. 부처는 베가의 큰 주먹을 경외감 속에 내려다보고 있었다. 이런 사실을 눈치챘는지 베가가 자신의 손을 슬며시 탁자 밑으로 내려버렸다.

"베가야 니헌티 대체 뭔 일이 있었던 거시여?"

부처가 느닷없이 말했다. 일동은 부처를 봤다가 일제히 베가를 주시했다. 배가가 당황한 듯 안절부절못했다. 예수가 탁자 밑으로 부처의 정강이를 걷어찼다.

"또라이 자슥!"

예수의 눈에 다시금 푸르스름한 냉광이 어리기 시작했다. 통증으로 쩔쩔매며 정강이를 움켜쥔 부처는 자신이 실수했음을 비로소 깨달았다. 아무리 제자기로서니 여자의 과거 행적을 비롯한 사생활을 얘기해보라는 것은 도를 넘어선 측면이 있었기 때문이었다.

"아녀유. 괜찮구만유! 지가 실은 폭행전과가 있슈. 그것 때문에 많은 빚을 끌어써서 문을 연 택견 도장도 접게 됐고 결국 빚쟁이가 돼서 전국을 떠도는 신세로 전락도 했었구만유. 지가 스승님들께 고백헌 대로 그때가 처음이였슈. 남의 빈 가게에서 주인 행세를 하고 또 스승님들 소지품에 손을 댄 것 말이에유."

베가는 초면인 커피숍 여주인이 있는 자리에서 어쩔 수 없이 자신의 어두운 과거를 고백해야 하는 수치심 때문에 눈물을 쏟아냈다. 부처와 예수도 베가가 폭행전과가 있다는 사실은 오늘 처음 들었다. 그 때문에 도장 문을 닫게 됐고 빚더미에 안게 된 상황에서 어머니의 병이 악화하여 어쩔 수 없이 잡범으로 전락할 위기에 처했었다는 상황을 이해하게 됐다. 가게 여주인도 베가의 눈물에 마음이 약해졌는지 거의 함께 울고 있었다.

"아, 아무리 그래도 남의 물건을 훔치믄 안돼…."

부처가 베가를 나무라려다 예수가 자신을 쏘아보는 것을 알아채고 슬며시 입을 다물었다.

"일단 말이 나왔으니까네 마음이 아프더라도 니가 왜 폭행에 휘말리게 됐는지 그 전말을 말해줄 수 있나? 말하기 싫으모 안해도 된데이."

예수가 조심스럽게 베가의 의중을 타진했다. 그러자 베가가 눈물을 훔치더니 고개를 들고 웃었다.

"이왕 이렇게 된 것 지두유, 속이나 시원하게 폭행사건 자초지종을 말씀 드릴께유. 지금껏 그 누구에게도 말도 못하고 속앓이만 했었는데 오히려 잘 됐네유. 일단 지가 당시에 무도인武道人으로써 이런 사건에 휘말린 것 자체가 자랑스럽지는 않은데유. 지는 다시 또 그런 상황이 된다믄 똑같은 행동을 할꺼구만유!"

베가가 비장한 표정으로 자신의 과거사를 털어놓기 시작했다. 베가의 폭행사건의 전말은 이랬다. 택견 도장 사범인 베가가 어느 날 밤 귀 갓길에 골목길에서 살려달라는 여자의 비명을 듣게 됐다. 평소에 의협심이 강했던 베가는 즉시 소리 나는 곳으로 달려갔고 그곳에서 여성을 희롱하는 세 명의 청년 치한들과 맞닥뜨렸다. 베가의 제지에도 세 치한은 여성을 희롱하는 것을 멈추지 않았고 오히려 흉기를 꺼내 들고 베가까지 희롱하려는 상황이 됐다. 그러자 베가는 무술로 가볍게 세 치한을 제압한 뒤 경찰에 현행범으로 넘겼다. 세 치한은 언뜻 보니 부잣집 자제들로 부모 속깨나 썩일 인상들이었다. 베가는 여전히 두려움에 떨고 있는 여자가 상황 진술과 고소장 작성에 힘들어하자 대신 자신이 간단한 진술을 한 뒤 고발장을 쓰고 귀가했던 것이었다. 그렇게 일이 끝난 줄 알았는데 며칠 뒤 경찰에서 베가를 폭행사건의 피의자로 긴급 체포해버렸다.

경찰이 들려준 혐의 내용을 보니 베가가 회식 후 귀가하는 일행에게 느닷없이 시비를 걸고 폭력을 행사했다는 것이었다. 베가는 어처구니가 없었다. 배가는 당시 피해자이자 현장의 목격자인 여성의 진술만 들으면 오해가 금방 풀릴 것이라며 수사관에게 사정을 설명했다. 그리고 자신과 이야기할 수 있도록 그 여성의 연락처를 달라고 요구했다. 하지만 수사관은 그 여성도 피해자들과 일행인 만큼 피해자 보호 차원에서 연락처를 줄 수 없다는 도무지 알 수 없는 말을 했다. 그리고 경찰은 더욱 청천벽력과 같은 말을 했는데 그 여성도 베가로부터 폭력 피해를 입었다고 진술했다는 것이었다. 베가는 눈앞이 캄캄해지는 느낌이었다. 베가는 사건 당일 현장에서 붙잡은 치한들과 이들 중 한 명이 빼 든 흉기까지 출동한 경찰에 넘겨줬었다. 베가는 그 흉기에 묻은 지문을 조사해보면 사건의 전말을 알 수 있을 거라며 수사관에 하소연했다. 그러자 수사관은 자신은 흉기를 비롯한 어떤 증거물품도 출동 경찰로부터 넘겨받은 적이 없다며 오히려 베가를 이상한 사람 취급했다.

사건의 결정적 물증인 흉기가 사라지고 피해자 겸 증인이 진술을 바꿔버려 베가는 영락없이 지나가는 선량한 행인을 폭행한 불한당이 돼있었다. 수사관은 베가에게 택견 도장의 관장인 만큼 아무리 정상이 참작돼도 일반인처럼 과실치상이 아닌 폭력 행위 등 처벌에 관한 법률에 따라 폭행치상으로 엄하게 처벌하겠다며 엄포를 놓았다. 그러면 전과자란 낙인이 찍혀 앞으로는 영영 택견 도장을 운영할 수도 없을 것인만큼 잘 판단하라고 거듭 강조했다. 베가가 잘 판단하라는 뜻이 뭐냐고 묻자 수사관은 즉답을 회피한 채 서로 편하게 가자란 말만 하며 애매하게 말을 돌렸다. 사실상 고발 취하를 요구한 것이었다. 그때 베가는 직감했다. 경찰이 사건처리에 부담을 느끼고 있고 피해 여성도 무언가 회유를 당한 것 같다는 느낌이었다.

베가는 이를 악물었다. 부정과 부패를 넘어 엉터리 법 조항을 들먹이며 선한 사람을 악인으로 또 악인을 선한 사람으로 둔갑시키려는 수사관을 절대 용납하지 않겠다는 결심이었다. 베가는 고발을 취소하지 않고 어떤 어려움이 있더라도 끝까지 가서 법정에서 진실을 밝히겠다고 다짐했다. 하지만 믿었던 검찰이나 법원도 그날의 진실을 밝혀내진 못했다. 진실을 밝혀내지 못한 건지 아니면 아예 밝히려 노력하지 않은 것인지 베가는 알 수가 없었다. 베가는 결국 징역 2년의 실형을 선고받고 꼬박 2년의 억울한 수형 생활을 견뎌내야 했다.

교도소를 나오던 날 베가는 또 한 번 청천벽력과도 같은 일을 겪어야 했다. 교도소 정문을 나오는 순간 어디선가 자동차의 경적 울리는 소리가 요란하게 났다. 베가가 자세히 보니 5억 원이 넘는다는 최고급 외제차를 탄 남자 세 명이 자신을 보며 웃고 있었다. 자신과 법정 다툼을 했던 세 명의 치한들이었다. 그 녀석들은 베가가 생업에 쫓기면서 시간을 쪼개 법정을 오갈 때 그저 대형 로펌의 변호사만 보내 검사와 함께 베가를 압박했던 야비하고도 치졸한 녀석들이었다. 그런데 베가를 더 충격에 빠뜨린 것은 그 차 뒷좌석에 앉은 한 여성이었다. 고개를 외면하고는 있었지만, 그 여성은 그날 세 녀석으로부터 희롱을 당했던 여자가 분명했다. 그 야비한 녀석들은 베가를 놀리기 위해 그 여성까지 수소문한 뒤 찾아내 베가가 석방되는 날 이곳에 데려온 것이 분명했다. 그 대가로 또 상당한 돈이 쥐어졌을 것은 분명했다. 베가는 주먹을 움켜쥐었다. 택견 도장을 비롯한 삶의 의지와 인간에 대한 신뢰까지 그 모든 것을 잃어버린 이 상황에서 저 버러지 같은 녀석들을 패 죽인다고 해도 아쉬울 것이 없을 것 같았다.

베가가 순식간에 20여m 떨어진 외제차까지 돌진하자 낄낄거리며 베가를 놀리던 녀석들은 놀란 나머지 차를 급발진시켰다. 베가가 날 듯이 차에 쇄도해 운전석 유리창을 향해 주먹을 뻗은 후 운전자의 목을 움켜쥐려 했지만, 유리창만 박살 났을 뿐 운전하던 녀석은 간발의 차로 도망쳐 버렸다. 그때 분노에 찬 베가의 손에는 호박 보석 목걸이가 하나 걸려 있었는데 차를 운전하던 녀석이 차고 있었던 것이었다. 베가는 그 길로 조용히 잠적해 전국을 떠돌다 부처와 예수를 만나게 된 것이었다. 베가는 그 녀석들이 자신을 또 고소했다면 자신은 아마 지금쯤 기소중지 상태일 것이라고 말했다. 그래서 대놓고 취업을 할 수가 없고 아르바

이트를 하는 것도 극히 조심스러웠다고 말했다. 그 와중에 어머니가 큰 병을 얻어 목돈이 필요하자 그만 사리분별을 못 하고 좀도둑질까지 했노라고 설명을 했다. 베가가 어깨를 들먹이며 구슬프게 울음을 터트렸다. 가게 주인 여자가 베가의 어깨를 감싸 안고 다독였다. 덩치가 훨씬 큰 베가가 자기보다 작은 여자의 품에 어설프게 안겨 우는 모습을 보자 같이 눈물을 훔치던 예수가 갑자기 웃음을 터트렸다.

"뭐셔? 니는 시방 웃음이 나오냐? 선량하고 선의를 가진 의협심 강한 시민이 부패한 권력과 무능한 시스템 그리고 천박한 자본주의 땜시 상처 입고, 분노허고 또 좌절허는 판국인디 니는 미친년처럼 실실 웃음이 나오냐고, 잉?"

진지한 표정으로 예수를 꾸짖던 부처도 덩치 큰 베가가 키 작고 체구도 볼 것 없는 여주인의 품에 우스꽝스럽게 안겨있는 모습을 봤다.

"킥! 으, 음 저 거시기 키 킥, 오메 웃긴 거! 으헤헤헤!"

부처도 참지 못하고 결국 웃음보를 터트렸다. 베가와 가게 여주인도 비로소 상황을 알아차리고 자세를 바로 한 채 웃기 시작했다. 넷은 모처럼 배꼽을 움켜쥐고 웃었다. 웃긴 나라, 웃긴 법, 웃긴 정의, 그리고 웃긴 놈들, 놈들! 온통 웃긴 세상을 살아가면서 웃지 않을 이유가 없었다. 오늘 하루는 슬프더라도 웃고 싶었다. 지금 이 순간만큼은 깊은 슬픔마저 가볍게 웃고 싶었다. 넷은 그렇게 한참 동안 극한의 슬픔을 그저 웃었다.

"긍께로 니는 이미 별도 한 개 달았고 그 담에 차 유리창을 깨고 의도치 않게 목걸이를 빼앗았응께 기소중지인 신분일 수도 있겠구만, 잉?"

한참 뒤 부처가 웃음을 멈춘 후 정색을 하며 물었다.

"뭐라꼬, 기소중지인? 피해호소인이라는 요상한 말은 들어봤다 캐도 기소중지인이란 말은 또 뭐꼬?"

예수가 또 딴지를 걸었다.

"왜 그라는디! 형사소송법 제223조에 따라서 수사기관에 범죄사실을 신고해서 범인의 소추를 구하는 의사표시를 헐 때 그때 고소를 헌 사람은 피해자라는 용어를 쓰도록 법에 명시돼 있당께. 근디 언제 봉께 어떤 방귀깨나 뀐다는 사람들이 법체계에도 없는 용어인 피해호소인이라는 말을 쓰드만. 고소인에게 피해자란 말을 쓰믄 피해가 확정된 것 같은 오해를 줌시로 피고소인헌티는 마치 범죄자인 것 같은 피해를 줄 수 있다. 뭐 이런 맥락 아니것어! 근디 이것 '피해호소인'이란, 법전에도 없는 소리는 말여, 그동안 법을 맹근다는 활동을 수년에서 수십 년 이상 해왔거나 하고 있는 사람들 입에서 나온 소리시!

그들 말마따나 법률 용어나 법 조항에 문제가 있었다믄 이미 그런 것을 고쳐야 할 의무와 책임이 있는 사람들 입에서 터져 나온 소리랑께. 그라믄 그땐 뭐한 거시여. 만약 그것이 잘못됐다믄 그런 엉터리 법률 용어를 봐 옴시로 시방까지 뭣을 했냐고! 지들만의 서클 안에 있는 사람이 범죄 혐의로 고소를 당헌께 그 사람을 보호혀야겠다는 생각만 들었던 모양이드랑께. 알량허게 무죄 추정의 원칙을 들이댐시로 말이여. 지들은 지들만의 서클 멤버의 인격을 보호허는디는 성공하는 듯했제. 근디 피해호소인이란 용어를 써불믄 범죄 피해를 입었다며 형사법에 따라 고소한 사람의 아픔이나 상처는 안중에도 없는 것으로 보일 수 있는 것 아니것어? 그라고 그런 절차와 용어를 규정한 법은 또 뭐셔? 피해자는 법이 정한 절차에 따라 합법적으로 고소에 들어갔는디 법이 정한 절차에 들어가면서부터 권력층의 부당한 압력과 편향된 압박을 받게 돼부렀다는 판단을 허믄 이상헌건가? 그 당연한 것을 왜 저마다 잘났다고 멕따는 소리허는 자들은 모르는 거냐고, 잉? 그라고 만약 고소인이 의도를 가지고 거짓으로 고소를 했다믄 나중에 고소인을 무고죄나 위계에 의한 공무집행 방해죄, 아니믄 사기죄 등등으로 고소허믄 되는 것이여. 그때는 인자 고소인이 다시 가해자가 되고 무고를 당한 사람은 피해자가 돼서 사법 처리 절차에 들어가믄 되는구만. 그라믄 그때도 방귀깨나 뀐다는 사람들이 자기들의 서클 안에 있으면서 무고誣告로 고소장告訴狀을 쓰는 사람을 피해호소인이라고 허것냐고? 암튼 그런 의미라믄 기소중지자도 기소중지인으로 써야제. 왜 기분 나쁘게 기소중지자라고 놈 자者를 쓰며 이놈 저놈 허냐고! 잉!"

예수는 물론 베가와 가게 주인도 모두 고개를 끄덕이며 공감을 표했다.

"말이 났으니께 말인디, 우리나라 법과 관련해서는 말여. 대법원 대법정 홀에 있는 정의의 여신상의 눈이 가려졌는지 아닌지, 그라고 실체적 진실이 제대로 드러나는지 아닌지를 떠나서 먼저 혀야 할 일이 있구만! 그것이 뭐냐믄 답따 어렵고 또 전근대적인 법 용어 좀 고치는 것이여. 그라고 판결문 좀 단문으로 쉽게 쓰고 말이시. 지금 자라나는 세대는 한자를 잘 모르는디 법률 용어는 거의 다 한문투漢文套여. 그라고 듣기 거북한 용어도 많잖여? 피의자, 피해자, 가해자, 용의자, 살인자, 목격자, 채권자, 채무자, 기소중지자, 자영업자, 영세사업자, 월급생활자 등등 뭔 놈의 놈 자 자字가 그리도 많은가 몰러. 피해 본 놈, 목격한 놈, 해를 끼친 놈, 죽인 놈, 사업하는 놈, 월급 받는 놈 등등 신성한 법정에서 사람을 호칭할 때마다 이놈 저놈이라는 듣기 거북한 저질 용어가 난무하는 것이제. 이것은 권위주의 시대, 공권력이 국민보다 우위에 있다는 시각에서 나온 갑질 용어 아니냐고!"

부처의 지적에 가게 여주인이 덧붙였다.

"어떤 판결문을 보면 주어와 술어가 거의 두세 문단을 넘어서는 긴 장문이에요. 어떤 경우는 주어와 술어가 페이지를 넘어야 호응하기도 한다죠. 그래서 무슨 뜻인지를 알려면 국어 영재급의 능력을 요구한다고 하더군요. 그런가 하면 주어나 동사, 서술어, 목적어, 등등이 문법에는 맞지 않게 나열되는 경우도 많아서 거의 암호해독 수준이라고 해요. 같은 법조인들조차 이런 점들을 개탄하는 때도 있다는데 사법개혁이란 말을 꺼내려면 국민에 대한 기본적인 법률서비스 차원에서 이런 것부터 고쳐야 할 거예요. 이런 것은 모른 체하고 사법기관이나 권력기관의 인적 구성에만 신경 쓰는 모습을 보이면 사법개혁이 아닌 사법 장악을 위한 꼼수라는 지적을 받아도 당연하죠."

여주인의 말에 예수가 격하게 공감하고 나섰다.

"공감합니데이. 놈 자者 자字 이야기가 나왔는데 첨언을 하자모요, 장기적으로, 법률이나 행정 그리고 정치학의 용어로 많이 나오는 민民 자도 한번 그 어원을 따져서 창조적인 변용이나 대체용어 개발이 필요하다는 생각이 듭니데이. 민民 자는 '백성'이나 '사람'이라는 뜻으로 쓰이는 글잔데 민民 자의 금문今文, 그러니까네 중국 한나라 때에 쓰던 문자로 진시황제가 정한 예서隸書에 보마, 민民은 원래 노예를 뜻한다 카데예. 예서체 형태의 금문今文을 보마 민民 자는 사람의 눈에 열십자가 그려져 있는 형태인데여 이것은 송곳으로 사람의 눈을 찌르는 모습을 표현한 것이라는 깁니더. 고대에는 노예의 왼쪽 눈을 멀게 해서 저항하거나 도망가지 못하도록 했던 그런 모습이라는 기라예. 그래서 정말로 현대사회에서 공권력보다 더 우위에 있는 백성들의 힘을 상징할라 카모, 그 어원에서부터 노예를 상징하는, 민주주의民主主義란 말부터 고쳐야 하는기라요. 그 말은 곧 '불쌍한 노예들을 베푸는 차원에서 받드는 정치이념'이라는 뜻이 되니까 말입니더. 이처럼 민民자나 민주주의民主主義란 말도 그 어원으로는 백성을 무시하는 권력층들의 오만함이 숨겨진 단어라는 뜻입니데이. 암튼 국민, 시민, 양민, 서민, 평민, 수재민, 이재민, 영세민 등등 모든 단어가 정작 천부인권을 무시하는 꼼수가 담겼으니만큼 이 의미를 안다면 이제는 바꿀 때도 됐다는 말입니데이. 언어라 카는 것도 생물처럼 생로병사 한다 캤지 않습니꺼!"

가게 여주인이 예수를 다시 한 번 똑바로 봤다. 겨울에도 무슨 멋이 들었는지 얍상한 트렌치코트를 입고 생긴 것은 기생오라비 같은데 머릿속에 든 것은 꽤 있어 보였다.

"암튼 베가 그런 고통을 겪었다는 것에 대해서 나도 솔찬히 가슴이 아프구만. 그라고 사법기관 공직자들의 사건조작이니 증거인멸이니 혹은 뒤집어씌우기니 허는 말들이 있다고만 들었는디 실제로 나의 제자헌티 그런 일이 발생했다고 헝께 그야말로 놀랍구만. 억울혀서 증말로 피눈물을 흘렸을 꺼구먼! 그란디 나는 실상도 모르고 베가 니를 오해허고 의심허고 했당께. 미안혀. 증말로 미안허당께. 근디말이여 법이란 게 증말로 이라고꺼정 타락해븐 거시여?

돈만 있으믄 죄인도 착헌 사람이라고 꾸며불고 돈 없으믄 의인義人도 범죄자라고 생사람을 잡아불고 말이여. 설마 아적도 이러코롬 마귀 같은 짓거리를 해대는 자輩들은 없것제. 아까 우리가 법 용어로 놈 자輩 자字를 함부로 쓰지 말자고 혔는디 그 놈 자 자는 이랄 때 쓰는거시여. '마귀 같은 짓거리를 해대는 자輩!'라고 헐 때 말이여."

부처가 베가를 위로하면서 한편으로는 어처구니없는 사법 현실을 비난했다.

"유전무죄 무전유죄라는 말이 왜 시대와 장소를 불문하고 있겠어요? 죄를 논하는 기관과 종사자들 상당수가 동서양 그리고 고금을 막론하고 타락했다는 결정적 반증 아니겠어요? 돈 앞에선 그리고 권력 앞에선 법이란 게 상당 부분 이중잣대를 적용하거나 왜곡돼 작동됐다는 뜻이겠죠. 만약 그렇다면 결국 법이란 것은 돈과 권력 옹호를 위한 방패였고 법조인들도 돈과 권력의 노예에 불과했다는 해석도 가능할 거예요."

"그럼 결국 법은 결코 보통사람들을 위해서는 작동하지 않는다고 믿으시는 건가유?"

여주인의 말에 풀이 죽은 베가가 힘없이 물었다.

"물론 다는 아니겠죠. 그렇게 완벽한 발광체인 듯 온통 밝게 타오르는 저 눈 부신 태양도 어두운 흑점들이 있잖아요? 반면에 칠흑 같은 어둠 속에서도 달과 별은 환하게 빛나 한 줄기 희망을 던져주죠! 아시다시피 인간 세상의 누구든, 그리고 어떤 체계든 완벽한 밝음과 어둠은 없어요. 대신 명과 암을 비율의 형태로 갖고 있어요. 극단적으로 예를 들자면 심지어는 하늘의 천사 중에서도 사탄이라는 타락천사들이 있잖아요! 어둡다고 알려진 태양의 흑점黑點도 말이 검은 점이지 실제론 어마어마하게 밝은 점이에요. 흑점만 툭 떼어놓고 보면 보름달보다 10배 이상 밝다고 하죠. 또 살육의 본능만 갖고 있는 것으로 알려진 맹수들이 어리고 다친 짐승을 보호해 줬다는 관찰결과도 있듯이요."

여주인의 말은 마치 물이 흐르듯 담담하면서도 기품이 넘쳐 설득력이 컸다.

"그러니까 더 혼란스러운 것 같아유. 일도양단一刀兩斷하듯 흑이면 흑, 백이면 백 정확히 둘로 나뉘었으면 좋을 텐데 섞여 있다 보니까 구분이 어렵고 복잡혀유. 그러다 보니까 사람들이 갈팡질팡하는 것 같기도 하구유!"

"그러니까네 하늘님께서 인간에게 주신 자유 의지가 더 신비롭고 오묘한 것 아이긋나? 자유 의지, 즉 자유로운 판단을 통해 인간들이 현상을 해석하고 자기의 삶을 주체적으로 꾸려갈 수 있도록 하신 기라 말이다. 대철학자 플라톤도 인간은 사후 운명을 선택할 수 있따꼬 했고 그 선택은 생전의 도덕적 행위로 정해진다고 했따 카드라."

베가와 예수의 이야기에 여주인이 슬며시 끼어들었다.

"그런데 플라톤은 '인간은 신의 놀이도구'라고도 했죠. 그러면서 '인간은 신의 놀이에 헌신해야 한다'라고 했다더군요. 그렇다면 그 깊은 의미를 떠나서 언어적 표현으로만 보면 인간의 자유 의지도 애초부터 방향성을 가지면서 감시와 평가를 받고 의도된 결론을 도출해야 하는 것으로 보이거든요. 카오스이론이나 양자역학처럼 함수관계만 복잡해 보일 뿐 결코 완전한 자유 의지를 실현했다거나 구현具顯해 낸 것은 아니다는 해석도 가능할 수 있어요. 이처럼 법의 적용에 있어서도 법의 정신이 오롯이 반영돼 오로지 법률로만 쾌도난마快刀亂麻 하는 경우는 드문 것 같아요. 무언가 외부의 방향성을 의식하는 것 같고 심지어는 외력의 개입 소지가 높은 지극히 부자연스런 용어인 '자유 의지'란 말이 등장하는 것이죠. 자유 의지란 명분을 면죄부처럼 둘러쓰고 망령처럼 명과 암의 경계를 오락가락하거나 때론 선과 악의 지경에서 머뭇머뭇하는 것인가 봐요."

여주인의 법에 대한 불신도 큰 것 같았다.

"법이 돈과 권력이 있는 사람들의 이권보호를 위한 수단이나 방패막이로 악용되느냐! 그라고 법이 주로 특정인들의 보호막으로만 기능을 허다봉께 보통사람들을 위해서는 제대로 작동허기 어려운 것인가 허는 야그를 허다가 말이 상당히 난삽難澁해져 부렀는디. 쉽게 말허믄 요즘 법은 귀에 걸믄 귀걸이 코에 걸믄 코걸이가 되부렀다 이런 말이시. 물론 올곧은 법조인들이나 사법관계자들이 들으믄 서운헐 수도 있는디 상당수 타락한 법 기술자들이 법을 너무도 자의적으로 해석하고 적용해서 결국 법을 형해화形骸化하고 국가체제마저 부정하게 만드는 범죄를 저지르고 있다는 이런 말이시. 우리나라 형사소송법의 양대 원칙이라 할 수 있는 증거재판주의나 자유심증주의라는 개념도 마찬가진 거여. 이것도 코에 걸면 코걸이 귀에 걸면 귀걸이랑께! 양심적인 법조인들은 이 두 개 원칙을 죄인에게는 결코 빠져나가 못하는 천라지망처럼 그라고 죄 없는 사람에겐 영화 〈적인걸〉에서 나오는 항룡간처럼 면책특권으로 작동시키는 것이여. 그란디 어긋난 법 기술자들은 이 원칙들을 모두 거꾸로 적용시킬라고 지랄 헌당께. 돈 있고 권력 있는 범죄자들이 법망을 피해나가는 제도적이면서 가장 합법화된 반칙의 장치가 이것들인 셈이여. 법을 가장 공정하고 정의롭게 구현하자는 취지에서 마련한 증거재판주의나 자유심증주의라는 원칙이 법을 가장 불공정하고 부정의하게 악용되는 허점으로 작용헐 수도 있다는 사실, 이것 참으로 무섭고 아이러니허지 않는감?"

오랫동안 잠자코 있던 부처도 속에서 열불이 나는지 대화에 뛰어들었다. 여주인이 부처의 반응에 잠시 미소를 짓더니 또다시 부처의 말을 받았다.

"그래요. 법정증거주의法定證據主義, 즉 증거재판주의는 법관의 개인차를 배제하고 법적 안정성을 보장하는 데 의미가 있죠. 모든 증거의 증명력을 미리 법률로 정해서 증거가치의 판단, 그러니까 사실인정事實認定에 있어 법관의 자의적恣意的인 판단을 방지하자는 것이에요. 하지만 자유심증주의는 증거의 증명력에 관한 일체의 법률적 제한을 무시하고, 전적으로 법관의 판단에 일임하는 것을 말한대요. 천차만별인 증거들의 증명력을 일률적이거나 추상적인 법률로 정하면 복잡 미묘한 사건들의 진상을 판단하는 데 부당한 결과를 가져올 우려가 있다는 취지에서 나온 거래요. 법정증거주의라는 개념이 강했을 때 우리나라는 물론 세계 각국에서도 '자백自白은 증거의 왕'이라며 자백을 얻어내기 위해 잔인한 고문까지 서슴지 않았던 폐단도 있었죠. 이런 두 개의 원칙은 정의로운 법관이 사용하면 엄정하고 공정한 사법정의를 실현하는데 훌륭한 무기가 될 거예요. 하지만 불의한 법 기술자가 쓸 경우 죄질이 나쁜 권력형 범죄자들이 법망을 피해 가는 좋은 구실로 작동할 수 있다는 뜻이죠. 베가님께서 과거에 억울하게 폭행전과를 뒤집어쓰게 된 것도 바로 이런 원칙을 악의적으로 적용한 못된 법 기술자. 즉 법술가들의 조직적 농간 때문인 거죠."

여주인의 설명과 평가에 일동은 다시 가슴이 먹먹해지면서 울분이 치솟는 것을 느꼈다. 베가는 분위기가 다시 침울해지는 것을 막기 위해 얼른 다른 말을 꺼냈다.

"그런데 사장님! 사장님은 워떠케 법률에 관한 공부도 하셨어유? 놀라워유."

그랬다. 베가뿐 아니라 부처와 예수도 사장의 해박한 법률 상식에 놀랐다.

"아까 말씀드렸죠. 여기에 전남대학교와 조선대학교 학생들이 많이 온다고요. 학생들이 와서 토론하거나 이야기하는 것을 주워듣다 보니 그저 서당개 풍월을 읊는 수준이에요."

여사장은 그저 아무것도 아니라는 듯 그윽하게 미소를 지었다. 그러나 셋은 여사장의 지성미가 그저 서당개의 풍월수준을 넘어섰음을 알아차릴 수 있었다. 여사장의 정체가 궁금했다.

"도대체 법은 왜 '약자를 위해 있다'라는 믿음을 주지 못하는 걸까유? 약자는 왜 법에 의해서조차 정당한 보호를 받지 못하고 차별은 물론 때로는 불이익을 받는 거냐구유? 그리고 왜 돈이 많거나 권력자들은 죄를 짓고도 처벌받지 않거나 보통사람들보다 훨씬 가벼운 처벌을 받으며 법에 대한 신뢰를 떨어뜨리는 걸까유?"

베가가 울컥한 심정으로 하소연하듯 말했다. 법에 대한 불신을 온몸으로 뼛속 시리게 경험한 베가의 분노가 가벼운 떨림과 함께 일동에게 전달됐다.

"아까 사장님도 말씀허셨듯이 형사소송법의 근간인 증거재판주의나 자유심증주의라는 대원칙이 법률 현장에서 왜곡돼 변용되기 때문이 아닌가베. 아, 글씨, 봐보드라고! 재판을 헐 때 말여, 무죄를 받고 나오는 범죄자들 봐봐. 정황증거를 비롯한 모든 것으로 봤을 때 범죄를 저지른 것이 분명한 것 같은디도 증거 부족이람시로 무죄를 받잖여! 증거재판주의의 함정이제. 그라고 또 자유심증주의는 뭐여. 증거의 취사선택은 전적으로 법관에 일임한다는 것 아니냐고? 다시 말허믄 증거능력이 있는 증거라 할지라도 증명력이 없다고 험시로 법관이 이를 증거로 채택하지 않을 수도 있다는 것이랑께. 그라고 거 뭐시냐, 그랑께 상호모순된 증거가 있는 경우에 어느 것을 증거로 채택할 것인가의 자유도 법관의 자유심증에 맡긴다는 거랑께. 증거가 나와도 법관이 증거로 채택할지 말지를 결정허고, 또 증거 중에서 어느 것을 채택헐지도 법관이 결정헌다? 이것이 말이여 방구여?"

"참말로 이것 웃기는 내용 아녀유?"

부처가 흥분하자 베가도 덩달아 흥분했는지 목소리를 높였다.

"물론 자유심증주의는 법관의 자의恣意, 그랑께 '멋대로 하는 판단'에 일임한다는 것이 아니라, '법관의 자유로운 이성理性에 일임하는 것이다'라는 해석을 덧붙이기는 허든디 이것이 도시 당최 껄쩍지근헌 내용이제. 물론 법률에 위배된 증거나 조작 우려가 있는 증거를 배제허겄다는 법리나 합리에 따른 내용일 수도 있것지만 여전히 우려가 남는당께. 법관들이 모두 파사현정破邪顯正의 이념에 투철하고 공명정대하다는 믿음에 기초헌 것 같은디, 이것이 요즘 현실에도 맞는지는 몰것다 이 말이시. 물론 나 말이 증말로 사법정의에 투철한 상당수 법관들헌티는 그들의 헌신을 폄훼하는 말이 될 수도 있어서 조심스럽구만. 근디 나 말은 사법정의를 팽개치고 타락했다는 세간의 평가를 받는 일부 법관들, 그랑께 못된 법 기술자들, 다시 말허자믄 법술가法術家들헌티 허는 말이시. 오해는 말더라고."

부처가 여주인의 지적에 따른 문제점을 다시 한 번 짚었다. 그러자 여주인도 고개를 끄덕였다. 그러자 베가가 다시 말을 이어갔다.

"지두 격하게 공감해유. 야밤에 치한들한테 희롱을 당한 여성을 구해줬던 지가 되려 치한들한테 폭행치상이라는 죄를 뒤집어쓰고 억울한 옥살이를 할 때 정말로 세상이 무너진 것 같더라구유. 지는 당연히 국가의 사법체계가 옳게 작동해서 지가 현행범으로 붙잡은 범법자들을 단죄할 줄 알았거든유. 근데 오히려 지를 범죄자로 몰아가는 법 관련자들의 법 유린 행태와 범죄자를 체포한 선량한 시민을 전혀 보호해주지 않는 법체계를 보면서 피눈물을 흘리며 절망했지유. 돈이 많아서 유력한 전관들이 포진한 로펌의 변호사를 사면 범죄자도 오히려 피해자로 둔갑시킬 수 있다는, 일부의 무서운 법 현실을 보면서 말이에유. 나라의 엄정한 법 집행에 공을 세운 시민조차도 가해자 혹은 범죄자로 몰아서 형을 살게 하는, 무서운 법률 상인들을 대하면서 말이지유. 법의 허점을 파고들어 정의를 농락하고야 마는, 법률가法律家가 아닌 법술가法術家들의 현란한 상술商術을 보면서 허는 말이에유! 물론 이것은 지한테만 해당하는 극히 일부의 일탈된 행위일 거라고 믿고 싶구만유!"

베가가 애써 울분을 삼키며 말했다.

"맞데이. 니 말대로 그런 자들이 있다하모 그들은 법률가가 아니라 법술가法術家들인 기라. 못된 요괴의 술법을 배운 사이비 방사方士들맹키로 선을 행한다고 말함시로 실은 악을 돕고 키워서 인간 세상을 황폐화하는 데 이용되는 꼭두각시인기라!"

예수가 베가를 다독이며 역시 울분을 토했다.

"돈만 준다면, 그리고 부패한 권력구조 속에서 일신의 영달을 꾀할 기회만 있다면 언제든지 자신의 본분을 내팽개치고 기꺼이 금권의 노예가 되고 앞장서 권력의 시녀가 될 준비가 된 그런 자들이 법조계에도 있기 때문일 거예요. 그런 자들은 항상 스스로 정의의 사도인 것으로 포장하고 심지어는 자신도 그런 망상에 도취해 있는 경우가 많아요. 하지만 실제로 그런 자들은 권력과 금권金權에 영혼까지 팔아버린 자들이에요. 어떤 사람들은 그런 영혼 없는 자들이 의외로 많고 서로 앞다퉈 정치권에 줄 대기를 하고 있다고 말하더군요. 이것이 사실이라면 얼마나 무서운 일이에요? 일신의 영달을 위해서라면 법 정의도 얼마든지 왜곡해서 봐주기 결정을 내리거나 심지어는 무고한 사람을 옭아매 죄를 씌우는 판결도 가능하다는 뜻이니까요. 정말로 이 나라에서도 이런 무서운 일이 가능할까요? 그리고 만약 가능했다면 얼마나 많은 무서운 일들이 그동안 우리 법조 주변에서 일어났고 그런 무서운 죄악 때문에 얼마나 많은 무고한 사람들이 피눈물을 흘렸을까요?"

여주인의 말에 직접 그런 참혹한 상황을 겪은 베가를 비롯해 부처와 예수는 다시 한 번 몸서리를 쳤다.

"증말로 맞다카이. 정의를 상징하는 법을 내세워 실제로는 법을 유린한 그런 자들이 있다하모 심판의 날, 그들은 하늘과 땅 그 어디에도 설 자리가 없을 기라. 그것은 하늘의 이름을 팔아 하늘을 욕되게 한 자들이기 때문이라카이. 부처님을 모독하고 예수님의 이름도 욕되게 부른 자들 아이겠나 말이다! 기독교의 십계명을 보거래이. 아홉 번째에 '네 이웃에 대해 거짓 증거하지 말라'고 안 돼 있나? 무고한 사람에게 죄를 덤터기 씌우는 것은 인간의 법, 즉 무고죄를 짓는 것일 뿐 아이라 하늘의 법인 십계명十誡命조차 짓기기는, 천벌 받을 짓 아인가 말이다. 만약 못된 법술가 때매 무고한 사람이 자살했다 카믄 그런 법술가는 살인하지 말라카는 십계명의 6번째 항목도 함께 어긴 기라. 또 출애굽기에도 '네 이웃에 대해 거짓 증거하지 말라'고 했다카이! 그란데 불교에서는 또 어떻노?"

예수가 부처를 돌아보며 물었다. 부처가 잠시 생각에 잠기더니 말했다.

"불교 신자들이 지켜야 하는 다섯 가지의 기본적인 계율로 〈우바새오계상경優婆塞 五戒相經〉에 기록된 오계五戒라는 것이 있당께. 이 오계에서도 불망어不妄語, 그렁께로 '거짓말을 하지 말라'는 내용이 있는디, 무고한 사람을 억울하게 만들지 말라카는 의미도 담겼어라. 그라고 십중대계十重大戒, 혹은 십중금계十重禁戒라고도 불림시로, 사십팔경계와 함께 범망보살계경梵網菩薩戒經에 기록된 십중계十重戒는 오계의 내용에다가 '다른 사람을 헐뜯지 말라'는 내용 등이 더 들어가 있당께. 이것들이 다 뭐것어? 죄 없는 사람헌디 죄를 씌우는 것은 불교의 교리도 이중 삼중으로 어기는 셈인 거시여. 아까 예수 이녁이 말혔제? 그런 자들은 법률가가 아니라 법술가法術家들이라고 말여. 못된 요괴의 술법을 배운 사이비 방사方士들맹키로 선을 행한다고 말함시로 실은 악을 돕고 키워서 인간세상을 황폐화하는 데 이용되는 꼭두각시라고 말이시! 그 말이 꼭 맞구만! 기독교도 그라고 불교도 그라고 다른 대부분의 종교도 극악무도한 일로 여겨 극히 경계하는, '없는 죄 만들어 덮어씌우기!'를 예사롭게 해온 돈과 권력의 꼭두각시들! 그 월매나 큰 죄과를 치르게 될지 그저 상상만 혀도 몸서리가 쳐지구만!"

부처가 몸서리를 치면서 말을 그쳤다.

"그렇게 적극적이고 일말의 죄의식도 없이 법을 대놓고 유린하는 법술가들뿐만이 아니죠! 합법과 불법, 혹은 탈법과 편법 사이를 교묘하게 오가면서 법의 허점을 노려 법 장사를 하는 법조인들도 많다는데 그 말이 맞는다면 그것도 문제예요. 법을 어겨도 돈이 많으면 얼마든지 유능한 변호사를 사서 처벌받지 않을 수 있다는 잘못된 인식을 우리 사회 권력층에 심어줄 수 있기 때문이죠. 동시에 보통사람들에겐 돈이 없는 사람들만 처벌을 받는다는 우리 사회의 불평등과 불공정, 그리고 부정의에 대한 확신만 심어놓을 수도 있을 것 같아요."

여주인이 억울한 경험을 한 베가를 바라보며 말했다.

"실제로 법조 주변에서 그런 정황들이 많이 벌어진다고 야그허는 사람들이 있더랑께. 권력자들의 경우 상식적으로 봐도 큰 죄를 진 것 같은디도 법 절차만 거치믄 무죄로 풀려나거나 아니믄 생각보다 가벼운 처벌만 받는다고 혀싸. 증말로 요지경 같은 시상이여. 상식허고 법허고 워떼케 다른지는 나는 잘 모르것어. 근디 상식이 통하지 않는 법이 있다믄 말이여, 둘 중 하나는 분명 잘못된 것 아니것어? 그라고 좀 더 생각해 보믄 말이여, 법이 상식허고 배치되믄 법을 바꿔야 써, 아니믄 상식을 바꿔야 써?"

부처가 열변을 토했다. 베가가 그런 부처를 보더니 조용히 입을 열었다.

"지가 형사재판의 당사자가 되다 보니까 법 현실에 대한 자료도 찾아본 적이 있씨유. 정확히는 기억 못하는데유, 지난 2013년 1월부터 그 후 1년 6개월 동안까지 판결이 확정된 아동·청소년 대상 성범죄 1,300건의 판례를 분석한 결과에서, 피고인이 항소해서 법원이 받아들인 360여 건 중 81%인 3백 건이 항소심에서 형량이 줄었다고 해유. 중형을 선고받았다가 징역 6개월에서 2년 미만으로 감형된 경우가 48%로 가장 많았다나 봐유. 또 1심에서 실형을 선고받았는데 항소심에서 집행유예로 풀려난 경우도 29%를 넘었다네유. 왜 이렇게 1심 판결과 2심 판결에 큰 차이가 나는지도 지는 도무지 이해를 못하것슈."

"그러니까요! 물론 이것을 두고 모든 판결이 이럴 거라 지레짐작할 수는 없을 거예요. 하지만 항소가 받아들여진 재판의 81%에서 형량이 줄어들었다는 것, 이것이 시사하는 점 또한 엄청난 공포를 주는 것 같아요. 왜냐면 법정 다툼에 심신이 쇠진했거나 혹은 돈이 없어서 항소를 포기한 피고인들은 더 오랜 기간 감옥에 갇히는 등의 피해를 본다는 사실을 보여주기 때문이죠. 다른 한편으로는 1심 판결에 문제가 많다는 뜻으로 해석될 수도 있어요. 판사가 형량을 잘못 판단했다거나 아니면 국선 변호인이든 아니면 사선 변호인이 적극적으로 변호하지 않았다는 뜻으로도 읽힐 수 있죠. 아니면 2심 판결에 문제가 있었다는 뜻이거나요. 물론 1심과 2심을 거치는 동안 재판 당사자들이 합의를 봤다거나 새로운 증거가 발견되는 등의 상황이 변화하는 것 같은 사정변경이 생겼던 것도 형량 변동에 영향을 준다는 것은 상식이지만요. 이런 모든 가능성을 고려해봐도 역시 많은 돈을 써서 유력 변호사를 사면 거의 대부분 항소심에서 감형을 받을 수 있다는 잘못된 인식이 생길 수밖에 없을 것 같아요. 즉 돈만 있다면 무조건 항소해야 한다는 믿음이죠. 에휴!"

여주인이 한숨을 쉬며 말을 끝냈다.

"나가 자세히 봉께로, 우리가 예로든 아동·청소년 대상 성범죄 1,300건 가운데 피고인이 1심 판결에 불복해 항소혔는디 받아들여진

건이 360여 건, 그랑께 전체의 약 28% 정도에 대해 항소가 받아 들여졌구만, 잉! 피고인이 재판 과정이 괴로워서거나 돈이 없다는 등의 이유로 항소를 포기한 경우 등은 빼더라도 어찌 됐든 이것은 항소법원이 1심 재판의 약 30%에 문제가 있다고 봤다는 뜻 아니것어? 조금 무리수인 것 같지만도 이것을 공장의 제품 불량률에 비교허믄 무려 30%의 불량품이 나왔다 이렇게 볼 수 있는 것 아닌가베! 물론 법원이 혹시나 있을지 모를 억울함과 인권 침해를 막기 위해 항소 인용을 적극적으로 했다고 고려헐 수도 있것제. 허지만 이런저런 사정은 제쳐놓고 일단 30%에 이르는 피고인들이 1심에서 불량 판결을 받았다고 보고 그 대가로 겪을 엄청난 고통을 생각혀보라 이 말이시. 도대체 똑같은 교육과정과 시험을 거쳐 임용된 법조인들인디 왜 1심과 2심에서의 판결 내용이 그렇게나 많이 달라지냐고? 그것은 당연히 사법 불신을 초래허지 않것어? 상급심으로 계속 재판이 이어지면서 국가 예산과 개인들의 소송비용 낭비가 초래되는 문제는 또 워찌허냐고! 대부분이 흔쾌히 승복허는 솔로몬 같은 법조인들이 1심 재판 과정에는 보기 힘든 것이냐고, 잉?"

부처도 격정 끝에 말을 끝맺었다.

"이런저런 야그들을 듣다 보마 문제가 1심에 있는지 아니면 2심에 있는지 헷갈린다카이. 1심에서는 그야말로 철저히 법과 양심에 따라 판결했지만도 항소의 과정에서부터 무언가 크게 꼬였을 가능성도 충분히 있는 기라. 만약 문제가 있다 카믄 그거는 제도의 문제보다는 사람의 문제일기라. 조금 더 들어가보마 제도와 사람 둘 다의 문제일 수도 있다. 공익을 위해 아무리 좋은 제도를 맹글어도 그 허점을 파고듦시로 사익을 챙기려는 작자들은 있게 마련이거덩. 그들은 그것을 세상을 사는 지혜라고 믿고 싶어 하는 기라. 하지만 보통사람들은 그런 것을 암수暗數라고 봐서 지탄指彈할라 칸다. 똑같은 세상을 사는 사람들이 너무도 다른 생각을 한다는 것, 그기 바로 인간계의 모습이다. 쪼매 아이러니 할라카제?"

예수가 부처 이야기를 맞장구치면서 인간계의 모습 어쩌고저쩌고하자 여주인은 예수와 부처를 찬찬히 뜯어봤다. 도대체가 진면목을 알 수 없는 법 현실처럼 둘의 정체도 참으로 알 수가 없었다. 서로를 부처와 예수라 칭하며 예수 왈 부처 왈 해대는 것을 보니 척 보면 정상인으로는 보이지 않았다. 하지만 점잔을 빼며 하는 말투나 해박한 지식 그리고 뭔가 달라 보이는 행색 등을 보면 분명히 범접하기 힘든 특이한 점은 있었다.

'정신이 이상한 사람들일까? 아니면 정말로 말세에 강림한 예수와 미륵불의 현신이신가? 그도 저도 아니면 사이비 교주들인가? 일행인 베가라는 이 여인 역시 뭔가 특별한 기운이 느껴지기는 하는데…'

여주인이 자신들을 탐색하고 있다는 생각이 들었는지 부처가 '엣햄'하고 헛기침을 하며 주위를 환기시켰다. 여주인이 혼자만의 생각에서 곧바로 현실 세계로 돌아왔다.

"일부 지역 법관들의 지나친 온정주의도 법에 대한 신뢰를 떨어뜨리는데 한몫했었죠. 향판鄕判이라고도 하는 지역법관제는 인사의 안정성을 위해 법관을 10년 동안 특정 고등법원 관할 지역 안에서만 근무하게 한 제도였어요. 지역 법관 즉 향판들은 지역 사정에 밝아 판결의 신뢰도를 높였다는 긍정 평가도 받았지만, 지연과 학연으로 지역인사와 유착해서 사법정의를 뒤흔든다며 원성이 높았죠. 대표적인 것이 한 재벌그룹 회장에게 내려진 일당 5억 원의 노역장 유치 판결이었어요. 이 황제노역 논란을 불러온 판결을 향판이 했었다고 해요. 그런데 당시 이 판결과 관련해 검찰도 의혹을 받게 됐었죠. 검찰이 법정 최저액인 벌금 천억 원을 구형하면서도 기업에 부담될 수 있다며 재판부에 선고유예를 요청한 것으로 드러난 거예요. 물론 몇 가지 사정이 변경될 만한 상황이 있기는 했었나 봐요. 그러면서 당시에 상당수의 지식인 사이에서는 사법정의 구현을 위해 국민의 편에 서서 강한 처벌을 요구해야 할 검찰이 범죄자 편에 서서 선고유예를 구형한 것은 결코 이해하기 힘들다는 평가가 나왔죠. 검찰과 법원의 이해하기 힘든 구형과 판결을 보면서 보통사람들은 무슨 생각을 했을까요? 유전무죄 무전유죄란 말 당연히 떠올리지 않았을까요? 법은 없는 자에겐 엄격하고 가진 자에겐 방패막이라는 생각을 하는 것이 무리한 것일까요?"

여주인의 설명을 듣던 일동은 모두 가슴 깊은 곳에서 무언가 뜨겁고도 답답한 것이 치밀어 오른다는 생각을 하게 됐다.

"지난 2007년 즈음의 한 언론 보도라고 해요. 어떤 향판 출신 변호사가 개업했는데 직전에 근무했던 법원에서 1년간 수임한 형사 항소심 판결을 분석한 결과예요. 이 결과에 따르면, '사정변경 없는 감형' 판결을 받은 경우, 그러니까 피해자와 합의했거나 피해금을 공탁하는 등의 다른 변수가 전혀 없는데도 감형이 된 경우가 무려 51%였데요. 그런데 그 기간에 피해자와의 합의 등 '사정변경이 있는 감형'을 포함한 전국 항소심 재판의 감형 판결 비율은 겨우 36%였어요. 전관인 향판 출신 변호사를 사니까 형량이 극적으로 줄어든 거죠. 이게 도대체 뭐죠? 우리가 흔히 들어온 전관예우라는 그런 경우가 아닐까요? 전관 변호사를 예우하기 위해 후임 판사들이 범죄자의 죄를 눈감아 주거나 일부 덮어 준다는 뜻으로 읽히지 않을까요? 만약 그런 경우라면 이것은 정말로 무서운 일인 거죠. 사정변경이 없는데도 1심과 2심 판결의 형량이 너무도 크게 차이 나는 경우까지 더해서 이런 것들은 우리 사법체계를 결코 믿을 수 없다는 쪽으로 사법 불신을 키우게 되는 거죠."

여주인의 추가 설명을 들으며 부처와 예수 그리고 베가는 새삼 몸서리를 쳤다. 사법체계가 이렇게까지 망가질 수 있나 하는 생각 때문이었다. 검찰개혁에 이어 사법개혁을 외치는 사회의 목소리가 왜 이렇게 큰지 그 이유를 새삼 느낄 수 있었다.

"이런 경우에 대해서 법조계에는 자기 검증과 자기성찰의 제도적 시스템이 마련돼야 혀! 법관들이 고의 혹은 과실로 비상식 혹은 몰염치한 판결을 허믄 책임을 지도록 허는 거시여. 아주 심각허게 사심을 개입시켰다거나 혹은 잘못된 판결로 피해자와 그 주변인들의 삶을 망가뜨린 법관에 대해서는 민사상은 물론이고 형사상 책임을 지도록 혀야 한다는 거랑께! 물론 이런 법관들을 탄핵하도록 허는 법도 있지만, 그 절차가 월매나 까다롭냐고? 그라고 개인이 법관을 상대로 그런 소송을 벌여도 승소할 가능성은 거의 없을 것이여. 왜 그란지는 다들 짐작이 갈꺼여!"

부처의 넋두리 섞인 법조계 성토가 터져 나오자 여주인이 다시 나섰다.

"실제로 법관의 책임을 묻고자 한 국민의 소송에 대해 대법원이 내놓은 판례도 있어요. 저에게는 결국 '법관은 책임을 지지 않는다'는 뜻으로 읽히더라고요. 그 내용을 요약하면 '법관이 위법 또는 부당한 목적을 가지고 재판을 하였다거나 법이 법관의 직무 수행상 준수할 것을 요구하고 있는 기준을 현저하게 위반하는 등 법관이 그에게 부여된 권한의 취지에 명백히 어긋나게 이를 행사하였다고 인정할 만한 특별한 사정이 있어야 한다'라고 돼 있거든요. 법관에게 부여된 자유심증주의란 보호막은 적인걸의 항룡간보다 더한 무소불위의 보호권능을 가진 셈이죠."

모두가 막연하게 그럴 거라 생각만 했던 내용을 법에 대해서 해박한 것으로 보이는 여주인이 확정적으로 부연 설명하자 일동은 다시 한 번 기가 막힌다는 표정이었다.

"이런 현실에서 재판이 열릴 때마다 재판장이 입장하면 방청객을 비롯해 재판 관련자 모두가 벌떡 일어서서 강제로 재판장에게 존경을 표하도록 하는 관행이 과연 꼭 필요한 걸까유? 만약 피해자의 아픔을 헤아리고 법 정의를 실현하려는 사명감보다는 전관을 예우하기 위해 피고인의 형량을 줄여줘야겠다는 사심에만 가득 찬 법관이 있다면 그에게 피해자와 그 가족들까지 강제로 존경을 표해야 하는 거냐구유!

그것은 피해자 희롱이고 피해자를 두 번씩 울리는 거예유. 그리구유 법정에서 말을 꺼낼 때마다 '존경하는 재판장님'이란 말을 버릇처럼 되풀이하는 실태도 개선을 검토해 봐야 하구만유. 권위주의 시대의 우스꽝스러운 산물에 대해 법원 조직은 왜 고칠 생각을 못 하는 걸까유? 개혁을 포기한 채 구태에 젖어있는 무사안일한 법 조직이라면, 법정의 권위를 위해 구태나 악습도 필요하다는 고압적 관료조직이라면, 과연 국민의 신뢰를 얻을 수 있을까유? 엄청난 장문에 온통 한문 투인 전문 용어를 답습하면서 법률 소비자들을 혼란스럽게 하는 그들은 국민편익을 위한 개혁이나 혁신은 안중에도 없는 건가유? 그런 그들을 국민은, '제국주의帝國主義 잔재殘滓에 불과한 폐어廢語나 사어死語 수준의 용어들을 큰 지성과 고품격을 대표하는 용어라 착각하며 지들끼리 억지 현학玄學의 끼를 부리는 얼치기들'이라 생각하지 않을까유? 만약 그렇다면 사물 인터넷과 인공일반지능 그리고 4차 산업혁명 같은 시대를 사는 젊은이들이 그들의 판결을 온전히 믿고 수용할 수 있을까유?"

베가의 신랄한 비판이 이어졌다.

"헌법 제103조는 '법관은 헌법憲法과 법률法律에 의하여 그 양심良心에 따라 독립獨立하여 심판한다'고 돼 있다카데. 그란데 이런 법 현실이라믄 이기서 말하는 헌법은 헌법憲法이 아니라 '오래돼 낡은 헌법'인 기라. 법률도 법률法律이 아닌, '법을 능멸했다'는 뜻의 범률犯律 아이겠나. 그라고 양심도 양심良心이 아닌, '사심이 개입돼 겉과 속이 다른 양심兩心'이 될 끼다. 그라고 또 독립도 독립獨立이 아닌, '더러운 돈'이라는 뜻의 독립瀆粒이 되지 않것나! 오해 말그래이. 이것은 어디까지나 만약인 기라. 그런 부패하고 타락한 법관들이 적발돼 드러난다는 가정에서 말한 기라! 그라고 헌법 제65조에도 보마 법관이 헌법과 법률을 위해하모 국회는 탄핵소추를 의결할 수 있도록 돼 있다카이. 그래서 탄핵이 결정되모 파면도 될 수 있고 우찌 됐던 간에 일단 민사상 형사상 책임도 물을 수 있다. 그라니까네 과거와 달리 지금은 하루가 달리 빠르게 변화하는 세상인 만큼 법조계 주변에서도 뭔가 변화의 움직임이 일 수 있다는 기대를 조심스럽게 가져보마 어떻겠노?"

점잖게 주로 듣고만 있던 예수가 법조 현실에 화가 치밀었는지 한마디 아재 개그를 하듯 법조 현실을 비웃었다. 그러다가 이내 냉정함을 되찾고 희망 섞인 말로 주변을 다독였다.

"그래요. 변호사들이 많이 배출되면서 일반인들의 법률 접근성이 높아지는 추세니까 일단 기대를 해 보는 것도 좋죠. 의욕에 찬 젊은 변호사들이 사법개혁의 기수가 돼 주길 바라는 마음이에요. 21세기 이후를 내다보는 창의적이고 국민 통합적인 법조 문화를 이들이 만들어 주길 바라는 것이죠."

"국민 통합적 법조 문화라고 혔지라! 워찌 보믄 변호사들이 많아지믄 허지 않아도 될 소송들이 남발되믄서 오히려 국민 통합에는 저해되고 국가의 에너지도 낭비될 소지가 많을 것도 가튼디 말이요, 잉? 법률 과잉의 문제도 충분히 예상된당께! 실제로 변호사가 크게 늘어 남시로 고소·고발 사건도 폭발적으로 증가허고 있답디다. 경찰 1인당 연간 맡는 고소. 고발 등 수사사건 건수가 90건이나 된다고 허든디 이것은 뭐것소? 반드시 해야 헐 시급헌 수사마저 제대로 되겄냐 이 말이여. 그런다고 무작정 경찰을 늘릴 수는 없지 않은가 말이여!"

젊은 변호사들이 대거 법조에 진출하게 되면서 갖게 되는 기대감에 대해 여주인이 말했다. 그러자 부처가 그에 따른 반작용을 하나하나 지적하기 시작한 것이다.

"또 일반인들의 법률 접근성이 높아진다고 혔는디 얼마나 고품격의 접근성을 말허는지가 애매허단 말이요! 소위 내로라 허는 전관들이나 이름만 들어도 알 수 있는 로펌의 고액 변호사들헌티 서민 법률 소비자들이 쉽게 접근헐 수가 있는지는 사실상 의문이랑께! 어차피 서민들은 수임료가 싼 변호사들, 그랑께 법조 경력이 부족허거나 승소경험도 적은 변호사헌티 의존헐 것이 뻔허지 않것소잉? 누군가는 법정 다툼은 결국 돈 싸움인 경우가 많다고 헙디다. 결국, 다윗과 골리앗의 싸움에서 누가 승자가 될 것인지는 뻔허지 않는가라? 옛날 그때는 나가 봉께로 다윗이 기적적으로 골리앗을 이기기도 험디다만 그런 기적이 맨날 일어나간디!"

여주인의 말에 부처가 또 문제를 제기했다.

"물론 그런 문제점도 충분하죠. 하지만 젊고 개혁적인 다윗형 변호사들이 적은 수임료를 받고도 거대 자본으로 무장한 전관형 거인 변호사들을 물리치는 이변들이 계속 생겨나길 바라야죠. 무척 어려운 일이겠지만 앞으로는 그런 일이 많이 일어날 거예요. 그렇다면 법조계에도 점차 개혁과 혁신의 바람이 일겠죠. 그리고 변호사들이 많이 배출되면서 소송 남발과 그로 인한 새로운 유형의 사회분열과 갈등 대두라는 문제를 끄집어내는 분들도 많아요. 모든 것을 법에 의존하려는 사법 만능주의의 폐단이죠. 물론 그럴 가능성은 충분해 보여요. 일부 배금주의拜金主義 성향의 변호사들이 승소 가능성이 낮은 사건도 무조건 고소할 것을 부추기면서 수임료만 챙기겠다는 법률 상인의 속성을 보이기 때문이죠. 변호사들의 생태계인, 법률을 사고파는 시장을 무조건 늘려야 자신들이 생존할 수 있다는 절박감도 있을 거예요. 하지만 그동안 수임료가 너무 비싸서 정당한 권리행사를 포기했던 선량한 시민이나 법률 지식이 부족해 억울하게 피해만 봤던 사람들에게도 법률서비스 시장은 더 저렴한 가격으로 열리겠죠. 그러면서 권리구제가 더욱 적극적이고 광범위해질 것은 당연하죠. 그런 긍정적인 측면을 먼저 살폈으면 해요."

"그런 측면이라면유, 앞으로 인공지능이나 인공일반지능, 그리고 초지능, 그러니까 AI나 AGI, 그리고 SUPER INTELLIGENCE에 의한 판결이나 변론도 충분히 긍정적인 기대를 해볼 만하겠네유. 법관의 자유심증주의에 따른 판결이란 원칙으로 인간의 복잡다단한 심리나, 여건, 그리고 상황에 대한 고려를 보장하면서 초래하는 불합리가, 기대했던 합리보다, 더 큰 불공정과 불평등의 논란을 불러오는 지금의 법조 현실에서 말이에유."

"그래요. 만약, 우리나라에 사회정의를 바로 세우고 인간의 존엄성을 지키려는 법률가보다 삶의 진실을 무너뜨리고 인간의 천박함만 추종하는 법술가들이 더 많은 세상이라면요. 그런 세상, 그런 나라라면 인공지능 변호사와 인공지능 검사, 그리고 인공지능 판사가 재판하는 세상이 훨씬 정의롭겠죠. 법이란 말, 그리고 정의란 말을 보다 정확하고 공평하게 실현할 테니까요!"

"인간들 스스로가 자신들이 만든 법과 정의조차 실천하지 못해 결국 인공지능에 맡겨야 하는 현실, 만약 그런 세상이 온다면 너무도 슬플 것 같아유. 존엄성과 영성을 갖춘 인간, 그리고 지성미를 갖춘 인류의 시대가 끝나는 것이잖아유!"

여주인과 베가의 정감 어리면서 뜻깊은 대화에 부처와 예수도 감동한 듯했다. 부처가 끼어들었다.

"인공지능이 재판을 맡는 세상이라면 존엄성과 영성을 갖춘 인간, 그리고 지성미를 갖춘 인류의 시대가 끝나는 것이라고 베가가 말혔는디 말이시! 근디 어짜믄 스스로 존엄尊嚴하고 영성靈性을 가졌다며 자만해 온 인간의 망상 그리고 허상들이 깨지믄서 새 시대가 열리는 것일 수도 있당께. 다시 말허믄 사필귀정이라 이 말이여. 스스로 존엄하고 영성을 가진 존재들은 결코 상대방을 착취하거나 억압하지 않는당께. 그리고 자신들이 만물의 영장이라는 어리석은 말도 하지 않는다 이 말이여. 왜 그런지 말을 하지 않아도 알것제? 하늘님께서 만물을 내심에 있어서는 큰 계획 아래 다 의미를 부여하셨지 않았것능가? 이런 사실을 헤아린 다믄 감히 인간만이 존엄하고 영성을 가졌다는 이런 몰염치하고 몰상식하면서 망상적인 말이나 생각을 허지도 않제."

부처의 말에 고개를 갸웃거리던 베가가 물었다.

"인간 외에 존엄하고 영성을 가진 존재가 또 있나유?"

"아, 생각을 혀봐! 알다시피 만물은 입자와 파동으로 이뤄져 있지 않는가베. 우리가 생물이니 무생물이니 구분허는데 실은 둘 다 입자로서 파동을 기본원리로 만들어진 것이랑께. 현대 과학의 총아寵兒라는 양자역학은 모든 물질이 입자와 파동 두 가지 성질을 동시에 지니는 것이라고 또 확인을 혔어. 그란디 말이여 빛은 또 파동이랑께. 빛은 에너지를 가지고 있고 에너지는 또 빛으로도 바뀌는 거제. 이런 현상들이 상호작용을 험시로 우리 우주가 제대로 운영되고 존재하는 것이란 말이시. 즉 사람이나 동물 그리고 우리가 말하는 생명체나 무생물 모두 입자와 파동, 빛 그리고 에너지로 형태를 바꾸면서 살아가제. 또 소멸험시로 환원되기도 허는, 모두가 동등한 가치와 존엄성 그리고 영성도 갖는 존재라는 말이시."

부처가 알쏭달쏭한 말을 했다. 부처의 말에 여주인이 공감했다.

"맞아요. 우리가 사는 생태계가 어찌 존재하는지를 보세요. 지구 생태계를 구성하는 기본 단위인 식물의 경우 탄수화물로 이뤄져 있잖아요? 바로 우리가 무생물로 치부하는 탄소와 물이에요. 동물들도 마찬가지죠. 동물의 몸 안에는 수소, 탄소, 산소, 철, 아연, 망간 등등 온갖 무기물로 구성돼 있어요. 생물이라고 분류하는 식물이나 동물 모두 무생물이라 분류하는 철이나 구리, 석회 등등 무기물 등으로 구성돼 있거든요. 생명체인 동물이나 식물이 무생물인 무기물들을 섭취하고 산다는 것, 논리적으로 생각해보면 이상하지 않나요? 우리가 무생물이라 생각했던 것들이 바로 생명의 근원이면서 스스로 입자와 파동을 가진 생명체일 수가 있는 거죠. 생명체니 무생물이니 하는 것들도 실은 어수룩한 인간들이 만들어낸 잘못된 개념일 수가 있어요. 아니 잘못됐다기보다는 그저 인간이 만든 분류기준일 뿐이다 이렇게 정리하는 게 더 나을 것 같네요."

여주인은 마치 철학자 같으면서도 신학자 같기도 했다. 또 신학자 같으면서도 과학자 같은 명쾌함을 동시에 갖고 있었다.

"지도 동의합니데이. 칼 세이건이라는 학자도 이미 별을 하나의 생물로 봤다 아입니꺼! 별도 생물, 달도 생물, 바위도 생물, 공기도 생물이라믄요 오로지 인간만이 존엄하고 영성을 가진 생명체라고 허는 것은 어불성설이고 인간들의 자기도취일 낍니데이. 존엄하고 영성을 가진 생명체가 환경을 대규모로 오염시키고 생명을 파괴하고 순박한 본성을 타락시키는 행동은 결코 하지 않을 낍니더. 존귀하면서 신성神性까지 나눠받았다 자처하는 존재들은 인성을 극한으로 말살하고 신성神聖을 모독하고 지순한 심성을 유린하려는 행위는 절대 하지 못한다 아입니꺼! 그런 점으로 판단한다모 자연계의 질서에 순응해 살아가는 동물들이나 식물들 그리고 산이나 강, 들, 공기, 물들이 더 존엄하고 존귀하며 더 영적인 존재들 아이겠심니꺼?"

여주인의 말에 예수도 공감하고 나섰다. 여주인과 베가는 서로를 바라보며 마치 다정한 자매처럼 애정 어린 눈길을 하고 있었다. 체격에서부터 외모 그리고 지성미까지 둘은 거의 모든 면에서 달라 보였지만 묘하게도 이미지가 겹치는 구석이 있었다. 그 다른 듯 겹쳐 보이는 공통의 이미지가 뭔지를 꼭 집어 표현하기는 힘들어도 부처와 예수는 동시에 둘이 묘하게 닮았다는 것을 느끼고 있었다. 부처와 예수, 베가와 여주인은 비록 살아온 환경이나 장소는 달랐지만 살아가면서 이렇게 영혼 깊숙이 공감하는 지기知己를 만난 적은 없었다는, 깊은 동류의식을 느꼈다. 넷은 현재의 대화 지금의 상황이 서로에게 너무도 소중하다는 생각도 했다.

2등 전략!
그것은 무전략

"근데 사장님의 생태계는 뭡니꺼?"

갑자기 예수가 주인 여사장에게 물었다. 여사장은 물론 베가 그리고 부처조차 깜짝 놀라 여사장을 바라봤다.

"무슨 말씀이신지…."

여사장이 뜻을 몰라 어리둥절한 표정이자 부처가 나섰다.

"뭐시냐, 거시기…. 사장님의 해박한 식견과 지식을 대하다 봉께 이 시대에 얼마 남지 않은 지성인의 모습을 보는 것 같아서 기뻐 저러는 갑소. 그랑께 오해는 마시시오. 쟈는 그저 사장님의 본업이 뭔지 알고자 픈 갑소!"

부처의 설명에 여사장이 이제 무슨 말인지 알겠다는 듯 웃었다.

"문화전당 위로 그저 먹구름 밀려들어 하늘을 가린다면 흐린 물에서 놀고 간혹 오늘처럼 청명한 바람결이라도 마음을 스친다면 맑은 하늘을 담으며 놀지요. 그게 저의 생태계예요."

여사장이 알 듯 모를듯한 대답을 했다.

"워따메 뭔 소리를 허신다요? 그것은 말이어라, 그것은 결코 사장님의 생태계가 아니랑께! 준령을 스쳐 부는 바람을 내어다 그 바람결이 몰고

온 꽃향기를 먹고, 심연을 솟구쳐온 청룡의 숨결과 그 푸른 파도 맺혀온 이슬방울만 마실' 사장님헌티, 이라고 혼탁한 세속, 쩌라고 혼돈스러운 속세를 그 워찌 사장님의 생태계라고 헌답디요? 그런 말 허덜덜 마랑께!"

부처가 가당찮다는 듯 손사래를 쳤다.

"뭐, 제가 각립손하卻粒飧霞 하고 두반곽갱豆飯藿羹할 사람인가요? 그저 맑고 고운 분들의 행실을 지극히 사모해서, 말하기를 앞세우기보다는 먼저 행동으로 닮고자 하는 이름없는 들꽃 같은 사람이죠."

여주인이 또 겸손한 태도를 보였다. 부처와 예수는 여주인의 태도에 매료되었다. 특히 예수의 경우 더 그랬다. 청초하면서도 강인한 풀꽃처럼 소박한 생명력을 품격 높은 행동으로 실천해내려는 여주인의 자태에 예수는 이상하게도 끌리고 있었다. 실제로 세상에는 말만 번드르르한 사람들이 많았다. 부패한 사람들 상당수는 자신은 청빈하다 강조하기에 바빴다. 부도덕한 사람 대부분은 자신이 양심적이라 강변했다. 편법과 탈법 사이를 줄타기하며 살아온 어떤 법률가는 급기야 무법자처럼 온갖 불법을 저지르면서도 자신은 합법과 준법의 삶을 살았을 뿐이라며 열변을 토하는 현실이었다. 돈과 권력에 유착돼 기꺼이 굴필屈筆하고 때론 절필絶筆도 서슴지 않아 온 자들일수록 참언론, 공정방송 어쩌고 저쩌고 위선을 떨며 정치계 그리고 재계에 손을 벌리거나 줄 대기를 하는 사회였다. 정치는 언어의 예술이라며 곡학아세曲學阿世와 교언영색巧言令色으로 국민을 속이고 또 다른 구호만 윤색潤色해 내려 궁리하는 정상배政商輩들이 끝없이 득세하고 대를 이어 군림하는 세상이었다. 국민을 이념으로 갈라치게 하면서 대결, 그리고 투쟁을 끊임없이 선동하는 그들은 아직도 괴벨스와 히틀러의 망령을 먹고 살려는 어두운 자들이었다. 세상을 바꾸겠다며, 미래에 희망을 던지겠다며 호기롭게 나섰지만, 미혹迷惑에 홀리고 사술邪術에 끌려 결국 쳇바퀴로 올라가고 마는 유권자들도 진정한 혁명가와 선지자들을 어리석다며 손가락질하는 세상이었다. 그런 사람, 사람마다 홀리는 탐욕, 내뿜는 어리석음, 쏟아내는 악취, 토해내는 마성魔性, 뿌려대는 살기殺氣들로 세상의 공기는 나날이 암울해지고 또 끈적해지고 있었다.

각립손하와 두반곽갱! 부처와 예수는 아름다운 저녁노을을 먹고 오로지 이슬만 마실 것 같은 여주인에게 혼탁한 작금의 세상은 결코 생태계가 될 수 없다고 생각했다. 정신이 맑고 영혼이 투명하며 영성이 밝은 사람에겐 비록 하늘이라도 한순간의 먹구름조차 드리워서는 안 되었다. 항상 청명함만 담고 또 닮아가도록 맑은 바람, 높은 하늘만 보여줘야 한다고 생각했다.

"의료문제에서부터 정치 현실 그리고 법까지 두루 해박하신 것 같아서 그런다 아입니꺼. 그런데 우리 법이란 게 와 구태의연한 용어를 쓰고 알 수 없는 장문을 나열하는가 하모, 법 조항도 시대상을 제대로 반영하지 못한다는 평을 받는지 궁금합니데이."

예수가 물었다.

"그라제. 나도 말이시. 우리 법이 왜 피해자 인권보호보다 가해자인 피고인의 인권보호에 더 신경을 쓰는 것으로 비치는지 도시당최 알 수 없당께. 그라고 예전처럼 수사기관의 강요나 협박에 의한 자백이 사실상 없어졌다고 확신험시로 왜 법관의 자유심증주의 예외 조항으로 자백의 증명력을 제한허는가 말이여. 쉽게 말허믄 자백을 해도 법관은 그 자백만으로는 증명력이 없다고 보는가 말이여. 물론 이런 모든 것들이 만일의 경우 생길 수 있는 무고한 경우나 억울한 경우를 막자는 취지인 것은 알것어. 알것다고! 근디 혹시나 우리의 수사기관 스스로가 아직도 자신들의 수사기법이나 능력에 대해 확신이 떨어지기 때문은 아닌가허는 의구심이 든당께. 그라고 공정하고 정의로운 법 집행을 헌다는 각급 공공기관들끼리도 서로를 못 믿는 후진적 행태가 아직도 만연허기 때문 아닌가 싶당께."

부처의 주장에 예수는 고개를 끄덕였다. 부처가 말을 이어갔다.

"또 한편으로는 사법당국이 피고인의 개인정보나 신상보호에 너무 신경을 쓰는 것은 혹시나 정치권을 비롯해 사회적 유력자들 때문이 아닌가 허는 생각도 들구만. 그들 혹은 그 주변 관계인들은 보통사람보다 탈법이나 불법으로 법정에 서게 될 가능성이 큰 만큼 미리 보호막을 치자는 것 아니냐는 시각인 거제. 자신들이 거기에 연루될 가능성도 큰께로 미리 방어막을 쳐놓자는 꼼수 때문으로 보이는 거시여. 암튼 사법관계자들은 피고인들 보호할 역량의 절반이라도 피해자에게 쏟고 있다는 확신을 국민들헌티 줘보랑께. 피해자들을 이중 삼중으로 욕보이지 말고 말이여. 그런 쪽으로의 법 개정 작업에 왜 우리는 앞서 나가지 못하는 거여. 우리는 그저 대륙법과 영미법을 만든 선구자들을 조용히 뒤미쳐 쫓아만 가야 허는 거시여? 우리의 국력이 시방 월매나 커졌는디 말이시!"

부처의 말을 여주인이 받았다.

"그러게 말이에요. 법이 시대를 앞서기는커녕 제대로 따라가기조차 못한다면 법은 인권을 유린하는 족쇄에 불과하죠. 사회질서 유지와 인권보호라는 명분으로 만들어진 법이 사회의 질서를 해치고 인권을 억압하는 폐단으로 작용하는 거예요. 과거 전가의 보도처럼 여겼던 형벌

불소급의 원칙이란 것도 법의 안정성과 국민의 인권보호 차원과는 거리가 멀어지는 느낌이에요. 과거 법 위에서 무소불위로 군림하려는 이름뿐인 공화정이나, 독재정권, 군부정권 그리고 공안정국 세력들의 사법 농단을 막기 위한 차원에서나 필요했던 조항들이 지금은 오히려 법정의 뿐 아니라 사회정의를 농락하는 독소조항이 되는 것은 아닌지도 살펴야 한다는 뜻이에요. 물론 이런 것은 과거 공권력이나 법조인들의 능력이나 역량 부족 그리고 부정과 부패에 대한 우려 때문에 제정이 되기도 했을 테지요. 하지만 지금 자신들 분야의 민주성과 청렴도, 합리성 그리고 역량 등을 앞다퉈 자랑하는 시점이라면 법적 독소조항에 대해서는 힘써 개선하는 노력을 해야 할 거예요. 행정부 차원의 입법이나 국회 차원의 의원입법 모두 필요한 것이죠. 그런데 현실은 자신들의 이권보호를 위한 차원에서의 법 개정에만 신경 쓰고 나머지는 나 몰라라 하는 것은 아닌지 의구심도 들어요. 달라진 시대 상황과 법 정의에 대한 기대감 등등을 고려해서 헌법에서부터 일반 형사법까지 혹여 개선할 사항 그리고 신설할 조항은 없는지보다 진중한 검토가 필요할 것 같아요. 법익이 먼저냐 아니면 실익이 먼저냐는 이제 더 논란거리가 안됐으면 해요. 만약 둘이 양립하지 못한다면 실익을 우선하는 형태로의 변화가 바로 혁신이 아닐까요?"

여주인의 말이 끝나자마자 부처가 다시 끼어들었다.

"나는 말이여, 아까도 말혔지만 피의자, 용의자, 피해자, 관계자, 목격자 등등 그 놈 자者 자부터 법전에서 지우는 작업을 먼저 혔으면 좋것당께. 지들은 뭐 대통령님, 장관님, 판사님, 검사님, 변호사님이라고 님 자를 붙여 극존칭을 쓰잖여! 그란디 왜 막상 지들이 종복從僕이 되어서 받들고 봉사헌다는 국민헌티는 이놈 저놈 험시로 놈 자者 자를 쓰냐고! 지들부터 직함을 대통자大統者, 장관자長官者, 판자判者, 검자檢者처럼 쓴다믄 이해를 허겄는디 말이여…."

'대통자, 장관자, 판자, 검자!'

"킥! 킥! 킥!"

베가와 여주인이 부처의 말을 되뇌어 보다가 급기야 웃음을 터트렸다. 부처도 말해놓고 우스운지 배를 잡고 웃었다. 하지만 예수는 뭐가 그리 심각한지 혼자만 심드렁한 얼굴이었다.

"2등 전략은 전략도 아니데이! 물론 신생기업이나 중견 기업들이 원가부담이나 개발비 부담 때문에 생존을 위한 2등 전략을 쓰는 것은 이해가 간다. 하지만도 경기에 임하는 선수나 국민을 위한다는 공무원들이 그저 2등이나 하겠다는 자세를 가진다모 그긴 파이인 기라. 법에 문제가 없는지 살펴서 일등 법을 만들려는 자세가 안 돼 있는 행정공무원이나 입법부공무원 그리고 사법부 공무원들이 있다모 하루바삐 자리를 내놔라 캐라. 의욕에 불타는 참신한 젊은 청년들이 많다 아이가! 아적도 개발도상국 시절의 2등 주의나 그저 따라 하기에 만족하는 정치인이나 공무원, 언론인, 교육자, 시민사회단체 관계자들이 있다모 그들은 지금의 일등 대한민국에는 걸맞지 않은 존재들인 기라. 법은 사회구조나 경제구조 등 현실도 반영하는 만큼 우리 국격에 맞는 법체계가 필요하다카이. 영미법과 대륙법 등에 앞서 세계를 선도하는 한국법을 와 우리가 몬 만들겠노!"

예수가 심드렁한 얼굴로 공무원들의 무사안일을 지적하자 부처는 긴장한 표정이었다. 그동안 잠잠했던 예수의 분노조절 장애가 언제든지 폭발할 가능성이 엿보였기 때문이었다. 예수가 자신의 말에 얼마나 공감하는지 확인이라도 하려는 듯 세 명의 표정을 살펴봤다. 부처는 격하게 공감한다는 듯 고개를 크게 끄덕였다. 사정을 모르는 베가와 여주인도 다행히 예수의 말에 공감하는 듯했다. 예수는 만족스러운 표정을 지었다. 부처는 남모르게 안도의 한숨을 쉬었다.

"올체. 올탕께! 물론 법도 기술혁신에 따른 여러 가지 산업구조 변화와 그에 따른 사회 변화상을 반영혀야 허기 때문에 우리나라가 인공지능이나 자율주행, 드론, 그리고 미래산업 등등 향후 세계의 발전 양상을 총체적으로 리드하지 못하는 한, 최선두에 서는 데는 한계가 있다는 점은 인정혀! 헌디 법이 우리의 현재 발전상도 제대로 반영허지 못허고 있다믄 문제시. 암만!"

부처가 부연설명을 하며 예수의 비위를 맞췄다.

"좀 전에도 제가 혁신 이야기를 했는데 인터넷 법률서비스 플랫폼인 로톡LAWTALK과 관련해 사회적으로 논란이 있었죠? 변호사를 대표한다는 단체는 로톡을 불법 브로커로 판단하는 듯해요. 공공성이 강조돼야 할 변호사 시장에서 사기업 법률플랫폼 사업자들은 많은 광고비를 내는 가입 변호사에게 정확한 검증도 거치지 않은 경력과 전문성을 내세워 주고, 높은 순위를 매겨주거나 허위 또는 왜곡된 정보가 사실로 둔갑하는 상황을 방임한다는 주장이죠. 하지만 법무부 수장조차 로톡이 변호사법을 위반한 것이 아니라는 견해를 밝혔고 한 전문연구기관도 전관 변호사를 찾는 구조를 해결하기 위해서는 접근성이 뛰어난 법률서비스 체제를 구축해야 한다고 했다네요. 또, 법조 브로커를 없애기 위해선 변호사 광고규제를 완화하고 변호사 중개제도를 활성화해야 한다고 주장했다 하더라고요. 한 사안을 보는 시각들이 크게 엇갈리는 거죠. 이것을 보는 일반인들의 심정도 복잡할 거예요. 양측의 시각에 일견 타당한 측면도 있을 거예요. 한데 분명한 것은 현재의 법률서비스 시장은 폐쇄성이 높고 사정이 급박한 서민들의 접근성을 제대로 보장하지 못한다는 평가가 상당한 것 같아요. 다시 말하면 많은 변화가 있어야 한다는 것이죠. 그러면서 그런 변화의 단초로 로톡을 바라보는 시각도 있다는 거예요."

여주인이 베가를 쳐다보며 말했다.

"그렇다면 장기적으로는 인공지능에 의한 법률 프로세스의 도입을 앞두고 벌이는 전초전 성격 일 수도 있는 건가유?"

"자세한 속내는 알 수가 없지만 그런 것으로 비치는 측면이 있죠. 현재의 법률서비스 시장을 부정적으로 바라보는 일반인들은 거대 자본이나 전관 위주로 폐쇄적 운영을 해온 법률 시장에 혁신이 일어날 것이라고 보는 것 같아요. 물론 전관들이 많은 것도 로펌의 경쟁력이고 승소율도 높을 것으로 보이는 만큼 검증된 법률 시장을 찾는 것이 의뢰인들에게 편익이 크다는 반론도 있겠죠."

베가와 여사장이 말을 주고받았다.

"여러 의견이 있것지만 나는 말이시. 법률 시스템에 인공지능이 완전 도입 되불믄 재판의 불공정 논란은 완전히 사라질 거라고 믿고 잡구만. 인공지능은 이미 입력된 수많은 판례를 전부 알 것 아녀? 우리나라 것뿐만 아니라 외국의 사례까지도 말이시. 거그다가 정치나 경제나, 사회, 문화. 예술 등등 사회 전반의 상황도 모두 알아서 순식간에 시대상 반영이나 정상참작도 할 수 있다 이 말이시. 인간 판사처럼 실수할 가능성은 1도 없당게. 재판과 관련해 의심받았던 로비나 불법거래 논란도 피할 수 있단 말이시. 그라고 인공지능은 스스로 학습도 가능해서 기존의 관행적 판례를 벗어난 획기적인 판결을 할 수도 있을 거여. 그라믄 무전유죄 유전무죄란 말은 역사 속으로 사라지것제. 완전하고 공정한 법치도 가능하고 말이시. 돈이나 권력이 있어도 법망을 빠져나갈 수 없다는 인식이 생기면서 권력형 범죄자도 거의 없어지것제. 물론 이것은 인공지능 체계가 해킹을 당허지 않는다는 전제에서 허는 말이시!"

부처가 입술이 마르는지 잠시 말을 멈추고 물을 들이켠 뒤 다시 말을 이어갔다.

"재판이 신속해지면서 한번 재판을 받다보믄 가산을 탕진하고 영혼까지 가출하는 상황도 막을 수 있을 거랑께. 그랑께 법 프로세스에 인공지능을 도입하는 것은 전관의 퇴출과 법조비리의 소멸, 권력형 범죄의 소진, 억울한 사람 제로, 법률 불신 해소를 뜻하제. 법에 인공지능이 도입되믄 법에 대한 신뢰회복, 정의로운 사회 회복, 살기 좋은 사회 회복 그리고 인간성 회복까지 이어진다는 말이시. 근디 말이여! 인공지능의 도입은 나가 마지막에 말헌 인간성 회복이란 것까지 이어진다는 것이 무척이나 중요허단 말이시! 사회 전반에 인공지능이 도입되믄 인간이 스스로는 절대 하지 못했던 인간성과 영성의 정화와 성장을 허는 계기가 될 수 있당께! 인공지능의 도움으로 사회정의가 바로 서면서 인간들이 까마득한 옛날 태초에 그랬던 것처럼 순수했던 본성을 회복하는 단초가 될 수 있을 것이다 이 말이여. 그라믄 자연스럽게 더 나아가서 인간들이 영성의 진화를 이루는 계기도 될 꺼구만! 인간성과 영성의 진화를 인공지능이 돕게 된다 이 말이여. 아, 나무아멘관세음보살!"

부처가 불호를 외치면서 말을 끝맺었다. 부처의 말에 이번엔 예수가 격하게 공감한 듯 고개를 끄덕였다.

"부처 엉가가 법 프로세스에 인공지능이 도입되모 그긴 단순한 시대적 변화일 뿐 아니라 인간사회 전반에 엄청난 긍정적 변화가 생길 것이라고 주장했다카이. 맞다. 우리 같은 사람들은 세상이 이미 이런 변화의 시기에 돌입했다는 것을 알고 있다카이. 그래서 엉가의 말에 전적으로 동감한데이. 그런 변화는 어찌 보마 인간 문명사의 획기적 변화를 의미하는 기라. 물질 문명사뿐만 아니라 인류의 정신 문명사에도 상상할 수 없는 변화가 생겨가 인간은 이제 다른 차원으로의 성장과 도약을 준비할 수 있게 될 기라. 인공일반지능AGI이 인간의 영적, 육체적 성장과 도약의 촉매제가 될 수 있다는 것 심각하게 주목해야 할 기라! 인간은 과거 수천 년간 스스로 영적 성장에 계속해서 한계를 느끼며 벽에 부딪쳐 왔던 기라. 부도덕과 부정과 부패 등등 인간성 상실이 인간의 영적 진화를 막아왔던 것인데. 이제 인간이 만든 인공일반지능이 인간이 한계를 뛰어넘어 영적인 진화를 하도록 도와줄 수 있다는 것 참으로 아이러니하지 않나? 나무관세음보살아멘!"

예수도 주문을 외며 말을 마쳤다. 듣도 보도 못한 이상한 불호와 주문을 외며 숙연하게 말을 마치는 부처와 예수를 여주인은 심상치 않은 표정으로 바라봤다. 역시 둘에게는 뭔가가 있었다. 그 순간이었다. 갑자기 우당탕 쿵탕 하면서 커피숍의 문이 떨어져 나갈 듯 열리더니 일단의 사나이들이 들이닥쳤다. 부처와 예수, 베가, 그리고 여주인은 소스라칠 듯 놀랐다. 들이닥친 10여 명의 사내는 한 시간여 전 검정 선글라스를 썼던 사나이들과 비슷한 차림새였다. 사나이들이 들이닥치자마자 부처와 예수는 얼굴이 사색이 다 되었다.

"웜마, 우리의 한국기행도 이제 종말을 맞았나 보구마잉?"

부처가 두려움에 떨더니 체념한 듯 말했다.

"엉가, 우리 떨지 말자. 우예하겠나! 그래도 우리의 운수행각은 크게 성과가 있었데이. 훌륭한 제자도 두고, 더 없을 지기도 만나고 안 그라나?"

처음 사시나무 떨 듯했던 예수가 어느새 안정을 찾고 담담히 말했다. 이들에 맞서기 위해 분연히 일어섰던 베가를 비롯해 이들의 난입에 놀랐던 여주인이 부처와 예수를 보며 이건 또 무슨 영문인지 의아해했다. 커피숍 내부를 찬찬히 둘러보던 사나이 중 한 명이 일행에게 서서히 다가왔다. 막아선 베가에게는 눈길조차 주지 않더니 배가 너머 부처를 살펴본 후 물었다.

"니가 우리 애들 팼냐?"

"풋, 풋, 풋!"

세 군데서 동시에 웃음이 쏟아져 나왔다. 베가가 먼저 실소失笑했다. 태어나서 개미 한 마리 발로 밟은 적 없는 부처와 예수가 뒤를 이었다. 사나이의 얼굴이 벌게졌다. 사나이가 주먹을 쥐고 부처에게 다가드는 순간 베가의 손등이 그의 가슴을 가볍게 밀쳐냈다. 방심했던 사나이가 벌렁 나자빠졌다. 그가 전광석화처럼 벌떡 일어서더니 베가에게 주먹을 휘둘렀다. 베가는 한 발짝 뒤로 피했다. 둘러선 10여 명의 사내가 일제히 달려들었다. 부처와 예수는 여주인의 뒤로 피해 오돌오돌 떨었다.

"이게 무슨 행패예요. 경찰에 신고하겠어욧!"

앙칼지게 소리친 여주인은 한 사나이에게 뺨을 얻어맞고 바닥에 쓰러져 버렸다. 이를 본 베가가 갑자기 한걸음 튀어나오더니 사내들을 쓸

어버리기 시작했다. 조금 전처럼 가볍게 밀쳐내는 것이 아니라 발차기와 손날치기 그리고 손등을 이용해 가격했다. 베가의 몸놀림은 그야말로 신묘했다. 십여 명의 사내와 베가 일행 4명 그리고 여기저기 의자와 탁자들이 널려 있었는데도 베가는 의자와 탁자는 단 한 개도 건드리지 않고 사나이들만 찾아다니며 가격을 했다. 의자와 탁자에 막혀 우왕좌왕하던 사나이들이 순식간에 하나둘씩 쓰러지더니 이내 대장 격 사내만 남았다. 대장 격인 사내도 주변을 둘러보더니 크게 충격을 받은 표정이었다. 자기는 이미 베가의 상대가 아니었다.

"미안합니다. 우리도 꽤 자부하는 무도인들인데 나의 부하들이 맞았다는 말만 듣고 그저 호승지심에 달려왔습니다. 그런데 보니 솔직히 저희를 능가하시는군요. 패배를 인정하고 물러가겠습니다. 이것은 파손한 물품에 대한 작은 보상입니다. 거듭 미안합니다."

사내가 수표를 한 장 품에서 꺼내 탁자 위에 정중히 놓더니 고개를 숙였다. 그러자 베가가 비로소 쓰러진 여주인 쪽을 바라보았다. 대장 격인 사내가 눈짓하자 부하 중 한 명이 여주인을 안아 일으키려 했다.

"나도 어차피 무도인, 여기서 모두 없던 일로 하고 끝내죠! 나머지는 우리가 알아서 할 테니 그냥 가세요."

여전히 경계를 풀지 않은 채 버티고 선 베가가 충청도 사투리가 아닌 표준말로 단호하게 말했다.

대장 격 사내를 선두로 사내들은 커피숍을 하나둘 빠져나갔다. 그중 두 명은 아예 기절해서 다른 이들이 떠메고 나갔다. 베가는 얼른 여주인을 일으켜 안았다. 여주인의 입안에서 피가 흘러나오고 있었다. 베가가 여주인의 뒷덜미와 가슴께를 손가락 끝으로 누르듯 주무르자 여주인은 이내 깨어났다. 여주인은 많이 놀랐지만, 상황이 정리된 듯하자 이내 안도했다.

"무슨 일이래요?"

베가는 여주인에게 자초지종을 설명했다. 그리고 다시는 그들이 찾지 않을 거라 확신한다며 여주인을 안심시켰다. 부처 일행은 여사장에게 너무도 미안했다. 이런 사단이 자신들 때문에 벌어졌기 때문이었다. 부처 일행은 어서 이곳을 떠나야겠다고 생각했다. 작별인사를 하는 일행 중 예수를 바라보는 여주인의 눈빛이 남달랐다. 일행이 허겁지겁 커피숍 문을 나서려는 순간이었다.

"잠깐만요!"

여주인이 일행을 불러 세웠다. 부처는 여주인이 혹시나 집기류에 대한 보상 액수가 적어서 그런 것은 아닐까 순간 걱정이 들었다.

"혹시나 폐가 안된다면 저도 여러분들의 한국기행에 일행으로 끼어도 될까요? 이런 사건을 당하고 보니 당분간 일손이 잡히지 않을 것 같거든요."

뜻밖의 말에 부처의 입이 헤벌려졌다. 자신들의 높은 영적 능력이 큰 감화력을 발휘한 모양이었다. 게다가 여사장은 그저 몸만 따라오겠다는 얌체일 것 같지는 않았다. 베가가 패물을 팔아 마련한 돈으로 겨우 10여 일을 버티기 힘들 텐데 여사장이 물주 노릇만 해준다면 그야말로 바라던 바일 터였다.

"시방이 추운 한겨울인데 우린 별로 가진 것도 없고 정처도 딱히 없는데 괘안겠심니꺼?"

예수가 은근하게 물었다. 애틋한 눈으로 예수를 훔쳐보곤 했던 여주인은 개의치 않는다고 말했다. 얼마간 모아둔 돈으로 일행의 경비도 보태겠다고 말했다. 예수의 입도 벌어질 뻔했다. 예수는 어디서 호박이 넝쿨째 굴러들어왔다고 생각했다. 베가도 갑작스러운 동행을 반겼다. 여사장은 재빨리 가게를 치우기 시작했다. 베가도 일손을 도왔다. 부처와 예수는 서로를 쳐다보며 은밀하게 웃었다. 눈먼 신도가 하나 생길 것 같았다.

좌표 없는 정부,
희망 없는 청년들

버스를 타고 이동하는 것이 주는 묘미가 분명히 있었다. 여러 사연, 제각각의 목적지를 가진 승객들과 한 버스에서 다양한 생각을 하며 지나치는 풍경 속에 자신을 투영해 바라볼 수 있다는 것이 대중교통 여행의 별미였다. 한데 여주인의 승용차를 얻어타고 여행을 하는 것의 편안

함은 색다른 경험이었다. 경치가 좋은 곳이면 그 어디든 멈춰 서서 풍경을 즐겨볼 수 있었다. 사람들의 인정이 느껴지는 곳이라면 언제든 섞여 들어가 한데 어울릴 수 있는 것도 자가용 여행이 주는 특미였다. 휴게소에 들러 도깨비방망이 모양 핫도그며 호두과자 그리고 우동을 사 먹을 수 있는 것도 짧을 여행을 길게 하고프도록 만드는 호사였다. 여주인이 운전하고 베가가 조수석 그리고 부처와 예수는 뒷자리에 앉아 대전을 향해 이동했다.

"제가 사는 지역은 내부의 유대와 결속은 그야말로 끈끈하지만, 외부로의 소통과 연계는 미흡한 것 같아요. 기득권들의 현상 유지에는 최고의 환경일 수 있지만, 미래 세대의 성장을 위한 시너지 발휘에는 큰 한계가 있죠. 그 점이 참으로 안타까워요. 그래서 제가 대안적 상황이라 할 수 있는 곳을 가보려고 우기듯 따라나선 것이에요."

운전대를 잡은 여사장이 말했다. 그런데 일행이 가만히 생각해보니 여사장의 이름이 무엇인지조차 물어보지 않은 점이 생각났다. 부처가 이름을 물어보려는 찰나였다.

"참 제 이름은 천두님이에요. 성은 천 씨고요. 둘째 딸로 태어나서 아버지께서 첫째는 한님, 그리고 저는 두님으로 이름을 지으셨데요. 나이는 올해가 지천명이에요."

여사장 아니 천두님 씨가 자신의 신상을 밝히자 부처와 예수는 예상은 했지만, 상당히 불편해졌다. 자신들보다 거의 열 살 이상 나이가 많은 것이다. 어찌 보면 조만간 자신들을 따르는 신도가 될 가능성이 큰데 지금 누님이라 부르기도 멋쩍었다. 누님과 동생의 관계가 고착화되면 신도가 되는 데 걸림돌이 될 수도 있었다. 둘은 눈치를 주고받았다. 끝까지 버티면서 신도로 만들자는 속셈이었다. 그런데 예수가 가만히 생각해보니 천두님이라는 이름이 어딘가서 들어본 적이 있는 익숙한 이름 같기도 했다. 긴가민가하며 고개를 갸웃거리는 예수를 두님 씨는 룸미러를 통해 때때로 훔쳐봤다.

"듣자니 세 분 모두 예사 이름이 아니던데 저에게도 기억하기 쉽고 의미 있는 이름 하나 지어주시면 안 될까요?"

두님 씨가 룸미러를 통해 뒷좌석을 보며 말했다.

"긍께로 우리는 속세를 잘 모르고 또 잠깐 구경하는 존재들이라 세상을 진솔하게 사시는 분의 이름을 너무도 쉽게 짓는다는 것이 실례가 될 껀디라잉!"

부처가 한껏 목에 힘을 주고 중저음 목소리를 냈다. 거드름 피우기는 속세인을 홀리는데 필수불가결한 요소였다.

"천두님이라고 하셨지예? 이름에 하늘天과 북두칠성의 두斗가 들어 있으니까네 북두칠성의 맞은편에 자리한 카시오페이아라고 하모 우뚷습니꺼? 카시오페이아는 에티오피아의 여왕이었다 아입니꺼! 북두칠성과 대칭점에 있으면서 뱃사람들에게 방향을 알려주는 별자리이기도 하지예. 순우리말로는 배가 정처 없이 흘러가지 않도록 고정시켜주는 닻을 닮았다 해서 닻별이라고도 한다 아입니꺼"

예수가 즉시 이름을 지어주자 두님 씨는 매우 좋아했다. 잠시 운전대를 놓고 박수를 치기까지 해 일동을 놀라게 했다.

"안드로메다 공주의 어머니이자 자만과 허영의 상징이기도 하지만 외모가 무척이나 아름다웠다고 하니까 좋은 점만 생각할게요. 그리고 순우리말 닻별이라는 말도 참으로 곱군요. 너무도 고마워요, 예수님!"

오늘 만남 이후 여사장 두님 씨가 특정인의 이름을 부른 것은 이번이 처음이었다. 예수와 부처는 두님 씨가 예수를 예수님이라고 부르자 무언가 신도화 작업의 첫 단계가 진척됐다고 생각하고 속으로 흡족한 웃음을 지었다. 베가는 큰언니뻘 되는 두님 씨가 자신들에게 큰 신뢰를 보이는 것을 알고 강한 동료의식을 느꼈다. 어찌 보면 앞으로의 여행은 순탄하고 평화로울 것만 같았다.

금강의 지류로 62.75㎞ 길이의 대전 갑천甲川은 충청남도 금산군과 논산시 그리고 대전광역시를 거쳐 금강으로 흘러드는 강이다. 강 유역에는 과거 전국에서 유명했던 유성온천과 계룡산국립공원 그리고 대둔산도립공원 등이 있다. 갑천 둔치는 만년교 부근에서부터 엑스포 과학공원까지 9.7km에 이르는데 일 년 내내 대전 시민들이 찾는 산책과 휴식 그리고 운동의 명소다. 탁 트인 갑천을 바라보며 일행은 차를 갑천 일주도로로 몰았다. 한강만큼은 아니었지만, 강의 유적한 흐름이나 넓은 둔치는 과거 일국의 수도가 위치할 만했다는 느낌을 주기에 충분했다. 갑천 근처에는 대전에 입주한 카이스트를 비롯해 각종 교육기관과 국가연구기관들이 즐비하게 늘어서 있었다. 명실상부한 우리나라 최고의 이공계 두뇌들이 모인 곳이었다.

"긍께로 여그가 우리나라 과학기술의 최고 두뇌들이 모인 연구소들이 전국에서 가장 많은 곳이람스로?"

부처가 갑천 일주 도로변에 웅장한 규모로 서 있는 KAIST 본원을 스쳐 지나면서 말했다.

"그렇다 아이가! 이기엔 국가핵융합연구소를 비롯해서, 국방과학연구소, 국가수퍼컴퓨팅센터, 한국과학기술정보연구원, 한국기초과학연구원, 한국생명공학연구원, 한국기계연구원, 한국에너지기술연구원, 한국원자력연구원, 한국원자력안전기술원, 정부통신연구진흥원, 한국전자통신연구원, 한국지질자원연구원, 한국천문연구원, 국가수리과학연구소 한국표준과학연구원, 한국화학연구원, 한국해양연구원, 한국한의학연구원 등등 국책연구기관들이 거의 총 망라돼 있다카드라."

예수가 일일이 이름을 나열하면서 숨이 차는지 허덕였다. 카시오페이아는 이미 그런 사실을 잘 알고 있는 듯했다. 하지만 베가는 이곳과 가까운 충주에서 태어났으면서도 대전에 이토록 많은 국가연구기관이 있다는 사실은 미처 몰랐다는 표정이었다.

"참으로 든든하구먼. 우리나라의 미래 성장 동력과 경쟁력이 거의 여기서 맹글어지는 거구만잉?"

일동은 대전이 갖고 있는 잠재력과 또 그 잠재력을 현실화시키기 위해 땀 흘리고 있을 이름 모를 구성원들의 노고에 새삼 고마웠다.

"여기서 차를 잠시 멈추고 잠시 걸으면서 갑천 주위를 둘러볼까요?"

카시오페이아의 제안에 일동은 모두 찬성했다. 한겨울이지만 드넓은 갑천의 둔치를 거쳐 불어오는 바람결엔 의외로 온기가 스며있었다. 한낮엔 햇살의 기운들이 비교적 강하게 강물과 들풀에 스몄기 때문인 듯 싶었다. 자외선과 적외선까지 충분히 머금은 갑천의 생명체들이 나머지 분량은 대기 중으로 복사해 내기 때문에 분지 같은 갑천에 온화함이 머물렀다.

"햇살이 참으로 좋구만유. 갑천에서 산책하거나 운동을 하는 사람들 모두가 행복해 보여유. 아마도 대전은 머리 좋은 사람들이 연구에만 몰두하는 곳이니까 사람들 모두가 착하고 아름다울 것 같다는 느낌도 드네유. 아마도 그런 기운들이 모아져서 이렇게 포근한 느낌이 드나 봐유."

모두가 고개를 끄덕였다. 누구 하나 베가의 말을 부정하는 사람이 없었다.

"그런데 하나 우리나라의 미래에 관해 걱정되는 부분이 있어요. 우수한 인재의 운영과 관련한 부분 말이에요."

갑천의 데크를 앞장서 걸어가던 카시오페이아가 잠시 걸음을 멈추고 말했다.

"뭔디라?"

부처도 걸음을 멈췄다.

"인재들의 운영이라고 말하니까 약간 어폐語弊가 있네요. 마치 인재들이 자신의 진로에 대해 자유로운 선택을 하지 못하고 어떤 외력이 조직적으로 통합 관리하거나 어떤 방향성을 갖도록 만들어간다는 뜻으로 비칠 가능성이 있어 보여요."

카시오페이아의 말뜻이 뭔지 이해 못 하는 사람은 없었다. 그러나 어쩌면 그것은 우리의 현실인지도 몰랐다.

"솔직히 말하자모 우리나라의 우수두뇌들이 세계의 두뇌들과 경쟁할 만한 여건이 되는지 의문인기라. 과거 우리나라의 경제나 과학 기술력이 하위권에 있었을 때는 어쩔 수 없었을 기라. 하지만도 지금처럼 세계 10위권의 국력을 가진 상태라모 우리 두뇌들이 세계의 두뇌들과 경쟁할만한 여건에 대해 국가적 관심사가 모아져야 한데이. 과연 그 여건들이 제대로 된 경쟁을 보장하는지 아닌지를 살펴서 적극 개선하는 노력을 해야 한다는 기라."

예수가 담담히 말했지만 그 말 속에는 우리의 현실이 전혀 그렇지 못하다는 비판이 담겨 있었다.

"맞어, 과거와 현재에도 그랬지만 미래는 말여, 더욱더 두뇌들의 경쟁력이 바로 국가의 경쟁력이 되는 것이여. 과학기술인력이 얼마나 우수하고 또 그런 우수인력들이 충분히 연구개발 인력으로 충원돼서 연구개발에 나서는지 여부란 말이여. 현재, 그리고 미래는 말이시, 기술발달의 속도가 워낙에 빠르고 또 워떤 나라가 기술력을 선점하느냐에 따라서 산업과 경제 효과마저 독점하는 시대란 말이여. 과거처럼 2등이나 3등의 기술로 만든 제품도 근근이 팔리던 때와는 다르단 말이시. 최첨단 기술로 만든 제품만이 세계시장을 독식하는 구조 속에서 최첨단 기술력을 개발할 수 있도록 최고의 인력들이 과학기술 개발의 현장으로 투입돼야 헌다는 거랑께!"

부처도 안쓰러움을 담아서 말했다. 우리의 현실을 뼛속 깊이 안다는 뜻이었다.

"물론 나름대로 소신 속에서 과학기술계로 간 우수인력도 있겠쥬. 하지만 현재 우리나라의 최고급 두뇌들은 전부 의과대학 계열로 가버린다고 하잖아유? 처음에는 호기롭게 이공계로 갔던 일부도 불과 1, 2년 만에 우리나라 과학기술계의 현실을 깨닫고 다시 의대를 가기 위해 재수, 삼수, 심지어는 사수까지도 불사하는 경우가 많아 문제라는 지적도 해마다 나오고 있시유."

베가도 거들었다.

"그런데 문제는 그런 과도한 의대 집중 현상에 대해 정부가 손 놓고 있는 것으로 비친다는 거죠. '개인들 선택의 문제에 개입할 수 없다'라는 아주 초보적인 변명 뒤에 숨어만 있다는 지적도 나와요. 정부는 자원의 합리적 조정과 배분의 기능도 해야 하는 거예요. 우리나라 헌법에도 보면 전문에 '정치·경제·사회·문화의 모든 영역에서 각인의 기회를 균등히 하고, 능력을 최고도로 발휘하게 하며'라는 부분이 있거든요. 대한민국은 국민이 자신의 능력에 맞는 기회와 직업을 가질 수 있도록 해야 한다는 뜻으로 읽히지 않나요? 능력 있는 청년 학생들이 자신의 역량에 맞는 과학기술계를 선택하지 못하고 의대로만 쏠리도록 방치한다면 그것은 반헌법적이라 볼 수도 있죠. 또 관련자들의 직무유기라고도 봐야죠."

카시오페이아가 다소 격앙된 어조로 말했다. 그랬다. 우리 사회의 의대 쏠림 현상은 어제오늘의 일이 아니었다. 그러나 그런 현상에 대해 역대 그 어느 정부도 적극적인 해결의 의지를 보였다는 평가는 아직 없는 것 같았다. 물론 문과 출신도 의대를 진학하는 게 가능하지만, 의대는 보통 자연계 학생들이 가는 경우가 많은 만큼 의대를 과학기술의 한 영역으로 볼 소지도 있다. 카메라가 사람의 눈을 모방해서 만들어졌고 신체의 신경망을 모방한 로봇 등이 만들어지는 등 의학 분야도 결국 과학 분야와 접목된다. 그런 만큼 의대도 과학기술분야 학문을 하는 곳으로도 이해될 수 있다. 하지만 의대로 자연계, 심지어는 인문계의 최우수 학생들까지 쏠리는 현상만큼은 절대 바람직하지 않다는 견해가 많은 것이 현실이다. 이들 최우수 인재들은 우주항공이나 핵융합, 인공지능, 자율주행, 6G, 생명공학, 방위산업 등등 미래과학기술 쪽으로 우선 충원돼야 한다.

"그려. 헌법이 규정한 대통령의 책무에도, '국가의 독립과 영토의 보존, 국가의 계속성과 헌법 수호'라는 부분이 나오제. 바로 헌법 제66조여. 아까 카시오페이아 님이 우리나라 헌법에 '각인의 기회를 균등히 하고, 능력을 최고도로 발휘하게 하며'라는 부분을 예로 듬시로 그렇지 못한 것은 반헌법적이고 직무유기일 수도 있다고 혔제! 우수 인재들이 의대로만 쏠려서 과학기술계 전반의 쇠퇴를 가져온다믄 그것은 오로지 기술력으로 승부하는 현재와 미래에 나라의 경쟁력을 크게 떨어뜨리는 행위인 거시여. 나라의 경쟁력이 떨어진다믄 그것은 곧 뭐겄어! 국가의 계속성이 떨어진다는 뜻 아니것어? 설마 세계에서 가장 가난한 나라로 전락해도 나라만 유지되고 권력만 차지헐 수 있다믄 책무를 다헌 것이라는 억지를 부릴려는 것은 아니것제. 그런 차원이라믄 우수 인재들의 산업현장으로의 고른 배분은 헌법적 명제고 대통령의 책무가 되는 것이라고 말허고 싶구만. '표에는 크게 영향을 주지 않은께로 그저 모른 체헐란다' 허지 말라 이 말이시."

흥분한 듯 부처가 자기만의 생각을 다소 거칠게 표현했다.

"그렇게 헌법에서부터 인재의 기회균등과 최상의 능력발휘를 언급한 부분이 있는데도 왜 그 부분의 중요성이 현실에서는 부각되지 못하는 걸까유?"

"긍께 말이시. 혹시나 헌법 전문부터가 너무도 난삽하게 긴 문장으로 돼 있응게 관계자들이 말이여 그 부분을 못 본 것 아닐까? 아니믄 이해를 못 했거나 말이시."

"헌법 전문이 그렇게 긴 문장으로 돼 있나유?"

"그려, 우리나라 헌법 전문은 딱 한 문장이여. 근디 그 글자 수는 무려 341자나 되부러. 우리가 광주에서 말했잖여, 어떤 법관의 판결문을 읽다 보믄 주어와 술어 사이가 너무 길어서 도시당최 뭔 말인지 모른다고 말이시. 전형적으로 그짝이랑께. 여그 검색혀서 한번 보드라고. 대한민국헌법 전문 말이여."

부처가 베가에게 휴대폰으로 검색한 헌법 전문을 내밀었다.

대한민국헌법 전문- 유구한 역사와 전통에 빛나는 우리 대한국민은 3·1운동으로 건립된 대한민국임시정부의 법통과 불의에 항거한 4·19 민주이념을 계승하고, 조국의 민주개혁과 평화적 통일의 사명에 입각하여 정의·인도와 동포애로써 민족의 단결을 공고히 하고, 모든 사회적 폐습과 불의를 타파하며, 자율과 조화를 바탕으로 자유민주적 기본질서를 더욱 확고히 하여 정치·경제·사회·문화의 모든 영역에 있어서 각인의 기회를 균등히 하고, 능력을 최고도로 발휘하게 하며, 자유와 권리에 따르는 책임과 의무를 완수하게 하여, 안으로는 국민 생활의 균등한 향상을 기하고 밖으로는 항구적인 세계 평화와 인류공영에 이바지함으로써 우리들과 우리들의 자손의 안전과 자유와 행복을 영원히 확보할 것을 다짐하면서 1948년 7월 12일에 제정되고 8차에 걸쳐 개정된 헌법을 이제 국회의 의결을 거쳐 국민투표에 의하여 개정한다.

"무척 길구만유. 숨넘어가겠슈! 대체 아직도 왜 이런 문장이 존재한데유?"

베가가 혀를 내둘렀다.

"긍께 말이여. 암튼 국민의 이해가 어렵다 판단되믄 서비스 차원으로라도 단문으로 써 놔야 허는거 아님감? 근디 대체 뭤났다고 요로코롬 요상한 주문 같은 것으로 만들어 놨는지 참말로 몰것어. 그란디 더 큰 문제는 말여. 그라고 우수한 인재가 모인 의대마저도 미래 전망이 불투명하다는 거시여."

부처의 한탄에 예수가 끼어들었다.

"와? 의대에 뭐가 문제고?"

부처는 예수의 돌발적인 질문에 약간 신경이 곤두섰다. 잘못 대답했다간 예수의 순간적인 분노조절 장애를 또 경험해야 할지 몰라서였다. 부처는 되도록 조심스럽게 말했다.

"응, 그랑께 그 우수허다는 인재들이 모인 의대에서 정작 학생들은 특정과 위주로만 쏠린다는 거여. 그란디 그 특정과 쏠림 현상이 학생들의 의대 쏠림현상 못지않다는디!"

"뭐라꼬? 의대에 학생들이 쏠리는 현상만 해도 증말로 심각한데 또 의대 내에서도 특정과 쏠림현상이 의대 쏠림 현상 못지 않타꼬?"

"그란당께. 알다시피 의대를 졸업한 의사들이 전공분야를 택할 때 피부과나 성형외과. 영상의학과, 재활의학과 같은 과로 몰린다는 거여. 2~30년 전인 옛날에는 내과나 외과, 산부인과, 소아과 같은 과를 선호했는디 인자는 이런 과들은 기피과가 돼부렀다는 거여."

"어데든 호불호가 있는 것 아이가? 그런기 뭐가 중요허다고 그래 요란을 떠노?"

"아니랑께. 의료체계가 왜곡되믄 결국은 환자들의 불편이 되는 거랑께. 국민의 건강권도 크게 위협받고 말이시."

"뭐 그래 호들갑이고? 의사들 지들이 무슨 과를 택하든 말든 일반인하고 무슨 상관이라꼬 이래 호들갑을 떠노! 다 지들 밥그릇 챙길라꼬 그러는 긴데 정부가 개입이나 할 수 있나 말이다."

부처의 지적에 예수는 심드렁한 표정이었다. 예수는 의사들에 대한 불신이 큰 듯했다.

"나도 말이시. 의사들의 특정과 쏠림 현상이 그저 그들만의 밥그릇 싸움이라고만 생각했단 말이시. 근디 그것이 아니드랑께! 그것은 곧바로 국민의 의료 왜곡 현상허고 연결된당께. 오메 답답한거. 긍께 말이시, 쉽게 말허믄 앞으로 잘못허믄 국민들이 뇌수술이나 심장수술 같은 중증 질환에 대한 수술을 제대로 못 받을 수도 있다 이 말이시. 어른뿐만 이간디 어린아들도 마찬가지랑께. 의사들이 부족혀서 말이여!"

"뭔소리고? 의사들이 부족하모 의대를 늘리면 되는 것 아이가? 그라믄 의사공급이 늘면서 자연스럽게 수술할 의사들도 늘어나는 것 아이겠나? 니는 자본주의 사회에서 가장 기본적인 수요와 공급의 경제원칙도 모른갑제!"

예수가 부처의 말을 시덥지 않다는 듯 깎아내렸다.

"흐미! 이녁 같은 생각을 허는 사람들이 많은께 문제의 핵심에 절대 접근허지 못헌다 이 말이여. 이녁이 말헌대로 자본주의 사회에서는 철저허게 수요와 공급의 원칙이 적용되제? 그라믄 뭐여? 의사사회에서도 마찬가지라 이 말이여. 이녁 말대로 의대를 무작정 늘린다고 의사들이 지금은 안 갈라고 허는, 피 터지게 수술만 허는 과들로 막 지원을 헐 것 같어? 그쪽 과들은 돈이 안 된다는 말이시. 현재 정부가 보험으로 주는 수가가 현실과 너무도 안 맞아서 의사들이 그쪽으로는 안 갈라헌다 이 말이랑께. 그란디 무턱대고 의대를 늘린다고 의사들이 그쪽으로 가것냐 이 말이여. 아마, 늘리는 족족 다들 돈이 되고 위험 부담이 적은 피부과, 성형외과, 영상학과, 재활의학과 쪽으로 쏠릴 거라 이 말이랑께. 의대를 늘려봤자 소용이 없다 이 말이시. 그것이 자본주의의 법칙 아녀?"

"그란다 카모 말이다. 정부가 의대를 조건부로 늘리고 늘어난 의대생들은 특정 지역에 의무적으로 근무하게 하거나 외과 수술을 5년간 의무적으로 하도록 강제하는기라. 그라모 되지 않것나? 보통 간호사관학교의 경우 의무복무 기한이 6년이고 육사나 공사 같은 곳도 5년간은 의무복무 시킨 뒤에 전역의 기회가 부여된다꼬 하던데!"

"쯧쯧"

예수의 말에 부처가 혀를 찼다. 부처가 아차 했다. 하지만 예수의 눈에는 이미 분노와 적의의 그림자가 어른거리고 있었다.

"니, 시방 혀를 찼노? 그런 조건으로 의대를 늘려주마 외과수술을 할 의사가 수치적으로 많이 생기는 긴데 와 혀를 차노! 니 시방 나한테 시비 거는 기가?"

부처는 재빨리 꼬리를 내렸다.

"아니 거시기, 그게 아니고 나가 그냥 버릇이 튀어나와 부럿당께. 오해하지 말더라고."

예수가 부처를 잠시 꼬나보더니 다행히 화를 푼 것 같았다.

"그래 하고 싶은 말이 뭐꼬? 내사 화 안 낼라 칸다. 말해 보그래이!"

예수가 순순히 말했다. 부처는 그런 예수의 변덕 가능성을 알기에 조심스럽게 말을 꺼냈다.

"아녀, 나가 하고 자픈 말은 말여. 아, 이녁이 말헌 대로 왜 공군사관학교나 간호사관학교 같은 특수 학교들 있잖여? 그 학교를 졸업허고 의무복무 기간이 지나믄 상당수가 그곳을 떠날라고 헌다드만. 민간 항공기 비행사로 취직허거나 간호사로 근무 허믄 돈을 더 받기 때문이라고 허더랑께. 알다시피 이공계에 가기로 허고 과학고 같은 특수목적고등학교를 입학한 학생들이 나중에 학비를 물어내고서라도 의대를 가잖여. 그것허고 똑같당께. 지방에 일정 기간 근무를 조건으로 허거나 일정 기간 외과를 하겠다는 조건으로 의대를 늘려도 나중에 졸업생들이 의무 기한만 채운 뒤 다들 수도권으로 몰리거나 돈 잘 버는 과로 변경할 가능성이 매우 높단 말이시. 아, 버는 돈의 차원이 다른디 누가 지방에 남아 있것냐 말이여. 자본주의 경제의 원칙을 생각해보라고 말이시! 그리고 심장이나 뇌 같은 외과 수술은 고난도의 기술이 필요허지 않것어? 근디 조건부로 설립된 의대를 막 졸업한 외과 의사들이 월매나 수술을 잘 헐 수 있것냐고! 이녁 같으믄 그렇게 경험이 부족한 갓 졸업한 의사들헌티 자기의 가족이나 부모의 수술을 맡길 것 같냔 말이여? 외과수술 같은 경우는 최소한 10년 이상 돼야 베테랑이 될 텐디!"

예수는 부처가 자신의 단견을 꾸짖는 것 같아 여간 불쾌하지 않았다. 하지만 화를 내지 않겠다고 공언한 만큼 속으로만 부글부글 끓고 있었다. 그러나 예수는 냉정히 생각해보니 부처의 말이 맞는 것 같았다. 자본주의 사회에서 누가 의무복무 기간 이후에도 돈이나 처우가 낮은 곳에 머무르려고 할 것인지는 뻔했다. 그렇다고 의대 졸업생만 의무복무를 무기한으로 확대하는 것도 형평에 맞지 않았다.

"내 니 의견 인정한데이. 그라모 대안이 뭐꼬?"

예수가 애써 감정을 억누르며 물었다. 부처도 예수의 호승지심을 충분히 아는 만큼 예수의 기분을 건드리지 않도록 조심스럽게 대답했다.

"만약 의무복무를 강제허는 의대를 신설허믄 워떤 문제를 가져올 수 있는지 허는 문제점 알것제? 근디 그 외에도 의대를 늘릴라고 허믄 의과대학을 맹글어야제, 각종 실험실습장비도 사야제, 교수 인력도 새로 뽑아야제, 국가지정종합병원도 새로 지어야제 등등의 비용이 추가로 유발된단 마시. 그런 비용은 차라리 현재도 남아도는 의사들이 필요한 의료분야에 적정 배치되도록 정부가 조정허는 예산으로 쓰믄 된당께! 그 조정 작업은, 의사들을 나라가 강제로 배치허란 말이 아녀! 자본주의 사회답게 경제원리가 작동허는 적정 보험수가만 지급허믄 자연스럽게 정리가 된다 이 말이여. 적정 수가를 지급허는 게 의대를 무작정 증설험시로 들어가는 운영 비용보다는 훨씬 적을 것이여. 그라고 의료인력이 왜곡되지 않고 적정 배치되믄 국민의 건강을 제대로 지킬 수 있다는 데서 엄청난 이득이 또 생겨난당께. 그저 과거의 어떤 정권처럼 의사들의 희생을 담보로 보험재정만 아끼겠단 발상은 진정으로 국민의 건강권을 위하는 것이 아니단 말이시. 또 수가로 의사들을 통제허것다는 발상도 공정과 정의를 내세우는 자유민주 권력이라믄 결코 해서는 안 되는구만, 암만!"

"니 의도는 충분히 안다. 하지만도 엉가, 니 말은 의사단체의 입장만 옹호하는 말이라꼬 오해를 받을 가능성도 있다카이. 전 국민 의료보험 실시로 의료 문턱이 월매나 낮춰졌나 말이다. 우리나라맨치로 병원을 쉽고, 빠르고, 값싸게 이용할 수 있는 나라는 없다 카데. 월매나 좋은 나라고!"

예수가 내색은 안 했지만, 마음속으론 부처의 기를 누르려 애썼다. 부처도 이를 알고 더욱 조심스러워 했다.

"그려! 우리나라의 의료 환경은 차말로 좋당께. 먼저 의료진의 수준이 세계 최고 수준이여. 가장 무서운 현대 질병인 암 치료율만 놓고 보드라고. 암 수술 같은 경우는 우리나라의 5년 생존율이 세계 최고여서 미국도 그 시스템 등을 배울라고 헌다고 허드랑께. 이미 2010년도부터 우리나라 위암 수술의 5년 생존율이 미국보다 30%나 앞섰디야. 2015년에는 간암 수술 생존율이 미국은 16%대인데 우리나라는 30%나 됐다는 거여. 지난 2020년엔 대장암 수술 후 5년 생존율이 79.5%로 미국의 65%대보다 훨씬 높아서 세계 최고라는 거여. 암튼 우리나라 의료진의 수준은 모든 분야에서 거의 세계 최고 수준이라고 평가를 받는디야! 아마도 최우수 두뇌들이 의대를 갈라고 발버둥 치는 상황에서 그런 결과는 당연한 것인지도 몰것구만. 근디 의료진의 수준은 세계 최고인 반면 의료비는 최저 수준이어서 국민은 그저 행복할 것이여. 그렇다믄 그런 행복이 워디서부터 왔는지를 알아야 혀. 의료진들의 노력과 희생을 바탕으로 헌거랑께. 삑하믄 의사들이 밥그릇만 지킬라고 헌담시로 수가 정상화를 요구허는 의사들을 모욕허지 말라 그 말이여. 툭하믄 의사들의 멱살을 움켜쥐고 우리사회 엘리트를 능멸해 봤다는 일탈된 우월의식도 갖지 말라 그 말이시. 그렇다고 의사들을 무조건 존경허라는 말은 아녀. 돈만 밝힘시로 환자의 권리를 무시허는 의사들은 마땅히 지탄을 받아야 혀. 고의로 의료 재정을 축내거나 과잉진료로 환자의 건강을 위협하는 못된 의사도 마땅히 처벌을 받아야제. 그란디 치료비는 미국의 5분의 1에서 10분의 1 정도만 줌시로 나머지는 알아서 감당하란 식의 정부 정책은 민주주의와 자본주의의 정의 그리고 상식에도 어긋난당께. 의사들의 희생을 대가로 정부가 국민한테 선심을 쓸라는 짓을 혈라고 하믄 안되는 것이제. 일부 못된 관료들, 혹은 정치인들은 그란다드만, '의사들은 많이 번께 그들은 덤터기를 써도 돼야'라고 말이여.

많이 번다고 덤터기를 써야 헌다는 논리는 대체 어떤 이념이고 어떤 주의자들의 논리여? 아까 대한민국헌법을 야그했제? 대한민국헌법 전문에는 말여 '모든 사회적 폐습과 불의를 타파하며, 자율과 조화를 바탕으로 자유민주적 기본질서를 더욱 확고히 한다'라는 구절이 있당께.

범법행위를 하지 않았는데도 특정 직능단체에 덤터기를 씌우는 것은 헌법이 타파하자고 허는 사회적 폐습이고 불의한 짓거리제. 헌법은 '우리나라의 자유민주적 기본질서를 더욱 확고히 한다'고 혔는디, 그와 반대로 특정 직능단체의 헌신과 희생만을 강요헌다믄 자유에도 안 맞고 민주적 기본질서에도 안 맞는 것이여. 그런 것들은 우리의 헌법을 부정하는 행위란 말이시. 과거 우리나라가 전부 다 못 살고 못 먹고 헐 때나 의사단체가 대승적으로 포용했던 내용을 시방도 나 몰라라 허고 강요만 헌다믄 이것은 직무유기도 되는 거제. 아, 생각을 혀봐! 의사들이 잘나갔을 때는 적어도 2~30년 이전의 과거 일이여. 시방은 운동선수나 유튜버, 가수, 배우, 개그맨, 맛집 사장 등등 그들이 의사의 몇 배에서 많게는 몇십, 몇백 배나 더 번당께! 웬만한 기업체 직원들도 의사보다 더 벌어들인단 마시. 정부가 보험수가를 적게 줄라고 의도적으로 의사들을 평범한 국민과 싸우도록 분열과 갈등, 그리고 대립을 조장하는 짓거리는 더 이상 용납해서는 안 된단 말이여. 정치는 국민 통합과 화합, 그리고 소통이라는 기본적인 목표를 갖고 있는 것이여. 그란디 깜이 안 되는 자들이 권력을 잡으믄 항상 국민 사이에 쌈을 붙인당께. 곤란한 문제가 생기믄 항상 국민을 이간질허고 대립시켜. 그런 사이에 지들은 슬쩍 빠져나가 버리제. 그라믄 상당수 국민은 문제의 본질은 잊어버리고 그저 국민끼리 쌈박질에 빠져들어 분당께. 앞으로는 그런 일은 없어야 혀. 모든 국민은 헌법 정신에 보장된 자유민주적 기본질서 아래 정치·경제·사회·문화의 모든 영역에서 기회를 균등히 누려야 허는구만. 또 자신의 능력을 최고도로 발휘하게끔 보장받을 권리가 있단 말이시. 특정인들이 모인 단체의 희생을 강요할 권리는 나라에 없단 말이여. 대한민국헌법을 나라의 헌법으로 인정하는 제대로 된 나라라믄 말이시!"

부처의 조심스럽고도 열정적인 변설이 드디어 끝났다. 긴 연설 투의 말이었지만 그 누구 하나 주의가 흐트러지지 않았다. 부처의 말에는 커진 나라의 위상, 높아진 국력에는 걸맞지 않은 정치와 행정의 현실이 고스란히 녹아들어 있었기 때문이었다. 처음에는 부처가 특정 직능단체를 두둔하려 한다는 의심을 품었던 예수도 의심과 오해가 완전히 풀렸다. 부처의 말에는 사실과 진실 그리고 진심이 담겨 있었기 때문이었다.

"심장외과 전문의나 소아외과 전문의, 뇌를 수술할 신경외과 전문의, 산부인과 전문의, 내과 전문의 등이 그래 부족하나? 그라고 그에 따른 문제점은 뭐꼬? 실상 우리는 피부로 와 닿지 않는데이!"

예수가 부처를 보며 조심스럽게 물었다. 이들의 대화를 경청하던 카시오페이아와 베가는 부처에게 자세한 얘기를 들려달라는 듯 갑천 둔치 양지바른 한 곳에 아예 자리를 잡고 앉았다. 한겨울이어도 양지바른 곳에는 간혹 초록빛 들풀들이 돋아 있었다. 세상을 온통 갈색빛과 휴지기休止期로 뒤바꿔 버리겠노라 엄포를 놓으며 기세등등했던 동장군의 위세가 초라해 보이는 순간이었다. 부처는 예수가 다소곳해지자 기분이 좋았다. 모두가 자신만을 쳐다보자 자신의 존재가 우러러지고 받들어지는 것 같아 비로소 자신의 이름값을 하고 있다는 만족감도 들었다.

"지난 2021년 전국의 빅5라는 병원의 전공의, 그랑께 레지던트 모집 현황이구만. 한 병원의 경우 외과가 0.36대 1의 경쟁률을 기록했당께. 또 산부인과와 소아청소년과, 흉부외과, 비뇨의학과의 경우 경쟁률이 0.3 대 1 안팎이었드랑께. 특히 흉부외과는 6명을 모집허는디 단 한 명도 지원허지 않았더라고. 또 다른 곳의 흉부외과도 0.4 대 1이었드랑께. 흉부외과는 알다시피 모든 중요 수술이 이뤄지는 과잖여. 가슴을 절개해서 심장부터, 폐, 간, 그리고 기타 내장 장기들에 대한 수술을 관장하는 곳이라 이 말이여. 근디 이런 중요한 수술을 헐 의사가 점차 없어지고 있다는 거여. 근디 더 큰 문제는 이처럼 흉부외과 등 외과를 전공한 전문의들조차도 3분의 1은 요양병원으로 가버린 뒤 기초적인 진료나 하고 또, 그 나머지 5분의 1가량은 미용 시술이나 점을 빼는 일을 하고 있다는 분석이 있드랑께."

의료 현장에서 이처럼 심각한 왜곡 현상이 일어나고 있는 현실을 숫자로 알게 되자 일동은 비로소 문제의 심각성을 더 크게 느끼게 됐다.

　"차말로 요상타카이! 와 힘들여서 중요한 의료기술을 배운 전문의들이 누구나 쉽게 하는 쪽으로 방향을 트는 기고? 나중에 교통사고가 나거나 각종 중요한 장기손상 사고가 대규모로 나는 상황이 발생할 때 수술할 의사가 없어지는 것 아이가? 예로 들자모 전쟁이나 지진 같은 대규모 건물붕괴 같은 사고 때 말이다."

　부처는 한번 심호흡을 한 뒤 말했다.

　"맞어. 의료 분야라믄 어디든 쉬운 분야가 있는 것은 아닐 꺼여. 허지만 상대적으로 어려운 분야는 반드시 있을 거구만. 가슴뼈를 자르고 그 안을 들여다보는 흉부외과나 머리뼈를 도려내고 뇌를 보는 신경외과 같은 경우는 상대적으로 더 어려운 수술기법이 필요한 것이 맞을 꺼여. 근디 이런 기술을 배운 전문의들이 왜 피부미용 쪽으로 빠지겠어? 그 것은 이녁들이 다 예상헌 대로여. 다 돈이 안 되기 때문이여. 전 의료진들이 다 달라붙어 갖고 최고의 긴장감 속에 밤을 새워서 응급 수술을 혀도 나중에 받는 돈은 인건비에도 못 미친다는 말도 있더라고. 그라믄 누가 외과 의사를 할라고 허겠어? 이런 식으로 외과 의사들이 점차 사라져 가믄 나중에 외과 수술을 받을라믄 몇 달을 기다려야 하거나 아니믄 외국으로 가야허는 경우도 생기겠제. 당장 심장이나 간이 터지거나 문제가 있는디 수술이 밀려서 몇 달을 기다려야 허는 것은 그냥 죽으라는 것이제. 이런 상황을 의료인들만의 문제로 보고 모른 체 그대로 방치허는 것은 나라의 헐 일이 아닌 것이여! 몰것어! 돈이나 권력, 그라고 빽 있는 자들은 아무리 수술이 밀렸어도 보통사람들보다 먼저 수술을 받을 수 있는 용빼는 재주가 있응께 이런 상황을 방치 허는지는 몰 것구만."

부처의 말에 긴가민가한 표정을 짓던 예수가 또 물어왔다.

"근데 말이다. 의사들 가운데서는 그래도 생명을 지키겠다는 사명감으로 의사가 된 사람들도 많을낀데 그런 사람들이 그저 돈 때문에 외과 의사를 포기한다는 것 이해가 안 된데이."

부처가 고개를 끄덕였다.

"맞어 맞당께. 돈이 꼭 모든 이유는 아닐 껴. 아까 말헌 것맹키로 흉부외과나 신경외과 그리고 산부인과 같은 경우는 뇌나 장기처럼 중요한 부위의 손상이나 태아처럼 아주 민감한 생명체를 다루는 분야잖어. 그라믄 그만큼 수술이 어렵고 치료 성공 가능성은 낮을 것 아니것어?

사망위험률이나 합병증 발병위험 같은 것도 많고 말이여. 그란디 암튼 수술 중 잘못되기만 허믄 무조건 의료과실로 몰아가서 몇 달, 길믄 몇 년까지 의료진을 괴롭게 헌다는 거여. 멱살을 잡거나 폭력을 행사허는 경우도 있다는구만. 물론 의료진도 과실이나 고의가 있다믄 당연히 합당한 처벌을 받아야 허제. 근디 무슨 억하심정이 있다고 의료인들이 생판 모르는 생사람을 잡것느냐는 거여. 그라고 혹여 과실이 생기더라도 그것은 외과 의사를 기피하는 경향 때문에 인력이 부족하면서 생기는 과로가 원인인 경우도 많다고 허드라고. 아, 생각을 혀봐. 보통사람이 재미있는 영화를 봄시로 날을 새는 것도 힘든디, 고도로 신경을 집중허고 피를 뒤집어 씀시로 살을 째고, 뼈를 자르고, 혈관을 묶으면서 날을 통으로 새는 것이 월매나 힘들것냐고! 근디 일부 사람들은 그런 것을 전혀 인정허지 않을라허제. 물론 대부분의 상식적인 보호자들은 의료진의 진심을 믿기 때문에 그런 난동을 피우지 않지만 말이여. 그란디 암껏도 모르는 보호자헌티 못된 브로커가 끼어블믄 인자 문제가 확 달라져 분당께! 그 보호자도 인자는 망나니 보호자가 되부러!"

예수가 익히 안다는 듯 고개를 끄덕였다.

"그런다 카드라. 건수 하나 잡았다 카믄서 병원에 떡하니 자리를 잡고는 다른 환자들 보는 앞에서 일부러 온갖 깽판을 치고 난리를 피운다 카더라."

"그려, 맞당께. 그람시로 정말로 훌륭하고 실력 있는 의사도 하루아침에 무능한 살인자로 맹글어부러. 절대 환자의 권리를 위해서가 아니랑께. 돈을 챙길라고 환자를 빙자해서 온갖 협작질이 시작되는 거제. 객관적으로 상황을 분석해서 책임질 부분이 있으면 책임지겠다는 합리적인 말은 통하지 않는 거여. 수사를 지켜보자는 말도 무시허는 거제.

과학적 인과관계를 따지게 되면 당연히 불리해진다는 걸 알기 땜시 일단 깽판을 치고 보라는 못된 브로커들의 꼬임에 빠지는 경우도 있다는 거여. 그런 브로커나 그런 환자가족 한 명만 있으면 의사는 평생 의사의 역할에 환멸을 느끼게 되는 거제. 그랑께 환자가족이랑 엮이지 않는, 비교적 쉽고 돈은 많이 버는 의료분야 쪽으로 가버리는 거여.

의사헌티 깽판을 치는 그런 못된 짓은 나중에 유사시 수많은 환자를 살릴 수 있는 역량이 있는 외과 의사들을 절박한 응급 현장에서 내쫓는 거랑께. 의료사고를 빙자해 그렇게 망나니짓을 허는 자들은 결국 생존이 가능헌 다른 수많은 환자를 죽음으로 내모는 살인자가 될 수도 있는 거라 이 말이시. 미필적 고의에 의한 살인자가 되는 것이랑께. 이런 관점에서 정부가 의료인력의 적정 배분 여부를 봐야 헌다 이 말이여. 의료사고 논란 등 의료분쟁도 이런 맥락에서 봐야지 그것을 단지 의사와 환자 개인의 일로 치부해서 나 몰라라 허믄 안된단 말이시."

예수가 다시 고개를 끄덕였다.

"내도 들었다. 미국 등 선진국에서는 의료분쟁 때 가족들이 병원에서 이렇게 깽판 치는 상황은 상상헐 수도 없다 카드라. 그라고 또 그런 상황이 발생허믄 법 집행기관이 나서서 의료진들을 철저히 보호해준다 카데. 또 분쟁조정 과정에 공권력이 충분히 개입해서 의료진의 과실 여부를 규명하거나 아니모 현대의 의학지식으로는 불가피한 상황인지의 여부도 가린다 카더라. 그란데 의료진들의 명확한 과실이나 고의가 없다모 거의 다 면책을 해준다 카데. 그기 법 정신에 맞는 것 아이가?"

부처는 한때 위기도 있었지만, 오늘따라 예수가 자신의 말에 순순히 공감해준다는 생각이 들었다.

"그려. 선진국들이 그라고 허는 것은 의료인을 비롯한 의료 자산은 결국은 국가의 안정성과 생존지속성을 위한 국가의 자산이라고 보기 때문 아니것어? 국민을 건강하게 잘 지키는 것은 곧 국가의 산업 생산성 향상을 위한 다양한 맨파워를 최상의 상태로 유지헐 수 있기 때문이제. 그것은 우리나라도 마찬가지일 것이여. 물론 영국 같은 나라와 달리 우리나라는 의료인 양성과정에 나라가 돈을 대준 적은 없지만 말이여. 그렇다고허믄 나라는 말여, 일단 양성된 전문 의료인력은 나라의 고마운 자산으로 생각허고 최대한 예우험시로 안정적이고 최상의 상태로 의료행위를 할 여건을 보장할 책임과 의무를 띤다 말이여. 그란디 과연 그런 일을 허고 있다고 생각혀? 혹시나 말여 우리나라가 과도한 의료분쟁으로 의료 현장의 불안감이 커지는데도 나 몰라라, 의료

편중과 왜곡 현상이 빚어지고 있는데도 나 몰라라, 주요 질환 발생 때 일반 국민의 의료접근성이 크게 떨어질 가능성이 예상되는데도 나 몰라라! 이런 문제점들을 지적허고 시정을 요구허믄 밥그릇을 위한 직능이기주의라 매도 험시로 나 몰라라, 허는 것은 아녀? 워뗘? 우리의 실상은 뭐라 생각혀?"

부처가 정말로 한심하다는 표정으로 의료 현장의 문제점들을 조목조목 짚어 나갔다. 입을 떡 벌린 채 부처의 설명을 듣고 있던 예수가 고개를 설레설레 저었다.

"설마 이런 일이 우리나라에서 그대로 벌어지고 있는 것은 아닐끼제. 그라제 어이?"

예수가 크게 한탄하는 사이 베가가 인터넷으로 검색했는지 핸드폰을 들어 보이며 무언가를 읽어갔다.

"'대한외과학회는 초응급 질환 중 하나인 복부 대동맥류 파열을 수술하는 외과 혈관 세부 전문의 지원자의 경우 최근 3년간 전국적으로 각 7명과 9명, 3명에 불과하다고 밝혔다' 연간 의대생 모집 인원이 3천 명을 넘어서는 것과 비교하면 0.1~0.3% 수준이네유. '위암 수술을 전담하는 위장관 외과 전문의도 지난해 11명에서 올해는 5명에 그쳤다' 내과 같은 경우는 해마다 650명 안팎이 지원하고 가정의학과도 3백 명 안팎이 지원한다는데 이와는 크게 대조되는 데유. '또 선천성 기형이 있는 환아를 치료하는 소아외과 전문의의 경우 응시인원이 한 명도 없었다. 향후 소아 환자 안전을 위협할 수 있는 중대한 사태가 벌어질 것으로 보인다' 이렇게 도 쓰여 있네유."

부처가 혀를 끌끌 찼다.

"근데유, 선천성 기형이 있는 소아 환자를 수술할 수 있는 소아외과 전문의가 앞으로 없어질 수도 있다면 이것은 의료계만의 문제가 아니라 정부 아니 국민 모두의 문제 아닌가유? 최근 결혼연령과 출산연령이 높아지면서 노산에 따른 신생아의 기형 우려가 높아지고 있다던데유. 그리고 수질오염과 공기오염 그리고 각종 환경호르몬에 오염된 음식 때문에 일반인들의 유전자 변이에 따른 기형아 출산 가능성도 커지고 있구유. 아! 우리의 아이들 앞으로 워떡해유. 이런 모든 현상이 의료보험 수가의 적정선 보장이 안 되거나 의료분쟁에 따른 위험기피 현상 때문으로 보이는데유!"

베가의 걱정이 당연히 일리가 있었다. 의료체계의 왜곡 우려가 있는 것이 아니라 왜곡 현상이 이미 발생하고 있는 것이었다. 누구의 편을 들라는 이야기가 아니었다. 혹시나 벌어질 수 있는 국민 의료공백의 문제를 앞두고 의료의 정확한 현실을 진단하고 대책을 마련하는 일을 국가가 못한다면 이젠 국민이라도 나서야 하는 상황이었다. 베가뿐 아니라 예수와 카시오페이아도 종전終戰 상태가 아니라 휴전休戰 상태여서 언제든지 전쟁이 다시 터질 가능성을 안고 사는 나라는 특별히 의료체계가 달라야 한다는 생각을 하게 됐다. 폭격이나 총상에 의한 사지절단이나 장기손상, 두부손상 환자가 대량으로 발생할 가능성이 큰 만큼 이에 대비해 외과수술을 할 수 있는 전문 의료인력을 최소한의 적정 수준은 확보하는 것이 필수불가결하다는 당연한 생각일 것이었다.

"10년도 되지 않은 과거에 우리는 전쟁상황과 관련한 의료공백이 이미 발생했다고 보는 시각도 있다 카더라. 북한군 병사가 월남하는 과정에서 총격을 받고 중상을 입었을 때 이 병사를 가까운 군 병원이 아닌 민간병원으로 옮겨서 수술했던 일 기억나제? 또 해적에게 총상을 입은 국민도 군 병원이 아닌 민간병원 의사가 수술했던 것도 기억할 끼다. 휴전 중인 나라의 군 병원은 당연히 총상이나 폭발물에 의한 부상에 대한 수술 능력을 갖춘 군의관들이 많아야 하는 것 아이가? 만약 국내에서 군의관들이 총상을 다뤄볼 기회가 없거나 부족하다모 동맹국인 미국과 공조체제를 갖추려는 노력이라도 해야 칸다. 미국은 전 세계에서 군사작전을 펴고 있거든. 또 군사작전에 따른 총상이 아니더라도 미국 내에서는 한 해 평균 수만 건의 총기사고나 폭발사건이 발생한다 카데. 그기에 군의관들을 보내서 다양한 총상 등을 수술하는 법을 익히도록 공조했어야 칸다. 군의관뿐만 아이라 민간 의료진의 파견도 적극 지원했어야 하는 기라. 그란데 과연 우예 했었노! 참으로 걱정된데이.

만약 국가의 국방 의료나 공공의료 시스템이 그에 따른 대비가 거의 안 돼 있다꼬 보믄 그기 무리한 추론인 기가? 국방 의료체계가 유사시 국민 전체는 놔두고라도 군인들의 생명조차 담보하기 어려운 것 아니냐는 생각을 하모 무책임한 비방인 기가? 군 장병들의 치료를 군보다는 민간 의료체계에 더 의존하는 상황이 계속되면 상대적으로 군 병원에 대한 불신이 생긴다는 생각이 잘못된 기가? 그런 상황은 결과적으론 군 전체의 사기저하로 이어지고 결국은 국민의 군 전체에 대한 총체적인 불신으로 이어질 수 있따꼬 보마 논리적 비약이냐 말이다. 만약 그런 상황이 실제 발생하고 있따 카모 군 통수권자나 국방부 장관 등등은 그 책임을 벗어나기 힘들거데이. 물론 내도 이에 대한 정확한 실상은 알 수 없지만도 자꾸만 비관적인 생각이 들어서 걱정이 앞선데이.”

예수가 부처가 하고 싶었지만, 내면에 꼭 담아만 뒀던 말을 거리낌 없이 하자 부처는 속이 다 시원했다.

"그려. 외과 전문의가 부족하다고 허믄 무조건 의대를 늘리자는 멍청하고도 꼼수 같은 발상이나 내놓는 정부라면 더 이상 희망이 없는 거시여. 의사 수가 부족한 게 아니라 의사들의 특정과 쏠림현상 때문인께 말이여. 의료 현실 왜곡에 따른 의료인 부족 문제의 본질을 알만한 국민은 인자 다 알제. 그란디도 남발해온 선거공약 땜시 무작정 의대를 늘려야 헌다고 억지주장을 폄시로 만약 의대가 신설되믄 지들 새끼들을 먼저 입학시킬라고 꼼수 입학전형 기준까지 미리 만드는 그런 작자들이 있다믄 더 이상 용납해서는 안된당께! 의료인들이 밥그릇 지킬라고 의대를 못 늘리게 헌다고 국민을 눈속임 험시로 의료인과 국민 간 싸움을 붙이는 자들이 만약 있다믄 모두 적폐로 청산돼야 헌당께. 의사들을 무작정 늘려놓아 봐. 그라믄 무한 경쟁 속에서 먹고 살라고 과잉치료와 과잉처방, 의약품 남용 그리고 그에 따른 국민의 의료보험료 부담 상승은 뻔 헌 것 아니것어? 국민 정신건강은 물론 육체 건강꺼정 오히려 망쳐분당께! 물론 현재는 의사들의 적정 배치보다 무조건 의대만 늘릴라는 허접하고 못된 생각을 가진 자들은 더 이상 없것제? 근디 자꾸만 걱정이 되는디 뭐땜시 그럴까잉!"

부처가 다른 사람들의 동의를 기대하면서 말을 그쳤다. 일동은 고개를 끄덕이면서도 의료계도 내부에서부터 성찰이 필요하다는 생각도 하는 눈치였다.

"근데 의료인들도 각성해야 한다카이. 물론 자본주의 사회인 것은 알지만, 의료인들이 무조건 돈 되는 쪽으로만 눈을 돌린다는 인식을 키워온 것은 자업자득인 측면이 있는 기라. 몇몇 일탈한 의료인들이 환자들에게 과잉진료를 하거나 필요 이상의 처방을 하는 짓거리도 적발된 적이 상당수 있었다 아이가. 간 독성 등 여러 부작용을 유발하는 약재를 비싼 값에 처방해서 오히려 환자의 건강을 해치고 보험재정도 축내는 경우도 많았다카이. 또 교통사고를 빙자해서 사이비 환자를 장기 입원시키는 짓들도 역시 보험재정을 축내는 사례인 기라. 또 진료할 때도 기다리는 것은 몇 시간인데 정작 의사를 만나는 시간은 불과 몇 분인 그런 상황도 의료불신을 키우는 요소 아이겠나? 미국 같은 경우는 의사가 환자와 2~30분 이상 대화를 하면서 친절하게 처방과 치료를 하는 경우도 많다 카더라. 물론 안다. 정부가 환자를 볼 때마다 의료보험료로 병원에 주는 수가란 것이 기대에 못 미친다는 것 말이다. 어떤 사람은 그 수가란 것이 미국의 5분의 1에서 10분의 1 정도에 그친다꼬 말하기도 하데. 하지만도 지금보다는 더 친절하고 덜 상업적인 측면으로 환자를 대한다모 환자들의 인식이 더 좋아지지 않컷나!"

이야기를 듣고 있던 카시오페이아가 자리를 털고 일어났다. 누구랄 것도 없이 모두가 카시오페이아 뒤를 따라 메마른 잔디밭에서 몸을 일으켰다.

"좋은 의사가 있으려면 좋은 정부가 있어야죠. 우리나라처럼 의료비를 정부가 통제하는 나라에서는 말이죠. 만약 보험재정 절감이라는 정책목표에만 함몰돼 환자를 위해 꼭 필요한 정당한 진료마저 부정하면서 진료비를 주지 않는 정부가 있다면 결국 환자의 생명을 위협하는 착취와 억압의 도구에 불과한 거죠. 그리고 좋은 환자가 있어야 좋은 의사도 나오는 것 아닐까요? 의사진료를 받으면서 시종일관 껌을 씹는 환자나 의사에게 거의 반말조로 대화하는 환자들, 그리고 마치 병원에서

스트레스를 푸는 듯한 환자가 있다면 그 한 명 때문에 많은 다른 환자들이 피해를 보는 거죠. 그 반대도 성립해요. 좋은 환자가 있으려면 의사들도 고압적이지 않고 항상 친절해야 하는 거죠. 환자는 비록 치료를 구하는 약자이지만 의료 소비자의 당당한 권리도 누려야 해요. 모든 현상은 이처럼 거의 상대적인 것 같아요. 내가 잘해야 남도 대부분 잘하는 거죠."

카시오페이아의 말에 베가가 의문을 표했다.

"'모든 현상은 거의 상대적이다. 내가 잘해야 남도 대부분 잘한다'는 말씀 무슨 취지인지는 알겠는데요. 왜 거의 상대적이다, 대부분 잘한다는 식으로 말씀하시는 거예유? 모든 현상은 완전히 상대적이다거나 내가 잘하면 남도 다 잘한다 이렇게 똑 부러지게 이분법적인 말씀을 굳이 안 하시는 이유가 있나유?"

카시오페이아는 대답 대신 베가의 얼굴을 그윽하게 쳐다봤다.

"글쎄요. 나이를 먹다 보니 노파심만 생기나 봐요. '완벽하거나 절대적인 것은 없다'라는 쓸데없는 생각 말이죠. 생각은 행동을 자아내는 원동력이라는데 어찌 보면 그런 미진한 생각들을 마치 삶의 지혜인 것처럼 착각하고 불완전한 현재적 삶을 미화하며 사는 게 인생이 아닌가 해요. 어찌 보면 저의 에쏠로지ethology가 아닌가 해요!"

카시오페이아의 알쏭달쏭한 말에 베가는 고개를 갸웃거렸다. 그리고 무언가를 더 물어보려다 그만두었다. 남이 생각하는 극단까지 읽어 내려 하는 것은 실례일 것 같았다. 인간을 비롯해 모든 사물의 특징은 어쩌면 실체의 끝부분에 담긴 작은 것인지도 몰랐다. 더 묻는 것은 결국 그녀의 에쏠로지를 드러내 밝히라는 요구일 수도 있을 것 같아 베가는 질문을 멈추었다.

"가유, 언니!"

베가가 카시오페이아의 팔짱을 끼면서 말했다.

'언니?'

베가의 느닷없는 행동이 다소 뜻밖이었지만 카시오페이아는 자신을 언니라 부르며 다가드는 베가가 싫지만은 않았다. 하지만 체격의 차이가 너무도 나서 자신이 어른에게 매달리는 듯해 설핏 웃음이 나왔다. 그런 둘의 모습을 보게 된 부처와 예수는 서로의 얼굴을 한번 쳐다봤다. 제2의 신도겸 제자는 기정사실이 되는 것으로 보였다. 베가는 알고 보면 볼수록 믿음직한 제자였다.

"흐흐흐!"

하지만 세상은 해석하기 나름이었다. 세상은 해석하는 대로 존재했다.

혼돈의 세계!
슬픈 부처와 예수

"내친김에 서울로 올라가는 것 어떨까요?"

카시오페이아가 조심스럽게 의견을 말했다. 부처와 예수는 약간은 당황한 빛이 역력했다. 둘의 표정을 살피던 카시오페이아는 자신이 주제넘게 말을 한 것 아닌가 해서 역시 당황한 모습이었다.

"아니, 그저 딱히 정하신 곳이 없으면 서울이 어떨까 해서 의견을 냈을 뿐이에요. 계획이 있으면 계획대로 하셔도 저는 무방해요."

카시오페이아가 양보했다. 베가는 이 상황이 다소 불편한 듯 먼 산만 바라보았다. 부처와 예수가 눈빛을 교환했다.

"아녀, 나름대로 일정이 있었던 것은 맞디 순서를 조금 바꿔도 괜찮을 거여. 그랗께 서울로 가드라고!"

부처가 갑자기 처연해진 목소리로 말했다. 고개를 끄덕이는 예수의 표정에서도 당혹감이 감지됐다. 카시오페이아는 불편하지만, 이제는 돌이킬 수 없다고 봤다. 대신 서울기행에서 많은 추억과 경험을 쌓는다면 이들 둘도 분명 좋아할 것이라고 애써 마음을 다잡기로 했다.

서울은 역시 대한민국의 수도였다. 평일 출근 시간이 다 지났는데도 서울로 진입하는 고속도로마다 차들이 넘쳐서 극심한 정체가 빚어지고 있었다. 마치 나라의 모든 차가 다 쏟아져나와 이들 앞길을 가로막는 듯한 착각도 들 정도였다.

"과거에 경부고속도로 건설 의견이 제기될 당시, 오가는 차도 없는데 고속도로를 놓는 것은 미친 짓이라며 극렬히 반대했던 사람들도 있었다던데유! 이젠 그야말로 상전桑田이 벽해碧海가 된 거예유."

베가가 그 많은 차량들로 혼잡한 고속도로를 보며 놀랐다는 듯 말했다. 부처와 예수는 물론 카시오페이아도 혼잡한 경부고속도로를 보며 많은 생각이 물밀 듯 밀려들었다.

"한 나라를 경영하고자 하는 사람에게 필요한 덕목이 무엇일까요?"

운전대를 잡은 카시오페이아가 갑자기 엉뚱한 질문을 던졌다. 고속도로를 질주하는 차 안에서 각각의 상념에 빠져들려던 일행은 갑자기 카시오페이아의 질문을 받고 생각들이 일제히 한 곳으로 모였다.

'한 나라를 경영하려는 사람에게 필요한 덕목?'

예수는 카시오페이아의 질문을 곰곰이 생각해보다 입을 열었다.

"1968년 2월 1일 그러니까 경부고속도로를 막 건설할라 칼 때, 극심한 반대를 했던 사람들 가운데서 나중에 우리나라 최고 정치지도자가 된 사람들의 차후 행태를 말할라 카는 깁니꺼?"

예수가 카시오페이아의 핵심을 찔렀다.

"그래요. 당시에 경부고속도로 건설을 결사반대하며 건설 현장 굴착기 앞에서 드러누웠던 야당 정치인이 두 명 있었는데 나중에 다 대통령이 됐다고 하더군요. 그런가 하면 나중에 여당의 대통령이 된 한 명도 건설반대를 했었노라고 회고했다는 언론 보도도 보이더라고요. 참으로 아이러니하지 않나요?"

"뭐라고라! 그랑께 당시 경부고속도로 건설을 반대했었던 사람 중에서 무려 세 명이나 나중에 대통령이 됐다고라?"

카시오페이아의 말에 부처가 놀란 듯 되물었다.

"그랬다나 봐요. 언론 보도들을 찾아보시면 확인 가능해요. 당시 경부고속도로 반대 논리 중에는 '고속도로를 만들면 부자들이 기생과 첩들을 태우고 유람 다니는 도로에 불과할 것'이라는 등 고속도로가 부유층만을 위한 호화시설이 될 것이라는 논리가 상당히 설득력을 얻었었나 봐요. 물론 농지가 사라진다는 등의 환경파괴 우려도 반대논리로 등장했다네요. 그리고 이미 서울에서 부산까지 철도가 잘 발달해 있으니까 그것으로 충분하다고 주장한 정치인도 있었다죠."

카시오페이아의 말에 부처가 약간의 딴지를 걸었다.

"아, 꼭 그런 이유만 있었것소? 16개 건설업체와 3개의 군 건설공병단이 참여해 불과 2년 5개월 만에 완공된 경부고속도로 건설에는 모두 429억 원이 투입됐답디다. 착공 당시인 지난 1967년 정부 예산의 무려 23%를 넘었당께. 단일 사업에 사상 최대의 예산이 들어가는 만큼 예산 지출에 대한 걱정도 건설반대에 한몫 했것제."

"맞아요. 그리고 우리의 자체 기술로 그런 막대한 사업을 할 수 있겠느냐는 불안감도 한몫했다고 하더라고요. 그런데 제가 이런 말을 꺼내는 것은 이제 와서 잘잘못을 따지자는 것은 아니에요. 한 나라를 경영하는 지도자의 덕목 중에서 미래를 예견하는 능력의 중요성을 묻고자 하는 거예요."

카시오페이아의 말에 부처가 입을 다물었다. 예수도 말을 아낀 채 뒷자리에서 그저 운전 중인 카시오페이아의 뒤통수만 바라보고 있었다.

"결과론적으로 평가하자면 결국 그 당시의 결정이 우리나라 미래성장의 큰 원동력이 됐어요. 어떻게든 억지를 쓰려는 경우를 제외하곤 정파를 떠나서 누구나 이런 사실은 인정하죠. 여러 우려 때문에 만약 당시에 결정을 취소했다면 지금 어찌 됐겠어요? 그래서 한 나라를 경영하겠다는 지도자는 풍부한 식견과 함께 미래를 내다보는 안목, 그리고 과감한 결단력이 중요 할 거예요. 물론 나라의 경영과 관련한 커다란 맥을 잡아 나가는 일과 관련된 것이에요. 국민의 생명과 재산을 지키면서 나라의 미래 먹거리를 창출하는 큰 맥脈 말이에요."

부처와 예수도 카시오페이아의 말을 부정할 순 없었다.

"나중에 제가 들은 말인데요. 당시 건설을 격렬하게 반대했다가 경부고속도로의 눈부신 기여도를 수십 년간 직접 체험한 뒤에 결국 대통령이 된 한 사람이 자신이 속한 정당의 거물급 정치인에게 했다는 말이 의미심장해요. 그 대통령은 자신이 속했던 정당 출신 단체장들이 국비 배정을 요청하며 가져온 사업구상이 너무도 미미하다며 역정을 냈다고 해요. 수십억 원에서 고작 수백억 원의 푼돈 규모 사업계획을 내밀지 말고 수조 원도 좋으니까 더 큰 비전을 제시하면서 예산을 요청하라고 했다는 거예요. 혹시나 이런 말의 배경에는 과거 자신의 무지함과 무모함에 대한 깊은 반성이 담겨 있었던 것은 아닐까 하는 생각이 들더라고요."

부처와 예수는 동시에 고개를 끄덕였다.

"맞다. 지역의 단체장들이 오로지 차기 선거만 염두에 두고 마을에 도로를 놨네! 무슨 무슨 시설을 세웠네 하면서 푼돈 따오기 경쟁만 하는 것은 결코 바람직하지 않다카이. 자신의 임기 중에 결실을 보지 못

하더라도 진정으로 지역과 나라를 동시에 위하는 큰 비전을 세워서 실천할 수 있어야 하는 기라. 나라나 인접 지역의 큰 그림과 어긋나는 일회성 사업구상만 밝히면서 나랏돈을 낭비한다모 그것은 결국 예산 도둑인기라."

부처도 조무래기 단체장들을 성토하고 나섰다.

"가까운 과거에 그런 일도 있었당께. 어떤 광역단체장인디, 글씨 이 사람의 얼굴을 볼라믄 장례식장이나 예식장, 그라고 심지어 아기 돌잔치로 가야헌다는 말이 있었당께. 치열한 삶이 펼쳐지는 행정현장이나 예산 확보를 위한 정치현장에선 이 사람 얼굴을 보기가 도통 어려웠다는 거여. 그것이 뭐겠어? 큰 국가 비전과 연계된 지역발전의 큰 그림을 그려 미래 지속적인 먹거리를 창조하는 것보다 일단 마을 도로포장이나 문화관 설치가 더 낫다고 보는 것 아니것어? 또 도로나 문화관 건설보다는 상갓집이나 예식장, 혹은 돌잔치에서 사람들 만나 악수허는 게 차기 선거에서 표 계산에 더 유리하다는 판단을 하는 것이었겠제. 그랑께 맨날 장례식장허고 예식장, 돌잔치에서만 매미처럼 맴돔시로 지탄을 받은 경우가 있었당께."

"설마유?"

베가가 입을 떡 벌리고 기가 막힌다는 표정을 지었다.

"맞아유! 맞다니께유! 제기럴, 설마유는 무슨 설마유여? 설마雪馬는 눈썰매 끄는 말을 설마라고 허는겨! 그라믄 설마유는 그 말의 젖을 말 허는 거랑께. 근디 설마유가 워쨌다는겨?"

끌끌 혀를 차며 부처가 놀란 베가를 놀렸다. 예수가 갑자기 킥킥거렸다. 베가의 얼굴이 붉어졌다.

"표만 되면 거짓말도 예사롭게 하고 여론도 조작하고 질 낮은 비방에도 이력이 난 못된 정치꾼들에게 유권자들이 더 이상 속지 말아야 할 텐데요."

카시오페이아가 안타깝게 말했다.

"아 글씨, 유권자들이 그런 정치판을 용납허지 않는 상황을 맹글어야제! 유권자들 가운데는 마음이 너무도 착헌 사람이 많어부러. 그랑께 남들도 자기들맹키로 착헌 줄 알고 말이시, 거짓말을 혀도 곧이곧대로, 선동질을 혀도 곧이곧대로, 착헌 사람 무고誣告를 혀도 곧이곧대로 믿어분당께. 사이비 언론이나 여론 조작질 헐러는 놈들헌티 아주 쉬운 먹잇감이여."

"맞다. 그라니께네 아직도 정치권에서는 인터넷 여론조작팀 운영에 대한 미련을 못 버리는 기라. 또 자기 정당의 편만 드는, 이성이 마비된 사이비 기자들을 마치 정도 언론인인 것처럼 포장해서 자기들의 나팔수로 만드는 일에 혈안인 기라. 그런 자들은 우리의 현실과 사회정의에 맞춰서, 과거에 쓴 기사들 몇 개만 검색해 분석해 보마 금방 사이비라는 게 드러난다 아이가. 그란데 문제는 정파들마다 자기들을 옹호하모 무조건 정의로운 기자라 추켜세우고 떡고물을 챙겨줄라 칸다. 그란데 만약 쪼매라도 비판하모 자기들의 선동조작팀을 총동원해가 무조건 기레기며, 기더기라는 표현까지 쓰며 공격하는 기라. 이런 구조 속에서 상당수 언론사가 온통 정치권의 이해관계에 휘말려 마치 정당의 기관지나 나팔수가 돼버린 느낌이 든다고 말하는 사람들도 있다카이. 이런 것들은 현행 선거법이나 언론법에 따르모 모두 불법인 기라. 정치적 편향성을 띄지 않고 중립적이면서 공정하고, 객관적으로 기사를 쓰는 참다운 언론인이 우리 언론계에 월매나 되는지 참으로 궁금하데이."

예수의 말을 카시오페이아가 받았다.

"그래요. 요즘은 기래기니 기더기니 하는 말들이 너무 많더라구요. 국민도 기자들을 희화화戱畵化하는 그런 말들을 너무도 쉽게 쓰면서 조롱하기 바쁜 것 같아요. 그런데 그런 말들은 정치권에서 먼저 조장돼 나온다는 분석도 있어요. 이미 정치권은 어떤 언론이 아군인지 아니면 적군인지를 구분 지어 놓은 거죠. 그래서 자신들의 정치 행위를 비난하는 적군 언론에 대해서는 좌표를 찍어서 선발대 몇 명이 기레기, 기더기란 말 폭탄을 날려버리죠. 그러면 추종자들이 벌떼처럼 달려들어 기레기, 기더기라며 매도하는 거예요. 그러면 기사를 보는 선량한 국민 상당수는 혼란스러운 거죠. 진실을 써 놔도 가짜로 보이는 거예요."

부처는 물론 예수와 베가도 고개를 끄덕이며 공감했다.

"그런데 더 큰 문제는 기자들이 그런 말을 듣고도 전혀 분노하지 않는 것으로 보인다는 거예요. 적어도 언론인으로서 사명감을 품고 공정하고, 정의롭게 본분을 다하고 있다는 생각이 든다면 언론을 기레기니, 기더기라고 조직적으로 깎아내리는 언행에 대해서는 분명히 책임을 물어야 한다고 생각해요. 기자단체나 언론단체가 법적이나 행정적 절차에 나서야죠. 나서지 않는 것은 스스로 그런 행태를 인정하는 것으로 생각할 수도 있거든요. 그리고 모욕적인 언사에 대한 방치행위가 언론에 대한 국민의 자유로운 비평 용인이라고는 절대 생각되지 않는 거죠. 개별 기사에 대한 개인들의 정당한 평가와 분석을 통한 비판은 수용해야 해요. 하지만 조직적으로 언론인을 욕설로 매도해서 결국 언론불신과 사회분열을 유도하는 것은 국가, 사회를 위해서도 반드시 합당한 징벌이 필요하다는 생각이에요."

베가도 카시오페이아의 말에 동의했다.

"맞아유. 그것은 옳고 그른 언론을 분별하지 못하도록 해서 자신들의 치부도 감추려는 일부 정치권의 술수일 수도 있겠다는 판단이 들어유. 아니면 진흙탕에 함께 들어가기를 바라는 일부 타락한 언론들에 의한 꼼수 일수도 있구유. 옥석구분玉石俱焚이라는 말이 있쥬? 옥과 돌 그러니까 선과 악이 한꺼번에 불에 타버려서는 안 될 거예유."

베가의 말에 이번에는 부처가 공감을 표시했다.

"맞어, 맞당께! 우리의 상당수 국민도 지발, 무조건 특정 정치세력의 편을 드는 일 좀 그만 혔으면 좋것어. 절대적絶對的인 선善은 결코 없다고 허드랑께. 지발 비판적으로 지지하고 애정을 가진 매를 들어라 이 말이시. 절대 권력은 절대 부패한다고 허지 않는가 말이여. 매를 아끼믄 애를 망친다는 말도 있잖여! 정말로 나라의 미래를 생각헌다믄 애정은 갖되 항상 중립적이면서 상대적. 비판적 지지를 허라 이 말이여. 막대기만 꽂아도 당선된다는 말은 월매나 국민을 무시허는 말이냐 말이여? 국민이 아무 생각 없는 막대기들이여? 지역대결 구도를 고착시켜서 지역감정만 부추기믄 천년만년 해 처묵을 수 있다고 생각허는 그런 부패한 정상배들 집단은 인자 지발 퇴출을 시키지고! 국민 무서운 줄 알고 진정으로 국민을 섬긴다는 자세를 보여주려는 정치인을 뽑잖께! 그 정치인이 여당이든 야당이든 상관 안 해. 신진이든 중진이든 좋당께. 그런 기본자세가 된 정치인이 있다믄 무조건 뽑자 이 말이여. 4차산업 혁명시대라는디 지발 국민들의 의식도 혁명하잔 말이여. 선거 때만 굽신거림시로 이후엔 국민을 깔보는 그런 인물들은 안돼. 자기들 이권만 개입되믄 눈을 까뒤집음시로 뒷구멍으로 거래하고 몰래 법까지 맹글라는 그런 못된 자들도 안돼. 착허고 성실헌 보통사람들! 우리를 위해 성심껏 봉사허려는 자세를 가진, 순박헌 사람을 뽑도록 허자 이 말이여! 국민이 안 바뀌면 말이여 정치는 결코 먼저 바뀌질 안혀!"

부처가 열불이 나서 열변을 토하는 사이 카시오페이아가 운전하는 차는 세종로에 접어들고 있었다. 조금 전 한강대교를 지나는 것 같았는데 대화에 열중하는 사이 서울역과 숭례문을 거쳐 서울시청을 지난 것이었다. 주위를 둘러보던 부처와 예수가 갑자기 긴장하는 것 같았다. 뒷좌석에서 갑자기 차 바닥으로 꺼지기라도 하듯 가라앉았다. 갑자기 머리 하나 크기로 앉은키가 줄어든 듯했다. 목까지 잔뜩 움츠려서 밖에서 보면 사람이 없는 줄 알 것 같았다.

대한민국의 심장이자 무려 천만 명이 모여 사는 수도 서울! 서울은 서울을 찾는 지방 사람들에게 항상 위축감을 주었다. 본인의 능력이나 지위와 관계없이 서울 사람과 자신을 비교하면서 상당수 지방 사람들은 초라해지는 자신의 모습을 느끼곤 했다. 부처와 예수도 예외가 아닌 듯했다. 자신들의 존재는 유비쿼터스UBIQUITOUS, 혹은 옴니프레전스OMNIPRESENCE하다면서 자신들의 편재성遍在性을 믿고 강변해온 그들이었다. 하지만 서울은 불안하고 이질적인 곳으로 다가드는 모양이었다. 유비쿼터스 혹은 옴니프레전스란 용어는 '편재遍在' 즉 '어디에나 있음'을 뜻했다. 절대자의 편재성에 대해서는 다양한 종교마다 각기 다른 해석체계에서 서로 다르게 인식했다. 기독교나 이슬람교, 그리고 유대교 같은 단일신을 믿는 종교에서는 신과 우주가 별개의 존재이지만 신은 편재한다고 믿었다. 그러나 범신론에서는 우주가 곧 신이었다. 내재

신론에서는 신이 우주에 깊게 개입해 있으며, 시공간 그 너머까지 연장되어 있다고 봤다. 아무튼, 그런 존재라 자부하는 부처와 예수도 서울의 위용과 죽죽 뻗어 광화문으로 치달리는 세종로의 드넓은 찻길을 달리면서 왠지 기가 질리는 모양이었다. 카시오페이아와 베가는 그런 그들을 이해는 하면서도 그들이 너무 과도하게 위축되는 것 같아 이상하게 느껴졌다.

"혹시 어디 불편하세요?"

카시오페이아가 룸미러로 둘의 눈을 마주치려 애쓰며 물었다.

"아,아녀. 아니구만!"

"아이시더!"

둘이 동시에 아니라고 부인하며 허리를 곧추세우고 움츠렸던 목을 길게 빼서 자리를 고쳐 앉았다. 둘의 모습이 룸미러에 다시 등장했다. 신호등에 잠시 멈췄다가 다시 달리니 왼편으로 곧장 이순신 장군 동상이 보였다. 오른손에 큰 칼을 잡고 왼손으론 요대를 쥐고 있는 모습이 왠지 불편해 보였다.

"이순신 장군이 혹시 왼손잡이였나유?"

베가가 불쑥 물었다. 베가의 뜬금없는 질문이 무엇을 의미하는지 일동은 말을 하지 않아도 알 수 있었다.

"그러니까네 명확하게 고증된 결과가 아니라카믄 당시 시대상과 연결지은 해석이 가장 합리적일끼다. 그란데 와 이순신 장군 동상이 왼손잡이맹키로 오른손에 칼집을 쥐고 있는지 궁금하데이."

예수의 말에 부처가 다시 나섰다.

"긍께 말이시. 당시는 유교 사회가 아닌감! 유교 사회에서 왼손잡이에 대한 시선은 매우 좋지 않았다는겨. 왼손잡이는 당시 사회의 지배적 이념이었던 유교의 가르침을 전혀 받지 못한 사람, 즉 '무식쟁이'란 인식이 강했다고 허드랑께. 실제로 유교 경전인 〈예기禮記 내칙內則〉에 보믄 '자능식식 교이우수子能食食, 教以右手', 그랑께, '아기가 밥을 먹을 수 있을 때가 되면 오른손으로 먹도록 가르치라'고 했다는 거여. 유교식 교육과 유교식으로의 사회화 첫 단계가 바로 오른손 사용이었던 거제. 그라믄 워땠것어? 칼집은 왼손으로 잡고 칼자루는 오른손으로 잡아서 휘두르는 것이 당시에 배웠다는 사람들의 상식 아니었겠어?"

부처의 설명에 수긍이 가는지 다들 고개를 끄덕였다.

"물론 예외가 있을 수도 있겠지만, 이순신 장군께서 왼손잡이였다면 아주 이례적인 일이어서 관련 기록들이 있었을 거예요. 하지만 그런 기록이 없는데도 이순신 장군을 왼손잡이로 만들어 버린 것 같아 이상하더군요. 그런데 광화문 이순신 장군의 동상은 이것 말고도 여러 논란이 있더라고요. 입고 있는 갑옷도 조선의 두정갑식 갑옷이 아닌 어깨를 덮는 중국식 갑옷이고 칼은 조선 환도가 아니라 일본도에 가깝다는 논란이에요. 그리고 이순신 장군 동상의 눈높이가 눈을 내리깔고 아래를 보는 모습인데 이것도 명장名將이나 승장勝將에 대한 예의가 아니란 논란이었죠. 대체 왜 그런 논란들이 끊이지 않는 걸까요?"

카시오페아의 말이 무엇을 의미하는지 역시 일행은 다 알 수 있었다. 한두 가지의 근거 없는 논란이 아니라 여러 가지 근거와 논거가 있는 문제 제기에 대해 관계기관이 그토록 무덤덤한 이유가 뭔지 알고 싶은 것이다. 국민은 동상을 대하자마자 그 어색함에 대해 불편함을 느낀다는데 관계기관은 고증 요구에 대해 전혀 문제의식이 없는 것인지 정말로 궁금한 것이었다.

이순신 장군 동상을 지나치자 곧바로 세종대왕 동상이 나왔다. 조선 역사에서 가장 훌륭한 성군으로 추앙받는 세종대왕, 후덕하고 인자한 모습에 당당한 체구를 가진 세종대왕이 북악산을 등지고 앉아 남면南面하고 있었다.

"예로부터 왕은 남면南面하고 신하는 북면北面한다고 했었슈. 그런데 우리 근·현대사에서도 한때 북쪽을 우러르며 무조건 신하를 자처하는 이른바 자칭 엘리트들이 있었다고 주장허는 사람들도 있던디 그게 사실일까유?"

베가가 또 뜻밖의 질문을 던졌다. 일행은 일순간 당황한 기색들이 역력했다.

"아, 자유 대한민국인디 뭔 짓을 못하것어? 사상의 자유도 있고 정치적 의사 표현의 자유도 있을 것인디 말여! 하늘님의 땅에서는 지가 남면을 허던 북면을 허던 다 걱서 거그여. 하늘님은 암시랑토 안허당게. 그란디 그런 말 함부로 허믄 모두가 불편해 징께로 함부로 허덜 말랑께. 그저 그랑갑다허고 넘겨. 알것능가?"

부처가 서둘러 상황을 수습하려 했다. 베가가 무엇인가 더 말하려 하다가 그만 포기했다.

"정부청사도 있고 각국 대사관도 보이고 또 맞은편에는 경복궁도 있네요!"

카시오페이아가 주의를 환기하려는 듯 큰 소리로 말했다. 일동은 차가 진행하는 방향을 주시했다.

"차말로 풍수지리를 잘 안배해서 지어졌을 왕의 집이다 아이가. 경복궁 말이다. 하지만도 그 영화는 겨우 5백 년에 그쳤다 안 카나. 그러나 혹자들은 말할지도 모른다카이. 조선왕조는 5백 년에 그쳤지만, 그 왕조의 기세는 앞으로도 천 년을 갈지 만 년을 갈지 모른다꼬 말이다. 웬지 아나?"

말을 마친 예수가 그 누구의 대답도 듣지 않고 왼손 주먹을 쥐더니 엄지손가락을 젖혀 뒤를 가리켰다. 운전 중인 카시오페이아를 비롯해 일동은 뒤를 돌아봤다. 예수가 가리킨 곳에는 세종대왕 동상이 우람하게 자리해 있었다. 일동은 고개를 끄덕였다. 근·현대사에 들어 자유 민주 대한민국에도 여러 대통령을 비롯해 정치지도들 그리고 학자와 종교지도자들도 나왔었다. 하지만 그 누구도 지금 세종로와 광화문을 떡하니 차지한 세종대왕이나 이순신 장군과 위상을 견줄 자는 없는 것 같았다. 그것은 이 시대를 사는 우리들의 눈이 까막눈이기 때문일 수도 있었다. 아니면 우리의 시대정신이 위인을 위인으로 인정할 역량과 아량이 없는 것인 때문일지도 몰랐다. 그것도 아니라면 한반도인 전체가 지극히 고답적高踏的이어서 속세에서 벌어진 경천동지할 기운의 변화를 감지하거나 읽어내지 못했기 때문일 수도 있었다.

"시대는 변했당께. 일론 머스크 같은 민간 기업인이 인류의 우주개척을 주도하는 시대가 돼 부렀당께. 지구 밖을 탐험하고 인류의 미래 생존과 지속 가능성을 타진打診허는 성스런 과업을 나라라는 시스템이 하는 것이 아니라 호기심과 꿈을 가진 열정적인 민간인이 떨쳐 나서는 시대가 됐당께. 너무도 멋져부러. 그라고 민간인이 그런 원대한 꿈을 갖도록 허용허고 토대를 닦아준 나라 역시 멋져분당께!"

"그래 맞다. 하지만도 조건이 있어야 한데이. 우주개발이라는 것이 과거 식민제국주의 시대의 전철을 밟아서는 안 된다카이. 누구든 우주를 독점할 수는 없데이. 그리고 그 개발의 과정에서 우주에 마구잡이로 쓰레기를 남긴다거나 후손들의 좀 더 안정적이고 깨끗한 우주개발 여지를 훼손하는 것은 정말로 막아야 한데이. 그리될지 안 될지는 모르지만, 인류가 그에 대한 실천적 협약을 만들고 그 실현을 강제해야 한데이. 헌데 봐라! 코로나 극복과정에서 과연 선진국과 후진국 사이에 백신의 정의롭고 평등한 보급이 이뤄졌노? 만약 이보다 더한 절체절명의 순간이 온다카모 국력에 비례해서 국민의 생존 가능성이 높아지는 상황이 오지 말란 법 있겠나 말이다."

부처와 예수가 좀 전의 불편했던 상황을 잊어버린 듯 도란도란 얘기를 나누고 있었다.

"그런 모든 상황에 선제적으로 대비하기 위해서라도 지금 상황은 일단 국력을 키우는데 총체적 역량을 모아야 하는 것 아니겠어유. 나라가 부강해진 뒤에 강대국의 처지에서 백신의 평등한 배급을 국제사회에 당당히 요구하는 것과 후진국이 약자의 위치에서 백신을 구걸하는 것과는 차원이 다를 거 아니겠어유? 그런 측면에서 정치와 행정 그리고 사법체계 등 모든 국면에서 대한민국이 하나된 목소리로 일치단결해 최선두에서 달려가는 그런 상황은 앞으로도 없을까유?"

베가가 부처와 예수에게 물었다.

"호호호!"

"크크크!"

부처와 예수가 대답 대신 동시에 기이한 웃음을 흘렸다. 그 웃음의 의미가 뭘지, 베가는 나름대로 해석해 보려 했다. 그 순간 카시오페이아가 경복궁 앞에서 차를 멈추더니 돌려 나오기 시작했다. 카시오페이아는 서소문과 충정로, 애오개를 거쳐 마포대교를 건널 계획이었다. 차가 서울 시내 한복판 도로를 달리는 20여 분 동안 일동은 아무 말 없이 바깥 경치만 감상했다.

잠시 뒤 평탄한 도로가 끝나고 차가 약간 오르막길을 달리는가 싶더니 길 양옆으로 한강이 펼쳐졌다. 풍족하고 여유롭게 흐르는 한강의 푸른 물빛은 마치 하늘빛을 닮아 있었다. 한강 둔치에는 여러 생활체육 시설에서부터 산책로 그리고 친수 시설들이 갖춰져 명실상부한 우리나라 최대의 강임을 증명하고 있었다. 그 강의 면면한 기풍이나 유려한 흐름은 세계 강대국 그 어느 도시의 강에도 빠지지 않는 고품격을 자랑하고 있었다. 그런 강을 한 번이라도 넘나들어 본 솜씨 좋은 묵객이라면 이미 화선지 여러 장에 한강의 영롱한 혼을 색색으로 담아 냈을 것 같았다. 한강의 흐름을 완상玩賞할 줄 알기에 어느 고고한 시인은 시 한 구句로 벌써 열 물길을 속속들이 읊어내고 후렴으론 도도滔滔, 탕탕蕩蕩한 기세를 넘어 급기야 강에서도 용오름을 자아내기에도 충분할 터였다.

마포대교가 끝날 무렵 우리나라의 모든 정치 행위가 기획되고 행해지는 국회의사당이 모습을 드러냈다. 이곳은 법이 만들어지고 행정 행위가 감시되며, 나랏돈의 쓰임새가 최종 결정되는 곳이기도 했다. 나름대로 엘리트를 자처하는 자들이 모여 저마다의 열정으로 제 나름의 열변을 토하다가 수가 틀리면 지들끼리 혈변까지도 싸지르는 곳이기도 했다. 그래서 혹자或者는 절레절레 고개를 흔들며 이곳이 우리나라의 모든 소란과 갈등, 분열 그리고 대립의 진원지라고 손가락질했다. 혹자는 인간 역사의 진보와 인간 지성의 발전을 비웃기라도 하듯 진화의 시간을 멈추고 변화의 가능성마저 소멸시켜 버린 어둠의 집단들이 사는 곳이라 악담을 퍼붓기도 하는 곳이었다. 이곳을 민의의 전당이라 평가하든 악당들의 복마전이라 혹평하든 국회의사당은 소귀에 경 읽기처럼 개의치 않는 듯했다. 국회의사당은 그저 무심하게 남동쪽 저 멀리, 정확히는 10.7km 떨어진 우면산만 바라보고 있었다.

"국회의사당은 왜 이리 조용하노? 부동산값 폭등에다가 청년 실업에다가, 인구절벽에다가, 코로나 19에다가, 또 자영업자들의 원성에다가 등등 세상은 차말로 아우성인데 왜 이래 무심한 듯 조용하노 말이다!"

예수가 다소 신경질적으로 국회의사당을 노려보며 말했다.

"그러게유. 원성과 아우성 그리고 곡성까지 난무하는 세상에서 홀로 조는 듯 조용한 모습이 마치 세상사 달관한 도사가 면벽 수련하는 듯하네유."

베가가 속이 뒤틀린 듯한 어투로 말했다.

"긍께 말이시. 매 순간 뼈가 부서지고 살점이 튀는 세상사를 마치 별세계의 달관한 도사가 못내 겨운 졸음 속에서 보는 둥 마는 둥 허는 것맹키로 헌다믄 대체로 이런 자들을 뭐라고 불러야 써? 근디 말이시 이런 자들일수록 이권만 걸리믄 거의 감긴 눈꺼풀을 까뒤집고 부족허믄 눈깔이 튀어나올 것맹키로 부라림시로 덤벼든다고 하더랑께. 물론 이런 자들은 극히 소수것제. 그렇게 믿어야 속이 편하니께 말이여! 암튼, 야그가 잠시 샛길로 샌 것 가튼디, 국회의사당이 쩌라고 병 걸린 뼝아리 새끼맹키로 민생문제만 나오믄 자울자울 해 싸는 이유가 있다고 말허는 사람들이 있더랑께."

카시오페이아는 부처의 말이 길어질 것 같아 여의도 국회의사당의
의원회관 서쪽에 있는 버드나무군락지 부근 일주도로에 차를 세웠다.
일동은 부처가 대체 무슨 말을 하려나 싶어 부처를 주목했다. 특히 카
시오페이아가 부처의 다음 말을 기다렸다.

"국회의사당이 정면으로 바라보는 쪽이 남동쪽인디, 의사당 정면
10.7km 지점에 우면산이라고 있구만. 높이는 해발 312.6m인디 풍수
지리상으로 보믄 우면산牛眠山은, 말 그대로 소가 잠을 자는, 그랑께 소
가 자울자울 조는 형국이라 이 말이여. 소가 잠을 잔다믄 그야말로 소
팔자는 늘어진 팔자제. 근디 소가 맨날 잠만 자불믄 소 주인은 워떠케
되는겨! 아, 밭은 누가 갈고 논은 또 누가 쟁기질 할껴? 꼭 그짝이라 이
말이여. 국회의사당이 맨날 자울자울 허는 우면산만 정면으로 보고 있
응께 국회의원들이 정작 해야 할 본분을 허지 않는 것 아닌가 허는 생
각이 든다 이 말이시. 그라고 자울자울 조는 소들이 허는 짓이 뭐것써?
그것은 되새김질 아녀? 긍께로 나라의 선량이란 사람들이 소들맹키로
맨날 허는 일 없이 졸고 앉아서 먹을 궁리만 허고 있다 이 말이여. 왜?
나가 너무 쎄게 나가부렀능가? 아니 나는, 그런 식으로 일부 엇나간 선
량들의 분발을 촉구허는 세간의 불만을 야그한 것 뿐이여. 나 말은 믿
거나 말거나 구만!"

부처가 그런 것 같기도 하고 아닌 것 같기도 한 말을 꺼내 놓고는 슬
그머니 눈치를 살폈다.

"그래요. 우면산은 산 모양이 소가 졸고 있는 형상에서 유래된 이름
이라고 하더군요. 원래 우면산은 서쪽은 관악산과 연결돼 있었고, 동

쪽은 양재역, 북쪽은 서초동, 그리고 남쪽은 우면동 등에 있는 산이었어요. 그런데 거의 백 년 전인 1930년에 일본제국이 강점 당시 강제로 우면산과 관악산 사이를 끊어버렸는데 이것이 바로 남태령고개가 되었다고 하더군요. 일제가 왜 우면산과 관악산 사이를 강제로 끊었겠어요? 소가 졸고 있는 형상인 우면산은 풍수지리상으로 볼 때 와우형臥牛形, 즉 '소가 한가로이 누워서 먹이를 되새김질 하고 있는 듯한 형국'으로 명당에 속한다는군요. 이미 아시다시피 풍수지리에서 명당으로 보는 땅의 형세가 보통 27개가 있어요. 용이 맥을 끌고 내려와서 되돌아본다는 회룡고조형回龍顧祖形이 있고, 봉황이나 금계金鷄가 알을 품고 있다는 금계포란형金鷄抱卵形, 그리고 금구몰니형金龜沒泥形, 그러니까 황금 거북이가 진흙 속으로 들어가는 형국의 터 등등이 있죠. 그런데 일제가 우면산과 관악산을 끊어서 27개 명당 중 하나인 와우형臥牛形 명당을 없애버리려 한 거죠. 특히 와우형 명당 중에 혈자리 그러니까 중요한 부분은 소의 뿔이나 코, 그리고 눈썹, 젖 등인데 가장 중요한 부분이 한데 몰려있는 곳이 바로 소의 머리예요. 그런데 과거 1968년에 경부고속도로가 개통되면서 소의 머리 부분이었던 양재역의 우면산이 다시 한 번 두 동강이 났다네요. 그리고 동강 난 부분은 말죽거리공원으로 바뀌었다는군요.

원래는 명당이었던 소의 머리 부분인 우면산이 동강 나면서 명석하고도 지혜로운 판단을 하는 머리 기운이 사라져 버린 건 아닐까 싶기도 해요. 대신 소의 먹는 기운만 왕성하게 남아있기 때문에 우면산을 정면으로 바라보는 국회의사당이 두뇌 기능을 제대로 하기보다는 물욕과 부패의 유혹에만 시달리는 거다. 뭐 이렇게 해석하려는 사람들도 있더군요."

부처의 말에다 카시오페이아의 부연설명이 더해지자 예수와 베가는 정말 그런가 보다 하고 믿을 수밖에 없었다. 현재의 정치 상황에 대해서 불신이 너무도 큰 만큼 그런 해석이 들어간 설명을 내놓는다면 그 누구도 믿지 않을 도리가 없을 것으로 보였다.

"물론 정치인 중에서도 부정이나 부패와는 거리를 두면서 나라와 국민을 위해 헌신하려는 사람들도 상당수 있을 거예요. 그런데 그런 사람들의 열정과 진심 그리고 땀방울은 대부분 묻혀버리잖아요. 그러면서 부패하고 무능한 정치인들과 함께 싸잡아 비판을 받는, 즉 옥석구분玉石俱焚 돼 버리는 경향이 있었죠. 그런 상황을 막기 위해서라면 그런 사람들을 골라내는 제도적 장치를 만들었으면 해요."

카시오페이아가 심각한 표정으로 말하자 부처가 공감했다는 듯 말을 덧붙였다.

"맞당께! 정당에서 유력인물로 과대 포장된 정치인들이 아니라, 참신허고 헌신적인 정치인들을 찾아내려는 노력이 전방위적으로 펼쳐져야 써. 국회의사당 본회의장뿐만 아니라 정당별 각종 회의실 그리고 의원회관 등등에 속속들이 CCTV를 설치해야 허는구만. 의정활동의 속기록이나 정책집행, 혹은 의사결정 과정도 속속들이 기록을 남기고 열람을 보장혀야 써. 그래서 워떤 의원이 누구를 만나 워떤 정책협의나 입법활동을 몇 시꺼정 월매나 성실히 허는지를 낱낱이 살펴야 혀. 워떤 발언을 허고 혹시나 워떤 부패한 자들이 청탁 목적으로 의원실에 드나드는지도 낱낱이 감시혀야 헌당께. 이런 것은 행정 고위공무원들이나 사법관계자들 그리고 청와대도 마찬가지여. 국민의 세금으로 월급을 받는 자들이 과연 헛짓거리는 안 허는지, 그리고 성실히 일허는지를 CCTV로 감시허고 나중에 인사고과나 재선거 때 전부 평가받을 수 있도록 해야 허는구만. 왜? 그런 공적인 공간들 안에서 고위 공직자들이 헛짓거리를 헌다는 사실들은 이미 밝혀진 바가 너무도 많잖여! 뇌물수수나 청탁 같은 비리 행위들을 사무실은 물론이고 심지어는 공관에서도 저질러서 처벌을 받은 경우도 이미 여러 건 있었다고 허드랑께!

알다시피 무슨 굵직굵직한 사건들만 터져서 조금만 파헤치기만 허믄 여야를 막론허고 입법부 정치인들에서부터 사법부나 행정부 공무원들까지 서로 경쟁적으로 고구마 줄기맹키로 각종 연루 의혹들이 터져 나오잖여! 물론 일부는 증말로 무고헌디도 언급되는 경우도 있을 거여. 근디 이것이 시방 뭐시여? 권력을 쥔 자들이 국민의 눈을 속여감시로 온갖 부정부패나 비리를 저질렀다는 사실 아니냐고? 근디 이것만이 아녀.

정작 비리나 부정부패 혐의 땜시 수사나 사법기관에 피의자들이 수사를 받기 위해 출석해서도 마찬가지랑께. 이 고위직 피의자들을 마치 지들 상관이나 되는 것맹키로 예우허는 모습도 CCTV 덕분에 여러 차례 들통난 바 있었다고 허든디! 그런 만큼 왜 고위직들의 사무실이나 회의실, 그리고 공관 안에 CCTV를 설치허믄 안 된당가? 그 사람들은 국민의 세금으로 먹고사는 사람들이여. 그 사람들의 행위는 우리나라 전체의 안위가 달린 위험하고도 중요한 것인께로 국민은 그들이 시시각각 무슨 일을 허는지 알 권리가 있당께. 개인 대 개인이 의료행위를 주고받는 과정에서 번 개인 돈으로 먹고사는 의사헌티도 공공의 이익 어짜고 저짜고 험시로 CCTV를 달아 감시헌다고 허든디! 그라믄 나랏일을 허는 고위직들은 의사들보다 수천 배는 더 공공의 이익과 관련된 일을 허는 것 아니냐고! 그라믄 당연히 CCTV를 달어야 허는 것 아니냐고! 워띠 내 말이 틀려? 물론 지들은 국익이나 안보와 관련한 비밀스러운 일을 해야 하는 만큼 못 하것다고 버틸지도! 근디 시방 우리가 허는 말이 그런 국가안보와 관련된 사항을 맨날, 무차별적으로 공개하라는 거여? 아녀, 아니랑께! CCTV 녹화는 속속들이 상시적으로 하되 국민 요구가 있거나 사안이 발생했을 때만 법적 테두리 안에서 확인차 살피겠다는 것 아니냐고! 그들이 필요성을 주장험시로 강조했던 수술실 CCTV 설치맹키로 말이여!"

부처의 의외로 강경한 발언에 대해 일동은 고개를 끄덕였다. 정말 그랬다. 그동안 국민은 고위공무원들이 국가의 안위와 관련해 고도로 중요한 일을 성실히 할 것이라는 믿음 아래 일단 철저한 신뢰만 보낸 것이 사실이었다. 그들의 일과는 물론이고 업무를 빙자한 관외 출장이나 일과 후 행위에 대해서도 사생활 보호를 내세워 살펴볼 엄두는 내지 못했다. 하지만 실제로는 상당수가 심지어는 일과 중에도 국민의 믿음을 저버린 행위를 했다는 사실이 수사기관을 통해 드러나기도 했었다. 하지만 적절한 통제는 여태껏 이뤄지지 못했었다. 그러나 시대와 상황은 변했다. 일부 일탈된 의료진의 불법 행위를 막는다는 명분으로 병원의 수술실 등에 CCTV를 설치하는 법이 만들어지는 상황이 됐다. 의료불신이 그만큼 크다면 큰 부작용이 우려됨에도 불구하고 어찌 보면 타당한 측면도 있다. 그런데 고위직과 정치인 등등은 일탈의 상시성과 광범위성, 그리고 결과적 중대성에 대한 우려가 의료인들보다 훨씬 크다. 그런 만큼 고위직과 정치인들의 사무실에 CCTV를 설치하는 것은 필요성과 합리성이 수십 배 혹은 수백 배 이상 더 커 보이는 것이 사실이었다.

"환자의 인권보호를 위해 수술실 CCTV 설치가 당연하다는 논리라면 그보다 더 중차대한, 국민 전체의 인권보호와 국가의 안보보호를 위해 입법, 사법, 행정직 공무원 사무실에의 CCTV 설치 논리는 몇백 배 더 타당할 수밖에 없는 것 아니겠어유! 수사기관의 강압적인 수사로부터 인권보호를 위해서 모든 수사과정도 녹화하고, 모든 재판 과정도 당연히 CCTV를 통해 녹화해야 하는 것은 마찬가지죠. 그리고 언제든지 당사자가 원하면 공개하는 시스템을 만들어야 해유. 예전에는 기술이나 예산 문제 때문에 어려웠지만 이젠 충분히 가능할 것 같은데유."

"맞다. 국민의 건강권 등 인권보호를 위한다는 명분이라모 모든 식품제조업체나 식당 주방에도 카메라가 설치돼 잔반 재사용이나 원산지 위반, 청결 상태 등등 식품위생 상황을 지켜보고 기록으로 남기도록 해야 하는 기라. 물론 CCTV 운영에 따른 해킹이나 백도어 설치에 따른 조직적이고 은밀한 개인정보 유출에 대해서는 정부가 책임을 져야 할 끼다. 생산 당시에 국가 정책적으로 기계 자체에 백도어를 설치하는 외국 기업들도 많타 카지 안 더나! 또 요즘 해킹 기술이 월매나 발달했노? 해커들이 랜섬웨어로 정보를 빼돌리고 사생활 정보를 유출하는가 하모 또 돈을 요구하는 행위도 폭증할 것으로 보이는 만큼 그에 대한 대비도 정부 몫인 기라. 민원이 제기되니까 깊이 있는 대책을 마련하기보다 그저 개인들헌티 CCTV 설치와 운영 책임만 떠넘겨서 추가로 비용부담을 유발하는 행위는 그야말로 전시행정과 무책임 행정의 극치인 기라!"

베가와 예수가 나름대로 CCTV 설치의 필요성과 설치에 따른 문제점 등을 객관적인 시각으로 이야기했다.

"그래요. 국민의 인권보호를 위해서는 공적으로나 사적으로 투명하고 공정한 상황관리가 필요하죠. 누구나 공감하듯이 이곳저곳에 CCTV를 광범위하게 설치하는 것이에요. 병원도 예외가 없어야죠. 그러나 그런 취지라면 먼저 공적 분야에서 그야말로 광범위한 CCTV 설치와 투명한 공개 시스템 운영이 선행돼야 할 거예요. 정말로 국민 갈라치기가 아니라 국민의 인권보호를 위해서라고 한다면 먼저 공공기관부터 솔선수범하는 자세를 보여야 하는 거죠. 신뢰의 문제예요. 그리고 진정으로 일 잘하고 청렴한, 국민에게 봉사하는 참 공직자를 제대로 골라내기 위해서라도 자신들이 먼저 요구해야 할 사안인 거죠. 하지만 그런 것이 전혀 선행되지 않는 상태에서 먼저 병원 수술실에 CCTV를 설치하라고 나서는 것은 그래서 여러 의혹이 남고 또 문제가 된다고 봐요. 이런 식으로 자꾸 여론을 선동해서 공공분야는 예외로 한 채 국민 생활분야 곳곳에 무차별적으로 CCTV를 설치하겠다고 나설지 누가 알아요. 국민은 일단 병원만 설치하는 것으로 알고 호응도가 높겠지만, 앞으로 자신들도 차근차근 각개격파 당하는 거예요. 통제나 장악, 그리고 감시의 필요성이 높은 노조사무실이나 민간의 방위산업체 근무자, 그리고 식당이나 카페 같은 식음료 업체나 종사자들이 우선 설치 대상이 되지 않을까요?"

부처도 예수도 그리고 베가도 향후 그런 꼼수는 충분히 시도될 가능성이 높다고 생각됐다.

"여러 문제점들이 예상되는데도 자신들은 예외로 하고 강행을 고집허는 정치권의 모습에서 또다시 갈라치기의 음모와 술수의 냄새가 난다고 느끼믄 이것은 과민한 것인감?"

국회의사당의 의원회관 서쪽 도로변에 있는 버드나무군락지, 부처와 예수는 차 안이 답답했는지 차문을 열고 차에서 내렸다. 저 멀리 시베리아를 치달리고 한강을 내리쳐 불어온 북풍이 일주도로를 타고 거침없이 몰아치더니 부처 일행의 머리칼이며 옷매무새를 마구 헝클어 놨다. 우리 사회의 모든 난맥상이 여기로 모인 뒤 더 얽히고설켜 말 그대로 갈등의 진원지가 되고 있음을 암시하는 듯했다.

"하늘과 땅의 위계가 엄연함을 알려주며 저 건곤간乾坤間을 휘영청 늘어진 버드나무 가지들을 보드라고! 그 길고 가녀린 가지들은 아무리 태풍이 불어도 부드럽게 휘날릴 뿐 결코 뒤엉키지 않는당께. 그 이유가 뭔지들 알것능가?"

예수를 비롯해 카시오페이아와 베가도 말이 없었다.

"그것은 말여, 버드나무는 욕심이 없기 때문이여. 매 가지가지들이 사심 없이 바람결을 그대로 따를 뿐이다. 이 말이시. 그란디 말이여 그 낭창낭창한 버드나무 가지들이 얽히지 않는 것은 또 바람이 부지런하기 때문이라고 허드라고. 그 어느 결 하나 꾀부리거나 쉬지 않고 나뭇가지 하나하나에 다 스며들어서 똑같이 간질여 놓는당께. 그랑께 버드나무 가지들이 전혀 얽혀들지 않어. 갈등이 없다 이 말이여. 뭔 말인지 알아들어?"

부처가 선문답 같은 소리를 하며 일동을 둘러봤다.

"선동하지 않으면 선동당하지도 않는다. 공평하지 않고 정의롭지 않은 의도를 숨기고 선동을 하면 순진한 사람들부터 선동을 당하게 된다. 이 말이시. 애들처럼 영혼靈魂이 순진한 사람을 선동질혀서 속여 놓고 자신의 꾀나 지혜의 결과라고 득의만면得意滿面 하는 자들처럼 못된 자들은 없을 꺼구만! 차말로 영혼꺼정 질이 낮은 사기꾼들이 허는 짓거리제. 그런 자들은 항상 순박한 영혼들을 타락시킬라고 온갖 못된 짓은 다헐라 허드랑께! 하늘님의 축복을 받고 태어난 순박한 영혼들헌티 말이여!"

부처의 말에 예수가 저 멀리 북동쪽을 아스라이 바라보며 한숨을 쉬었다. 그런 예수의 옆모습을 카시오페이아가 애잔한 눈으로 훔쳐보고 있었다. 부처는 예수의 옆모습을 훔쳐보는 카시오페이아의 옆모습을 본의 아니게 또 훔쳐봤다. 부처는 예수와 카시오페이아의 옆모습이 묘하게도 똑 닮았다는 생각을 했다가 이내 아닐 거라 고개를 흔들었다.

부처와 예수,
그들의 생태계는?

"순박한 영혼! 순박한 영혼들! 그들은 모두 하늘님의 축복을 받고 태어난 영혼들!"

예수가 혼잣말하며 아스라이 바라보는 쪽은 경기도 남양주시 방향이었다. 갑자기 아련해진 예수의 눈길을 따라가며 역시 부처의 눈길도 아련해졌다. 카시오페이아도 영문을 모른 채 예수의 눈길 쪽을 더듬었다.

'하늘님의 축복을 받고 태어났고 또 영원히 하늘님의 축복을 받아야 할 순박한 영혼들이 머무는 곳! 바로 축령산祝靈山! 인자 그곳으로 돌아갈 시간인가베!'

부처는 남모르게 속으로 이런 생각을 읊조리고 있었다. 당초 부처와 예수는 경주 토함산을 시작으로 전국을 종횡한 뒤 마지막엔 서울에서 그들의 한국기행을 마치려는 계획을 품고 있었다. 그들의 인과 연이 이끄는 한국의 의미깊고 신령스런 땅들을 모조리 답사해 우주적 교감을 하려고 생각했다. 그런 뒤 마지막으로 서울을 찾아 한국의 미래 운을 종합적으로 살핀 뒤 기행의 인과 연을 마무리하려 했던 것이었다. 하지만 카시오페이아가 기행에 참여하면서 일정이 온통 뒤틀려 버린 것이다. 카시오페이아가 갑자기 서울행을 주장했기 때문이었다. 믿음직한 제2의 제자가 될 가능성이 컸던 카시오페이아! 하지만 카시오페이아는 '닻별'이라는 그 이름처럼 부처와 예수의 기행에도 닻을 내려 버린 것이다. 더 이상 오도 가도 못하고 꼼짝없이 묶여버린 부처와 예수의 운명! 그들의 운명은 두님의 이름을 '닻별' 즉 '카시오페이아'라고 그들 스스로가 이름 지어준 순간부터 예고됐었는지도 몰랐다. 세상의 운명 그리고 인연은 참으로 알 수가 없었다. 부처가 쓸쓸한 미소를 지었다. 그런 부처를 예수가 또 애잔한 눈으로 바라보고 있었다.

축령산은 경기도 남양주시 수동면과 가평군 상면의 경계에 있는 높이 887m의 산이었다. 부처 일행이 잠시 쉬고 있는 이곳 여의도서 직선 방향으로 북동쪽 약 42km 지점에 있는, 잣나무 숲이 울창한 신비스런 산이었다. 산 정상에서는 운악산과 청우산, 천마산, 철마산, 은두봉 그리고 깃대봉 등이 보인다. 축령산祝靈山에는 또 조선 시대 남이 장군이 심신을 수련했다는 남이바위와 수리바위 등의 기암들이 있었다.

"이제 어디로 가죠? 혹시 가시고자 하는 곳 있나요? 서울은 제가 고집해서 왔지만, 이제는 여러분들이 원하시는 곳으로 제가 모실게요."

카시오페이아가 일동에게 목적지를 물었다. 부처와 예수가 쓴웃음을 지었다. 베가는 부처와 예수만 쳐다봤다.

"경기도 남양주시에 있는 축령산!"

부처와 예수의 입에서 동시에 나온 이름이었다. 카시오페이아가 운전석에 앉았다. 일동은 다시 차에 탔다. 카시오페이아가 벌써 차의 가속 페달을 밟으며 물었다.

"축령산이요? 알겠어요. 그런데 그곳이 어떤 곳이죠?"

침울해진 부처가 더욱 그윽해진 표정으로 말했다.

"축령산은 말이요, 잉! 산악인들이 매년 연초에 지내는 산신제인 '시산제始山祭'를 지내는 명소 중의 하나여. 이것은 축령산이란 산의 이름과 관련이 있다고 허드만. 조선 태조 이성계가 고려 말에 이곳에 사냥을 왔다가 짐승을 한 마리도 잡지 못 혔던 모양이여라. 그러자 한 몰이꾼이 그러드래 '이 산은 신령스러운 산이라 산신제를 지내야 헌다'고 말이여. 그래서 이성계가 산 정상에 올라 제祭를 지내자 곧바로 멧돼지가 잡혔다는 전설이 있다드만. 그래서 이때부터 고사告祀를 올린 산이라고 혀서 '축령산으로 불렀다고 헙다. 이런 신령스러운 곳은 우리 같은 부류에게 딱 맞는 생태계지라. 우리에게 아주 익숙헌 곳이고 말여!"

부처가 갑자기 아련한 추억을 더듬는 듯한 표정으로 말했다. 부처의 말을 듣는 예수는 아무 말도 하지 않았지만, 표정은 부처와 똑같았다. 그런 부처와 예수를 보면서 카시오페이아와 베가는 두 사람의 기도처 혹은 도량이 이곳에 있는 것이란 직감이 들었다. 역시 예사로운 사람들은 아니었다. 카시오페이아 대신 베가가 옆에서 네비게이션 화면에 축령산을 입력했다. 차가 축령산을 향해 가는 동안 무려 한 시간가량 부처와 예수는 별다른 말이 없었다. 그저 차창 밖으로 변하는 도로변의 풍경을 말없이 쳐다볼 뿐이었다. 카시오페이아는 틈만 나면 룸미러로 예수의 표정을 살폈다. 그런 카시오페이아의 눈망울에는 아련함과 애틋함이 동시에 서려 있었다. 그러나 그 아련함과 애틋함의 의미가 무엇인지는 좀처럼 알 수가 없었다. 예수는 애타는 카시오페이아의 눈길을 전혀 감지하지 못한 듯 단 한 번도 눈길을 마주치지 않았다. 카시오페이아의 입에서 가느다란 한숨이 남모르게 새어 나왔다.

"우리, 출세간으로 가지 않은 것이여, 잉! 못 간 것은 아니랑께. 글제 예수?"

초탈한 표정으로 순간순간 지나치는 경치만 바라보던 부처가 느닷없이 입을 열었다.

"맞다. 우리 매일 지옥도에서부터 아귀와 축생, 아수라, 그리고 인간과 그를 넘어 천상의 도까지를 넘나들며 행복했었던 기라."

예수도 알쏭달쏭한 소리를 했다.

"그려 우리의 생태계는 출세간이 아녀, 세간이랑께. 성불이 아니제. 열반도 아니었던 거시여!"

"엉가 말이 맞다. 모든 중생 구제를 염원하시며 지옥도를 자처하신 지장 부처께서 아직도 그곳에 계신 상황에서 감히 출세간이 당하기나 하긋나!"

서로 선문답처럼 부처와 예수는 말을 주고받았다. 그러다 부처가 카시오페이아와 베가를 번갈아 보더니 물었다.

"인간이 사는 세간에 왜 사람의 탈을 쓴, 사람 아닌 사람들도 사는지 인자 알 것제잉?"

부처가 뚱딴지같은 말을 했다.

'인간이 사는 세간에 왜 사람의 탈을 쓴, 사람 아닌 사람들이 사는지 아느냐고?'

카시오페이아와 베가는 부처의 말을 곱씹으며 그 말뜻을 생각해 봤다. 그런 현실은 누구나 공감했다. 사람 사는 이 지구에 어찌 보면 사람같지 않은 사람들도 많이 살고 있는 것 같다는 생각을 하루에도 몇 번씩 하면서 사는 게 순박한 사람들의 삶이었다. 상식과 바름 그리고 사랑으로 충만한 인간들만 모여 살아야 할 지구에 개보다 못하고 벌레만도 못한 사람들이 사는 것 같다는 생각을 할 때는 하늘님의 섭리가 의심스러웠다. 특히 무고로 억울한 옥살이를 한 베가에게는 더욱더 그러했다. 하늘님이 잠을 자지 않는다면 그런 자들을 즉시 응징했어야 했다. 필요 없는 갈등과 대립 그리고 충돌을 피하려면 고귀한 존재인 인간들의 세계, 즉 인간계에는 그런 자들이 함께 섞여 있어서는 안 됐다. 지옥계와 아귀계, 축생계로 배분된 자들을 인간 세상에 섞여 살며 선량한 인간들에게 갖은 아픔과 상처를 주도록 허용하는 세상이라면 하늘님의 세계관 그리고 우주관도 혼돈을 빚고 있는 것이 분명했다. 인간계에 발을 디딘 아귀나 축생들에게 그들의 차원 낮은 행동과 생각이 모두 인간에도 걸맞은 것이라 착각하게 할 것이기 때문이었다. 그런 그들을 보며 인간들도 그들에게 나쁜 물이 들 수도 있을 것이기 때문이었다. 베가는 과거의 억울한 옥살이가 떠올라 삭여놨던 분노가 다시 치솟기 시작한다는 것을 느꼈다.

"지장부처님께서 지옥에 머무르시는 것과 같은 이치일 것 같아요."

역시 카시오페이아는 지혜로웠다. 곰곰이 생각에 잠긴 듯했던 카시오페이아가 운전대를 잡은 채 말했다. 그랬다. 지옥에 떨어진 영혼들이 사는 곳에도 깨달으신 부처님이 계시듯 그 반대도 가능했다. 부처와 예수는 동시에 카시오페이아를 바라봤다, 참으로 현명한 여인이었다. 절대 놓치고 싶지 않은 자신들의 유력한 제2 제자 겸 신도였다. 하지만 어찌하랴! 인연이 허락하지 않고 있는데!

"나무아멘관세음보살! 그려. 인간도 人間道, 즉 인간계는 깨달음을 얻지 못한 영혼들이 윤회해서 살아가는 지옥도 地獄道와 아귀도 餓鬼道, 축생도 畜生道, 아수라도 阿修羅道, 인간도 人間道, 그리고 천상도 天上道라는 6개의 세계 중 하나일 뿐이여. 각자 삶의 형태는 의식상태도 되고 존재 상태도 된당께. 불가에 따르면, 인간계, 즉 욕계의 지표 세계에는 인간뿐 아니라 아귀와 동물 그리고 아수라도 함께 살도록 허락을 받은 거여. 그랑께 인간 세상에서, '사람 같지 않은 사람'이란 말이나, '사람의 탈을 쓴 짐승'이라는 말이 나오는 것은 결코 착각도 아니고 하늘님의 오류도 아녀. 이것이 바로 의식 혹은 존재 상태로 그대가 매일 살아가는 그대의 생태계이자 그대의 우주인 것이여! 하늘님이 원래 의도하신 바랑께!"

부처가 카시오페이아를 보며 자세히 설명했다. 베가가 부처의 말 가운데 가슴에 와 닿는 말이 있었는지 마음속으로 되뇌고 있었다.

'불가에 따르면, 인간계, 즉 욕계의 지표 세계에는 인간뿐 아니라 아귀와 동물 그리고 아수라도 함께 살도록 허락을 받았다. 인간 세상에서, '사람 같지 않은 사람'이란 말이나, '사람의 탈을 쓴 짐승'이라는 말을 듣는 사람이 있는 것은 결코 착각도 아니고 하늘님의 오류도 아니다. 이것이 바로 의식, 혹은 존재 상태로 그대가 매일 살아가는 그대의 생태계이자 그대의 우주인 것이다! 그것은 원래 하늘님이 의도하신 것이다!'

베가가 부처의 말을 거듭 되새기는 것을 눈치챘는지 예수가 부연설명을 하고 나섰다.

"그래서 인간계는 괴로움과 즐거움이 반반씩 존재하는 세계인기라. 어찌 보면 하늘님이 참으로 묘한 분이라는 생각 안 드나? 인간계의 존재들에게 선택권을 주신 기라. 반반의 즐거움과 괴로움을 번갈아 경험해도 되고 아니면 둘 중 하나를 버려도 되는 기라. 출세간, 즉 깨달음의 경지로 나아가도 되고 윤회와 지옥을 선택해도 된다카이. 어차피 천상계도 깨달음의 경지엔 이르지 못한 인간들이 윤회해서 사는 곳일 뿐 아이겠나!"

부처와 예수의 설명이 이어지는 사이 차는 어느새 화도 IC를 빠져나와 387번 지방도로를 달리고 있었다. 주변 풍경이 부처와 예수의 눈에 익었다. 축령산자연휴양림이 몇km 정도 남은 한 마을의 펜션단지를 지나쳐 갈 때쯤이었다.

"저에게는 14살 아래인, 남동생이 있었어요. 남자인데도 생김새나 피부가 마치 여자처럼 고왔죠. 그런데 당시는 집안이 워낙 어려울 때라 부모님이 어린 동생을 보육원으로 보낼 수밖에 없었어요. 그런데 그런 기미를 알아챈 동생은 어느 날부터 갑자기 성격에 장애가 생겨버렸어요. 불안장애와 분노조절장애죠!"

룸미러로 예수를 훔쳐보던 카시오페이아가 은근하게 입을 열었다. 자신의 가족사를 설명하려는 듯했다. 그런데 갑자기 부처가 카시오페이아의 말을 자르고 끼어들었다.

"됐구만이라. 미안헌디 여그서 차 좀 세웁시다."

부처가 카시오페이아에게 차를 세울 것을 부탁했다.

"축령산은 아직 몇km는 더 가야 한다고 나오는데요."

머쓱해진 카시오페이아가 의아해하며 말했다.

"됐어. 됐응께. 역써 세워주시요."

카시오페이아가 온통 산으로 둘러싸여 분지처럼 보이는 소로길 한켠에 서서히 차를 세웠다. 부처와 예수는 아무런 초점 없는 눈빛인 채 말없이 차에서 내렸다.

"시대의 소명! 이번 생은 여기까지만 허드라고! 예수 수고혔네."

부처가 예수에게 영혼이 소진된 듯한 목소리로 말했다.

"나 예수와 엉가인 부처, 신앙 간에 통합도 이뤘으니까네 만족타,

맞제?"

예수도 도무지 알 수 없는 말을 했다. 잠시 뒤 둘은 감격에 겨웠는지 몸을 조금씩 떨고 있었다.

"사제師弟란 전생에 만 겁의 인연을 쌓아야 하는 법! 인간 세상 4억3천2백만 년을 1 겁이라 하는 만큼 그 큰 인연을 새삼 확인케 해준 베가 니도 고생 많았구만!"

부처와 예수는 인간 세상에서의 첫 번째 제자, 베가를 애틋한 눈으로 바라봤다. 베가는 이상한 말을 하는 스승들을 바라보며 어쩔 줄 몰라 했다.

"스승님들, 왜 그러세유? 무슨 문제라도 있나유?"

베가의 눈빛에선 마치 부모에게서 절대 떨어지지 않으려는 아이의 본능적인 불안감이 엿보였다. 카시오페이아도 기인奇人인 부처와 예수의 신변에 뭔가 큰 변화가 생겼음을 직감했다. 베가의 질문에 둘은 대답 대신 착잡한 표정으로 어느 산 중턱에 있는 한 커다란 건물을 응시했다. 카시오페이아와 베가도 둘이 바라보는 곳으로 시선을 돌렸다.

'○○정신병원'

"혹시 저기 아는 분이라도 있나유?"

베가가 조심스레 물었다. 그러자 부처와 예수는 잔뜩 굳어있던 얼굴을 서서히 풀더니 서로 바라보면서 갑자기 짓궂게 웃었다.

"많제. 그것도 아주!"

소설_{小說}, 그리고 소설_{騷說}을 마치며!

우리 시대에 과연 어른이 있을까?

훌륭한 꿈 꾸도록 이끌어주고, 잘못된 길 가로막아 꾸짖어주고, 삿된 무리 앞에선 힘써 보호해주는, 어버이 같은 어른!

우리 시대에 과연 아이는 있는가?

인류엔 희망. 영속을 기대케 하고, 온고지신 알아 날로 발전하고, 역사의 길에 지성의 눈 번뜩이는, 꿈나무 같은 아이!

어른과 아이가 없는 세상, 어떨까?

타임 패러독스가 아니다. 우리의 슬픈 자화상, 뜻 둘 곳 없는 현재적 삶을 말하는 것이다.

어른 없고 아이 없으면 세상도 없다!

너는 아니지만 나는 잘난 세상이다.

아는 척하는 것이 싫다. 남이 그럴 때다. 나는 아는 척한다. 아니 나는 정말 많이 안다.

어른은 싫다. 단 어른인 나는 예외다?

애들 힘들지만 어른들, 좋은 세상이라 한다.

아는 척, 착한 척, 잘한 척, 라떼가 싫다. 무식하고 무례한 언행, 그들 자칭 어른들이 싫다.

아이는 없다. 단 어른아이는 많고 많다!

이런 세상에 부처와 예수가 현신現身하고 재림再臨했다.

어른 없고 아이도 없다는 시대가 너무도 안타까워 미륵불이 재림하듯 그리스도가 현신하듯 부처와 예수가 나타났다. 모순덩어리, 아픔의 상처, 고갈된 양심의 현장이었다.

너나 나나 잘난 세상, 생사 엇갈리는 정글 세상, 믿을 것은 오직 이빨뿐!

세상은 피고름이 흐르고 썩은 살점이 튀는 식탁과 그 위에서 벌어지는 광란의 만찬장이었다.

독기 서린 이빨과 박테리아가 범벅된 침! 그자들은 엄니를 자근거리며 부처와 예수를 노렸다.

둘의 출현을 세상은 찬미하지 않았고 꽃들로 향을 내지 않았다. 이들의 현신과 재림을 아는 이 없기에 반기는 이 또한 없었다. 이들은 오직 기다림의 대상일 뿐, 내일도 모레도 마찬가지일 것이다.

그래서 부처와 예수는 직접 기행奇行에 나섰다. 한반도 곳곳에 예정된 밀계密計, 비장된 심계深計를 신탁神託처럼 짚어냈다. 그리고 부처와 예수는 한반도 곳곳에서 축도를 했다. 세상마다 축복을 내렸다. 신앙의 간극은 애초에 없었고 종교 간 차이마저 없었다. 일통한 그들은 함께 아픈 세상, 슬프게 살폈다.

한반도의 현재를 그들이 밟았고 한반도의 미래도 그들이 밝혔다. 세상의 실패를 그들은 보았고 세상의 실존을 그들은 도왔다. 보통사람 부처와 예수는 우리 시대의 돈키호테처럼 한반도를 주유하고 세상을 희롱하다 마치 오지 않았던 듯 신령스런 산으로 총총히 돌아갔다.

– 동시대를 살아가는 모든 아름다운 생명들께 졸저를 바칩니다 –

부처付處와 예수隸首의 한국기행韓國奇行!
2021.08.26. 음력 7.19 皇后誕辰日에 皇金龜莊主 맺다.

부처와
예수의
한국 기행

펴낸날 2022년 1월 1일

지은이 이준석
펴낸이 주계수 ｜ **편집책임** 이슬기 ｜ **꾸민이** 김소은

펴낸곳 밥북 ｜ **출판등록** 제 2014-000085 호
주소 서울시 마포구 양화로 59 화승리버스텔 303호
전화 02-6925-0370 ｜ **팩스** 02-6925-0380
홈페이지 www.bobbook.co.kr ｜ **이메일** bobbook@hanmail.net

※ 표지이미지- 국립고궁박물관 소장 '일월오봉도 병풍'